18 giugno 1815
Due anime, un destino

Di Vincenzo Fermo e Ivan Bossi

Dedicato a te

che cerchi, come noi,

la verità

Codice ISBN: 9798547660269

Capitolo 1
Waterloo, 17 giugno 1815

La pioggia scendeva con insistenza e la guarnigione si era accampata dove si poteva, cercando di ignorare la morte che ormai aleggiava sul campo di battaglia. Ovunque il suolo era ormai fango che sembrava attaccarsi a tutto. Un soldato armeggiava con un acciarino, nella vana speranza di accendere un fuoco. Era stato teso con quattro pali e delle cime un telo ingrassato, un po' inclinato in modo da far scorrere l'acqua su di un lato nella speranza di dare il tempo al fuoco di prendere, ma soprattutto per avere un porto franco dove ripararsi dalla pioggia. Il soldato sfregava l'acciarino, ma le scintille non riuscivano a prendere nella paglia umida. Poi, ad un certo punto, arrivò di corsa un altro soldato.

-Ehi, l'ho trovata. La paglia asciutta.-

Si fiondò sotto il telo e da sotto la giubba ne cacciò due manciate assolutamente secche.

-Ma dove l'hai trovata?-

-Me l'ha data un mio amico. Se la porta dietro da due giorni.-

-In gamba il tuo amico.-

-Eh beh, sì. È un veterano di Austerlitz-

-Ah ecco perché.- E così dicendo, mentre il primo teneva la paglia, il secondo con l'acciarino ci scagliava sopra delle scintille accendendo finalmente il tanto agognato fuoco. Due o tre soffi e la paglia, posata appena in tempo in mezzo al cumulo fatto in precedenza, divampò in un piccolo incendio. Il fuochetto sembrò soccombere per un attimo all'umidità quando piano piano si riprese e cominciò ad attaccare i legni più grossi. Quando si iniziò a sentire il crepitare della legna che prendeva tutti si rilassarono e si avvicinarono al fuoco per goderne il tepore e, allo stesso tempo, schermarlo dal vento e dall'acqua.

-Beh certo sarebbe stato più facile con la polvere da sparo- fece uno a voce alta e a mo' di scherno.

-E andiamo- rispose un altro - quanto durerà questa cantilena? Mi sono già scusato per averla bagnata e i depositi sono lontani. Mi sarei fatto una zuppa.-

Tutti risero. In compagnia non si perdeva mai l'occasione di prendersi gioco di qualcuno. Di tanto in tanto qualcuno buttava un ciocco di legno bagnato sul fuoco. Da prima, il pezzo di legno fumava per asciugarsi dell'acqua e poi, dopo un po', si accendeva e bruciava insieme agli altri.

I soldati avevano la parte anteriore della divisa bagnata che fumava, dato che il calore del falò asciugava i vestiti facendo evaporare l'acqua, e la parte posteriore, invece, tutta bagnata e zuppa. Ogni tanto qualcuno si girava per riscaldarsi un po' il didietro, ma subito ritornava nella posizione precedente.

-Che ti ha detto il tuo amico di Austerlitz? Ha idee di come andrà la cosa?-

-No. Ma non è che non abbia idee, è che non le cerca proprio.-

-Che vuoi dire, Armand?-

-Lui è nella Guardia Imperiale. Loro non sono interessati a sapere cosa accadrà. Sono ciecamente fiduciosi verso l'imperatore.-

-Guardia Imperiale? Ah beh, ma certo. Sono degli esaltati. Si fidano troppo. Sono d'accordo con te.-

-Eh sì. Ma poi lui è anche nel corpo dei Cacciatori a cavallo della Guardia.-

-Oh diamine. "I figli prediletti". Ma allora è diverso.-

-Che vuoi dire?- fece un ragazzino di appena 18 anni.

-Non sai proprio niente- disse l'uomo con una punta di disprezzo.- Maledetti debosciati. Non ascoltate niente, non vedete niente. Maledetta gioventù di oggi.-

-E dai Philippe. Non vedi che è un povero cristo? È un coscritto. Raccontagli un po' qualche fatto per incuriosirlo.-

-Sei un coscritto?- chiese Philippe con fare paterno.

-Sì, signore. Siamo stati arruolati io e mio fratello qualche settimana fa.-

-E tuo fratello? Dov'è adesso?-

-Decapitato da una palla di cannone da 12 libre. Quando fu colpito sentii solo un colpo sordo, mi girai e vidi mio fratello fare un altro passo senza testa e poi cadere a terra. Ho ancora il suo sangue sulla giubba... signore.- E così dicendo abbassò lo sguardo e si chiuse in sé.

-Non chiamarmi signore. Nel reggimento siamo tutti fratelli, ragazzo. Io non ho gradi. Come te. Siamo tutti carne da cannone.-

Il ragazzo rispose con un cenno del capo per non scoppiare a piangere davanti a tutti.

-E va bene- disse Philippe, aggiustandosi la giubba per metà sotto l'acqua. - Allora devi sapere che il nostro caro e amato Imperatore, "Che Dio lo guidi sempre"- urlò l'uomo con l'approvazione generale di tutti- soffre un po' di simpatie ed antipatie. Ad alcuni li porta in palmo di mano ed altri invece fanno semplicemente il loro dovere.-

In molti annuirono con un verso di assenso.

-In realtà la *Grande Armée*- Philippe disse quel nome con enfasi - è un animale complicato e va saputo gestire. L'imperatore lo sa bene e sa bene che ognuna delle sua falangi deve funzionare a mestiere, altrimenti quando il pugno si stringerà sul nemico una delle dita non si serrerà come le altre. Quindi è inutile che innalzi all'Olimpo un gruppo se sai che senza l'aiuto di noi, la carne da cannone, nessuno ce la può fare.-

Tutti annuirono vistosamente.

-Io li ho visti all'azione Philippe e ti assicuro che non vorrei mai essere dal lato opposto alla loro carica.-

-Ma certo- fece Philippe - come pure gli Ussari Prussiani. Mica sono da meno. Tutti i cavalieri fanno paura. Quando ti caricano e tu sei semplicemente un uomo sulle tue gambe e senti sotto di te che il terreno trema per gli zoccoli dei cavalli che stanno per saltarti addosso solo l'addestramento può salvare te e la tua mutanda da una vera e propria catastrofe.-

Tutti scoppiarono a ridere fragorosamente.

-A proposito, ma il mio amico Jean? Lo avete visto?-

-*Se casser la pipe, mon ami*- rispose uno da un altro gruppo.

Philippe abbassò lo sguardo e fissò il fuoco, quasi come se lo stesse cercando tra le fiamme.

"Povero diavolo" disse tra sè e sè.

-Ma che bei soldatini.- Una voce femminile e sensuale da dietro il circolo che si era formato si avvicinò e, a spintoni, si fece largo tra la gente.

-Andiamo, un po' di spazio per una signora.- E così dicendo dava vistosi colpi di anca a destra e a manca facendo finta di aver bisogno di spazio. Tutti le sorridevano e si sentivano rincuorati e riscaldati dalla sua presenza.

La conoscevano tutti. Era Marie tête de bois. La vivandiera più famosa della *Grande Armée*. Sposata e con un figlio, era praticamente nata nel reggimento e fuori di esso non avrebbe probabilmente saputo sopravvivere.

-Allora miei signori. Fuori l'affare che vi servo io.- Tutti scoppiarono a ridere, ma il diciottenne si fece praticamente viola.

-Ahhh. Abbiamo un verginello quindi.- L'aria si surriscaldava e tutti trattenevano a stento le risate.

-Andiamo giovanotto sbrigati a cacciarlo. Ho tutto il reggimento da soddisfare. Non mi vorrai far perdere tutto questo tempo. Vado di fretta. Sono capace di spicciarvi tutti in soli cinque minuti, sai?-

Il ragazzo era così rosso che la pioggia evaporava dal suo viso, formando delle piccole fumarole e suscitando l'ilarità mal celata dei compagni d'arme.

-Giovanotto, fermati o si alzerà la nebbia di nuovo se continui così.- Fece Marie.

Un uomo si allontanò dal gruppo incrociando le gambe mentre correva via urlando -Maledetti, me la sto facendo addosso dalle risate-.

Un altro boato si sparse attorno al gruppo che si era rinfoltito di tutti i piccoli fuochi ormai abbandonati per seguire quel che Marie stava ormai urlando a discapito del povero malcapitato.

-Ragazzi- urlò Marie - non mi state aiutando. Dai caccialo fuori che adesso devo proprio andare.-

Il ragazzo era praticamente paralizzato quando dal lato si sentì la voce di Philippe che ridendo diceva -Dai Marie, inizia con il mio.- Il ragazzo si scansò impaurito, credendo chissà che cosa, e dal lato sbucò la gamella di Philippe. -Il Recipiente, giovanotto. Il recipiente.- E tutti scoppiarono in una fragorosa risata isterica.

-Ma noooo- fece Marie - hai rovinato tutto. Ieri ho fatto abbassare le mutande ad un novellino che non aveva capito niente.- E giù altre risate.

-E tu che hai fatto?- chiese Philippe con le lacrime agli occhi.

-Gli ho dato uno schiaffo e ho detto " Screanzato" con aria molto contegnosa "io sono una Signora" e me ne sono andata con fare molto altezzoso.-

Tutti ridevano felici, compreso il novellino che adesso si sentiva parte integrante del gruppo, e Marie era contenta di aver portato un attimo di spensieratezza tra quei poveri ragazzi.

-Avanti, mettetevi in fila che vi spiccio.- Il ragazzo sgranò gli occhi di nuovo.

-Philippe- urlò Marie-acchiappa il ragazzo che non respira più.- E tutti risero di nuovo. Poi con gesto eclatante stappò un barilotto che portava sotto il mantello e che, fino a quel momento, sembrava nascosto e cominciò a versare dell'acquavite a tutti quelli che porgevano la gamella di latta. -Questo lo offre il nostro grande Imperatore.-

"ALEEE" urlarono tutti in coro.

Quando arrivò il turno del ragazzo Marie tappò la fiasca e da sotto il mantello ne cacciò un'altra.

-Questa invece la offro io. È Cognac. E grazie anche a nome loro per lo spettacolo.- E così dicendo gli diede un bacio sulla guancia.

-Ehiiii- fece Philippe. - E a me niente?-

-No no!- Urlò lei ridendo ed allontanandosi mentre saltellava allegramente come una ragazzina.

Il ragazzo si accarezzava la guancia, guardando la donna che si allontanava canticchiando, come se fosse un tesoro da serbare per l'eternità.

-Le vivandiere del reggimento fece Philippe con un pizzico di malinconia -sono la nostra ricchezza. E quando poi trovi una come Marie allora sei veramente ricco. Ne ho conosciute io di donne così. Alcune hanno combattuto con me. Madeleine Kintelberger del 7° Ussari combatté come una leonessa ad Austerlitz contro i Cosacchi Russi, perse un braccio a colpi di spada e non riuscii mai a capire tra colpi di lancia, di spada e di pistola quante ferite avesse.

Quando, dopo la prigionia, ritornò in patria l'Imperatore volle incontrarla di persona per esprimerle tutta la sua riconoscenza e darle una pensione per aiutarla.

Se poi vai verso la collina trovi Regula Engel. Un'altra grande donna. Siamo stati molto fortunati ad avere Marie in assegnazione al reggimento.-

-Sono….- il ragazzo tentennò - sono eccezionali.-

-Sì- fece Philippe.

-Chi è eccezionale?- fece un vocione alle loro spalle.

Philippe si girò e un uomo imponente stava alle sue spalle. Era molto alto ed il suo aspetto era ingigantito da quel grande berretto che portavano i Cacciatori a cavallo della Guardia Imperiale. Portava dei lunghi baffi castani, che gli scendevano ai lati e si univano alle basette, e aveva un'aria molto seria. Due treccine scendevano da sotto il berretto ai lati del viso, come la moda dell'epoca dettava. Stava sotto all'acqua, come tutti loro, con le mani sui fianchi di cui solo le punte dei gomiti si intravedevano attraverso il soprabito per la pioggia.

-Marie, la vivandiera.- fece il ragazzo timidamente.

-Ah si. Ma certo. Riescono sempre a tirarti su il morale. Sono l'anima del nostro reggimento- rispose l'omone. -Farei follie per quella donna. Riesce sempre a toccarmi il cuore.-

Armand, che fino a quel momento se ne era stato in disparte, riconobbe la sagoma e gli andò incontro urlando da lontano - *Henri Bertoldì, mon ami*. Come stai? Che ci fai qui?-

-Beh, ero venuto ad assicurarmi che la paglia bastasse e te ne ho portata altra. Tieni.- E gli porse un fagottino che Armand prontamente mise all'asciutto sotto il soprabito. Cacciando la paglia, uscì da sotto l'impermeabile il braccio che mostrò il grado di Tenente.

Tutti scattarono sull'attenti. -Signore non avevamo visto il grado. Ci scusi- disse uno.

-State comodi, ragazzi. Non c'è nessuno in giro e siamo tra amici. Datemi pure del tu. Sono uno di voi nonostante il grado.-

-Allora dobbiamo a te il fuoco.- fece Philippe.

-Ma figurati. Sciocchezze. Anzi, vi ho portato del Cognac. - E così dicendo aprì il suo impermeabile facendo intravedere la splendida uniforme. Ne cacciò da sotto due bottiglie legate tra di loro con uno spago che passava dietro al collo, in modo da tenerle insieme ed avere le mani libere. Le porse ad Armand che subito le fece sparire sotto il suo soprabito, passandosi lo spago dietro il collo come aveva fatto Henri.

-Se le vedono gli altri è la fine- fece Armand.

-Eh si, eh- incalzò Henri.

-Come hai fatto a non farti scorgere dalla ronda? Se ti beccano sono guai nonostante il grado- fece Armand.

-He hehe, lasciami i miei segreti amico mio.-

-Ma perché non ci si può muovere dal reggimento?- fece ingenuamente il ragazzo.

-Perché così resta tutto sotto controllo dei superiori. Se i soldati non se ne vanno in giro, per le spie è più difficile infiltrarsi.- fece Armand.

-Che bella divisa- fece il ragazzo.

-Grazie- rispose Henri - è molto faticata, ma mi da tante soddisfazioni.

-Ma il tuo cognome non è francese.- Fece ingenuamente il

ragazzo.

-No, ragazzo. Sono Italiano. *Henri* è la francesizzazione di Enrico. Enrico Bertoldi. Sono del Italia del Nord.-

-Ma come è possibile che combatti per la Francia come Cacciatore?-

-Ci siamo trasferiti molti anni fa in Francia con i miei genitori e, dato che sono grosso come corporatura, dei soldati mi dissero che per gente come me c'era sempre posto tra le fila dell'esercito. Così mi arruolai nei plotoni dedicati ai non francesi. Poi un colpo di fortuna mi portò vicino all'Imperatore e quando lui fondò il corpo dei Cacciatori a Cavallo della Guardia Imperiale mi ci infilò dentro. Seguo l'Imperatore dalla campagna in Italia. Austerlitz, Russia…le ho fatte tutte.-

-*Henri*, che ne pensi della situazione?- fece Philippe -Cosa dicono gli ufficiali della guerra?-

Henri si guardò attorno con aria circospetta. Poi prese da sotto il soprabito il suo bicchiere di latta e lo porse ad Armand, che lo riempì generosamente. Tutti lo imitarono, ragazzo compreso.

-Il Maresciallo non capisce niente. Ieri stava per attaccare senza nessun appoggio tattico. Sono stato io a fermarlo. Non lo so, amici miei. Fin quando c'era il Maresciallo Louis Alexandre Berthier andava tutto bene. Lui faceva funzionare tutto, come un orologio, e chi sbagliava pagava. Ma da quando non c'è più, sembra che le cose non vadano più come prima. Il gioco si è rotto. L'imperatore è continuamente nella tenda a cagare. Non capisco che gli è preso.-

-Ma perché il Maresciallo non si è riunito all'Imperatore?- chiese con timore il ragazzo.

-Sembra sia morto- rispose Henri, ponendo una pausa di riflessione- Ci credi? Un uomo che ho visto personalmente tagliare teste e braccia con la sua spada a cavallo del suo destriero che cavalcava con estrema maestria, è caduto per disattenzione dal terzo piano del suo maniero.-

-Non ci credo!- fece Armand.

Henri lo scrutò con sguardo fermo. -Le battaglie per essere vinte sul campo vanno prima predisposte fuori di esso. Vanno preparate. Se qui ci fosse stato il Maresciallo Alexandre Berthier a sostenere l'Imperatore, le sciocchezze fatte non sarebbero accadute . I dispacci sarebbero arrivati tutti in tempo e chi sbagliava avrebbe pagato amaramente. Non ci sarebbero stati reggimenti spediti alla rincorsa dei prussiani e poi svaniti nel nulla, o reggimenti mandati al crocevia di Quatre-Bras per prenderlo che si fermano prima per timore.-

Henri fece un sorso amaro di Cognac e fissò il fango, nel quale si infilava il suo splendido stivale di pelle imbrattato quasi fino a mezza gamba.

-Per fortuna degli inglesi e dei prussiani, invece, il maresciallo è caduto dalla finestra.- Sul viso di Henri si dipinse un sorriso amaro che lasciava poco all'immaginazione.

Bevve con avidità il suo bicchiere e lo rimise nella tasca interna del soprabito.

-Domani saremo senza cannoni e senza i cannoni le battaglie si perdono- fece Henri.

-Come senza cannoni?- fecero tutti.

-Tanto pure che sparano la palla si infila nel fango e non esce più. Come la tua scarpa.- E così dicendo Henri guardò il piede fasciato del suo amico Armand e scoppiò a ridere.

Armand, un po' a disagio, si guardò il piede e disse - Già, incredibile. Aiuti a spingere per spostare il cannone e invece perdi i pezzi. Ah, ma domani il primo caduto corro lì e gli frego le scarpe, quant'è vero Iddio.-

-Beh ragazzi, io vado- fece Henri. - Mi riposo un po' per domani. À la prochaine, monamì.-

Tutti risposero con cordialità, chiudendosi a capannello attorno ad Armand. -Dai Armand, riempi il bicchiere che stasera si dorme. Ho già scovato un angolo asciutto dove dormire.-

Henri camminava nel fango, tornando verso il suo accampamento. "Poveri diavoli" pensava, qualche centimetro in più e anche loro sarebbero stati Cacciatori. E invece sono "carne da cannone". Ma perché per alcuni la vita è così misera e difficile? Mio Dio, perché ti accanisci verso alcuni di noi? Cosa ti hanno fatto di male? Eppure mi hanno accolto con affetto e, a parer mio, sembravano tutte brave persone. Non capisco perché, eppure molti di loro, e io ne conosco di poveri sfortunati, non hanno avuto modo di sbagliare così tanto da innescare la tua ira. Quel ragazzo era così giovane. Dovrebbe stare tra le gambe di una ragazza e non a vedere questa miseria.

Capitolo 2
Londra,15 Giugno 1815

In un ufficio della Londra speculativa ed arrivista, lontana dai disagi del campo di battaglia e dalle umane miserie, un uomo d'affari si attarda al lavoro, seduto alla sua scrivania. Sono le otto di sera. Le banche ormai sono già chiuse da tempo. La luce bassa del lume ad olio, schermata dal parasole, lascia il volto in penombra.

All'improvviso si sente qualcuno bussare al portone. I passi del maggiordomo che va ad aprire e poi la sua voce che chiede -Sì? Chi desidera? Prego, la annuncio.

I passi felpati del maggiordomo, seguiti da passi molto più pesanti e sgraziati, si fanno sempre più vicini finché la porta del suo ufficio non si apre e fa capolino la testa imparruccata del servitore.

-Sir. È arrivato il signor... -

-Va bene, va bene. Lo aspettavo. Fallo entrare.-

Un omone entrò dalla porta. Alto, grasso, opulento. Indossava gli abiti più lussuosi che nei primi dell'Ottocento si potevano desiderare.

Si sedette su di una poltroncina a stile impero, che scricchiolò sinistramente.

-Occhio, Adam! Ne hai già rotta una.-

Il grassone sbottò in una risata fragorosa.

-Ma dai. Con tutti i soldi che hai...-

-Bando alle ciance, Adam. Notizie?-

-È appena arrivato. Aveva il messaggio alla zampetta- disse esultante Adam.

-Dammelo subito- esclamò l'uomo d'affari strappandoglielo quasi dalle mani. Lo aprì srotolandolo mentre lo leggeva. Lo sguardo si perse nel vuoto.

-Che c'è?- fece Adam

-Non lo so ancora. È tutto ancora incerto, dobbiamo stare attenti. Ho fatto una scommessa, ma per fortuna mi sono conservato le mosse giuste nel caso la situazione cambi improvvisamente.-

-Come intendi fare se il vento dovesse cambiare?-

-Te l'ho già detto. Fa sempre parte del piano. Indurremo il panico nella borsa, come ti spiegai ieri, raccattando a pochi spiccioli le azioni che invece gli altri tenteranno di rivendere per sbarazzarsene. Sicuramente non lo avrai capito. Non ti preoccupare. Ti dirò tutto io.-

-Infatti non l'ho capito.-

-Ne ero certo, Adam. Tu preoccupati solo di eseguire esattamente quel che ti dico. Se le cose andranno male, andrò di persona in borsa con l'aria di un cane bastonato per vendere tutte le nostre azioni al ribasso. Quando tutti saranno nel panico i tuoi uomini dovranno ricomprarle al ribasso. Tutte.-

E così dicendo cacciò dal cassetto una lunga pipa di terracotta e cominciò a caricarla con del tabacco.

-Posso?- chiese Adam indicando il vasetto del tabacco.

L'uomo d'affari lo invitò con aria di sufficienza a servirsi con un cenno della mano.

Quando si furono accesi la pipa l'uomo cacciò da uno scaffale alle sue spalle una bottiglia di liquore bruno chiaro e due bicchieri.

-Brindiamo alla riuscita del nostro piano.- E porse un bicchiere generosamente caricato al suo amico.

Entrambi ne annusarono il profumo, che si spandeva per tutta la stanza, e poi lo assaggiarono.

-Ma è Cognac?- fece Adam.

-Sì. Regalo di mio fratello da Parigi.-

-Presto saremo ricchi.-

-Più di quanto non lo siamo ora?- fece Adam ingenuamente.

-Ma certo. Il denaro deve perdere di significato per noi. Io voglio diventare la persona di riferimento per qualsiasi decisione. I sovrani dovranno chiedere a noi per qualsiasi cosa.-

-Non credi di esagerare? Tutto sommato non stiamo male adesso.-

-Mio povero e limitato amico. Quel che ti sto raccontando in parte è già stato fatto. Se andrà tutto bene la mia famiglia vincerà tre volte. Ho prestato i soldi all'Inghilterra perché Wellington potesse battersi con Napoleone. Ho prestato i soldi alla Francia perché Napoleone potesse attaccare la coalizione. E chi perderà dovrà pagare i debiti di guerra richiedendoci un nuovo prestito. E noi da quel momento, di fatto, lo possiederemo.-

Adam rimase a guardare l'uomo d'affari con l'aria di chi solo in quel momento capisce tutto.

-Mio Dio- fece Adam -Ci sporcheremo di migliaia di morti.-

-Decine di migliaia, caro Adam- fece l'uomo. -Un male

necessario- riprese con non curanza, assaporando la pipa e bevendoci su un sorso di Cognac .

Adam deglutì vistosamente capendo solo in quel momento a chi aveva venduto l'anima. Maledisse tra sé e sé la sua stupidità e la sua ingordigia. Tracannò il Cognac e si alzò di scatto.

-Già te ne vai?- fece l'uomo con malcelato stupore.

-Beh sì….. ecco…… mi aspettano a casa- tentennò Adam.

-E va bene. Stammi bene e tienimi sempre informato, *amico mio*- disse l'uomo d'affari rimarcando le ultime due parole, quasi a voler ricordare "Adesso ci sei dentro fino al collo. Stai attento".

-Ma certo- fece Adam - come sempre.- E così dicendo se ne andò, uscendo dalla stanza in tutta fretta.

-WINSTON- urlò l'uomo d'affari sgraziatamente.

La porta si aprì ed il maggiordomo apparve con fare elegante e diplomatico -Sì, signore?-

-Ce ne andiamo-

-Sì signore, preparo tutto.-

La porta si chiuse, ma dopo pochi secondi si riaprì nuovamente. Era di nuovo il maggiordomo con una lettera in mano -Mi scusi signore. Lo avevo dimenticato. È passato mentre lei riposava nel pomeriggio un messo con questa lettera da Parigi. -

L'uomo prese la lettera e la aprì di fretta. La lesse e poi sorrise malignamente.

-Ottimo. E anche Berthier è sistemato. Prepara la carrozza.-

-Sì, signore.-

L'uomo guardò la lampada attraverso il bicchiere di Cognac ancora pieno per metà senza capire se stava guardando la lampada o il Cognac. Ne bevve un grande sorso con avidità e continuò a fissare la fiamma nella lampada.

-Maledetti piccoli insignificanti esseri. Mi avete snobbato perché per voi non ero un vero inglese, mi avete rifiutato perché non facevo parte del vostro piccolo mondo. Beh preparatevi, perché tra un po' perderete tutto. Distruggerò la vostra piccola isoletta- poi trasalì per un attimo- anzi no…..me la comprerò.- E così dicendo scoppiò in una mefistofelica risata.

Finì il contenuto del bicchiere in un sol colpo e fece un altro tiro alla pipa per non farla spegnere. Si alzò con una certa difficoltà e spense con un soffio la lampada facendo piombare tutto nelle tenebre.

Capitolo 3
Waterloo, 17 giugno 1815

Henri arrancava tra il fango, cercando di tornare al suo accampamento senza inciampare, quando scivolò in malo modo. Si afferrò al volo ad un ramo che lo resse per un attimo e poi cedette sotto il peso della sua mole.

Ormai si sentiva nel fango quando qualcosa si infilò sotto la sua ascella e lo sorresse con una inaspettata forza. Non era un muretto, ma ci assomigliava molto per quanto era forte e solido.

Una voce cavernosa ma decisa -*Attention Henri*. Per un pelo sporcavi l'uniforme.-

-Gerard!- esclamò Henri- Ma quante altre volte dovrò ancora ringraziarti. Ti devo già una volta la vita. E adesso anche l'onore della mia uniforme.-

-Non dire sciocchezze, amico mio. Sono semplicemente nel posto giusto al momento giusto.-

Henri sorrise, ma mentre si raddrizzava rifletté su quella frase.

-Sembra che io e te si sia legati a doppio filo. Come ad Austerlitz.-

Henri rimirò la stazza del suo amico. Lui era alto, ma l'amico lo sovrastava di più di un palmo e le spalle sporgevano di molto rispetto alle sue.

-Fu solo fortuna, amico mio. Non sentirti in obbligo.-

-Fortuna?!- fece Henri - Mi stavano infilzando come uno spiedo quando arrivasti tu. Senza neanche armi lo prendesti con le mani per la testa e, girandogliela, gli spezzasti il collo. Non finirò mai di ringraziarti.-

-Spero che potrai restituirmi il favore domani, amico mio.- Si guardò attorno e poi fissò il cielo -Quanto piove, *Henri*. Non ci voleva proprio. Domani non potremo usare i cannoni. E noi ne avevamo di più.-

-Hai proprio ragione. Non piace neanche a me come le cose si stanno mettendo.-

Gerard prese tra le sue mani quelle di Henri che così scomparvero -Spero di rincontrarti, amico mio. -

-Lo spero tanto, Gerard. A domani, fratello mio.-

-Accidenti- fece Gerard andandosene - se dovessi morire, spero di poter rinascere uccello nella prossima vita. Questo fango mi ha proprio stufato.-

-Già- rispose ridendo Henri, ma mentre si allontanava quella frase cominciò a rimbombargli nella mente.

Henri comprendeva che i segni a volte arrivano dalle parti più disparate e Gerard, in quel momento, era un portatore di messaggi. Già in passato era stato testimone di strani avvenimenti e aveva sviluppato una sorta di sesto senso verso i messaggi che il grande Dio mandava alle sue amate creature.

Tempo addietro, infatti, Henri era stato iniziato ai grandi misteri dell'Alchimia e, anche se non aveva avuto tempo di approfondire bene l'argomento, sentiva che qualcosa dentro di lui era cambiato. Adesso percepiva il mondo in un modo diverso anche se il suo percorso era stato interrotto bruscamente per la guerra. "Dopo tutta questa guerra e questi morti mi rimetterò a praticare seriamente" si ripeteva sempre in mente. Quasi a volersene convincere.

"In un'altra vita" aveva detto Gerard. Perfino i profani lo percepiscono, continuando inconsapevolmente ad obbedire alle regole di causa ed effetto volute dal Fato. A rispondere al Karma e al suo intreccio di ragnatele che ci lega gli uni agli altri. Il Fato quindi, che periodicamente ci chiama ad essere presenti sulla sorte dei nostri fratelli per aiutarli o esserne i carnefici, è legato a questo? Come per Gerard?

Allora è per questo che mi sento così male? Per tutte le vite che ho tranciato? Avevo una scelta e ho imboccato la via sbagliata? Quella della morte?

Henri si portò le mani al volto quasi a voler fermare quel flusso inarrestabile di pensieri. -Non capisco più niente- esclamò ad alta voce.

-È normale- esclamò una voce squillante alle sue spalle.

Henri si girò di soprassalto.

Lì, in piedi, nel fango come lui, ammantato nel suo paltò grigio e con il bicorno in testa un omino piccolo, al suo confronto, lo rimirava con la testa inclinata di lato ed un aria da furbetto.

Napoleone Bonaparte.

Capitolo 4
L'Imperatore

Henri scattò sull'attenti, esclamando -Mio Imperatore! Mi perdoni. Un momento di sconforto, ma non accadrà più.-

-Bugiardo- fece lui allungandogli la mano. -Vieni. Fammi appoggiare.-

-Ma maestà le assicuro che non permetterò più ...-

-Taci, amico mio. Te lo dico perché sono io il primo a cader preda di questi sentimenti.-

-A migliaia avete fatto a gara a morire per me. Con il mio nome sulle labbra, vi ho mandati al macello per rendere grande la Francia e permettere una vita migliore a tutti noi e i nostri cari. Ma a che prezzo?-

-Ma Sire... nessuno di noi ha mai avuto dubbi sul vostro operato.-

-È vero- incalzò l'Imperatore, mentre appoggiato a Henri di fatto lo trascinava all'asciutto- ma questo non ha fatto altro che inasprire i miei sensi di colpa.-

-No, Vostra Grazia. Non si crei questi pensieri cupi. Noi dipendiamo da voi. Senza di voi non saremmo più niente. -

Napoleone si fermò di colpo, inchiodando anche Henri. Rimirò da sotto il bicorno l'omone e con un filo di voce -Proprio tu mi dici questo. Tu. La persona a cui io devo la mia vita? Fosti tu a salvarmi in guerra o no?

-Lei esagera, Mio Signore. Fu solo fortuna.-

-Fortuna dici? Una intera pattuglia di austriaci a Borghetto in Italia mentre io mangiavo? Se non li avessi visti a quest'ora non sarei qui.-

Napoleone riprese a camminare lentamente nel fango e fece finta di ricordare qualcosa, si portò con fare furbetto l'indice alla bocca e riprese -Ah no, forse intendevi quella volta in Russia, quando quel cosacco morto, o finto morto che dir si voglia, ritornò in vita e tentò di ammazzarmi.-

-Lei mi confonde, Maestà-

-No no- fece Napoleone dondolando il capo per negare - non ti confondo affatto. Eri proprio tu.-

-No, intendevo dire.....-

-Lo so cosa intendevi dire. È solo che non te lo voglio far dire. Non è fortuna amico mio. È Fato.-

E lo ripeté anche, scandendolo - F-A-T-O.-

-Non sei qui per caso. Hai una chiara missione, proteggermi finché Dio vorrà. -

-Non ti corrucciare- riprese Napoleone.- Anche io non dormo la notte per tutti i morti che ho causato. Ma ci sono persone che hanno interesse a schiacciare la nostra amata nazione e noi non lo possiamo permettere.-

Camminando camminando si erano ormai avvicinati ad una fattoria.

-Prego - fece Napoleone indicando l'entrata ad Henri.

I due entrarono nella fattoria. Un fuoco ardeva nel camino e altri soldati ed ufficiali erano già nella stanza, ormai calda grazie al fuoco. Tutti salutarono l'imperatore e subito dopo Henri.

-Mio Signore, ma tutte le sue cose per trascorrere la notte? Dove sono?-

-Le stanno portando- fece l'imperatore con fare ironico. - Si sono persi nella notte. Mi hanno detto che stanno arrivando.-

-Non mi avevano mai smarrito la mia branda fino ad ora. Se ne occupava sempre il mio caro amico, il mio Maresciallo di Francia Louis Alexandre Berthier. In effetti devo ammettere che si è sempre occupato di tutto e io, adesso, senza di lui mi sento nudo. Solo adesso capisco quanto era prezioso- Napoleone alzò lo sguardo per guardare Henri negli occhi. - Non solo per l'organizzazione. Era proprio un amico, come te. Non meritava quella fine…-

Il suo sguardo sprofondò nel fuoco, un interminabile attimo di silenzio carico di tensione e tristezza fece comprendere ad Henri che l'Imperatore era perso nei ricordi.

Capitolo 5
Bamberga-Baviera, 31 maggio 1815

Un uomo si attarda a leggere davanti al camino della sala centrale, mentre una lampada ad olio lo illumina. Siede su una comoda poltrona di lato al focolare così grande che ha ancora al suo interno, ai lati, le sedute nelle quali ci si accomoda quando la stagione è troppo fredda. L'inverno è ormai alle spalle, ma la stagione calda tarda ad arrivare. I caminetti ancora crepitano allegramente nelle notti fredde bavaresi.

Passi furtivi si sentono nella stanza, alle sue spalle.

-Sophie? Sei tu?-

-Sì, signore-

-Lo sai che non devi sgattaiolarmi alle spalle.-

-Sì, signore, ma fa troppo freddo e le ho portato una coperta.- La donna ormai vecchia portava a fatica una coperta di lana pesante. La sistemò sulle gambe del suo signore in modo da tenerlo caldo.

-Grazie mille, Sophie.- rispose affabile l'uomo. -I miei suoceri?-

-Dormono già, signore. Domani si svegliano presto e vanno in campagna per decidere i lavori da fare. Resteremo soli, signore. Ma in mattinata vado al mercato per la spesa. A proposito, ha ordini per domani? Che cosa vuole mangiare?-

L'uomo lasciò cadere il libro in grembo e guardò di sbieco la donna.- Lo sai che per te non ho mai ordini, ma richieste.-

La donna sorrise massaggiandosi la schiena -Sì sì, lo so mio signore, ma dovendo uscire per comprare la cena pensavo che lei avesse richieste particolari.-

-No Sophie, grazie. Fammi quello che ti è più comodo.-

-Va bene- fece la donna -e mi raccomando: non si addormenti davanti al camino che poi si spegne e lei si gela.-

-Sissignore- fece l'uomo con voce esageratamente ufficiale.

La donna si allontanò, ridendo e massaggiandosi la schiena.

La porta scricchiolò e poi si chiuse.

Tentò di riprendere a leggere ma non ci riuscì. I pensieri lo aggredirono come lupi attorno un agnello smarrito.

Lui, Louis Alexandre Berthier, il Maresciallo di Francia, braccio destro di Napoleone e adesso di Luigi XVIII, non sapeva più chi erae cosa voleva.

Quando Napoleone andò in esilio lui aderì al rientro del Re Luigi, che fu molto generoso con lui. Ma quando Napoleone ritornò lui non seppe scegliere.

Si rese conto solo in quel momento che tutti i riconoscimenti del Re Luigi erano in realtà un tranello nel quale lui, mosso dalle lusinghe, era caduto come uno scolaretto. E adesso non aveva più il coraggio di guardare negli occhi Napoleone. Si sentiva un vero traditore. Chi come lui è stato un soldato ed è stato sui campi di battaglia sa quanto valga la fiducia. Ci si fida di chi si è scelto e quando questi a sua volta ti tradisce girandosi da un'altra parte, la fiducia cade. E riacquistarla poi è molto difficile.

Insomma, Berthier si sentiva un traditore. Ma il suo imperatore, quello vero, Napoleone, gli mancava proprio tanto. E poi lui sapeva che senza di lui sarebbe stato in difficoltà. Napoleone era un genio. A volte il vero problema era restargli dietro e saper interpretare quel che lui pensava e tradurlo in ordini operativi per la truppa. Saper anticipare le mosse, tenere unito l'esercito con i messaggi. Quante volte ha dovuto tener insieme la matassa che stava per sfaldarsi, quante volte ha dovuto sbattere i piedi a terra e farsi ascoltare, sia dalla truppa che dall'Imperatore.

Mentre parlava le fiamme languivano. Si alzò e si mise a ravanare nella brace con l'attizzatoio, poi aggiunse un paio di ciocchi di legno e attese. Ogni buon soldato sa attendere. È la parte più importante del lavoro. Si cerca il posto propizio, poi si studia il territorio. Bisogna indurre il nemico a seguirci nel ragionamento. Fargli credere che in realtà è una sua scelta, per poi condurlo nel posto giusto e trovarsi nelle posizioni giuste al momento giusto. Non è facile. Attendere e attendere ancora.

Dai due ciocchi ormai si alzava un fumo denso.

E poi sferrare l'attacco.

Con l'attizzatoio separò un po' i due pezzi di legno, perché vi passasse l'aria, e subito una fiamma zampillò tra di essi.

L'uomo si riaccomodò sulla sedia, osservando il fuoco. In un attimo gli sembrò di essere sul campo di battaglia. Come nelle campagne in Italia o ad Austerlitz, quando con il suo imperatore passava tra i soldati per ravvivare il morale, provato dagli elementi avversi della natura e dalla battaglia.

Si vide di nuovo con decine di migliaia di uomini ai suoi ordini e pronti a scattare. Sapevano che quell'unione magica tra lui e l'Imperatore era praticamente imbattibile e tutti credevano fermamente in quel che gli veniva detto. Magari non lo capivano nell'immediato, ma poi alla fine era bello, dopo la vittoria, vedere i soldati che si confrontavano con entusiasmo.

Una volta sentì di nascosto il commento di due della fanteria.

-Lì per lì- disse uno -credetti fossero impazziti. Ma come ti viene in mente di mandarci alla carica, così in pochi e senza appoggio? Eseguii solo perché so che "quei due" quando sono insieme sono veramente geniali. E poi improvvisamente da dietro la collina vi vedo sbucare.-

Berthier era dietro la tenda dei soldati che ascoltava soddisfatto. Uno di "quei due" era proprio lui.

-Ah, non ci avevi visto?- fece un altro.

-Noooo. Ti assicuro. Io mi davo già per morto.-

E tutti scoppiarono in una fragorosa risata.

-Tranquillo, *monamì*. I fiori sulla tomba te li porto io.-

-Si- fece un altro -e io mi occupo della vedova.-

E giù un'altra risata generale.

Questo gli mancava. Quel misto di fratellanza, amicizia e valori comuni che solo sui campi militari trovi.

Luis si asciugò una lacrima che timidamente uscì da un occhio. Poi cominciò a rivedersi alla corte di Luigi XVIII, tra gli sguardi indagatori dei cortigiani che lo scrutavano, lo giudicavano per il suo trascorso. Ogni giorno era la stessa storia. Le dame si portavano il ventaglio davanti alla bocca e sciorinavano di tutto e di più.

Ne aveva abbastanza di tutta quella falsità. Per questo se ne era andato dalla corte con una scusa. Per prendersi un attimo di tempo e decidere il da farsi. Ma adesso non aveva più dubbi. Temeva per Napoleone: da solo era troppo veloce per la truppa e per chi non lo conosceva. Non sarebbero stati in grado di seguirlo nei suoi pensieri. E poi non voleva rivedere un'altra Russia per lui. Non lo avrebbe sopportato.

Si tirò sulle gambe la coperta e chiuse gli occhi rivedendosi per un attimo con lui. Il suo Imperatore.

Il giorno dopo Luis si svegliò nel suo letto. A metà della notte, come Sophie aveva predetto, lui si era svegliato completamente gelato in quello stanzone troppo grande per restarci senza il camino acceso. Quindi se ne era andato a dormire nel suo caldo letto e adesso aveva i dolori alla schiena.

Ma per fortuna Sophie era sempre presente. Prima di uscire per andare al mercato, che non era poi così vicino, aveva lasciato il solito bagno caldo per il suo signore.

Luis si era spogliato e si era immerso nella tinozza di acqua calda che ormai, da bollente che era, era giunta alla temperatura perfetta.

Si era quasi riaddormentato nell'acqua, alzandosi poi con la schiena completamente guarita. Vestitosi, era andato a fare colazione. Sulla stufa accesa c'era il bricco con il caffè appena fatto e una fetta di torta.

Si era completamente assuefatto a tutte quelle comodità e ai vizi ai quali Sophie lo sottometteva maternamente.

Mentre mangiava sentì uno strano rumore in lontananza. Finì prima di bere il caffè e mangiò avidamente la fetta di torta.

Si avviò grazie alle scale ai piani superiori, senza accorgersi della porta della stanza che si socchiudeva alle sue spalle.

Non identificava ancora quel rumore che aveva sentito e voleva indagare salendo ai piani superiori per sentire meglio e comprenderne l'origine. Salì le scale seguito da ombre che si muovevano furtivamente.

Arrivò quasi alla finestra che intendeva aprire e, prima ancora di abbassare la maniglia, strabuzzò gli occhi. "Ma questo è il rumore dei tamburini" pensò. "Non ci sono esercitazioni oggi." Spalancò la finestra e li vide. Prussiani.

"Non può essere, si stanno già muovendo. Sono già qui. Ma come? Devo andare subito da lui per avvisarlo. Quel maledetto Blucher sta arrivando" si ripeté in mente.

"Prima però devo vedere meglio. Andrò a prendere il mio cannocchiale al piano di sotto".

Fece per girarsi, ma si trovò alle spalle degli energumeni.

-Chi siete? Che ci fate a casa mia? Come vi siete permessi di entrare senza essere annunciati?-

Il più grande di tutti, un vero armadio, lo afferrò senza alcun problema e lo portò alla finestra, poi gli afferrò il volto e lo rigirò verso il paesaggio.

-Guarda- gli disse con una strana accento dal quale si capiva che non era francese - è il futuro che avanza. E tu non ne fai più parte.-

-Napoleone li schiaccerà senza alcun problema, come formiche- biascicò Luis, con il volto stretto nella morsa ferrea della mano del malfattore.

-Napoleone senza di te è come rotto. Non funziona più. La sciocchezza più grande che il tuo Imperatore potesse fare è appoggiarsi a te completamente. Adesso tra lui ed il suo esercito non ci sarai più tu che traduci il suo pensiero in un linguaggio comprensibile a tutti.-

Luis restò come imbambolato. Aveva ragione. Era esattamente così.

L'uomo alzò da terra Luis e lo scaraventò fuori dalla finestra.

Luis non si oppose e, mentre cadeva, ripensò ai giorni di gloria passati vicino al suo Imperatore.

Pensò che avevano fatto con lui quel che lui ed il suo Imperatore avevano fatto con gli altri. Osserva e studia il nemico.

È incredibile cosa la mente sia in grado di pensare nei momenti di grande pericolo, e con quale velocità.

Non sentì neanche l'impatto al suolo, tanta l'adrenalina che circolava nel suo corpo. Semplicemente si spense. Come addormentato. Un grande ed eterno silenzio.

L'uomo si era sporto dalla finestra. Rimase un attimo così a guardare e poi si girò verso gli altri.

-Che vi avevo detto? Bastavo io. La prossima volta dì al tuo padrone che non servono altri. E che sono al suo servizio.-

Gli altri annuirono semplicemente per timore.

In gran silenzio si avviarono giù ed uscirono dal retro della casa, mentre cominciavano a sentire le urla della domestica appena rientrata.

Capitolo 6
Waterloo, 17 giugno 1815

- Questo freddo mi ricorda tanto la Russia - fece l'Imperatore riprendendosi da uno dei suoi tanti ricordi che in quel periodo lo assalivano.- Anche se non è paragonabile a quel freddo mi da la stessa sensazione. E non mi piace.-

-Non ci pensi- fece Henri.

-Ci provo, amico mio. Ma mi ritorna sempre in mente un'immagine. Eravamo in ritirata e c'eri anche tu dietro di me. Passammo vicino ad un cumulo di morti e fui colpito da uno in particolare-

Henri chiuse gli occhi e strinse i pugni, perché sapeva di che parlava l'Imperatore.

Napoleone, fissando quasi ipnotizzato le magiche fiamme nel caminetto, continuò - quando fummo vicini mi accorsi che era un cumulo di morti, tutti attorno alla carcassa di un cavallo. Tutti sembravano essere strisciati da qualche parte fino al cavallo per mangiare un pezzo della sua carne. Il morto più in alto sovrastava tutti, li aveva letteralmente calpestati per arrivare all'animale. Era morto così: mentre mordeva la carne della ferita del cavallo. Con quella smorfia scolpita sul volto e gli occhi ancora aperti. Vacui, biancastri.-

Napoleone tacque per un istante.

-La carrozza avanzò e io mi trovai allineato al suo sguardo. Mi resi conto che quella smorfia e quello sguardo non erano per addentare il cavallo morto. Erano per me. Per tutta la sofferenza che avevo creato. Per tutti i morti che avevo fatto lungo le mie interminabili guerre. In quel momento mi sentii nudo e senza difese. Ancora oggi, quando mi addormento, il primo che mi viene a trovare in sogno è quel soldato morto nella steppa Russa. Quel maledetto posto infernale.-

Napoleone si girò verso Henri. - Ecco. È questo che sento in questo momento.-

Ci fu un silenzio pesante dove tutti gli sguardi vagavano tra Napoleone ed Henri.

-No, Sire. Io invece ricordo tutt'altro. La sera prima della battaglia finale di Austerlitz. Quando eravamo andati insieme in perlustrazione di notte-

Napoleone serrò le labbra, come a voler impedire che un caro ricordo potesse scappare per sempre attraverso di loro.

-Rientravamo dalla perlustrazione e Lei come sempre era in testa con il comandante del plotone. Io ero subito dietro. Ricorda?-

-Sì- sussurrò l'Imperatore commosso.

-Passammo attraverso l'accampamento di fortuna che i soldati si erano fatti e tutti, quando la riconoscevano, esultavano e la acclamavano. Le fiaccole si accendevano una dopo l'altra e tutti urlavano il vostro nome. Chi non aveva niente da accendere prendeva dei pugni di paglia e, dopo averla accesa, la lanciava in aria esultando.-

-Ecco. Io invece ricordo questo, Sire.-

Napoleone fissò a lungo tutti con gran commozione e stava per dire qualcosa quando da fuori la stanza dei passi frettolosi si avvicinarono. Un soldato irruppe nella stanza -Sire, è arrivata la carrozza con il suo letto da campo.-

-Finalmente- fece Napoleone allargando le braccia - Si dorme.-

Nella stanza tornò un'aria più leggera e tutti si misero a parlottare tra di loro.

Napoleone si avvicinò a Henri gli prese la mano e gli disse - Va a dormire amico mio, domani ti voglio in forma. Tu sei il mio portafortuna. Lo capii tanto tempo fa quando ti mandai in aiuto di mio cognato, quel traditore di Gioacchino, per la presa di Capri. Sapevo che Napoli era speciale, quasi magica. E ti ci lasciai un anno perché sapevo che ti avrebbe cambiato quella città. Ti facevo seguire. Per proteggerti naturalmente.-

Henri rimase di sasso. -Ecco perché non rientravo nonostante gli impegni... Mi sono sempre chiesto il perché di quella sosta. Ma Lei non è contrario a tutto questo?-

-Assolutamente no. Sono contrario ai poteri occulti che cercano di infiltrarsi nelle corti. Ma non alla ricerca della verità. Va a dormire adesso e sogna della tua famiglia. Buonanotte.-

-Buonanotte, Sire- ripeté Henri senza rifletterci. Quasi imbambolato. Pensava al fatto che non si era mai accorto di essere seguito. Cercava di capire se avesse fatto qualcosa di cui pentirsi. Nel vagare con il pensiero tra i suoi ricordi per capire, si rivide tra i vicoli di Napoli, quella splendida città. Così viva, genuina, che gli aveva dato così tanto.

Fu un attimo ed era tra i decumani della città antica.

Capitolo 7
Regno di Napoli, 1808

Henri vagava per i vicoli della parte storica di Napoli. La parte antica.

Questa si divideva in decumani e cardi. I decumani erano tre ed il principale divideva Napoli in due. Una volta Henri andò con il Re in gita sulla collina al centro della città e da lì vide, per la prima volta, il decumano maggiore, quello centrale. Sembrava un colpo di sciabola al centro di Napoli. E anche i quattro cardi maggiori si intravedevano. Il Re, Gioacchino Murat, gli spiegò che i napoletani avevano un dolce che celebrava la parte greca della città. La chiamavano "pastiera" ed era fatta con tanti ingredienti, ma quel che più importava erano le strisce di pastafrolla sopra. Dovevano essere quattro che si intersecavano a novanta gradi con altre tre e rappresentavano rispettivamente i cardi e i decumani. Poi gli fece assaggiare il dolce. Che meraviglia! Henri non aveva mai assaggiato nulla del genere in Francia. E quando poi assaggiò quelli siciliani fatti dal cuoco appositamente per il Re ne restò assolutamente estasiato.

A Henri piaceva tanto vagare per la città, vestito da persona comune e non da militare. Le sue origini italiane gli permettevano di muoversi in incognito nonostante la statura. D'altronde le persone alte non erano rare da quelle parti, Napoli era stata dominata dai Normanni, così come quelle bionde con gli occhi azzurri.

Henri aveva imparato a tacere perché finché non parlava non si capiva la sua provenienza. Come apriva bocca quel prepotente accento parigino spuntava subito facendolo riconoscere. Era un attimo e una marea di ragazzini gli si avvicinava a mano tesa, chiedendo la carità e costringendolo a cambiare strada.

Aveva quindi imparato a tacere, ma questa nuova dote lo aveva posto in una nuova dimensione. Discutendo nella sua mente si era accorto che delle risposte arrivavano da sole per il semplice fatto di immaginarsi un discorso interiore. A volte il suo alter ego, o immaginaria persona a cui spiegava le cose, gli dava una risposta a cui lui non avrebbe mai pensato normalmente. Questo lo lasciava sempre un po' esterrefatto.

Di tutte le parti di Napoli ve ne era una che Henri prediligeva. Era la zona storica, il suo quartiere più antico. Amava camminare dal palazzo Reale fino al suo vicolo preferito. Lo percorreva tutto fino alla fine e si fermava come sempre a rimirare la piazza che si apriva maestosamente davanti ai suoi occhi.

Piazza San Domenico Maggiore.

Come d'abitudine anche quella sera Henri era lì a contemplare la piazza, come se fosse un presepe. Al suo centro c'era l'obelisco dedicato a San Domenico per ringraziarlo dell'aiuto durante le pestilenze di metà Seicento. Era semplicemente imponente. Bello. Tutto in marmo. Sembrava luccicare nella notte. E dietro c'era la Basilica dedicata allo stesso santo. Quella sera si sentiva leggero e voleva serbare quel sentimento. Si ricaricò la pipa, la riaccese e ci mise su anche un nuovo sorso di quello splendido Cognac che aveva reperito nelle cucine reali.

Si incamminò verso quel lato della piazza lievemente in salita con un braccio dietro la schiena e l'altra mano che reggeva la pipa. Era non brillo, ma spensierato. Si potrebbe azzardare felice, quasi. Come voltò l'angolo, però, la scena cambiò immediatamente. Due uomini mal vestiti stavano aggredendo un vecchio che si lamentava, mentre i due lo frugavano per rubargli tutto quel che poteva essere rivenduto. L'uomo anziano per un attimo rimirò verso Henri e poi, con un aria di sollievo, sospirò felice e rasserenato. Henri si sentì subito investito di quella responsabilità. In quell'istante, come spesso accade in tutti i soldati di mestiere, qualcosa scattò nella mente di Henri. Con una freddezza glaciale posò la pipa in una fessura nel muro lì vicino per non danneggiarla, estrasse quasi contemporaneamente la fiaschetta di vetro dalla tasca dei pantaloni e la ripose nella stessa fenditura nel muro. Poi si slacciò la cappa per non incapparci dentro e, con un movimento del braccio sinistro a mo' di mulinello, lo avvolse attorno all'intero braccio. Era la difesa.

Purtroppo quella sera non aveva portato niente con sé per difendersi, ma questo per Henri non era mai stato un problema. Nelle campagne con Napoleone in alcune occasioni aveva ucciso a mani nude.

-Ehi, voi. Si fa presto con un vecchio. Perché non provate con me? Ho una bella borsa carica di oro.-

I due si girarono e per un attimo si guardarono negli occhi. Il loro sguardo sembrava voler dire "Oro. Però guarda com'è grande e grosso questo".

Si avvicinarono insieme. Come fanno i lupi. Avevano lunghi ed affilati coltelli, ma Henri si rese subito conto che erano alquanto maldestri nel maneggiarli.

Il più intraprendente si avventò con un affondo e Henri lo parò subito con il braccio fasciato. L'uomo sferrava i fendenti nell'aria un po' a caso, sperando che qualcuno andasse a fondo. Non aveva capito chi aveva di fronte. Poi Henri si rese conto che quel tipo inconsapevolmente dondolava il corpo un attimo prima di sferrare il fendente. Prese il tempo per coordinarsi con l'attacco e quando l'uomo sferrò l'affondo Henri lo prese in controtempo, afferrandogli il polso della mano armata con la mano che spuntava da dentro il fagotto del mantello. Con l'altra diede un colpo al centro del braccio così forte che la rottura del braccio fece sobbalzare anche l'altro uomo. Si sentì un urlo dell'uomo che si lamentava per il dolore. Poi Henri gli fece un veloce sgambetto, seguito da un altro grido di dolore. L'uomo era a terra. Henri meccanicamente prese il coltello da terra, afferrò l'uomo per i capelli e gli portò la lama alla gola. Questi strillò per la paura.

-NOOO-

Una voce alle sue spalle lo fermò.

-Non farlo.- Era il vecchio. -Ha capito il suo errore. Non infierire. Non lo farà più.-

L'uomo con il coltello alla gola guardò il vecchio con aria stranita. "Come aveva fatto?" era il suo pensiero.

Henri mollò la presa e fissò con freddezza l'altro uomo, che si era tenuto fuori da quello scontro intuendo qualcosa.

-Lui invece no.- fece il vecchio. -Lui è già morto. Perché non ha provato questo dolore.-

Allora l'uomo che era ancora in piedi con il coltello in mano lo ripose velocemente nella cintura, si guardò attorno e se ne scappò con il favore della notte.

L'uomo a terra si alzò tenendosi il braccio e fissò per un attimo il vecchio. Il vecchio fece un cenno di assenso con il capo e gli indicò la via con un dito. Era la via opposta a quella del suo amico.

L'uomo si avviò dolorante sotto lo sguardo attento di Henri, che lo guardava impassibile. Aveva già indossato la cappa e aveva un aspetto imponente.

Quando scomparve dalla vista, solo allora si andò a riprendere le cose adagiate nella fessura del muro. Poi andò vicino al vecchio e gli disse -Vieni vecchio, ti porto a casa. Per oggi ne hai già passate abbastanza.-

Fece per tendergli la mano e vide che il vecchio la tendeva in un'altra direzione. Lo fissò meglio negli occhi e solo allora si rese conto che era cieco.

"Come ha fatto a vedermi arrivare?" fu il suo unico pensiero.

Lo afferrò per la mano e se lo mise sotto il suo braccio possente.

-Dove andiamo di grazia?- fece con modi affabili.

-Lascia che ti guidi- fece il vecchio con altrettanto garbo. E così dicendo lo portò verso il portone di ingresso della cappella di San Severo.

-Vivi qui?- fece Henri.

-Sì- rispose il vecchio uomo -mi occupo della cappella del principe di San Severo.-

-Allora è stato un percorso breve- fece ridendo Henri.

-Forse per me- fece l'uomo anziano -ma non per te che vieni da molto più lontano.-

-Tu che ne sai?- rispose Henri sulla difensiva.

-Oh beh. Con quell'accento non serve mica l'indovino per capirlo- rispose il vecchio ridacchiando.

L'uomo cacciò dalla tasca una chiave, tastò saggiamente la superficie del portone e, una volta trovata la toppa, infilò la chiave. La girò lentamente finché non sentì la serratura scattare. Il portone si aprì e il vecchio vi entrò. Henrì si sporse e vide nella penombra della sala poco illuminata molte statue. Si soffermò a guardare e il vecchio lo notò.

-Ti piacerebbe visitarla?-

-Certamente- fece Henri.

-Allora torna domani e te la mostrerò con piacere.-

I due si salutarono con cordialità e Henri si ripromise di tornare per guardare l'interno di quel posto che tanto lo attirava.

La mattina dopo Henri si svegliò con una strana sensazione di inattività, passare dall'esercito sui campi di battaglia ad una corte lo faceva quasi sentire inutile. L'Imperatore lo aveva mandato da Murat, il re di Napoli, per fare da "aiuto". Ma lui non si era mai spiegato come, un uomo solo, potesse aiutare un intero esercito finché, un giorno, non fu chiamato da Murat in persona tramite il suo attendente.

-Sua Altezza la attende nel suo studio per discutere dei piani di attacco di Capri.-

-I piani di attacco?- esclamò Henri stupefatto - E io che centro?-

L'unica risposta che ottenne fu un semplice e formale -Prego, da questa parte.-

Henri seguì con apprensione l'attendente, mentre dal lato della guarnigione del palazzo Reale di Napoli ci si avviava verso i piani superiori.

Salì la scalinata in marmo e, man mano che saliva, si sentiva sempre più piccolo ed insignificante. Non sapeva ci potesse essere tanto marmo nel mondo. Tutto era lucido e luccicante. I lampadari appesi erano splendidi e, mentre camminava, immaginava le possibili vie di fuga per poter scappare e non farsi più trovare.

Appena finita la scala si incamminarono per un corridoio immenso. Era una specie di camminamento che una volta doveva essere aperto sul cortile interno e adesso, invece, era stato chiuso da delle vetrate per l'inverno. Dal lato opposto vi erano le stanze con due inservienti ad ogni porta pronti ad aprirle nel caso qualcuno dovesse entrare.

Tutta la cosa gli sembrò subito strana perché i soldati come lui generalmente passavano per il corridoio di servizio. L'attendente si avviò verso una delle porte. Come si avvicinarono, gli inservienti aprirono subito le porte e dietro di loro apparve una splendida stanza con un'altra porta di lato ed altri due inservienti che, come videro l'incedere sicuro dell'attendente, cominciarono ad aprire la loro porta. Henri si guardava attorno palesemente a disagio per tutto quello sfarzo a cui lui non era abituato. Era un soldato e viveva tra stalle e taverne, se andava bene.

La prima stanza doveva essere un salotto di intrattenimento per i visitatori in attesa di essere ricevuti.

Appena varcata la seconda porta, Henri si rese conto di essere nello studio del Re. C'era il Re e gli alti Ufficiali. Tutti si interruppero quando lo videro ed Henri salutò subito militarmente il Re con un "Vostra Altezza" da manuale.

-Prego, *Henri* se ricordo bene, giusto?-

-Sì, Vostra Altezza. Cosa posso fare per rendermi utile?-

-Niente. Stia qui e senta tutto. L'imperatore mi ha detto di coinvolgerla e io eseguo.-

-Sì, Altezza- rispose Henri e si dispose attorno al tavolo, facendo un cenno di rispetto ai suoi vicini a sua volta corrisposto.

-Bene signori- disse un generale -il fratello del nostro amato Imperatore ci ha già provato più volte, mancando l'obiettivo. Purtroppo dobbiamo dire che gli inglesi si sono asserragliati molto bene e chiunque si avvicini alla portata dei cannoni a difesa non ha scampo. Potremmo tentare di raddoppiare le navi, qualcuna dovrebbe arrivare a destinazione.-

-Ma quanto ci costerà questa cosa?- fece il Re.

-Non se ne esce, mio sire, né da Marina Grande né da Marina Piccola sull'altro versante. Entrambe ben coperte- fece un Ufficiale della Marina francese.

-Possibile che questi siano gli unici punti da cui accedere a Capri?- incalzò il Re.

-Gli unici da cui le navi possano approdare e sbarcare gli uomini. Il resto dell'isola è impervia, Sire.-

-Mi è data licenza?- azzardò Henri, mentre le gambe gli tremavano.

-Certamente- fece il Re -siete qui apposta.-

-Se non possiamo entrare dalla porta principale allora potremmo passare dalla finestra del primo piano. Da lì di sicuro non si aspettano ingressi. Infatti la hanno lasciata aperta.-

-Spiegatevi meglio- fece il Generale serioso.

-Il lato ad ovest, quello opposto alla costa, sembra disabitato e senza guarnigioni. -

-Sfido chiunque a passarci- fece il Generale. -É impraticabile.-

-Beh Generale, con tutto il rispetto, credo che invece un punto debole lo si possa scovare. Se troviamo qualcuno che conosce la costa, potremmo rintracciare un posto da cui salire con l'aiuto di scale. Ci sono solo pochi fortini sparuti di cui si può aver ragione con pochi uomini addestrati bene.-

Il Re divenne pensieroso tutto d'un tratto. Fissò a lungo l'isola e poi rimirò con aria furbetta Henri.

-Allora l'Imperatore, mio Cognato, aveva ragione. Da lei ci si può aspettare di tutto. Mi era già giunto un simile piano, ma io lo ritenevo irrealizzabile. Invece lei si fa portatore di verità e ci conduce all'unica via che dovevamo percorrere fin dall'inizio.-

Un breve e lungo sguardo intercorse tra i due. Poi il Re si rivolse ai generali dicendo -Portatemi l'incartamento di Colletta.-

Il Generale si girò verso un ufficiale, facendo un semplice cenno della testa, e questi si avvicinò con una serie di carte. Prese una cartina arrotolata e la porse al Generale, che la srotolò sul tavolo fissandolo agli angoli con dei soprammobili.

-Che ne pensate?- fece il Re verso Henri.

Henri si avvicinò al documento, lo studiò con attenzione e ne lesse tutte le note ai margini. Le frecce che indicavano gli spostamenti e le modalità di approdo.

-È fatto bene, Sire. Prevede perfino con quale marea approdare. Dove prendere scale così lunghe e perché. Questo signore pensava questa operazione da un po' di tempo.-

-Si- fece Gioacchino - Il signor Colletta è un patriota e si è scervellato per poter scacciare gli inglesi da Capri e ridare il Mare Nostrum a Napoli. Ha visto l'Ammiraglio Caracciolo appeso al pennone della fregata Minerva manco fosse un provolone, senza alcun rispetto. Non se l'è dimenticato e vuol rendere pan per focaccia.-

-Allora, studiatevi il piano e rendetelo operativo. Poi portatelo da me e lo verificheremo insieme- e così dicendo uscì dalla stanza.

Henri passò l'intera giornata a discutere con gli ufficiali, immaginando i possibili scenari per invadere l'isola e solo uno poteva essere quello giusto. Avvicinarsi con una piccola flottiglia di imbarcazioni da pesca, basse e poco appariscenti non sarebbero state di sicuro viste. Magari, per non destare sospetti, si potrebbe organizzare un falso attacco dal lato opposto, da dove se lo aspettano e così attirare tutta la guarnigione da quella parte.

Henri era confuso da tutta quella attenzione dei gradi alti verso di lui. Uscì in serata dal palazzo per schiarirsi le idee. Si vestì da civile con abiti che per strada non avrebbero dato nell'occhio e si incamminò verso il cuore antico della città. Quel posto così pulsante lo attirava come una candela attira una falena di notte. Non riusciva a non passarci almeno una volta al giorno. Appena uscito dal cancello laterale del palazzo Reale cacciò la sua pipa in terracotta e la caricò con il tabacco che aveva nella apposita sacchettina. Compresse al punto giusto il tabacco nel fornello e lo accese. Accostò la bocca al lungo gambo della pipa e tirò su una generosa boccata, che si gustò fino in fondo. Estrasse da una tasca una borraccetta di Cognac e ne bevve un sorso. L'accoppiata pipa-Cognac lo calmava e lo rendeva meno lucido. Questo permetteva ai pensieri di diradarsi e di sparire gradatamente. Poi, come sempre, arrivava una nuova ondata di pensieri più costruttivi che gli permettevano di intraprendere la giusta prospettiva delle cose.

Camminava meccanicamente portato dalle gambe che ormai sapevano la strada, mentre lui pensava a tutto quel che gli era successo. Non si capacitava della sua fortuna, ma contestualmente era consapevole che quando si sale troppo e troppo velocemente a volte con altrettanta facilità ci si fanno nemici. Bisognava quindi avere gli occhi aperti.

Capitolo 8
Il Saggio

Aveva portato con se un mantello leggero per proteggersi dal freschetto di quegli ultimi giorni di Settembre.

Si avviò al vicolo dove aveva lasciato l'altra volta il vecchio. Vide il portone, si avvicinò e bussò con mano ferma. Si sentirono dei passi lievemente strascicati e poi il rumore del chiavistello che libera il portone.

Il portone si aprì ed il volto del vecchio apparve dall'oscurità.

-Buonasera- fece Henri con cortesia.

-Buona sera a te, amico mio. Quindi sei tornato. Allora ti interessa la cappella.-

-Vorrà scherzare. Non vedo l'ora di visitarla!-

-Vieni- fece il vecchio, tirando dentro per il braccio Henri. -Te la mostro.-

Lo lasciò un attimo da solo, immergendosi nell'oscurità, e Henri si chiese come facesse a muoversi nel buio prima di realizzare che a lui la luce non serviva.

Poi da dentro un corridoio si intravide un lieve bagliore che andò man mano crescendo e si rivelò essere una lampada ad olio. La portò vicino ad una candela e poi, toccando con le mani per trovare lo stoppino, la avvicinò alla lampada ad olio e la accese.

-Vieni, aiutami. Accendi le candele.-

Henri lo aiutò e man mano che la luce inondava gli spazi bui ne faceva emergere delle forme, da prima irriconoscibili e poi, sempre più illuminate, si rivelavano essere delle statue. Erano fatte così bene da sembrare uomini e donne vere.

Poi si girò e trasalì per un attimo.

-Ma c'è un uomo morto al centro della stanza. È forse una veglia funebre?-

-No, non lo è. Ma più persone mi hanno sempre descritto l'effetto che mi hai appena trasmesso. La sensazione che questa statua fosse in realtà un uomo vero appena defunto.-

Henri, sgomento, si avvicinò alla statua e senza esitare la toccò. Fredda come la roccia. Perché tale era. Eppure a guardarla bene sembrava voler cominciare a respirare da un momento all'altro.

Perfetta. Un uomo disteso su dei cuscini e ricoperto da un velo giaceva ormai morto. Il suo sguardo poi indugiò su delle cose ai suoi piedi. Una tenaglia, dei chiodi forgiati e una corona di spine.

-Ma...costui è il Cristo- fece Henri.

-Sì. È il Cristo velato. Non ne hai mai sentito parlare?-

-No- fece Henri con un filo di voce -ma è stupendo.-

-Ti piace? Me ne compiaccio. Questo vuol dire che hai un animo sensibile. Ti fa onore.-

Henri si guardò intorno e rimirò le statue intorno a sé. Le guardò attentamente e poi, rivolto al vecchio uomo - Che strano posto è mai questo? Le statue sono molto strane. Alcune sono ordinarie, bellissime certo ma ordinarie. Altre invece sono veramente strane. Enigmatiche. Come se celassero in sé un messaggio.-

-Accidenti giovanotto. Viaggi veloce. Il più della gente ci mette del tempo per accorgersene. Complimenti. È vero. In queste statue c'è un messaggio celato. Ma io non posso rivelartelo. Pur tuttavia niente mi impedirebbe di darti gli arnesi che ti servono per ricavare da solo il messaggio che il grandissimo Principe ha nascosto nel suo tempio.-

-Tempio?- fece Henri incuriosito.

-Si, Tempio. Ti potrà anche sembrare una cappella questa, ma in realtà è un Tempio.-

-Dedicato a chi?-

-All'uomo- fece il vecchio - e a tutto quel che serve per innalzarlo al signore.-

-Allora è una chiesa- fece Henri.

Una risata scoppiò nella gola del vecchio che presto si trasformò in colpi di tosse per la sua irruenza.

-Chiesa? No. Non è una chiesa. Siamo seri. Qui si festeggia la grandiosità del Dio che risiede in ognuno di noi. Hai notato il vocabolo come è strano?-

-Quale?- chiese Henri.

-Ri-siede- disse il Vecchio scandendo la parola - Se ri-siede allora ha già seduto almeno una volta sul suo trono nel nostro animo.-

-Mi stai confondendo con questi tuoi esercizi di lessico. Non sarai un adoratore di Satana?.

-Chi, io?- fece il vecchio, scoppiando in un'altra risata - E perché dovrei perdere il mio tempo ad adorare il nulla?-

-Attento, vecchio. Non sfidare la sorte.- Henri era stranamente teso.

-Ma quale sorte. Lascia che ti spieghi, amico mio. L'ignoranza e la superstizione è il vero affare della Chiesa. Devi sapere che l'invenzione di Satana fu un caso. Tanto ma tanto tempo fa il popolo ebreo, ancora neanche si identificavano con questo nome, era schiavo del potere. Prima i Babilonesi, poi gli Egizi, tutti si servivano di loro per costruire, lavorare e per fare tutto quel che serve ad una nazione. Ma loro erano schiavi e, in qualità di schiavi, avevano l'obbligo di adorare le divinità imposte dal loro padrone.-

Henri si sedette sui gradini, ipnotizzato dal sapere del vecchio.

-Venne un uomo. Un certo Mosè. Mica lo conosci?- fece ad Henri.

-Diamine, il salvato dalle acque. Chi non lo conosce!-

-Ottimo. Costui con tutta la storiella che conosci prese il suo popolo e lo portò fuori dall'Egitto alla ricerca della Terra Promessa.-

-La prima cosa che fecero questi signori fu di prendere tutti gli dei che erano stati costretti ad adorare, Enki, Enlil, Ea con i Babilonesi ma anche Ra, Iside, Thot e tutti quelli Egizi, metterli in un recipiente, chiuderlo per sempre e dichiarare tutti quegli Dei "Dei avversari". Sai come si dice in Ebraico?-

-No- esclamò Henri.

-Satàn- disse il vecchio -Eh già, si dice proprio così.-

-Fu la Chiesa a capire l'importanza di questa cosa dividendo l'unità. Un lato è la luce, la giustizia, l'immenso amore e la Chiesa sulla terra come unico riferimento. Se stai con loro non puoi sbagliare.-

-L'altro lato, oscurità, peccato, cattiveria e Satana al suo comando. Fu un vero affare per la Chiesa.-

-Mi stai dicendo che la Chiesa mente?- fece Henri imbambolato.

-No, no. Diciamo….. che non la racconta giusta- fece il vecchio ridacchiando.

-Ti faccio un esempio- fece il vecchio. -Spegni tutto ad eccezione di una candela.-

Henri eseguì con grande curiosità.

-Fatto. E adesso?-

-Avvicinami alla candela.-

Henri prese il vecchietto con delicatezza e lo trasportò vicino alla candela.

Il vecchio passò una mano sulla fiamma per identificare l'esatto punto dove si trovava.

-Bene- fece il vecchio molto risoluto.

-La luce- esclamò con fare eclatante indicando la fiammella che ardeva nell'oscurità.

-Le tenebre- fece con altrettanta solennità indicando il fondo della sala dove non si distingueva niente.

-Diciamo che vogliamo evocare la luce. Cosa ci serve come primo elemento?.-

Henri rimase per un attimo perplesso, poi, timoroso, disse -Una candela?-

-Sbagliato. La prima cosa che serve è l'oscurità.- E così dicendo fece un gesto rapidissimo con la mano sopra la candela per spegnerla.

-Ecco. Ora dov'è la tua luce? Non c'è più. Adesso sì che la possiamo evocare.-

Un attimo di silenzio e poi -Che sia la Luce. E Luce fu.-

La candela si riaccese da sola e a Henri sembrò di vedere lo stesso repentino gesto a ritroso del vecchio.

-Ma come diavolo?!...-

-Ahhh, non farti fregare da trucchi da baraccone. Vai al punto.-

-Non puoi avere la luce se non c'è l'oscurità, poiché non puoi dividere l'unità. Identifichi una perché fa contrasto con l'altra. Sono una cosa sola. Guarda- e indicò la penombra. -dove c'è la luce non c'è l'oscurità e viceversa. Sono uno il completamento dell'altra.-

Henri rimase per un attimo interdetto e poi - Ma quindi, il male e il bene sono i due lati della stessa medaglia?-

-Sapevo che eri speciale. Esatto, ragazzo mio. Esatto. Non c'è né bene né male. Ci sono solo le prove che Dio, chiamiamolo così per semplicità, ci manda per misurarci. E più capisci e fai bene e più ti evolvi lungo il tuo ciclo di morte e rinascita. Più sbagli e più ti inabissi. Non c'è nessun peccato. C'è solo il Karma.-

-Il Karma?-

-Sì, il Karma. Accidenti. Come te lo spiego adesso? Nella nostra lingua assomiglierebbe a "fato". Sono nozioni che imparai quando approdai come marinaio sulle coste dell'India quando ero giovane. Diciamo che il Karma è tutto ciò che l'uomo fa con la sua volontà. Quando scegli di compiere un azione, anziché un'altra, questo inevitabilmente ti porterà per una strada anziché per un'altra. Se dalla tua scelta scaturirà del bene, conoscenza per te e per chi ti è accanto, allora sarà un Karma benevolo, positivo. Se invece farai del male, spargerai ignoranza, allora scaturirà un Karma negativo che ti porterà in basso nella tua evoluzione.-

-E questo è legato al concetto di bene e male? Quindi si va all'Inferno o al Paradiso?-

-Lo sapevo che era complicato. No, non c'è nessun Inferno e Paradiso. C'è solo la rinascita in una nuova vita finché non avrai capito che diavolo devi fare.-

-Non c'è il Paradiso?-

-No figliuolo, ne sono veramente desolato. Niente Paradiso. Lo abbiamo appena terminato.- E così dicendo scoppiò in una fragorosa risata.

-Andiamo, vecchio. Mi prendi in giro.-

-Sì- fece il vecchio finendo di ridere - un poco sì. Ma tutto quel che ti ho detto fino ad ora è la pura verità.-

-Vecchio, mi hai scombussolato. Non capisco più niente. Mi hai distrutto le mie sicurezze. Non c'è più Dio, il Paradiso, l'Inferno…-

-No, no, no. Un momento. Nulla di tutto questo è vero. Diciamo che ti ho rettificato un po' il panorama. Certo quella panzana del Paradiso non poteva essere tollerata oltre. Andiamo, il Paradiso, la terra del latte e del miele. Eterno. Per fare cosa? Sa tanto di condanna. Non senti che è statico? Fermo? C'è qualcosa che non gira in questo ragionamento. Ti ripeto, più che un premio sa tanto di condanna questo paradiso.-

-E l'Inferno poi non l'ho mica cancellato-

-Ma, in che senso? Il Paradiso non esiste e l'Inferno sì?-

Il vecchio si avvicinò ad Henri, fissando il vuoto con i suoi occhi lattiginosi e tenendolo per il braccio, e con un filo di voce disse -Ma l'Inferno è questo. Dove credevi di essere altrimenti se non in un luogo distante da Dio con il pressante desiderio di ritrovarlo?-

Henri rabbrividì a quelle parole perché avevano senso.

Il Vecchio percepì la confusione e diede una sonora pacca sulla schiena di Henri, che trasalì per il celato vigore del vecchio.

-Scusami, caro. Mi rendo conto che sei un po' confuso. Ti starai chiedendo "Ma insomma. Non solo lo salvo, ma poi anche sta filippica che mi distrugge le mie sicurezze. Costui mi sta canzonando". Il problema, caro amico mio, è che prima di costruire bisogna abbattere le costruzioni ardite ed arzigogolate che ti trattengono nella materia e ti impediscono una realizzazione spirituale. Devi prima distruggere per poi poter costruire. Come dicevano gli alchimisti "Solve et Coagula", che tra le tante cose significa anche questo.-

Henri si avviò piano verso l'uscita e sulla sinistra notò una statua che attirò la sua attenzione. Un giovane ragazzo teneva nella mano destra un cuore fiammeggiante.

-Bella questa statua- disse Henri. - Non so perché ma mi attira tanto.-

-Curioso che tu lo dica- disse il vecchio. -Tutte le statue qui presenti, anzi alcune di esse, hanno un messaggio nascosto. Sono i passi da compiere per il cammino iniziatico. Quel che una volta era detta "Alchimia".-

-Questa che stai osservando è appunto il primo di tutti i passi da compiere. Il suo nome è "Amor Divino" e rappresenta quel sentimento di amore incondizionato verso Dio che devi avere per incamminarti verso questa irta salita. E senza il quale, nulla potrà funzionare.-

-Ma l'Alchimia non parlava di tramutare il piombo in oro con delle pozioni?-

-Sì, benedetto figliuolo, ma dato che l'Alchimia nacque in tempi duri, dove chi sembrava solo un po' diverso dagli altri veniva dato alle fiamme, la verità fu celata a tutti tranne a pochi iniziati. Il piombo sei tu prima della lavorazione, l'oro invece sei sempre tu ma innalzato ad essere solare. Oro. Come si dice oro in greco?-

-Chrysós- fece il vecchio con enfasi- non ti ricorda qualcosa per assonanza?-

Henri rifletté attentamente. -Non so se sbaglio, ma per come suona ricorda il nome del Cristo-

Il vecchio sorrise con una espressione trionfante e diede soddisfatto una pacca sulla spalla ad Henri.

-Adesso va', ragazzo mio, e torna come e quando vorrai tu. Io sarò sempre a tua disposizione per darti tutte le informazioni di cui necessiterai. Se non altro per disobbligarmi della vita che mi hai salvato.-

Così dicendo si alzò sul capo un cappuccio, che Henri non aveva mai notato, acquisendo un aspetto molto austero.

-Grazie mille, ma mi sembra quasi di mancare di rispetto

chiamandovi "Vecchio". Come posso chiamarvi?-

-Che fai mi dai del voi adesso? Puoi chiamarmi Bruno. Solo Bruno.-

-Grazie. Io sono *Henri,* allora. Ma dato che sono di origini italiane potrà andare bene anche Enrico.-

-*Henri*, bel nome. Andrà bene *Henri*. Quando ci vediamo?-

-Tornerò presto, Bruno. Mi hai messo sottosopra i pensieri. Dovrò tornare per forza.-

Il vecchio scoppiò in un'altra fragorosa risata e lo accompagnò alla porta. La aprì e gli porse la mano.

-Non ti dico di stare attento perché tanto, grande e grosso come sei, chi vuoi che ti si avvicini. Tu però presta sempre attenzione. Mi raccomando. Napoli è come una donna: tanto bella quanto pericolosa.-

-Grazie Bruno e a presto.-

Henri si incamminò per i vicoli ripercorrendo la strada a ritroso in direzione del palazzo Reale. Bruno aveva ragione, Napoli era veramente attraente come una bella donna, una donna che ha la consapevolezza di quanto è bella e sa come usare il suo fascino. Ma le facce che la sera escono non sono altrettanto rassicuranti e abbassare la guardia sarebbe stato un errore. Si rammaricò di non aver portato con se il coltello per difendersi da possibili aggressori. Per rendersi ancora più sinistro di quel che già non fosse, si ammantò nella cappa come se avesse sotto delle armi da nascondere. La cosa funzionò dato che chiunque lo incrociava cambiava immediatamente strada.

La sera era tersa e limpida e sul mare luccicava una luna assolutamente magica. La costa era cosparsa di mille fuochi di case e bivacchi di gente vicino al mare. I napoletani amavano il mare. Quella sera avrebbe potuto essere veramente meravigliosa, se non fosse per tutte le cose che Bruno gli aveva appena detto e di cui lui sentiva un gran peso. Gli sembrava quasi di tradire Dio. Ma ancora non aveva capito perché.

Decise di non dire a nessuno di quell'incontro finché non avesse fatto chiarezza dentro di lui.

Arrivò al palazzo Reale ed entrò dal lato della guarnigione. Si avviò al suo dormitorio, continuando a pensare a quel che era accaduto.

Si diresse nelle camerate dove dormiva la truppa dedicata alla difesa del palazzo e si preparò per andare a dormire.

Rimase lì nel suo letto per almeno mezz'ora a fissare il soffitto tremolante illuminato dai fuochi del cortile, poi Morfeo alla fine ebbe la meglio e lui si addormentò. Ebbe come la sensazione di risvegliarsi, ma sapeva di essere in un sogno. Un sogno strano. Non ne aveva mai fatti di così veritieri.

Era in un bosco, v'era una strana luce irreale e lui manteneva ancora la sua volontà sebbene stesse in un sogno. Si rimirò le mani e, non avendo uno specchio, cercò di guardarsi e vide che era coperto da una veste lunga di lino chiaro.

Vagò per un po' nel bosco senza riconoscerlo quando intravide una luce. Seguì la luce attraverso il bosco e giunse su una radura. Una persona era in piedi su di una roccia. Sembrava avere il sole alle spalle per quanto brillasse. Aveva una cotta di maglia addosso e sulla cotta una sopracotta con delle insegne di un casato che lui non aveva mai visto. I capelli lunghi e biondi si poggiavano sulle spalle e una lunga barba insieme ad essi ne incorniciava il volto molto serio.

Il cavaliere proferì parola, ma Henri la sentì solo nella sua mente.

-Qual è il senso della tua esistenza?-

Henri intimorito non rispose.

-Perché tu vivi?- con tono incalzante.

Henri non sapeva che rispondere.

-Nel nome del celo, rispondi.-

Henri si ricordò che da piccolo aveva letto il *Percival* e, timoroso, rispose a quel cavaliere che incuteva molto rispetto e soggezione.

-La ricerca del Graal.- disse con un filo di voce.

Il Cavaliere scoppiò in una grassa risata, si tolse la sopracotta e allora Henri realizzò che la luce che vedeva non era il sole alle spalle del Cavaliere, ma semplicemente un'altra sopracotta così bianca da splendere di luce propria.

-No, giovanotto. No, non è il Graal. Quello viene molto ma molto dopo. Adesso devi occuparti della tua spada.-

Così dicendo estrasse dal fodero la sua spada e la tenne sulle mani come a volergliela porgere.

Era splendida. La lama era lucidata a specchio. Aveva uno sguscio centrale con una scritta vicino all'elsa e poco prima dell'elsa aveva inciso con grande maestria il sigillo di Salomone. I bracci dell'elsa erano lavorati in modo da sembrare due serpenti che si allontanavano dal centro della spada verso l'esterno, e infatti finivano con due teste di serpenti a bocca spalancata pronti a mordere. Il manico era fatto di legno ricoperto in pelle e il pomo finemente lavorato riproduceva un serpente che si mordeva la coda con al centro la croce del santo sepolcro, quattro croci piccole attorno ad una più grande.

Henri, folgorato dalla bellezza della spada, fece un passo verso il Cavaliere ma questi afferrò la spada con una mano e la fece roteare per allontanarlo. Poi, sempre roteandola, la girò verso il basso e la impugnò a due mani conficcandola con forza nel terreno tra mille scintille luccicanti.

Henri urlò più per lo sgomento che per il dolore. Una specie di scarica lo aveva come folgorato, partiva dalla base del cervelletto, percorreva tutta la colonna vertebrale e arrivava fino all'inguine.

Henri rimase lì in ginocchio mentre, allo stremo delle forze, cercava di dire "basta" senza riuscirci.

-Lo senti?- fece il Cavaliere.

Henri annuì con la testa senza parlare.

-Questa è la spada.-

Henri si guardò per una frazione di secondo. Era lucente come il Cavaliere e anche lui aveva un'armatura.

Il Cavaliere gli si avvicinò e Henri sentì distintamente un profumo di rose. Si avvicinò al suo orecchio e sussurrò -Non c'è più tempo. Devi andare avanti con la tua formazione o perderai tutto.-

Poi si girò e con una pedata ruppe la spada conficcata nel terreno.

Henri questa volta il dolore lo sentì bene. Si piegò in due, urlò e cadde per terra. Si guardò di nuovo, dato che aveva percepito che qualcosa era di nuovo mutato, e si rivide in quella veste di lino chiara.

Il Cavaliere gli afferrò il volto e lo rivolse verso la spada. Si era rotta formando tre pezzi. Uno era ancora conficcato nel terreno. L'elsa giaceva lì vicino riversa di lato e fumante e il pezzo centrale, che doveva unire le due parti, era poco distante ma non aveva più il Sigillo di Salomone. V'erano incisi bensì i due triangoli separati.

Tutte le sezioni della frattura erano incandescenti e fumavano.

-Vedi?- fece il Cavaliere -Sei ancora in pezzi. Ricomponi la spada, estraila dalla roccia e riponila nel suo fodero. Quando avrai fatto tutto ciò va' come ogni buon Cavaliere in difesa degli ultimi, degli emarginati e bisognosi, dei deboli ed indifesi. Solo allora potrai andare a creare il tuo Graal.-

E così dicendo gli lasciò il volto, estrasse dalla cintura il suo piccolo pugnale e gli fece con velocità e maestria un taglio sul volto.

-Perché tu non dimentichi. Non c'è più tempo.- Il Cavaliere disse queste ultime quattro parole scandendole bene.

Henri si svegliò in un lampo con un forte colpo al plesso solare, come un colpo di cannone. Si sedette sul bordo della branda e si guardò attorno. Tutto taceva e tutti dormivano. Si guardò allora i vestiti ed erano i soliti di quando andava a dormire. Nessuna traccia di quel che aveva visto nel sogno.

"Al diavolo", pensò tra sé e sé, "devo smettere per un po' con il Cognac". Si stese su un fianco e cercò di riaddormentarsi. "Solo per un po' però" si ripeté in mente.

Capitolo 9
Per non dimenticare

Il giorno dopo Henri fu svegliato dal trambusto della camerata, tutti si erano già svegliati e si stavano preparando. Fece per rialzarsi, ma sentì uno strappo doloroso alla guancia quando allontanò il volto dal cuscino. Guardò il cuscino e vide una macchia marrone scuro.

-Ma che diavolo?!...- Andò alla cassettiera e prese il suo specchietto. Si guardò e vide un taglio sulla guancia destra ormai quasi completamente rimarginato.

-Ma come diavolo ho fatto a tagliarmi la faccia così?- disse Henri guardando il letto per capire se c'erano parti taglienti o comunque sporgenti dove potrebbe essersi ferito.

-Eppure il letto non ha nulla che non va.-

Henri rimase con quella frase tra le labbra, mentre gli ritornava in mente il sogno della sera prima.

"Perché tu non dimentichi", le parole del Cavaliere gli risuonavano in testa.

Si ridestò immediatamente da quello stato di intorpidimento e si ripeté a mente il sogno almeno un paio di volte. Sapeva che altrimenti sarebbe svanito.

-*Henri, Henri*- era una delle guardie del Re- ma devi ancora vestirti? Sua Maestà il Re ti aspetta tra mezz'ora nel suo studio.-

L'unica cosa che uscì dalla bocca di Henri fu "Merd", dopodiché si fiondò nei bagni per lavarsi.

Il lungo corridoio del palazzo reale risuonava sotto i passi pesanti e marziali di Henri, che incedeva con molta più sicurezza adesso che sapeva che era stato convocato non per qualche guaio da lui compiuto.

Le porte si spalancarono grazie ai servitori e lui fece esattamente tre passi, sbatté i tacchi e salutò tutti. Era in alta uniforme con la giacca sulla spalla sinistra agganciata dalla catenella e con il berretto sotto il braccio. Anche se non aveva i gradi incuteva un certo rispetto.

I baffi molto folti facevano il giro delle guance e si raccordavano in basso con le basette. Le due trecce permesse da Napoleone in persona erano ordinatamente raccolte dietro la nuca. Lo sguardo serio non temeva più nessuno e leggeva negli occhi degli altri che si erano informati su di lui. Non lo guardavano più allo stesso modo. Chiunque attraversa tutto quello che ha attraversato lui è meglio non farlo arrabbiare.

-Al suo servizio, Sire.-

-Ah bene, abbiamo anche il nostro *Bertoldì*. Prego, si avvicini pure. I miei Generali mi hanno detto che è stato di grande aiuto per la stesura del piano.-

-Oh, ma ho solo partecipato indegnamente, Sire.-

-No, no. So che mentite per gentilezza verso il grado. Siete molto educato. Ma, vi siete tagliato radendovi?.-

-Come un lattante alle prime armi, Sire.-

Tutti scoppiarono in una distensiva risata.

-Mi avevano avvertito del vostro humor.-

-Allora. Si parte dopodomani. Abbiamo un solo giorno per raggruppare tutte le scale che ci servono per tutta Napoli e portarle da noi. Dopodomani si parte di notte, per non essere visti e si arriva in loco. Voi, caro il mio *Henri*, siete nel primo sbarco. Quello che dovrà preparare il terreno agli altri soldati.-

-Io, Sire? Quale onore. Le assicuro che non se ne pentirà.-

-Ah ne sono certo, amico mio. Adesso andate e datevi da fare, ci servono tutte le scale di Napoli. Le più lunghe. Ma prima….- Murat fece un gesto verso l'attendente, che a sua volta fece aprire la porta. Entrò così la servitù con champagne e bicchieri.

-Dobbiamo festeggiare la riuscita della missione con un brindisi.-

-Che tutti abbiano un bicchiere in mano.-

La servitù si adoperò subito a passare i bicchieri. Tra questi c'era una ragazza che serviva con grandi sorrisi. Aveva i capelli sciolti, neri e ricci che si appoggiavano alle spalle. Era di modi gentili e affabili . Nonostante il vestito largo si intuiva che madre natura era stata molto generosa con quella ragazza. Arrivò il turno di Henri e, quando la ragazza gli passò il bicchiere, notandolo ne restò per un attimo ammaliata. Anche Henri per un attimo si perse in quegli occhi neri come la notte e la scena rimase sospesa nel tempo. Fu la lungimiranza di un altro servitore che interruppe l'idillio dandole un calcetto senza essere visto. La ragazza andò oltre servendo tutti e si dispose di lato per non dar fastidio.

-Bene- fece Murat facendo un nuovo cenno al suo attendente, che portò la prima delle bottiglie sul carrello e la porse al Re a due mani come si conviene - adesso, per scaramanzia e buon auspicio, pregherei al nostro nuovo amico di stappare per noi la prima bottiglia di champagne. Sofia, vuoi porgerla ad *Henri Bertoldì*, per favore?-

Sofia. Quindi era così che si chiamava.

La ragazza andò dal Re, fece un elegante inchino e prese con delicatezza la bottiglia, rivolgendosi poi verso Henri che la guardava con intensità. La ragazza si diresse da Henri nel silenzio generale. Il Re aveva riversato su Henri la fortuna di tutta quella situazione. Come a volersene liberare. "Alla fine se è andata male è colpa di Henri che non ha saputo usare la spada" sembrava urlare quel gesto.

-Avanti, *Henri*, un bel *,sabrage*.-

Sofia arrivò da Henri, fissandolo negli occhi. Sembrava voler dire "dai…fagli vedere tu". Gli porse la bottiglia e per un attimo le loro dita si sfiorarono.

Henri fissò ad occhi stretti come lame prima la ragazza e poi il collo della bottiglia. Con la destra afferrò la sciabola che aveva con sé, la sguainò e la appoggiò sul collo della bottiglia facendola scivolare su e giù lungo il collo e liberandolo dalla carta che lo avvolgeva. Dei trucioli di carta cadevano, mentre un commento sul filo della lama di Henri si spargeva per la stanza.

Henri allora a voce alta disse - Alla riuscita del piano per la presa di Capri!-

Prese due volte il ritmo e alla terza diede un colpo netto al collo della bottiglia sul rigonfiamento finale.

Un colpo secco di turacciolo che veniva stappato si sentì per la stanza. Nessun rumore di vetri rotti e, mentre tutti esplodevano in un esuberante applauso, il collo della bottiglia di vetro ed il tappo ancora fissato in esso volavano addosso a Sofia che, per afferrarlo al volo, lo fece in realtà rimbalzare nuovamente verso Henri.

Henri, che aveva le mani occupate, ne calcolò la traiettoria e fece appoggiare il tappo sul fianco della lama per poi porgerlo alla ragazza che a bocca aperta lo prese e lo porse al Re.

-Ah no- rispose il Re ridacchiando - questo, se so interpretare i gesti, e proprio tuo, mia cara Sofia.-

Sofia diventò rossa. Fece un nuovo inchino al Re, poi uno imbarazzata verso Henri e scappò fuori dalla stanza con il tappo stretto fra le mani.

Henri la fissò ancora incantato mentre tutti brindavano e

festeggiavano.

Murat gli si avvicinò e sottovoce disse -Comportatevi bene con lei. È una brava ragazza. Adesso andate. Unitevi alle guardie reali e andatemi a cercare queste scale. Ho grandi speranze su di voi.-

Henri batté i piedi e poi rifece il saluto verso i Generali, che sornioni lo ricambiarono alzando il calice.

"Attento Henri" gli diceva una vocina dentro di lui. "Più si sale e più ci si fa male quando si cade. Non fidarti di nessuno."

Capitolo 10
La presa di Capri

La sera prima dell'inizio dello sbarco Pietro Colletta, incaricato da Gioacchino Murat di fare un primo sopralluogo sul posto, si era improvvisato pescatore e con una barchetta ed altri pescatori si era incamminato dove era previsto lo sbarco. Con la scusa della pesca aveva sbirciato tutta la costa, ma, nonostante la luna piena, non riuscì a capire molto, vista l'impossibilità ad avvicinarsi senza destare i sospetti.

Il giorno dopo riferì comunque che la cosa era fattibile per non fermare la macchina ormai avviata.

Il giorno dopo, il 4 ottobre 1808, tutti i porti erano in fermento. Da Napoli a Pozzuoli. Da Castellammare di Stabia a Salerno la flotta del Re stava in allestimento per l'attacco a Capri, che continuava la sua vita, ignara di quel che la aspettava. Per non destare sospetti si usò la scusa di una regata commemorativa per festeggiare il nuovo Re di Napoli, Gioacchino Murat, che da poco si era insediato. Le spie del nemico erano sempre all'opera.

Una fregata, una corvetta, poco meno di una trentina di cannoniere e perfino delle paranze armate. La flotta era pronta all'attacco di quell'isola così fortificata da essere considerata dagli inglesi come una piccola Gibilterra. Già prima il fratello dell'Imperatore, Giuseppe Bonaparte, aveva tentato l'attacco fallendolo dato che i porti di approdo più ovvi erano ben protetti, sia da truppe che dalla natura.

Il colpo di genio invece fu proprio quello di far credere agli inglesi nell'ennesimo attacco ai due grandi approdi naturali di Capri, mentre invece il vero attacco arrivava dal posto più improbabile di tutta l'isola: una scogliera alta una trentina di metri sull'acqua.

Quel giorno, verso sera la carrozza del Re indugiava al porto di Napoli. Il Re era a bordo della fregata al quadrato ufficiali.

-Mi raccomando, signori. Da questo attacco dipende la nostra sopravvivenza nel Regno. Mio cognato, il Grande Napoleone, sa essere molto generoso ma altrettanto spietato con chi gliene da modo. Portate a casa un bel risultato e sarò molto generoso. Adesso vado a Posillipo per godermi lo spettacolo. *Henri* lo lascio a bordo per dare una mano. E voi usatelo, è un uomo in gamba.-

Tutti risposero con un "sì" sonoro e salutarono il Re.

Quando Murat uscì dal quadrato ufficiali il Generale Lamarque ripeté il piano e poi offrì un bicchiere di Cognac a tutti i presenti, Henri compreso.

Quando la sera fu ormai inoltrata il Nostromo entrò bussando nel quadrato ufficiali e chiese il permesso di poter far salpare la flotta. Ne uscì con un sì e come arrivò in coperta si sentì un bel trambusto.

In pochi minuti la nave cominciò a dondolare e a muoversi. Stavano salpando con l'ausilio della marea.

Non ci volle molto per arrivare. Le varie cannoniere si erano divise tra Marina Grande e Marina Piccola di Capri e le piccole barche le seguivano insieme ad una flottiglia di barche di pescatori che di fatto erano l'ausilio per sbarcare, avvicinandosi alla costa frastagliata dell'isola.

Quando le vedette videro le navi avvicinarsi si sentì dalla nave che a terra era scoppiato un gran trambusto, ma il piano prevedeva di farli cuocere nella loro acqua. E così fu. All'alba le navi erano ancora lì, pronte a scatenare l'inferno che però non partiva.

Henri si avvicinò ad un Capitano e chiese cosa aspettassero. Il Capitano disse che serviva a far alzare la tensione. Sapevano dal servizio di spionaggio che chi comandava l'isola reagiva male a quell'elemento.

Quando si fece ora Henri vide che venne dato un ordine di movimento, al quale le navi subito obbedirono. Cominciò l'offesa, e quindi il cannoneggiamento, e contestualmente le navi si mossero. Nel trambusto che ne uscì non furono notate delle navi che si defilarono sparando dallo scacchiere della battaglia. Erano le navi imbottite di uomini che andavano Sul punto dello sbarco.

Arrivarono in un punto che originariamente era stato designato dal Re stesso come punto di sbarco. Era Cala di Limmo. Purtroppo, vuoi le condizioni del mare vuoi l'aspetto della costa, lo sbarco sembrava alquanto improbabile. Una delle imbarcazioni mandate in avanscoperta tornò riferendo che lo sbarco era molto rischioso.

-Fammi vedere subito- fece Lamarque, fiondandosi nella scialuppa. - Voglio vederlo di persona.-

Dopo un po' si vide la scialuppa rientrare dalla cala, seguita dalle altre. Il comandante della missione Lamarque ritornò sul ponte della nave maledicendo quell'isola.

-Ha ragione. È troppo rischioso. Non solo è pericoloso, ma c'è anche un fortino a protezione. Mi prendo io la responsabilità con il Re. Cerchiamo un altro posto per sbarcare.-

Non seppero mai che avevano scansato una tragedia. Il nemico, immaginando uno sbarco in quella cala, aveva eretto muri di sbarramento ed inserito meccanismi per procurare valanghe di massi su chi si fosse avvicinato agli sbarramenti.

La flotta cominciò a muoversi lentamente, seguendo la linea della costa. In coperta tutti guardavano l'isola, chi con il cannocchiale e chi ad occhio nudo.

Il posto era impervio. Quel lato dell'isola era molto scosceso e selvaggio. Infatti, gli inglesi, sicuri che nessuno si sarebbe mai avventurato da quella parte, lo avevano lasciato praticamente sguarnito, se non per dei piccoli fortini che praticamente non destavano alcuna preoccupazione.

Dopo un po' arrivò Colletta con il cannocchiale. -Dia un occhio Generale, in direzione di Orrico.-

Il comandante fissò per un po' quella direzione e poi esclamò -Bravo, Colletta. Sembra la nostra unica possibilità.-

-Grazie. Lo avevo già visto quando venni di sera, ma con la luna non avevo visto bene e non ero sicuro. Adesso invece è chiaro che è perfetto.-

-Va benissimo, Colletta. Avviciniamoci quanto più è possibile e cominciamo lo sbarco.- Ordinò Lamarque ad alta voce.

Sulle prime lance che, cariche di uomini, si avviarono verso terra, c'era anche Henri. Venivano trasportate, stese di lungo su di un fianco, le fantomatiche scale dei lampionai di Napoli. Le più lunghe della città.

Gli addetti, arrivati al punto, piazzarono le scale che sembravano fatte su misura e si apprestarono a salire.

Piano piano cominciarono a sbarcare gli uomini che si arrampicavano e si sistemavano sulla spianata in modo da non essere visti.

In realtà gli inglesi li avevano visti, ma il reggimento di maltesi non brillava certo per atti di eroismo.

Si limitarono a sbirciare ed a tenerli d'occhio, perdendo così la grande possibilità di ricacciarli in acqua. Ci sarà stata un'ottantina di soldati.

-Ma che fanno quei deficienti?- fece Henri indispettito. - Se fossi stato io avrei già attaccato.-

-Allora menomale che non c'è lei dall'altra parte.- Era il Generale Lamarque. E in effetti sarebbe stata l'unica cosa sensata da fare. - Per fortuna i maltesi non lo sanno.-

Ormai un piccolo esercito si era accalcato sulle scogliere e si teneva nascosto, favorito dal fatto che gli inglesi, ritenendolo improbabile, non avevano protetto efficacemente la scogliera. Dopo un po' che i soldati si rimiravano scoppiò il primo scontro a fuoco e, grazie anche a qualche cannoniera che era arrivata a dar manforte, altri soldati scendevano dalle scialuppe per salire la scogliera e unirsi agli altri.

Pietro Colletta arrivò all'improvviso con due fucili con la baionetta innestata, polvere da sparo e pallottole.

-Questo è per lei, *Bertoldì*. Mi hanno detto che è un buon tiratore.-

-Adesso lo verifichiamo subito- fece Henri. Ispezionò l'arma velocemente. Si vedeva che era pratico. Prese la capsula di carta che conteneva polvere da sparo e palla e la strappò con i denti. Sollevò il cane e quindi sollevò la martellina su cui batteva la pietra focaia e versò un po' di polvere nella scodellina. La richiuse facendo scattare la martellina in avanti, mise il fucile in posizione verticale con la canna verso l'alto e ci versò tutta la polvere contenuta nella capsula. Poi prese la capsula nella quale era rimasta solo la palla di piombo e la infilò così com'era nella canna, comprimendola con il calcatoio che aveva estratto dal suo alloggiamento posto sotto la canna. Prese la mira con accuratezza, sebbene quelle armi non fossero precise. Quando azionò il grilletto uno sbuffo laterale gli confermò che la pietra focaia non aveva fatto cilecca e, subito dopo, il colpo con gran fragore scoppiò. Quasi contemporaneamente un uomo dall'altra parte perse il cappello che volò via e cadde come un sacco di patate a terra.

-Perbacco!- fece Colletta. -Gran bella mira.- E così dicendo si misero a sparare insieme.

Il Generale Lamarque, quando la situazione cominciava a necessitare di un avanzata da parte dei francesi, diede invece ordine di attendere fino il calare delle tenebre. E infatti il campo di battaglia fu illuminato dalla luna a favore loro, rivelando tutte le posizioni del nemico.

Nonostante l'arrivo di aiuti alle postazioni inglesi, i francesi, dopo una raffica iniziale, si lanciarono alla carica. Henri era tra i primi ed essendo molto abile con la baionetta fece subito il vuoto attorno a lui.

I caduti tra le fila inglesi li spinsero a ritirarsi in un forte ad Anacapri, che poco dopo capitolò. I francesi avevano conquistato Anacapri. L'eccitazione prese tutti e subito si organizzarono per attaccare la parte bassa dell'isola.

Lamarque chiamò a raccolta gli ufficiali per pianificare la discesa verso Capri, mentre i reparti si riorganizzavano.

Capitolo 11
18 ottobre 1808

In una locanda del porto di Capri Henri si trattiene con degli altri soldati, parlando della grande vittoria ormai alle spalle.

Sul tavolaccio rotondo, al centro, c'è una bottiglia con un liquido giallastro. Tutti scherzano e si divertono. Il giorno dopo se ne sarebbero tornati a Napoli lasciando a guardia dell'isola una guarnigione.

-Accidenti ragazzi- fa Henri buttando giù un sorso di quel liquido giallognolo -questa roba è proprio saporita. Ma come la fanno?-

-È un infuso di scorze di limone.-

-Buono eh?-

-E anche forte direi- fece Henri.

Tutti si riempirono il bicchiere e lo alzarono.

-Alla salute del Re!- fece uno ad alta voce.

Tutti lo imitarono.

-Senti un po', *Henri*- fece uno -ma perché ti sei impegnato così tanto per far avere l'onore delle armi agli Inglesi asserragliati in quella postazione?-

-Perché c'erano donne e bambini- fece Henri tracannando il liquore. -La guerra è fatta per gli uomini. Le donne ed i bambini non dovrebbero neanche vederla passare.-

Henri rimase per un attimo a fissare il vuoto, mentre i ricordi lo assalivano.

-Basta. Sono arrivato. Sono stanco morto. Me ne vado a dormire. E questa ve la offro io- fece Henri gettando sul tavolo una moneta.

"ALEE" urlarono tutti.

Henri se ne andò al piano superiore della locanda e si distese su di un letto che aveva preso per quella notte. Nonostante la grande vittoria, i ricordi lo avevano ritrovato. Si era impegnato molto a seppellirli, ma prepotentemente ritornavano a galla devastandogli il cuore. Cose che non avrebbe mai dovuto fare, ma che la guerra ti porta a fare.

Si addormentò sul letto vestito.

Il giorno dopo si svegliò presto mentre alla porta qualcuno bussava insistentemente.

-Signore, signore. Le navi si muovono. Mi avete detto di svegliarvi non appena le navi si sarebbero mosse.-

Henri saltò a sedere sul letto. -Ah si, grazie mille- rispose assonnato.

Si fiondò verso il catino e lo riempì con l'acqua fresca per sciacquarsi il viso e svegliarsi. Poi si rassettò alla meno peggio e uscì dalla stanza. Quando uscì dalla locanda era al porto di Marina Grande. Nel porto c'era un gran fermento e le navi si cominciavano a staccare dalla banchina. Si affrettò a salire a bordo dell'ammiraglia dove trovò il Generale Lamarque in piedi a dare ordini a destra e a manca.

-Ma dove eravate finito, *Bertoldì*? Stavamo per lasciarla qui.-

-Mi scusi, Generale. Non accadrà più.-

-Venga, venga che salpiamo. Siamo attesi da Sua Maestà, a Napoli.-

La nave si liberò e cominciò a muovere verso la terra ferma. Il sole alto era caldo e Napoli sembrava ricoperta d'oro. Capri alle loro spalle non era più una roccaforte nemica imprendibile e i traffici commerciali al centro del golfo di Napoli erano adesso ristabiliti. L'audacia di Gioacchino Murat si era rivelata giusta. "Chissà che un giorno non lo metta nei guai tutta questa intraprendenza" pensò Henri tra sé e sé.

Arrivati vicino alla costa dal Castel dell'Ovo partirono delle "salve" per la flotta che rientrava. Saluto a cui tutte le navi risposero. Dal mare si sentiva la folla che acclamava ed urlava.

Tutti si scambiavano grandi pacche sulla spalla.

Quando attraccarono al porto Henri chiese il permesso per andare a ripulirsi e cambiarsi. Era sicuro che ci sarebbero stati dei ricevimenti e voleva essere presentabile ed in alta uniforme. Gli serviva un bagno: puzzava di sudore e di morte.

Risalì la via che porta al palazzo Reale ed entrò dalla porta riservata alla truppa. Attraversò quel poco di giardino di loro competenza e lì la vide mentre usciva da una porticina per la servitù.

Sofia.

Solo in quel momento si rese conto che la aveva pensata per tutto il tempo.

Sofia, guardandolo, si portò la mano al cuore visibilmente scossa e si appoggiò al muro.

Henri lasciò cadere il suo sacco per terra e le andò incontro.

-Sei vivo!- fece lei con un filo di voce.

Lui non parlò nemmeno. La strinse a sé e la baciò come se fosse l'ultimo bacio che dava in quella vita.

Tutto scomparve mentre loro si stringevano in un abbraccio nel quale nulla più del mondo esterno riuscì ad entrare.

La guerra, il palazzo Reale, Capri, Napoli. Tutto era stato chiuso fuori da quell'abbraccio che in un attimo era diventato un universo a sé stante. Due stelle si erano trovate e si erano unite, creandone una ancora più splendente. Le due anime gemelle si erano ritrovate e il gioiello era ricomposto.

Capitolo 12
Ex duco

Henri non stava nella pelle, percorreva le strade di Napoli in gran fretta. Era contento per la vittoria e voleva condividerla con Bruno. Arrivò alla fine della via e si trovò di fronte di nuovo quella bella piazza con l'obelisco centrale. La attraversò diagonalmente come sempre e prese il vicolo della Cappella San Severo. Era quasi affannato per quanto era andato veloce. Bussò alla porta e attese. Dopo un attimo la porta si aprì e il volto di Bruno fece capolino. Aveva gli occhi vacui persi nel vuoto, ma subito gli disse -Entra. Ti aspettavo.-

Henri, sgomento, entrò e chiese con una certa curiosità -Ma come mi hai riconosciuto? Non ho aperto bocca.-

-Il profumo del tuo tabacco. È molto aromatizzato e qui non ce n'è tanto.-

-Abbiamo vinto, Bruno! Capri è di nuovo di Napoli. Abbiamo scacciato gli inglesi.-

-E allora?- fece freddo Bruno.

-Ma come, non sei contento?-

-Quante vite è costato?-

-Ma nelle guerre ci sono sempre dei caduti. È inevitabile.-

-Inevitabile per te sarà adesso il peso di tutte quelle vite spezzate. E chissà quante ne hai spezzate prima. Mi rendo conto che per te è difficile capire, ma ognuna di quelle vite spezzate è un macigno irremovibile sulla tua coscienza. Ti anticipo, no, non serve a niente confessarsi. Il guaio è fatto ormai. Adesso devi equilibrare il male fatto con del bene, nella speranza di spostare l'ago del Karma da negativo ad almeno neutro. Non oserei ardire ad un Karma positivo, ma…..chi può dirlo.-

Henri, che era arrivato con il morale alle stelle, rimase deluso da quell'atteggiamento di Bruno. Soprattutto perché se era vero quel che diceva allora non è che c'era molto da fare per quanti morti Henri si portava sulla coscienza.

-Che hai fatto alla guancia?- chiese Bruno.

- È il secondo motivo per cui sono qui. Ho fatto un sogno e te ne volevo parlare. Ehi un momento, come hai visto il taglio?-

-Ti prego, lascia ad un povero vecchio i suoi piccoli trucchetti.-

Henri con non pochi dubbi cominciò la spiegazione con tanto di dettagli di tutto quel che aveva sognato.

-Ha perfino imprecato- finì Henri mentre si massaggiava la ferita sulla guancia.

-In che senso?- chiese Bruno.

-Beh, quando non risposi la prima volta mi disse: "Nel nome del cielo, rispondi"-

-Sei sicuro che ha detto così? O forse era "celo"? Pensaci bene.-

Henri chiuse per un attimo gli occhi e provò a ripensare a quella frase con la mente.

-Certo che potrebbe averlo detto. Non è impossibile che sia "celo", ma perché? Che differenza fa?-

-Benedetto ragazzo. Sei rimasto troppi anni in Francia e hai dimenticato la tua lingua madre. Il "cielo" ci sovrasta lungo tutta la nostra vita, ma il "celo" è qualcosa che si cela. E chi si cela, secondo te?-

-E io che ne so?- fece Henri dubbioso -Dio?-

-Anche- rispose risoluto Bruno. -Ci arriveremo.-

-Vorrei però che adesso ti concentrassi perché mi serve una conferma su un dettaglio e poiché non me lo hai dato vuol dire che non ci hai fatto caso neanche tu. Quindi dobbiamo concentrarci.

Vai verso quella sedia e siediti sopra.-

Henri eseguì e si accomodò sulla sedia, quasi una poltrona, che si adattava perfettamente alle sue misure. Una sedia con braccioli e spalliera alta. Un bel cuscino morbido per ovviare alla seduta rigida.

-Chiudi gli occhi- dice Bruno - e comincia a respirare senza fretta ed affanno.-

Henri chiuse gli occhi ed eseguì. Passano dei minuti ed Henri si accorge che la tensione che prima serviva per tenere chiusi gli occhi adesso non serviva più e rilassa tutti i muscoli del volto.

-Perfetto- fa Bruno. -Adesso ad ogni respiro che fai rilassa i muscoli delle spalle. Ogni volta che espiri e l'aria esce le spalle si rilassano sempre di più.-

Henri eseguì, sbalordendosi di quanta tensione muscolare tratteneva involontariamente ed inconsapevolmente nei muscoli delle spalle.

Bruno gli fece ripetere quel rilassamento per tutti i muscoli principali del corpo.

-Perfetto- ripeté Bruno a voce sempre più bassa -adesso torniamo indietro a quel sogno. Concentrati ma non forzare la mente. Sei su un'onda che ti sta trasportando a quell'evento. Seguila.-

Henri si sentiva strano, seguiva le istruzioni e sapeva di essere vigile e presente, ma stava veramente ripercorrendo il suo sogno. Era di nuovo in quel bosco. La strana luce che lo pervadeva e lo rendeva irreale era di nuovo lì. Poi quella luce al di là del bosco che lo attirò. Ecco adesso era di nuovo al cospetto del cavaliere.

-Adesso ascoltami. Non fissare la spada. Parlami dei suoi piedi. Cosa sta indossando?-

Henri, sia pure con qualche dubbio, eseguì. Tralasciò la spada e si concentrò sui piedi. Non aveva chiaro il dettaglio e vide una serie di calzari che cambiavano ai piedi del Cavaliere, ma tutto strideva con il resto, poi all'improvviso tutto si fermò e i piedi apparvero come per magia all'interno di un paio di sandali Francescani.

-Sandali?- fece sgomento Henri.

-Perfetto. Va benissimo. Adesso allontanati dai sandali e guarda il terreno. Com'è, ghiaioso? Vedi rocce? Terreno?-

Henri seguì il vecchio, dato che la tecnica stava dando stranamente risultati. Guardò attorno ai piedi e si accorse con suo grande sgomento che posavano su di una solida roccia.

-È su di una roccia e anzi- Henri fece come per acuire lo sguardo, come se stesse guardando il tutto nel mondo materiale - vedo anche una … lucertola. Mi sta fissando.-

Bruno capì che aveva messo a fuoco il momento e disse con enfasi, ma senza far saltare Henri -Adesso *Henri*. Guarda la spada sotto il sigillo di Salomone. Qual era la scritta che non riuscivi a leggere?-

Henri restò immobile per un interminabile attimo e poi rispose - *Memoria Sanguinis*. Accidenti, ma come ho fatto? Anzi, come "hai" fatto?-

-Hai fatto tutto tu, amico mio. Era tutto dentro di te. Io l'ho solo fatto riaffiorare.-

-La scritta era in un complicatissimo gotico. Quasi illeggibile- fece Henri eccitatissimo.

-Complimenti *Henri*.-

-Incredibile. Ma che vuol dire? È latino, vero?-

-Sì. È proprio latino. Vuol dire "Memoria del Sangue".-

-Diamine. E che significa?-

-Sarà un vero problema spiegarti tutto senza mandarti in confusione. Parola mia, è la prima volta che vedo tanti simboli tutti assieme e nello stesso sogno.-

-Allora- riprese Bruno dopo un attimo di pausa di riflessione - la prima cosa da notare è che nel sogno sei in un bosco e sei solo. La questione del bosco va bene analizzata perché ad un primo sguardo potrebbe dare la sensazione di esserti perso in esso. Allo stesso modo, però, vorrei ricordarti che i boschi e la natura sono le vere cattedrali di Dio. E le cattedrali in pietra che erge l'uomo altro non sono che la stilizzazione della natura. Non vedi che tutte quelle colonne alte che all'apice si aprono in archi per reggere la volta altro non sono che la stilizzazione di alberi?-

Henri ci rifletté per un attimo e poi annuì - È vero.-

-Diciamo che sei nel bosco, quindi sei al cospetto di Dio. E, anche se hai smarrito la strada, c'è qualcuno che adesso ti sta riportando sulla retta via. "Che la diritta via era smarrita". Hai mai sentito questo passo di un'opera?-

-No- rispose seccamente Henri.

-Era Dante. Nessun problema. Non è un'interrogazione. Allora, sei nel bosco ed una luce attira la tua attenzione e ti induce ad avvicinarti. È confortante. Vieni attirato dalla luce e non dall'oscurità. Ottimo. Ti avvicini e vedi un …. uomo.-

Bruno resta per un attimo in contemplazione per poi riprendere. - In realtà è un Cavaliere. Un monaco guerriero. I sandali che oggi hai visto rappresentano proprio questo. Il Cavaliere indossa un'armatura di cotta di maglia, ha una veste di luce pura ed una splendida spada nel fodero. Il Cavaliere ha compiuto il suo cammino ed è diventato puro spirito. Pura luce. Lui ha finito il percorso già da tempo.-

-Sì, ma la spada….- iniziò Henri.

-Adesso ci arriviamo alla spada. Dammi un attimo, devi prima notare una cosa. Lui vorrebbe darti quella splendida spada che mi hai descritto, ma come ti ci avvicini te la sottrae, anzi, ti ci allontana stesso lui. Evidentemente non puoi ancora toccarla. Ti è ancora negato. Evidentemente è pericoloso ancora per te. Infatti la conficca nel suolo e poi la rompe.-

-Già- fece Henri -ancora ricordo la scarica ed il dolore della rottura.-

-La scarica che hai sentito è l'enorme energia che risiede in ognuno di noi e che una volta risvegliata ti darà modo di compiere gesti incredibili. In Oriente la chiamano "Kundalini" ed il suo simbolo è appunto un serpente. Come vedi, tutto torna. Adesso invece veniamo a te nello specifico. Il Cavaliere dopo aver conficcato la spada nel terreno la rompe con un calcio.-

-Ahi- fa semplicemente Henri.

-Intanto prima di romperla mi hai detto che per un attimo eri anche tu in armatura, giusto?-

-Sì- risponde Henri.

-Quindi la via non ti è preclusa. Ma il tempo stringe.-

-È quel che mi ha detto lui.-

-Va bene, va bene. Ma perché?-

Per un attimo rimasero a rimuginare sulla cosa, poi Bruno riprese - Io credo che il fatto che gli spezzoni di spada siano ancora incandescenti indichi il fatto che se non indugi ulteriormente potresti ancora ri-forgiare la spada, dato che è ancora calda. E con i simboli ti dice anche come.-

-In che senso?- fece Henri.

-Beh, se ti ricordi bene prima della frattura il sigillo di Salomone è perfetto. Dopo invece si è diviso. Quindi tu non lo hai ricomposto ancora.-

-Non so di cosa stai parlando, Bruno.-

-Vedo- fa Bruno sconsolato -altrimenti ti saresti già dato da fare.-

Bruno restò in silenzio per un altro interminabile minuto e poi riprese.

-Tutto insieme non posso dirtelo. Sarebbe solo un gran pasticcio. Devo portartici per gradi. Allora giovanotto, devi sapere che qui si parla di simboli. Il simbolo è qualcosa che deve inspirare un ragionamento interiore. Il primo che crea il simbolo, qualsiasi esso sia, vi imprime al suo interno un intento con un atto magico di volontà. Quando quindi tu cominci a meditare su quel simbolo dovresti teoricamente arrivare a quel ragionamento per contemplazione e riflessione. Il simbolo dovrebbe lavorare da solo nella tua mente.-

Henri continua a fissare intensamente Bruno il quale, sentendo l'assoluto silenzio di Henri, capisce che deve dare dell'altro. Insomma, è ancora in alto mare.

-Il primo simbolo che incontriamo è proprio la spada. In questo caso la spada è una spada ad una mano del periodo medievale europeo. Quindi la sua forma ci aiuta ulteriormente. Sai come pregavano i Templari alla loro epoca quando non erano in chiesa?-

-Sì. Conficcavano la spada per terra e si inginocchiavano davanti per pregare. Era come un crocefisso.-

-Vero. Ma un Cavaliere iniziato non si sarebbe mai inginocchiato davanti ad una croce, ma piuttosto davanti a........-

Ci fu una pausa e Bruno non concludeva la frase.

-Davanti a.....cosa, Bruno?-

-Non ti viene in mente niente guardandola?-

Henri rimase per un attimo ad occhi chiusi immaginando una spada. Poi, timidamente -Assomiglia tanto ad un uomo a braccia aperte.-

Bruno sorrise di un sorriso d'ammirazione e conforto. Come a voler dire "non è tutto perso".

-Bene. La spada rappresenta simbolicamente l'uomo. La sua lama è la colonna vertebrale, l'elsa sono le braccia ed il pomo è la testa. Le braccia dividono la parte materiale, la lama, dalla parte spirituale, il pomo. Infatti quando l'ha conficcata nella roccia e l'ha spezzata, la lama è rimasta nella roccia e cioè nella materia. Il tuo stato attuale.-

-Ahi- fece di nuovo e meccanicamente Henri.

-Ma come siamo delicati- rincalzò Bruno.

-Ti voglio ricordare che la colonna vertebrale è composta da 33 anelli come gli anni di Cristo ed i gradi Massonici.-

-In che senso gli "anni di Cristo"?- fece trasalito Henri.

-Ancora oggi c'è un gioco a Napoli che si chiama Tombola e consta in una estrazione di numeri con dei premi alla fine. Ogni numero è associato a qualcosa. Quando esce il trentatré, tutti urlano "gli anni di Cristo". Non si sa bene quando al Cristo fu attribuita questa età. Di fatto i vangeli non ne parlano apertamente, ma sta di fatto che, per tradizione, a trentatré anni il Cristo fu portato sul Golgota per morire crocefisso. Ora se notiamo l'analogia di numeri allora il messaggio è che c'è qualcosa che deve risalire dalla più bassa delle vertebre fino alla più alta che si innesta nel cranio. Così come Lui ha vissuto dal primo al trentatreesimo anno di età. Tu sai cosa significa Golgota in Aramaico?-

-Cranio- disse soddisfatto Henri. -Ce lo diceva sempre il prete.-

-Ottimo- fece Bruno - Quindi, qualcosa deve risalire la colonna vertebrale e arrivare sul cranio dove, se inchiodato alla croce, generalmente muore.-

-La corrente di cui abbiamo parlato prima? La Kundalini?-

-Esatto- gridò quasi Bruno.

-Ma nel mio sogno la corrente non saliva, ma piuttosto scendeva fino al pube.-

-Ma infatti il vero movimento che nessuno dice mai, ma che va fatto, è proprio questo. La corrente deve prima di tutto scendere per poi risalire e risalendo, accendere tutti i sette centri di energia. I cosiddetti Chakra, sempre usando termini asiatici che ho imparato nei miei viaggi. I sette bracci del candelabro ebraico, la Menorah .-

-E come attivo questa corrente?- fece eccitatissimo Henri.

-Come ti ho detto prima il Cristo se inchiodato alla croce, muore. Dal greco sappiamo che Chrysós significa oro, ma questo oro non vuole essere materiale piuttosto un oro spirituale. Questo è un po' più difficile. Quando pensi a qualcosa, questo qualcosa come lo immagini?-

-Lo vedo nei miei pensieri.-

-Perfetto, ma in che modo lo vedi? Di che è fatta l'immagine che vedi?-

-Di colori e forme?-

-No. Riprova.-

-Di…di colori abbiamo detto no. Le forme… ma se vedo i colori allora vedo anche le forme. Di…DI LUCE!- urlò all'improvviso Henri

-ESATTO- urlò a sua volta Bruno.

-La luce. La Luce Astrale. L'Oro è sinonimo di Luce Astrale. E cioè nient'altro che il pensiero. La croce a cui il Cristo viene inchiodato è la materialità di tutti i giorni. Se resti inchiodato alla materia la tua parte spirituale morirà. Devi eseguire degli esercizi per percepire e padroneggiare questa corrente e imparare a gestirla. Te li insegnerò io.-

-Tutto qui? Non ci credo sia così facile. Deve esserci per forza qualcos'altro.-

Bruno rise con affetto, poi si prese sotto braccio Henri che era ancora seduto su quel trono-poltrona e se lo portò con sé.

-Vieni. Ti mostro una cosa.-

Henri lo seguì fino alla prima statua che egli stesso fece notare la prima volta.

-Guarda bene questa statua e dimmi cosa vedi.-

-Vedo un giovane ed esile ragazzo che alza con la mano un cuore fiammeggiante verso l'alto.-

-Esatto. Lo vedi quel bracciale al braccio destro?-

-Sì.-

-Beh, in realtà erano delle catene, ma si sono rotte con il tempo. Tu sei arrivato qui esattamente così. Il tuo amore verso il divino era percepibile a pelle. Io stesso me ne sono accorto la sera in cui ti ho incontrato. Rifletti. Quando è stata la prima volta che hai amato una donna? Ricordi quel sentimento? Quel misto di bruciore in petto. Ardore per qualcuno?-

-Sì- rispose Henri con intensità, ricordando quel primo amore da giovane.

-Ecco, è esattamente questo il sentimento che devi avere verso Dio. E così facendo amerai anche la tua parte Divina. Ma il tuo corpo ti trattiene per terra con i suoi sensi che ti fanno percepire solo la parte materiale della vita. Ecco le catene. Il grande inganno. I cinque sensi.-

Henri fissava quell'uomo anziano come fosse un pozzo di scienza.

-Sei venuto a me caro ragazzo perché, ormai è chiaro come il sole, devi essere formato. Cercherò di portarti avanti fin dove i mezzi ed il tempo ce ne daranno modo. Vedi la seconda statua? Noi cominciamo da lì adesso.-

Prese sotto braccio nuovamente Henri e lo portò verso la seconda statua.

Henri era molto preso e quella nuova statua era ancora più criptica. Una donna con il seno scoperto sedeva mentre si prendeva cura di un giovinetto vestito da legionario che, con un libro in mano, studiava.

Bruno diede a Henri il tempo di guardarsi bene la statua e farla propria e poi cominciò.

-Questa è l'Educazione. In latino "educazione", *ex-ducere*, significa portare fuori. Estrarre. Ed esattamente questo è il compito di questa Matrona. Il fatto che abbia i seni scoperti e rigonfi indica l'alimentazione. La donna alimenta la sete di informazione e verità del giovinetto che altri non è se non lo stesso di prima. Adesso è un vero e proprio apprendista e la donna non lo sta istruendo, non sta immettendo nel ragazzo delle informazioni, ma in qualità di rappresentante delle madri, azzarderei di Madre Natura, lo aiuta a portare fuori dal suo interiore qualcosa di prezioso che è sempre stato lì, nel suo interno. Celato. Infatti lo chiamano "Oro Occulto".-

-Meraviglioso- disse Henri, sopraffatto dall'ingegno nel mettere tanti dettagli nascosti in quell'allegoria.

-Ma quante sono queste statue?- fece Henri girandosi attorno.

-Dieci- disse Bruno.

-Dieci? E quanto tempo ci vorrà per fare tutti questi passi? Perché immagino che ogni statua sia una specie di prova o di passo da compiere.-

Bruno scoppiò in una fragorosa risata che lasciò Henri esterrefatto.

-Caro amico, questo è un percorso che si misura in numero di vite.-

-Vite?- fece Henri ancora più stranito. -Come vite? Non avrà mai fine?-

-Ma sai, non è che deve per forza avere un inizio ed una fine. Lo testimonia appunto quel taglio che hai sulla guancia. Qualcuno si è preso la briga di seguirti fino qui per invogliarti a riprendere un percorso che avevi *già* iniziato in un'altra vita. Mi aspetto che tu abbia dei risultati veloci fino ad un certo punto, dove ti bloccherai e quello sarà l'indice di dove eri arrivato nell'altra vita. Da quel punto in poi te la dovrai faticare.-

-Mi sento un po' sconsolato- fece Henri. -Il lavoro da fare è proprio tanto.-

-Non devi prenderla così. Questo è il classico sentimento di chi non farà neanche un passo per muoversi. Quello che imparerai d'ora in poi devi prenderlo come uno stile di vita. Le cose andranno fatte in modo da non caricare tensione ed aspettativa o tutto si cristallizzerà. Brama, Odio, Peccati di gola e di libido. Ti tratterrà tutto nella materia e vanificherà il tuo lavoro.-

- Spiegami cos'altro devo sapere del sogno che ho fatto.-

-Vero. C'è dell'altro. Il cavaliere ha rotto la spada in tre parti che dal sogno risultano ancora incandescenti. Ancora calde e pronte per poter essere nuovamente fuse assieme. Questo vuol dire o che ci hai già provato una volta e hai fallito o che eri pronto per provarci e sei morto. Il sigillo di Salomone si compone di due triangoli sovrapposti. Quello che ha la punta verso il basso è l'acqua, i tuoi pensieri che quando sono tanti sono un fiume in piena. Risiedono nel capo perché noi siamo ancora legati al pensiero cosciente e terreno, ma dobbiamo distaccarcene per effettuare l'ascesa. Quello che ha la punta verso l'alto è il fuoco, il nostro aspetto bestiale. Il suo centro è nei tuoi pantaloni. È il posto dove va a finire il cervello di certe persone quando non capiscono più niente e corrono dietro le gonnelle. Troppa acqua spegnerà il fuoco distruggendo la libido. Troppo fuoco farà evaporare l'acqua infiammando tutto e facendoti essere assente all'atto magico che si cela dietro l'atto d'amore. Anche questa è una pratica molto importante che dovrai affrontare per poter ridare la centratura al sigillo di Salomone, e cioè a te stesso ed ai tuoi corpi sottili. Al momento, come puoi vedere, è diviso. Ma.....questa pratica non la puoi ancora affrontare. È pericolosa per ora. È la pratica del cuore-

Henri rimase a fissare la sala sconfortato. Bruno percepì questo sentimento e gli poggiò la mano sulla spalla.

-Non ti abbattere. Devi pensare che un percorso come questo richiede molta tenacia ed è fisiologico che servano più passaggi per completarlo. Quel che non mi hai chiesto però è "a che punto sei tu adesso?".-

-Infatti, a che punto sono io adesso?-

-E io che ne so- fece ridendo Bruno, mentre Henri alzava gli occhi al cielo.

-Abbiamo un solo modo per capirlo. Comincia a praticare e vediamo cosa accade.-

-Cosa devo fare adesso?-

-Torna domani. Per oggi abbiamo smosso abbastanza il terreno. Domani cominceremo a piantare i primi semi. Nel frattempo, però, ti do un consiglio. Da adesso in poi devi cominciare ad andare contro corrente.-

-In che senso?-

-Questo è nascosto nel primo simbolo dei cristiani. Sai qual è?-

-Sì. Un pesce stilizzato.-

-Bravo. C'è chi lo paragona ad un salmone. I Santi Salmoni di Sapienza. Cosa fanno i salmoni quando sentono che è arrivato il momento di dare inizio ad una nuova vita?-

-Non lo so.-

-Vanno contro corrente, amico mio. Risalgono contro corrente i fiumi e vanno a depositare le uova alle foci dei fiumi. E questo è esattamente quello che dovrai fare tu.-

-Depositare le uova alla foce del fiume?-

-Esatto......ti ci vorrei proprio vedere.- E così dicendo scoppiarono a ridere entrambi. Poi Bruno gli diede una scoppola dietro la nuca come si fa agli scolaretti impertinenti e continuò.

-Andare contro corrente. Fare le cose meccanicamente ti aiuta a dormire. Da adesso in poi qualsiasi cosa tu faccia falla in un modo diverso dall'ordinario. Mangi con la destra? Cambia mano. Fai commissioni per la città percorrendo sempre le stesse strade? Cambia le strade. Cambia tutto. Vedrai che creerai un attrito con la vita materiale e questo ti avvierà alla strada giusta da percorrere.-

Capitolo 13
Le radici del male

Parigi, 2 giugno del 1793

Palazzo delle Tuileries.

La Convenzione nazionale è riunita già da tre giorni. L'organo ufficiale, nato dalla Rivoluzione Francese, è in difficoltà per le continue pressioni da parte delle diverse fazioni che si schierano gli uni contro gli altri. Gli animi sono ormai allo stremo e nessuno è più disposto a venire incontro al prossimo.

Dopo anni passati sotto il tacco della Monarchia nessuno più a voglia di dire "sì".

Le proposte di una fazione vengono interpretate, a ragione o a torto, dall'altra come una provocazione e, invece di ispirare un colloquio tra le parti, accendono astio e reazioni spropositate. L'era del terrore era ormai dietro l'angolo.

È così che il due giugno la Convenzione in riunione al Palazzo delle Tuileries venne accerchiata da un esercito di ottantamila facinorosi sostenuti dalla Guardia Nazionale e 150 cannoni.

I deputati non possono più uscire.

Sotto la spinta di uno dei collaboratori di Robespierre, Georges Couthon, vengono arrestati e processati i deputati Girondini, in opposizione ai Giacobini. In più occasioni erano state mosse accuse verso di loro di essere dei controrivoluzionari poco sensibili alle necessità del popolo, ma quel giorno il ricamo, tessuto nel tempo attorno ai Girondini, si strinse e li intrappolò in una ragnatela dalla quale nessuno più poté uscirne vivo.

Molti furono processati e mandati alla ghigliottina nella stessa giornata. Qualcuno si uccise. Altri furono giustiziati in seguito.

In molte città scoppiarono tumulti. Insurrezioni. Lione, Avignone, Marsiglia.

A Tolone i Giacobini vennero cacciati dai Girondini che speravano di salvarsi la vita resistendo, ma subito il loro posto fu preso dai lealisti monarchici.

La Convenzione mandò subito un esercito per ristabilire l'ordine. Anche un giovane Napoleone era presente.

Fu proprio quest'ultimo a fornire il piano giusto per riprendere la città, ristabilire l'ordine e sedare nel sangue la ribellione. E proprio nella folla, tra tutte quelle persone incredule di tutta quella crudeltà, c'era un bambino. Un povero bambino che piangeva distrutto. Invano, la tata aveva tentato di allontanarlo da quel mattatoio. Lui scappava e si riavvicinava a quel posto, il Campo di Marte, dove i rivoltosi stavano per essere giustiziati. Tra quelli c'erano anche i suoi genitori.

La povera tata tentava di trattenerlo e nasconderlo tra le pieghe della gonna, ma il bambino piangeva a dirotto.

-Voglio mamma e papà- le urlava. Nella sua mente non si spiegava il perché glieli avessero portati via. Come si fa, d'altronde, a spiegare ad un bambino le ragion di Stato, la politica?

Antoine, questo il suo nome, indugiava in quei ricordi che un bambino ama di più. Quando insieme alla mamma ed al papà, si divertiva la sera a giocare prima di andare a dormire. Quando chiedeva spesso alla mamma quando la cicogna gli avrebbe portato il fratellino e lei gli rispondeva che era in viaggio e che l'inverno sarebbe arrivato. Poi lei si avvicinava e gli dava un bel bacio sul neo a forma di stella rovesciata che aveva sotto l'occhio sinistro e che lei chiamava "la mia stellina".

-Andiamo- urlava un graduato alla truppa. -Diamoci una mossa. Non vorremo rimanere qui per una intera giornata.- La truppa prese una serie di girondini e li mise al muro. Poi, con molta poca voglia e marzialità, un soldato urlò di caricare, poi di puntare ed infine di sparare. I fucili crepitarono e si alzò un gran fumo, mentre gli uomini e le donne cadevano a terra.

-Ma così ci mettiamo una settimana- fece infastidito. Prese allora altri uomini e li mise su un altro lato a fare il lavoro sporco come i primi e, quando questi si lamentarono che c'era poca polvere da sparo, il graduato prese una sciabola ed intimò ad uno di loro di fare alzare gli uomini e di metterli in fila.

Antoine riconobbe la mamma ed urlò. Chissà come la mamma lo sentì girandosi verso di lui. E, mentre lei terrorizzata per il figlio lo fissava, venne trafitta all'addome dalla spada del graduato.

Antoine urlò, ma la tata gli tappò prontamente la bocca con il palmo della mano. Il padre di Antoine, situato appena dietro la moglie, si precipitò su di lei per accudirla e prendersene cura istintivamente. Ma, proprio mentre lui si abbassava su di lei, il graduato abbassava impietosamente la spada sul padre, uccidendolo sul colpo.

-Andate avanti così- fece il graduato pulendo la spada sul corpo della donna e riponendola nel fodero, mentre Antoine aveva smesso di urlare. Uno sguardo vuoto e pietrificato quasi si era dipinto sul suo volto, mentre le lacrime continuavano a scendere inarrestabili sul suo visino delicato.

Che cos'è l'odio? Un sentimento che si sviluppa nell'animo di un bambino. Un essere con una propria volontà che si sviluppa con te durante la crescita e che, ad un certo punto, smette di obbedire alla voce della ragione. Un sentimento che non da più spazio a niente e nessuno. Solo uno scopo si addensa nella mente. Vendetta.

È capace di annientare una vita e innalzarla all'altare delle sue ragioni. L'essere si ciba dell'odio che provi e cerca di alimentarlo, dato che anche lui adesso, dopo essere nato, comincia ad avere un istinto di sopravvivenza.

La tata quasi nascose tra le pieghe della gonna lunga Antoine, immobile ed inespressivo come fosse una statua, e se lo portò via da quel posto, maledicendo la sua poca energia che aveva profuso nell'allontanare il bambino da quel luogo.

Attraversò la città e si diresse verso il porto. Non sapeva cosa fare e i soldati erano ovunque. Era sicura che non sarebbe riuscita a nascondere a lungo il bambino. La città era piena di Giacobini rancorosi pronti a denunciare chiunque avessero riconosciuto come Girondino. Vicini che si accusavano a vicenda. Fratelli che si mandavano al patibolo l'un l'altro. Nulla aveva più senso. In tutto quel marasma di gente che urlava e correva, la povera tata si abbandonò e si sedette sui gradini di una banchina a piangere con Antoine accanto.

Una mano le si appoggiò sulla spalla e lei per un momento trasalì. Sicura che qualcuno la aveva riconosciuta, si girò.

Un sentimento di gratitudine le salì dal profondo del cuore. Il socio d'affari del padre di Antoine. Un inglese, era avvolto in una cappa e si copriva il capo.

-Signor.....- ma la mano di lui si poggiò sulla sua bocca per non farle dire il nome.

Lei annuì.

-Dove sono i suoi genitori?- fece lui a bassa voce data la sua evidente accento inglese.

Lei con le lacrime agli occhi scosse il capo per farsi capire. - Giustiziati al Campo di Marte a colpi di spada.-

Poi abbassò gli occhi verso il bambino, che ancora aveva lo sguardo nel vuoto, e disse -Lui ha visto tutto.-

L'uomo lo fissò mentre questi guardava in basso sfuggendo allo sguardo di tutti. Sembrava del tutto normale a colpo d'occhio, ma l'uomo intuì che sotto la superficie qualcosa si agitava.

Spinto da un sentimento di riconoscenza verso il padre del bambino che lo aveva reso ricco facendogli fondare una società per il commercio delle spezie, questi prese sotto braccio la vecchia tata e la mano piccina del bambino e li trascinò verso una banchina.

Una piccola goletta a palo li attendeva attraccata al suo posto. Un Ufficiale della Guardia Nazionale ed un soldato semplice si agitavano vicino alla barca da un lato della passerella, mentre, dall'altra parte, un marinaio piuttosto imponente li arginava con modi e parole caute.

L'uomo si avvicinò e fece un cenno di saluto al militare. Poi, senza parlare, per non tradire il suo accento inglese, fece un cenno al suo marinaio che cominciò a parlare in francese. -Niente Comandante, dice che deve ispezionare la nave. Probabilmente deve sequestrarla.-

L'uomo con dei grandi inchini reverenziali fece loro segno di seguirli per l'ispezione. Li fece transitare sulla passerella e, quando furono passati, fece un cenno al marinaio di tenersi pronto.

Li guidò personalmente verso la stiva della nave, indicando ad ogni passaggio di stare attenti a non sbattere la testa. Nessuno si era accorto che il bambino li seguiva.

Arrivarono alla stiva e lui fece loro, con grande enfasi, un segno con la mano sinistra ad indicare l'intero carico a loro disposizione per l'ispezione. Spezie di ogni tipo. Tessuti, olio e chissà quanto altro.

L'Ufficiale ed il soldato si incantarono per un attimo, quasi a contabilizzare il carico che stavano ammirando e che di sicuro avrebbero sequestrato per la causa. Restarono ad ammirare quel ben di Dio per interminabili e preziosi secondi. Poi l'Ufficiale si girò con fare risoluto e stava quasi per dire "spiacente ma è tutto sequestrato" quando sentì una fitta al ventre. Abbassò lo sguardo e vide un coltello infilato nel suo ventre fino al manico. Si girò verso il soldato semplice, come a volergli chiedere aiuto, e lo vide immobilizzato da una morsa d'acciaio dell'altro marinaio con cui discutevano prima. Si agitava inutilmente, mentre un braccio lo stringeva da sotto il collo. Niente è più forte del braccio di un marinaio che tira le cime tutto il giorno. Fu un attimo e il marinaio, mentre il soldato si aggrappava inutilmente a due mani al suo braccio per poter respirare, cacciò dalla tasca un piccolo coltello e lo passò velocemente sul lato del collo. Uno schizzo di sangue fuoriuscì e quasi bagnò il fasciame della nave. Il marinaio trattenne un po' il soldato fin quando non vide che non aveva più forza per reagire. Poi mollò la presa d'acciaio e lo lasciò cadere per terra.

Il graduato si girò verso l'uomo e stava per aprire la bocca, forse per urlare, quando il marinaio fece la stessa operazione anche a lui. Un gesto rapidissimo e risoluto che evidentemente aveva già fatto altre volte, data la precisione e la perfezione del movimento.

L'uomo si avvicinò al suo volto e, senza odio, gli disse con uno spiccato accento inglese -Spiacente. Andiamo proprio di fretta. Non possiamo trattenerci.-

Il graduato cadde a terra fissando l'uomo stravolto dall'accaduto che non andava oltre i 10 o 15 secondi.

-Appendili per i piedi e metti sotto qualcosa per raccogliere il sangue. Butteremo il tutto in alto mare. E butta pure dell'acqua sul sangue caduto a terra. Altrimenti puzzerà come un mattatoio.-

L'unica cosa che uscì dalla bocca del marinaio fu solo un secco -Ayeaye, Sir-.

Si girarono per risalire le scale che portavano verso il ponte e rimasero per un attimo congelati.

Il bambino, che li aveva seguiti, era fermo e si teneva a due mani alle colonnine che reggevano il corrimano. Aveva ancora quello sguardo di ghiaccio, fissava la scena come se avesse appena scoperto qualcosa di prezioso. Il suo sguardo sembrava dire "Allora anche noi possiamo ucciderli".

Rimasero per un attimo a fissarsi l'un l'altro poi spuntò, da sopra, una mano con una manica merlettata che lo afferrò con timore e delicatezza e lo tirò a sé, facendolo salire al piano di sopra.

I due uomini si guardarono con aria interrogativa, poi l'uomo disse al marinaio -Và- e quest'ultimo si avviò con un semplice cenno del capo.

La nave si staccò in fretta e furia dalla banchina e si avviò con molta naturalezza verso l'uscita del porto.

Il trambusto che si era creato non aveva ancora fatto organizzare il blocco all'entrata del porto e questo gli permise di scappare in tutta fretta come molte altre navi e barche che, altrimenti, sarebbero state sequestrate dai Giacobini.

Arrivati in alto mare, la goletta aveva le vele gonfie e solcava il mare con agilità.

La tata passò due interi giorni chiusa in cabina per prendersi cura del bambino che, catatonico, passava il giorno disteso sulla cuccetta con il volto rivolto verso il muro. Il primo giorno non mangiò quasi niente. Solo la sera del secondo giorno la tata riuscì a fargli mangiucchiare qualche boccone.

Alla sera del terzo giorno tentò di farlo cenare con l'armatore al tavolo nella sala da pranzo a poppa, per poterlo fare riprendere un po' ed uscire da quello stato catatonico.

Antoine fissava con sguardo vuoto le lampade ad olio che cominciavano ad oscillare più del solito. Aveva quasi la sensazione che si volessero ribellare ai propri punti di ancoraggio per andarsene in giro da sole.

-Sta montando il mare. Ti fa paura, eh?- fece l'armatore.

Il bambino lo fissò per un attimo, quasi a voler decidere se volesse o meno rispondere. Poi fece di no con la testa, con molta calma, e si rimise a mangiare fissando il piatto.

Entrò il marinaio con un bel piatto di formaggi ed affettati tipici francesi. Lo mise a centro tavola e, rivolgendosi al bambino con aria scherzosa, gli disse -Allora, *monamì*. Com'era il piatto? Ti è piaciuto?-

Antoine alzò la testa e dal basso fece un cenno di sì al marinaio che quella mattina aveva giustiziato i cattivi che avevano fatto del male ai suoi genitori. Nel suo sguardo c'era ammirazione verso quell'uomo che aveva più o meno la stessa età del suo papà. Era molto alto e fortemente stempiato, con un naso leggermente adunco. I capelli, neri, erano raccolti in un codino piuttosto alto dietro la nuca ed il volto aveva dei lineamenti forti e decisi, ma riusciva a mantenere comunque una grazia ed un equilibrio. Piacevole alla vista, aveva dei modi molti gentili e rassicuranti.

L'armatore vide tutto e in un attimo capì cosa doveva fare per ridare normalità a quella povera creatura.

-Bernard, credi che si possa tirar fuori da questo giovanotto un buon marinaio?-

-AyeAye, Sir. Alla sua età sulla nave avrei dato già di stomaco. Ha già il piede marino, signore. Lo guardavo prima mentre camminava senza reggersi ai corrimano.-

-È vero- fece l'uomo fingendo un'attenzione enigmatica verso di lui. - Hai proprio ragione. Lo notavo anche io. I bambini imparano in fretta d'altronde-

-Bernard, ti ricordi di fare quella operazione che ti avevo chiesto? Adesso siamo abbastanza lontani dalla costa?-

-Ayeaye, Sir-

-Ai ai ?- fece il bambino incuriosito da quella strana e nuova frase. Erano le prime parole che diceva da quando aveva visto morire i suoi genitori.

Fu come un colpo di cannone. Tutti si fermarono senza sapere cosa fare.

-Sì, si dice proprio così ma si scrive in un modo particolare. È inglese e vuol dire "sissignore". È un termine adottato da tutta la marineria inglese.- Bernard era sempre presente e sapeva sempre cosa fare in qualsiasi momento. Era l'uomo che chiunque avrebbe voluto avere accanto nel pericolo e nei bei momenti. Sapeva uscire dalle righe per quei brevissimi attimi in cui gli era permesso davanti una birra o un bicchiere di rum e rientrarvi un attimo dopo ritornando il marinaio, uomo di fiducia e amico che serviva in base alle occasioni.

L'armatore della nave guardò con riconoscenza per un attimo Bernard e, subito dopo, con fare solenne si rivolse a lui -Allora è andata Bernard. Questo giovanotto da ora è assunto come marinaio sulla nostra prestigiosa *Sunrise*. Lo affido alle tue cure, voglio che ne faccia un gran marinaio. E poi chissà che accadrà per il futuro… Magari ne faremo un comandante.-

-Signore, ci vorrà l'investitura ufficiale allora.-

-Ah già, l'investitura. Appronteremo tutto domani a mezzodì.-

-Aye Aye, Sir.-Rispose Bernard.

-AyeAye, Sir- rispose il bambino, facendo ridere tutti.

-Prendo il dolce, signore, e mi occupo dell'immondizia.-

-Grazie Bernard.-

Bernard uscì e rientrò subito dopo con una gelatina tremolante che saltellava ad ogni suo passo.

Fece le porzioni e ne riservò una molto generosa al bambino, a cui si illuminarono gli occhi e poi, dopo aver rimirato di lato l'armatore ed aver atteso la sua approvazione, se ne andò richiudendo la porta.

Antoine gustava la sua gelatina soddisfatto, mentre i passi pesanti dei marinai si sentivano salire e scendere per le scale che portavano alla stiva.

La tata fece un salto sulla sedia e fu fulminata dallo sguardo dell'armatore quando si sentì il tonfo del primo corpo gettato in mare. Subito dopo se ne sentì un secondo e ancora dopo si sentì un rumore che assomigliava a del liquido gettato in mare.

La tata deglutì vistosamente sotto lo sguardo dell'armatore poi, rivoltasi al bambino, disse - Adesso è proprio tardi. Hai finito il dolce?-

Il bambino infilò in bocca l'ultimo cucchiaio e fece di sì con il capo.

-Bene, allora salutiamo Mister Morgan e andiamo a dormire.-

Il ragazzo si alzò dal tavolo e andò vicino all'armatore - Buona notte, Mr. Morgan- disse con un filo di voce.

-Per te, caro amico mio, sono solo Philip. Buonanotte a te, caro.-

La tata ed il bambino si avviarono verso la porta della sala del brigantino mentre la nave cominciava ad ondeggiare vistosamente a babordo.

"Un'altra notte ballerina" pensò tra sé e sé l'armatore. Si alzò e raccomandò la sua anima al cielo nella speranza che i suoi peccati non fossero stati così grandi da esigere il sacrificio di nave, marinai e carico pur di mietere la sua anima.

E in effetti la nave ballò per tutta la notte. La tata non chiuse occhio se non verso l'alba. A volte arrivavano onde che facevano salire il brigantino verso l'alto come gli uccelli quando si impennano verso una ripida salita, per poi cadere verso il basso così velocemente che la nave sembrava quasi dover toccare il fondo del mare da un momento all'altro. La tata si teneva istintivamente ai bordi del letto per paura di cadere, mentre Antoine era in un letto con la sponda e dormiva profondamente.

Il giorno dopo la temuta tempesta svanì e il mare tornò ad essere bello come sempre. In cielo splendeva un magnifico sole e un bel venticello spingeva il vascello con energia, inclinandolo leggermente su di un fianco. Il silenzio mattutino, rotto solo dallo sciabordio delle onde sulla fiancata del vascello, era assoluto.

Mr. Morgan si era guardato bene dallo svegliare sia la tata che il bambino lasciandoli dormire fino a tardi. Quando gli dissero che stavano facendo colazione avvertì Bernard di attuare il piano che avevano pensato quella mattina per dare un bel ricordo al bambino che potesse serbare e così annullare la brutta esperienza trascorsa. O quantomeno bilanciarla.

Le vele furono alleggerite per poterle lasciare incustodite e tutti i marinai, complici della cerimonia, furono chiamati in gran silenzio sul ponte.

La tata aveva fatto mangiare il bambino e lo voleva portare sul ponte per prendere un po' di aria e soprattutto di sole. Uscirono dalla sala da pranzo, situata a poppa, e tramite il corridoio si avviarono alla porta che dava accesso al ponte della nave.

Quando la tata aprì la porta rimase per un momento interdetta. Aveva la netta sensazione di aver interrotto qualcosa e quindi rimase sulla porta senza far uscire il bambino nel dubbio che forse avrebbe dovuto rientrare e togliersi dai piedi.

Tutto l'equipaggio della nave in uniforme era sul ponte. Allineati e coperti, i marinai si erano disposti su due schieramenti e avevano lasciato al centro un largo passaggio che faceva capo proprio alla porta che lei aveva aperto.

Sentendosi di troppo ed anche un po' in imbarazzo, fece per ritirarsi quando la voce dell'armatore la chiamò.

-Josephine, non se ne vada. Vi aspettavamo. Dov'è Antoine?-

La tata arrossì, sentendosi al centro dell'attenzione. Aprì la porta e scoprì Antoine che era dietro l'altra anta della porta.

Antoine, che dalla sera prima aveva assunto un aria triste e malinconica, appena vide lo schieramento si sporse con gli occhi sgranati per guardare.

Philip stava dritto davanti a lui, al centro del corridoio che gli uomini avevano disegnato con il loro schieramento. L'uomo allungò le mani come a volerlo abbracciare e gli fece cenno di venire accanto a lui.

Antoine camminò timidamente guardandosi ai lati. I marinai in divisa erano tutti in posizione di riposo e lo guardavano fieri dall'alto verso il basso, ma avevano un aria soddisfatta e tutti, sebbene con aria severa, avevano un mezzo sorriso e lo incoraggiavano ad andare avanti.

Antoine arrivò da Philip con una punta di timore che, per

orgoglio, cercava di nascondere.

Philip lo prese per mano e lo mise al centro del corridoio e dell'attenzione.

-Uomini del *Sunrise*. Siamo qui riuniti per accettare tra le nostre fila un nuovo membro d'equipaggio. Come è accaduto per ognuno di voi, adesso accade anche per il nostro nuovo apprendista Anthony.-

Philip si abbassò un po' verso il bambino e disse -Non ti dispiace se ti chiamiamo così, vero?-

Il bambino scosse la testa in segno di negazione.

-Ottimo- riprese Philip. -Allora come in ogni investitura che si rispetti, inginocchiati sul ginocchio destro, Anthony.-

Il bambino si inginocchiò fissando Philip che sguainò una splendida sciabola e la posò sulle due spalle e sul suo capo dicendo -Nel nome di San Giorgio, San Michele e di Dio, io ti nomino membro della *Sunrise* e nuovo apprendista di bordo. Bernard...-

-Eccomi, signore- disse uscendo dai ranghi.

-Il nuovo apprendista è affidato alle tue cure.-

-AyeAye, Sir-

-Ma ne sarete tutti responsabili- fece Philip minaccioso, indicando tutta la ciurma con fare forzatamente intimidatorio.

-AyeAye, Sir- rispose l'equipaggio ad alta voce.

-Alzati - fece Philip al bambino e poi ad alta voce gridò. - Tre urrà per il nuovo apprendista.-

-Hip hip...-

-Urrà- urlarono tutti.

-Hip Hip...-

-Urrà-

-Hip hip...-

-Urrà, urrà, urrà-

Bernard e altri due membri dell'equipaggio diedero la salva di fischi in suo onore, mentre tutti scattarono sull'attenti.

Alla fine ci fu un momento di profondo silenzio lungo il quale sembrò che gli "urrà" ed i fischi ancora aleggiassero nel silenzio del mare. Poi una voce ruppe il lungo silenzio.

-Equipaggio in libertà.-

E tutti scoppiarono in urla e fischi di festeggiamento per Antoine che ormai era diventato Anthony.

Se lo misero in spalla e ognuno gli faceva fare dei salti. Se lo passavano e gli facevano il solletico, mentre questi rideva e si divertiva. Poi cacciarono una piccola vela di qualche lancia e lo misero al centro. Ognuno afferrò un bordo e, tendendo la vela, Anthony balzava in aria urlando e divertendosi.

La giornata passò così e ad Anthony sembrò quasi di avere una nuova famiglia.

Quando in serata Bernard e l'armatore si incontrarono in un angolo della nave quest'ultimo disse -Sembra quasi che ci siamo riusciti a dare una nuova famiglia al bambino.-

-Non lo so, Bernard. Quando mi sono accorto che ci aveva seguiti nella stiva e aveva visto tutto ho visto una strana luce nei suoi occhi.-

-L'ho notato anche io, purtroppo…- fece Bernard -come se avesse scoperto un tesoro.-

-Infatti. Spero solo di sbagliarmi, ma ho tanto la sensazione che sotto la cenere covi un fuoco insaziabile che grida vendetta.-

-Allora sarà meglio tenerlo sempre occupato signore.-

-Bravo. Ottima idea!- fece Philip dando una pacca sulla spalla a Bernard.

Quella sera Anthony andò a dormire felice di avere un gruppo a cui appartenere. Ma nonostante tutto si mise nuovamente a piangere. Non sapeva bene perché. Forse era quello strano senso che gli arrecava il suo nuovo nome inglese, gli dava la sensazione che il vecchio Antoine era ormai andato. Come morto. Alle spalle. Ma dentro di lui intanto fermentava quell'immagine dei due graduati francesi che erano stati uccisi come delle bestie. Uno strano ed involontario piacere covava nella sua mente. Avrebbe voluto essere stato lui l'artefice di quel macello.

La notte passò e, come sempre accade, il giorno dopo ci si sveglia diversi. Rinnovati.

Anthony si era svegliato presto e aveva fatto colazione con Philip, che si era meravigliato dell'orario mattutino della sua levata.

Non appena finito, Anthony era andato alla ricerca di Bernard e c'era rimasto attaccato per tutta la mattinata.

Quando Philip passò loro vicino per sapere di che parlavano intercettò il discorso -Devi imparare a fare la gassa d'amante. Se non la sai fare, nessuno ti considererà mai un marinaio. Con la gassa ci fai tutto. Guarda-

Cacciò dalla tasca una cimetta di canapa e la prese a due mani. Poi fece un occhiello da un lato e disse - L'occhiello è la tana. Adesso il topolino esce dalla tana- e così dicendo infilo un capo della cima nell'occhiello- fa un giro attorno all'albero e rientra nella tana - fece girare la cima dietro all'altro lato dell'occhiello e lo rinfilò nell'occhiello, per poi serrare il tutto.-

Lo tenne da un lato e gli mostrò il nodo a forma di cappio che disegnava una "o" nel cielo. -Bello, eh? Adesso fammi vedere tu.-

Anthony prese la cima e la sciolse. Ripeté la filastrocca e alla fine la gassa era lì, in bella mostra, identica a quella di Bernard, che, fissando il comandante, disse -Devo stare attento a questo giovanotto o un giorno mi fregherà il posto. È troppo sveglio.-

-Sembra proprio anche a me, Bernard. Teniamolo d'occhio- disse Philip con un ampio e paterno sorriso.

Anthony sorrideva e si sentiva a casa. La tata, che nel frattempo si era svegliata, non vedendo il bambino, era uscita dalle camere in apprensione e, vedendolo tra i marinai a fare nodi, si era rassicurata. Si avvicinò a Philip e disse - Non l'ho ancora ringraziato per averci salvato da quei pazzi rivoltosi.-

-Sciocchezze, lo dovevo al padre del bambino. Mi ha dato tanto e mi ha reso ricco grazie al commercio. Io non ho bambini e non sono sposato. Lui è capitato nella mia vita nel momento giusto, sia per lui che per me. Me ne preoccuperò io adesso. Lei può venire a stare da me. Si occuperà della casa e di lui.-

-Spero che il futuro gli sorrida di nuovo, povero piccolo... - fece la tata in apprensione.

-Lo spero tanto anche io. Quel che ha visto non se ne andrà mai via del tutto. Siamo tutti preoccupati per quel che ha visto. Sia a terra che sulla nave. Mah, solo il tempo potrà dirci la verità.-

-Dove stiamo andando?- chiese la tata. -Gibilterra? O Malta?-

-No. Non voglio rischiare il carico. Andiamo diretti in Inghilterra. In Cornovaglia per l'esattezza, dove ho la mia casa e anche l'azienda.-

La tata rimase un po' a pensare e poi commentò tra sé e sé "Farà freddino. Sicuramente meno che a Londra comunque".

-Vi troverete bene da me. Il bambino andrà a scuola e si farà una posizione. Lei lo accudirà e se ne prenderà cura come ha fatto finora ed io avrò un erede che darà un nuovo senso alla mia vita.-

Capitolo 14
Un nuovo inizio

La traversata continuò per altri giorni e non fece scalo per evitare brutti incontri. La Francia era in subbuglio e sarebbe stato facile perdere la nave ed il carico perché sequestrati.

Anthony seguiva in tutto e per tutto i ritmi dei marinai e andava perfino a mangiare con loro. Ad ora di pranzo i marinai facevano a turno per averlo a tavola e farlo divertire e lui sembrava molto contento e preso da questa cosa.

Arrivati in Cornovaglia attraccarono a Plymouth. Il porto non era così grande, ma di tutto rispetto. Faceva freschetto ed il cielo era plumbeo. Non appena attraccarono arrivò l'autorità portuale che ben conosceva Philip Morgan. Si salutarono reciprocamente e Philip cacciò subito le monete che doveva come dazio al porto per l'attracco e lo scarico della merce. L'incaricato gli diede una ricevuta scritta a mano e si salutarono nuovamente.

Philip fece un cenno alla tata ed il bambino di scendere e questi si incamminarono lungo la passerella accompagnati da Bernard che teneva delle altre borse.

-Bernard, vammi a cercare una carrozza ché porto tutti a casa e poi vado al mio ufficio. Non mi sembra vero di essere a casa! Credevo proprio di non farcela questa volta.-

-Adesso che fai? Te ne vai e mi lasci solo?- fece il bambino con un filo di voce.

-Ma no. Io seguo mr. Morgan ovunque lui vada. Vedrai che entro stasera ci rivedremo.-

Il bambino sorrise e disse -AyeAye, Sir - e Bernard, insieme alla tata e a Philip, scoppiò a ridere.

La carrozza arrivò, i bagagli furono caricati e tutti entrarono e si accomodarono. Le strade erano pulite e ricoperte tutte da un acciottolato che faceva sobbalzare la carrozza. Per strada c'erano persone ben vestite che si muovevano con molta eleganza. Tutt'altro rispetto a quel che Anthony vedeva con la mamma per strada nella sua città. Persone malvestite e sguaiate che non facevano altro che parlare ad alta voce.

Arrivarono davanti ad una casa a tre piani e la carrozza si fermò.

Erano un po' lontani dal centro, ma si vedeva subito che c'era tutto quel che serviva nei dintorni. Il quartiere era molto elegante ed un po' in altura. Si riusciva a scorgere perfino il porto da lì.

-Prego - fece Philip - faccio strada.-

La porta si aprì ed una donna dall'aspetto severo ed austero uscì facendo un saluto formale al padrone e rimirando la tata ed il bambino di traverso. Aveva capelli scuri raccolti sopra la testa e tenuti assieme ed in ordine da una retina. Vestiti scuri ed anonimi e le mani congiunte in grembo, la sinistra in basso e la destra sopra di essa. Come se custodissero qualcosa di prezioso. Non era brutta, anzi. Ma sembrava che facesse di tutto per sembrarlo.

-Mary è la persona che si occupa di tutto a casa mia. Mary, questi sono Josephine ed Anthony e da ora staranno con noi.-

Josephine fece un mezzo inchino e salutò con reverenza la donna. Anthony la fissò con uno sguardo corrucciato e non proprio amichevole.

-Bene, signore- rispose la donna, continuando a fissare il bambino. - Dove vuole che li sistemi?-

-A fianco della mia camera andrà benissimo, Mary. Grazie.-

-Sissignore- rispose freddamente la donna mentre il cocchiere prendeva le borse dalla carrozza.

La casa era accogliente e calda. L'entrata dava su un piccolo disimpegno che terminava su una tesa di scale, che portavano ai piani superiori. A sinistra c'era la cucina con una cuoca molto in sovrappeso, che armeggiava con le pentole, e a destra la sala da pranzo con il salotto ed il camino.

-Lorene, abbiamo ospiti a pranzo.-

-Va bene- tuonò la cuoca dalla cucina.

-Prego, da questa parte- fece freddamente Mary avviandosi verso le scale seguita da tutti.

La donna salì al primo piano percorrendo la rampa di scale ricurva, che salendo descriveva un arco. Mentre saliva Anthony vide appese al muro delle spade medievali. Continuando vi erano poi scudi e sul pianerottolo un armatura vicina al corrimano che reggeva una lancia acuminata.

Mary attraversò il pianerottolo e si diresse verso l'ultima stanza del corridoio. La aprì e andò verso le finestre, spalancandole e facendo entrare un pallido sole. La stanza aveva due lettini ed aveva una toilette in legno con uno specchio in un angolo.

-Mangiamo tra un ora- fece freddamente Mary. - Il vostro arrivo non era previsto e ci vorrà tempo per preparare. Non ho visto le vostre valige da portare in camera. Forse devono ancora arrivare?-

-No- rispose la tata - non le abbiamo. Siamo scappati in fretta e furia da Tolone.-

Mary guardò imperturbabile Josephine e disse semplicemente - Ah. Beh, vi aspettiamo tra un ora per il pranzo.-

-Certamente- rispose intimorita Josephine.

La porta si chiuse e i passi di Mary si allontanarono dalla stanza.

-Quella lì non mi piace. Gli sto antipatico- fece Anthony.

-Adesso non complichiamo quel che è già complicato di suo- fece la tata. -Forza, ci facciamo una bella lavata e ci prepariamo.-

Mary aveva un modo molto silenzioso per scendere le scale. Aveva notato che, se scendeva sugli estremi laterali della scala in legno, questa non cigolava e più di una volta era riuscita a captare discorsi ed informazioni importanti che poi le erano tornate utili in seguito. Anche quella volta, infatti, la tecnica tornò comoda e, arrivata sul primo pianerottolo, ancora non vista, aveva sentito mister Morgan e Bernard parlare in modo un po' concitato.

-Bernard il bambino non ha i documenti e non è un mio parente. Per la legge non è nessuno per me.-

-Certo mister Morgan, ma lei lo può riconoscere e dargli un futuro.-

-No. Posso riconoscere chi ha già dei documenti, ma Anthony ha lo stesso valore di un clandestino a bordo. E così verrà trattato. Potrò sicuramente riconoscerlo, ma nel frattempo se lo porteranno in orfanotrofio. E Dio solo sa cosa accadrà lì.-

-Va bene. Conosco uno vicino al porto che fa documenti falsi. Lo contatterò e vedremo come fare. Stia tranquillo, non permetteremo che gli succeda nulla.-

-Speriamo bene- fece Philip.

Mary attese che i due uscissero dalla casa e scese soddisfatta l'ultima rampa di scale senza accorgersi che la cuoca la aveva vista e dalla espressione aveva capito che anche lei aveva sentito quel discorso.

Quando l'ora di mangiare arrivò la tata ed il bambino scesero ed andarono in sala da pranzo. Era molto ampia e al centro c'era un bel tavolo ovale che poteva accogliere molte persone. Dall'altro lato del salone vi era un bel camino con poltrone e divano di fronte, per godersi il fuoco dopo il pasto.

La porta di ingresso si spalancò e Philip entrò mentre parlava con Bernard, cambiatosi in abiti civili molto eleganti. Come Philip d'altronde.

-Oh, guarda chi abbiamo. Il nostro marinaio. Come stai?- fece Bernard.

-Bene- rispose Anthony, mentre un sorriso lo illuminava.

-Mangiamo insieme, vero?- fece Philip.

-Sì sì.- rispose Anthony.

Bernard si avvicinò a Philip e disse a bassa voce - Allora io vi lascio. Vado a preparare quelle carte.-

Philip rispose con un semplice cenno del capo. Mentre Bernard usciva si incrociò sulla porta con Mary, che portava a due mani la minestra. Bernard rimase sulla porta con un'espressione fredda, senza muovere un muscolo. Mary lo fissò poi abbassò lo sguardo e cedette il passo. Bernard passò senza neanche ringraziare.

Anthony guardò tutto in silenzio. Sembrava studiare tutto e tutti.

Quando Mary lo fissò Anthony abbassò lo sguardo.

Mary posò la zuppiera al centro del tavolo apparecchiato e disse a Philip - È tutto pronto signore.-

-Grazie Mary. Prego, accomodatevi. Anche voi Josephine, mangerete a tavola con noi. Vi continuerete ad occupare dell'educazione di Anthony e quella che riceverà per stare composto a tavola sarà tra le più importanti. In Inghilterra ci si tiene molto a queste regole. Forse anche un po' troppo.-

Philip si sedette a capotavola, Josephine alla sua desta e Anthony alla sua sinistra di fronte la tata.

Mary cominciò a servire la minestra, servì prima il padrone di casa, poi Josephine, sempre più imbarazzata per la cosa, ed infine Anthony. Poi posò la zuppiera, andando fuori della stanza.

-Allora giovanotto. Dobbiamo occuparci della tua formazione. Cosa studiavi a Tolone?-

Anthony si rabbuiò e abbassò lo sguardo.

-Che c'è, non ti piace la scuola?-

Anthony non rispose.

-Forse è il ricordo di Tolone che ti intristisce?-

Anthony fece di sì con il capo.

-Mi dispiace, piccolo mio. Cercherò di evitare di nominartelo. Però mi serve sapere cosa facevi. Andavi a scuola?-

Anthony mandò giù un cucchiaio di minestra, mentre aveva l'altra manina appoggiata sulle gambe.

-Ok - fece Philip - allora domani andrò a vedere se ti posso già inserire in una classe appropriata alla tua età o, se è troppo tardi, passarti ad un istruttore privato.-

-Ma sarà costoso, signore?- fece Josephine.

-Sciocchezze. Non ci voglio neanche riflettere su quanto costerà. A te non piacerebbe incontrare nuovi amici, Anthony?-

Anthony guardava la minestra senza parlare.

Philip capì la situazione e, continuando a sorseggiare la minestra e, quasi fosse una cosa di secondaria importanza, rispose - E va bene. Se non ne hai ancora voglia allora questo anno lo passerai a casa con un istruttrice privata. L'anno prossimo però andrai a scuola come tutti gli altri ragazzini. Ne conosco una che con i bambini ci sa fare. La chiameremo domani per vedere se è disponibile. Va bene?-

Anthony annuì con il capo, prendendo un altro cucchiaio di minestra, con il braccio sinistro sempre appoggiato sulle gambe.

Mary entrò a piatti vuoti perfettamente in tempo per toglierli e portare il secondo: una fetta di carne.

-Che bella fetta di carne!- fece Josephine.

-Eh già- fece di rimando Philip.

Mary, come al solito, servì nello stesso ordine le pietanze e scomparve.

Antony prese la forchetta, come fosse stato un pugnale con cui doveva uccidere qualcuno, e lo conficcò nella fetta di carne. Poi con il coltello impugnato come una vanga cominciò a segarla in due.

-Giovanotto. Ci siamo dimenticati le buone maniere? Avanti. Non farmi fare brutta figura. Lo sai come si fa- fece Josephine con aria severa.

Anthony allora impugnò la forchetta da perfetto gentiluomo e altrettanto fece con il coltello.

-Ma mi fa male il dito poi.-

-E allora, quando questo accade, tu fermati e riposati un po'- riprese lei.

Nessuno notava Mary che, con apparente fare disinvolto, passava nel corridoio tenendo tutto sotto controllo.

Quando il pranzo finì Philip si pulì la bocca e disse ad Anthony di andare in camera sua perché doveva parlare a Josephine per decidere il da farsi.

Anthony salì le scale e se ne andò in camera. Stava per chiudersi la porta alle spalle quando sentì una voce alle sue spalle.

-Un momento- fece ruvida la voce di Mary.

-In questa casa ci sono delle regole semplici e chiare, e vanno rispettate. Quando si mangia ci si lava prima le mani. E non ti ho visto farlo. Poi quando si mangia, la mano sinistra deve sempre essere appoggiata sul tavolo e non sulle gambe. Prima e dopo aver bevuto ci si pulisce la bocca con il tovagliolo che deve stare sempre sulle gambe e quando uno più grande di te fa una domanda si risponde sempre a tono e non agitando la testa. Questo è solo per cominciare.-

Anthony fissava arrabbiato Mary, che restituiva sguardi freddi e severi.

-Adesso puoi chiudere la porta- si girò e se ne andò.

Anthony rimase a guardarla. Quel discorso gli risuonava come una dichiarazione di guerra. Gli ricordava tanto gli scontri che il padre e la madre avevano per strada nell'ultimo periodo prima che tutto precipitasse, quando discutevano con quelli che i suoi chiamavano Giacobini e che lui aveva identificato come il male tra gli uomini.

Chiuse lentamente la porta con un' immagine nella mente, continuando a fissare la donna.

Il pomeriggio Philip si prese tata e bambino e con una carrozza andarono al centro della città per comprare qualcosa per Anthony e anche per Josephine. "È un semplice anticipo sulla sua paga Josephin" disse Philip quando la tata mosse delle critiche a quanto stava spendendo per loro.

Si fermarono davanti ad un negozio, dal quale uscì subito il proprietario per aprire la porta e farli entrare.

-Buon pomeriggio, Mr. Morgan. Come sta? È un bel po' che non la vediamo. Tutto bene?-

-Buon Pomeriggio a lei, caro Bartholomew. Ma certo, tutto bene. Sono stato per un po' in Francia per i miei commerci.-

-Accidenti. Bel coraggio. Ha visto che sta succedendo? Qui arrivano certe notizie? Si figuri che un mio amico mi ha detto che a Tolone addirittura …..-

-Sì Bartholomew, le ho sentite anche io, ma non vorrei turbare l'animo di mio nipote Anthony. Sa, è molto sensibile- tagliò subito Philip.

-Ma naturalmente- fece subito l'ometto inclinando il volto su un lato, mentre da sopra gli occhiali a mezza luna elargiva un largo e ben studiato sorriso a prova di scorbutico.

Ed infatti Anthony ci cascò sorridendo di rimando.

Immediatamente si rigirò verso Mr. Morgan e fulmineamente disse - Come vogliamo regolarci, signore?-

Anthony aveva notato che quel simpatico signore teneva le mani nella stessa posizione di Mary. Ma in lui la cosa non lo infastidiva.

-Se sono qui da lei è perché so che con lei ci sono poche parole da spendere. Vorrei che lo vestisse in modo appropriato, elegante ma non appariscente.-

-Ne ero certo- fece l'omino inclinandosi un po' in avanti - da perfetto gentiluomo. Come lo zio, d'altronde.-

Grande sorriso di convenienza da ambo i lati e l'omino partì subito per la tangente andando sul retro.

Ne uscì con una giacca e subito Philip si agitò per dire che la voleva fatta su misura, ma l'omino disse subito - Non si preoccupi, Mr. Morgan, è solo per vedere lo stile. Poi prenderò le misure.-

L'omino aiutò Anthony a togliersi di dosso gli abiti che aveva e gli mise addosso la giacca che però non fece fare i salti di gioia a nessuno.

-No. Decisamente no- fece Bartholomew. Philip aveva capito negli anni che di lui poteva fidarsi e così lo lasciava fare. I soldi non erano più un problema ormai per lui e quindi si concentrava nella ricerca del bello.

Bartholomew uscì dal retro con un'altra giacca con un taglio diverso e la fece indossare ad Anthony.

-Ah. Adesso sì che cominciamo a ragionare.- fece l'omino. - Non trova? Che gliene pare?-

Philip lo rimirò mentre Anthony si fissava nello specchio. Un sorriso comparve su entrambe le persone e si fissarono negli occhi attraverso lo specchio.

-Sembra anche a me, Bartholomew.-

-Prego, signorino. Se mi segue ci cambiamo anche i pantaloni.-

Philip fece cenno alla tata che prontamente andò con lui nella cabina a cambiarlo, mentre Bartholomew armeggiava tra i pantaloni per dargli quello giusto. Poi andò tra le camicie e ne prese una e le passò nel camerino allungando solo il braccio all'interno.

-Prego- disse solo - spero che la camicia sia giusta di collo.-

Dopo un po' la tata uscì accaldata dal camerino e fece spazio per far passare Anthony.

Philip e Bartholomew rimasero a guardarlo senza fiatare tant'è che Anthony cominciò a guardarsi preoccupato che qualcosa non fosse a suo posto.

Bartholomew si affrettò a fermare il dubbio del giovanotto - No no, non ti preoccupare. Non c'è nulla che non vada bene. È solo che a volte perfino l'autore resta a bocca aperta dopo aver composto quel mosaico di piccole tessere e che tutt'insieme compone….un quadro d'autore. Lei sta maledettamente bene, signorino.-

-Diamine Bartholomew, non avrei saputo dirlo meglio.- Ed entrambi scoppiarono in una fragrante risata.

-Cherry, signore?-

-Come dir di no.-

-E lei signora?- disse rivolto alla tata.

-Oh no, grazie mille.-

-Gustav- fece verso il retro del negozio - ci porti due cherry, per favore?-

-Subito signore- fece una voce giovane.

Un attimo dopo un giovanotto, al massimo quindicenne, uscì dal retro del negozio con un vassoio d'argento e due bicchieri con all'interno un liquido color ciliegia.

-Prego signori- fece pronto il ragazzo.

Presero i bicchieri e li alzarono mentre Bartholomew pronunciava l'augurio in francese per darsi un tono .

-*Votre sante*!-

Bevvero senza notare la brutta espressione che si era dipinta sul volto di Anthony che per un solo attimo era ridiventato Antoine ritrovando tutto il dolore e l'odio di quei giorni.

-Ottimo- fece Philip. - Dove lo comprate?-

-Lo producono qui vicino- fece Bartholomew. - Le ciliegie ovviamente non sono nostre. Vuole una bottiglia come omaggio?-

-Oh no, grazie. Ma mi interesserebbe il loro indirizzo invece. Credo che potrei avviare qualcosa di interessante come commercio.-

-Accidenti Mr. Morgan. Il suo cervello non si ferma mai. Sono profondamente ammirato.-

-Grazie, caro Bartholomew. Detto da lei è un vero complimento.- Un'altra risata si liberò.

-Gustav?-

-Sì, signore- disse il ragazzo prontamente.

-Calamaio, carta e pennino. Prendiamo le misure del signorino.-

-Subito, signore- e sparì sul retro.

-Diamine Bartholomew. Vorrei avere qualche decina di marinai come il suo Gustav sulle mie navi. Conquisterei il mondo.-

Bartholomew guardò da sopra gli occhiali Philip e disse - Ah, anni e anni di apprendistato. Ma adesso è un orologio.-

-Lo vedo. I miei complimenti.-

-Grazie, signore.-

Passarono un'altra decina di minuti mentre Bartholomew prendeva le misure e Gustav le segnava sulla carta. Furono prese perfino le misure delle scarpe.

Quando tutto fu finito Bartholomew si girò verso Mr. Morgan e chiese con garbo - Le quantità, signore?-

-Mi sa che mi serviranno due completi di colore diverso, uno blu ed uno verde scuro. Una decina di camice, maglieria intima per una decina di giorni e due paia di scarpe. Mio nipote studierà qui da noi, in Inghilterra e non gli dovrà mancare mai niente. Questo è un mio regalo per un buon inizio.-

Bartholomew fece un lieve inchino, più ad indicare un cenno di assenso che di servilismo, poi si rigirò verso Anthony, gli allungò la mano e gli disse - I miei complimenti ed auguri per un radioso futuro nella Grande Inghilterra.-

Anthony intimorito strinse la mano e fece un largo sorriso non sapendo bene cosa fare.

Bartholomew, ridendo verso Philip, mise una mano in testa al bambino e gli scompigliò i capelli in segno d'affetto. Poi subito dopo - Gustav? L'indirizzo.-

Un attimo dopo Gustav era sull'attenti con l'indirizzo in mano ed un sorriso speranzoso.

-Ah, perfetto.- fece Philip che prese l'indirizzo e se lo infilò in tasca, ripiegandolo. Dalla stessa tasca poi estrasse una moneta e la porse a Gustav che con un grande inchino ringraziò per scomparire di nuovo nel retro del negozio.

-Allora aspetto sue notizie, Bartholomew?-

-Certamente, signore. Farò prima il completo blu. Immagino abbia la precedenza. Come è pronto per la prova la chiamo, signore.-

-Grazie e a presto.-

Tutti uscirono dal negozio e si avviarono verso la carrozza. Il cocchiere aprì la porta. Entrò prima la tata. Poi Philip fece cenno ad Anthony di entrare, ma, mentre stava per entrare, si rigirò e di colpo si lanciò verso Philip e lo abbracciò alla vita.

-Ehi- Fece Philip - è tutto a posto?-

-Sì- fece Anthony piangendo.

-E perché piangi allora?-

-Non lo so. Mi sembra così strano essere felice. Ma poi mi manca così tanto la mamma ed il papà e so che non li rivedrò mai più.-

Philip mandò giù un groppo che aveva in gola. Si concentrò perché la sua voce fosse più calma possibile, si appoggiò sul ginocchio destro per scendere alla stessa altezza del bambino e così, guardarlo negli occhi, disse - Ascoltami bene piccolo mio. Io non sono il tuo papà. Noi due non siamo nemmeno parenti. Ma in questo momento tu hai bisogno di aiuto e forse ne ho bisogno anche io perché da quando ti ho incontrato la mia vita è cambiata. E a me piace. Tu hai tutto il diritto di serbare il ricordo di quelle meravigliose persone che erano i tuoi genitori nel tuo cuoricino e non ti devi sentire in colpa per questi tuoi sentimenti. Ma forse nel tuo cuoricino c'è spazio anche per uno zio? Questo ti farebbe sentire un po' meno colpevole verso i tuoi genitori?-

Anthony lasciò scappare due grandi lacrimoni e fece un cenno d'assenso con la testa, mentre si lanciava al collo del nuovo zio.

Philip, preso alla sprovvista, quasi perse l'equilibrio e lo abbracciò a sua volta mentre sia dalla carrozza la tata che dal negozio il signor Bartholomew guardavano la scena emozionati.

Philip si alzò e prese per mano il nipotino Anthony, lo fece entrare e disse - Bene, adesso pensiamo alla tata e mentre lei entra in un negozio per signore, dato che un vero gentleman e non può seguirla, andremo a prenderci un bel dolce alla sala da tè che sta lì vicino-

-Siiiiii- fece allegro Anthony.

-Alla sala da tè- fece Philip al cocchiere.

Il cocchiere chiuse la porta della carrozza e si sistemò sul suo posto. Uno schiocco di briglie e la carrozza cominciò il suo breve tratto fino alla sala.

Il pomeriggio trascorse allegramente e quando la tata ebbe finito con i vestiti anche lei ebbe la sua porzione di torta con il tè.

Quando rientrarono era quasi sera. La carrozza si fermò davanti alla villa e tutti scesero. Philip pagò il cocchiere il quale salutò con un inchino e la mano al cappello per deferenza.

La porta si aprì e da dietro uscì Mary con le mani nella stessa posizione di Bartholomew, ma questa volta l'immagine che davano era sinistra. Anthony cambiò subito espressione e abbassò lo sguardo. Se c'era una cosa che aveva imparato a Tolone era di mantenere lo sguardo basso e non dar mai adito a qualcuno di avere scuse per prender questione con loro. "Non attirare l'attenzione" gli ripeteva sempre la mamma "la gente è cattiva. Fa del tuo meglio perché non ti notino mai".

Anthony aveva passato un bel pomeriggio e non voleva avere nient'altro in mente che quel bel ricordo.

Passò la porta sapendo che Mary lo stava guardando. Sentiva fisicamente i suoi occhi su di lui. Si avviò verso le scale mentre una voce imponente, all'improvviso - Ah. Finalmente ti vedo. Sei tu il marmocchio che adesso si agita in questa casa.-

Anthony si girò intimorito da quella voce così importante e vide una signora grande e grossa con le mani nascoste dietro le spalle che lo guardava con una falsa smorfia seria.

Anthony per un attimo rimase sulle sue, ma poi si sciolse in un gran sorriso quando si accorse che, da dietro la schiena, la cuoca cacciò due bei dolcetti di cioccolata.

-Io mi chiamo Lorene e, come vedi, mi piace mangiare.- Anthony si fece una bella risata.

-Quando hai fame, sai adesso a chi rivolgerti. Questi sono per te, ma valli a nascondere o li dovrai dividere.-

Anthony fece prontamente sì con la testolina e scappò al piano di sopra, non senza ammirare le spade appese al muro che tanto lo attiravano.

Andò verso la sua stanza la aprì e posò i dolcetti sulla toletta. Si girò per chiudere la porta e si trovò di fronte Mary che, con la sua solita posa plastica, lo guardava.

Anthony fece un salto, facendo comparire sul viso di Mary un timido sorriso di soddisfazione che prontamente scomparve.

-Che avevi intenzione di fare? Mangiarli? Non si mangia prima di cena. Ti rovina l'appetito e Lorene ha cucinato tutto il giorno.-

-Ma se me li ha dati Lorene, i dolci!- tentò di controbattere Anthony.

-Per te è la "signora" Lorene.- Fece due passi e si impossessò dei due dolcetti.

-Li avrai dopo cena- fece Mary.

-Ma non è giusto- fece invano Anthony.

Mentre la porta si chiudeva una vocina gli risuonava nella mente "Diventa invisibile". Era la voce della mamma quando, prima di uscire di casa, lo preparava per andare al mercato.

Strinse gli occhi ed i pugni ed una lacrima di nervosismo gli uscì dagli occhi, senza chiedere il permesso.

Quando fu ora di cena Anthony si avviò al piano inferiore ed entrò nella camera da pranzo. Zio Philip e la tata stavano già parlando di cosa avrebbe dovuto fare il giorno dopo quando lo videro entrare.

-Ah, ecco il nostro ometto. Hai fame?-

Anthony fece amabilmente di sì con il capo.

Il neo zio si avvicinò a lui, lo sistemò un po' e gli pettinò i capelli con le mani.

-Anche papà faceva così- fece il bambino.

-È desiderio di ogni papà vedere sempre a posto ed in ordine il proprio bambino- fece Philip, continuando a sistemarlo sorridendo.

Ad Anthony piaceva tanto quando il nuovo zio lo coccolava. Gli ricordava tanto il suo papà e questo lo rincuorava, gli dava fiducia, sicurezza.

Anthony stava ancora sorridendo allo zio quando la voce di Mary irruppe nella stanza.

-Prego, signori.- fece con la sua solita voce gelida.

Anthony cambiò fulmineamente la sua espressione e lo zio lo notò.

Mary con in mano la zuppiera della minestra attendeva vicino al tavolo che le persone si accomodassero.

Cominciò da Philip ovviamente, seguì la tata e poi Anthony, che continuava a guardare basso controllato con la coda dell'occhio dallo zio.

Dopo un po' si sentì il campanello bussare, i passi di Mary fino alla porta e la serratura che scattava e si apriva.

-Mr. Morgan è a tavola a cena- disse Mary con la sua solita voce fredda. Non seguì nessun'altro commento. Solo i passi leggeri di Mary, che si spostava per far passare qualcuno, poi alcuni molto pesanti e sicuri che calcarono il tappeto dell'ingresso fino alla porta della camera da pranzo.

-Accidenti- disse una voce familiare ad Anthony - state

mangiando. Tornerò tra un po' allora, Mr. Morgan.-

Anthony si girò di scatto, era Bernard che sorridente guardava tutti.-

-Hai già cenato, Bernard?- fece Philip.

-Nossignore- rispose militaresco e divertito Bernard.

-Mary? Un altro coperto per Bernard.-

-Subito, signore- fece fredda Mary.

-Dopo dobbiamo parlare, Bernard. Per ora dimmi, hai saputo niente di quel progetto?-

-Accidenti Mr. Morgan. Dovrebbe affidarmene di più di questi incarichi.- Ed entrambi scoppiarono a ridere.

-Lo cherry di questi signori è assolutamente eccelso. Ne ho due bottiglie al seguito. Una è dolce e l'altra è di cherry secco. Io personalmente amo entrambi, forse con una lieve predilezione per il dry. C'è voluto molto, sa, per capirlo?- un'altra risata deflagrante scoppiò nella sala. Anthony rideva felice anche se non capiva proprio tutto.

-Io credo che piaceranno entrambi a livello commerciale. Ci faranno un buon prezzo. Quando gli ho detto dove avevamo intenzione di esportarli sono rimasti a bocca aperta e io ne ho approfittato. Hanno già qualcuno, ma si rivolge ai mercati locali. Robetta.-

-Ottimo. Chiederemo l'esclusiva allora- fece Philip. - Ovviamente senza tagliare fuori gli agenti attuali altrimenti gli fermiamo le vendite a quei poveretti. Magari li faremo transitare attraverso di noi e, se la cosa ci interessa, troveremo anche accordi per il mercato interno facendo fuori gli agenti attuali.-

Nel frattempo era arrivata Mary che aveva messo il posto a tavola ed adesso stava servendo Bernard.

-Ho passato tutto il viaggio di ritorno a dormire. Quello cherry è infernale.-

-Bene- fece Philip - ne sono lieto. Vuol dire che è buono. Lo assaggeremo dopo.-

Finirono di mangiare continuando a ridere per le battute di Bernard e si spostarono verso il lato del camino acceso con un fuoco allegro e soporifero. Bernard arrivò con le due bottiglie di liquore. Una tonda e l'altra squadrata.

-Questo è lo cherry dolce- disse alzando la prima - e questo quello dry- e alzò l'altra.

Poi poggiò la bottiglia sul carrello dei liquori, prese un bicchiere per Philip ed uno per la tata.

-Allora, da quale cominciamo?-

- Proverò prima quello dry- fece Philip - altrimenti il dolce altererebbe il gusto del dry non facendomelo apprezzare.-

Bernard prese la bottiglia tonda e la mise contro luce con il camino così che ne potessero ammirare il colore.

La bottiglia colorò tutto di un rosso rubino. Sembrava una promessa di estasi sia fisica che spirituale. Aveva i riflessi di una pietra preziosa. Un rubino, appunto.

Estrasse dalla tasca un coltellino a serramanico, lo aprì e lo passò leggero sulla legatura che teneva il tappo e le cimette si tagliarono all'istante. Era un vero rasoio. Poi delicatamente, sempre con la lama, fece saltare un po' di ceralacca per liberare il turacciolo e finalmente, stappò la bottiglia. Ne versò un generoso bicchiere a Philip e lo porse con molta eleganza.

Philip lo guardò controluce per ammirarne i riflessi e poi lo assaggiò ad occhi chiusi.

-Assolutamente superbo. Questi signori non hanno capito cosa hanno tra le mani.-

-Lo avevo capito- fece Bernard rivolgendosi alla tata e alzando la bottiglia sorridendo in segno di offerta.

La tata acconsentì con un gran sorriso e Bernard versò un altro bicchiere un po' più parco come forma di educazione verso il gentil sesso.

La tata bevve un sorso e strabuzzò gli occhi - Accidenti. Ma è buonissimo.-

Anthony stava seduto su di una poltrona, appoggiato allo schienale. Aveva le gambine appese ed i piedi non toccavano neanche terra.

-Posso averne un po' anche io?-

Tutti scoppiarono a ridere.

-Magari quando sarai più grande, marinaio- fece Bernard.

-Allora posso avere i miei dolcetti?-

-Quali dolcetti?- fece Philip.

-Quelli che mi ha preso la signora Mary perché non dovevo mangiare prima di cena.-

-Ah si?- fece indagatore Bernard.

- Mary?- fece Philip ad alta voce - Può venire un momento?-

In un baleno Mary apparve, fredda ed austera come sempre.

-Ha preso lei i dolcetti del bambino?-

-Sissignore- fece lei - li ho di là. Non volevo si rovinasse l'appetito.-

-Li vada a prendere-

-Sissignore- fece lei.

-E per la prossima volta, per il bambino ce ne occupiamo noi. Grazie per la sua apprensione.-

-Sissignore- continuò Mary e si girò per andare in cucina, ma Anthony giurerebbe di aver visto per un istante nei suoi occhi una luce sinistra.

Stava per uscire dalla stanza quando venne urtata dalla cuoca che, contrariamente all'etichetta, entrava nella sala con dei piattini in mano.

-Scusa cara- fece la cuoca con noncuranza dopo averla urtata -non ti avevo vista. Miei signori, spero mi scuserete se mi introduco furtivamente nella camera da pranzo, è compito di Mary, ma a questo ci tenevo tanto e allora ho deciso di portarveli di persona. Li ho fatti con il miglior cioccolato che ho trovato, sapendo che avevamo un ghiottone in casa.- E dicendo questo si girò verso Anthony, sorridendo.

Erano i dolcetti che Mary aveva tolto ad Anthony.

Philip li guardò incantato, pregustandone il sapore.

-Accidenti Lorene, non arriverò più a salire le scale se continuiamo così. Dovrò decidermi a comprare una brandina per dormire qui di fronte al camino per tutte le volte che vorrà viziarci.-

Tutti risero nuovamente per stemperare la tensione di prima.

-Sciocchezze, signore. L'arrivo del signorino mi ha ispirata.-

Lorene consegnò i piatti a Philip e la tata, poi a Bernard che ringraziò ed in fine, l'ultimo piatto, lo consegnò ad Anthony. Nel suo piatto c'erano due dolcetti.

-Io ho sempre le mie scorte- disse a bassa voce Loren per non farsi sentire da nessuno.

Anthony sorrise, intimidito ancora dalla importante presenza della cuoca, e cominciò a mangiare i dolcetti ad occhi chiusi.

-Io avrei finito, Mr. Morgan. Se non le serve altro me ne andrei.-

-Sì, prego Loren. Vada pure e grazie.-

La signora uscì dalla stanza sciogliendosi il grembiule pronta per andarsene. Appena ebbe passato la soglia Bernard fece un lievissimo segno con le sopracciglia in direzione di Philip, questi trasalito si alzò di corsa.

-A proposito Lorene- disse Philip, fiondandosi dalla cuoca prima che lei potesse entrare di nuovo nella loro stanza.

-Dica, Mr. Morgan- fece lei sporgendosi dalla porta della cucina. Philip stava di fronte a lei con dei soldi tra le dita.

-È fine mese. I suoi soldi.-

-Oh grazie, Mr. Morgan. Non doveva darsi pena, li avrei ricevuti domani mattina. Grazie- disse il donnone prendendo i soldi.

-E questo è un piccolo extra per l'occhio di riguardo che ha avuto per mio nipote.-

-Grazie signore- fece lei strabuzzando gli occhi - non so cosa dire.-

-Sciocchezze. E si porti qualche dolce a casa per i suoi figli.-

-Sissignore. Grazie mille. Apprezzeranno molto il suo gesto. Buonanotte.-

-Buonanotte Lorene.-

Philip entrò in stanza e, dopo aver dato una pacca di riconoscenza sulla spalla a Bernard che gli aveva ricordato la pendenza, gli si avvicinò all'orecchio e gli disse qualcosa che rabbuiò momentaneamente il tuttofare di Philip e per un momento ad Anthony sembrò di essere tornato a bordo del brigantino, dove la parola di Philip era legge. Bernard guardò negli occhi Philip senza fare alcun cenno e questo era l'equivalente di un "sissignore". Poi Philip si andò a sedere nella poltrona, sprofondandoci dentro e riprendendo il bicchiere con quel nettare divino. Lo sorseggiò con grande soddisfazione e poi lo posò di nuovo.

-Accidenti- fece lui - devo stare attento, bevo questo cherry come se fosse birra. Finirò sotto la poltrona se non sto attento.-

Bernard scoppiò a ridere. - È esattamente quello che ho fatto io. Mi ci è voluto tutto il viaggio di ritorno per riprendermi.- Philip scoppiò a ridere seguendo Bernard.

-Avrebbe dovuto vedere come lo mandavano giù quei contadinotti. "Ah questo è proprio buono". E giù un bicchiere sano.- Bernard mimava le mosse del contadino che degustava il liquore.

-"Eh ma quest'altro è anche meglio", e giù un altro bicchiere. Le assicuro che alla fine della giornata non stavo più in piedi sulle mie gambe.-

Tutti ridevano per la comicità di Bernard. Anthony si sbellicava sulla poltrona.

-Ah, ma per il contratto ci andremo insieme eh? Almeno ci potremo reggere l'un l'altro al ritorno.-

Philip stava prendendo il bicchiere per un sorso, ma lo dovette riposare di corsa per non versarne il contenuto dalle risate.

Perfino la tata rideva come non aveva fatto da mesi.

-Ti va di fumare, Bernard? Mica la infastidiamo, Josephine?-

-Oh no, prego mister Morgan.-

Bernard, che aveva già annuito, si era portato vicino alla credenza e attendeva con aria interrogativa.

-Terzo cassetto, grazie. Le pipe sono con il tabacco.-

Presero due pipe e se le caricarono con una generosa porzione di tabacco. Poi Bernard prese uno stecco infuocato dal camino e fece accendere il capo e poi accese lui.

-Ah- fece soddisfatto Philip - adesso sì che sono al completo.-

Anthony sbadigliò e si appoggiò allo schienale della poltrona. Sulle sue gambe il piatto giaceva vuoto. Perfino la crema di cioccolato era stata raschiata tutta con il cucchiaino.

-Ho sonno.- fece l'ometto.

-Accidenti- fece Philip sorridendogli - allora dobbiamo andare di corsa a dormire. Non vorrai dormire sulla poltrona?-

-Josephine mi accompagni?- fece Anthony.

La tata si stava quasi per alzare quando la mano di Philip le si appoggiò sul suo braccio, trattenendola con forza. - Avviati tu ometto che la tata si deve un attimo trattenere. Sul brigantino facevi tutto da solo. Non ti sarai mica dimenticato tutto?- Il tono della voce era stranamente alto e inizialmente la tata non capì perché. Bernard invece guardava il terreno assaporando la pipa ed ignorando la scena.

La tata risprofondò nella poltrona con aria allarmata.

Anthony si alzò e ad occhi quasi chiusi andò dallo zio.

-Buonanotte- fece lui quasi dormendo.

-Buonanotte- rispose Philip con atteggiamento paterno.

Poi si diresse dalla tata - Buonanotte Josephine.-

-Buonanotte a te- rispose lei gentile, ma un po' tesa.

Ed infine si diresse da Bernard e sembrò quasi risvegliarsi - Buonanotte Bernard.-

Bernard scattò sull'attenti - Buonanotte signore.- E Anthony scoppiò a ridere.

-Ma mica te ne vai?-

-Ahimè sì signore, ma domani mi troverà qui di buon ora pronto per servirla.- Anthony continuava a ridere.

-E va bene. Allora puoi andare- fece il bambino.

-AyeAye, Sir- fece Bernard sbattendo il piede a terra per saluto, mentre Anthony continuava a ridere incamminandosi verso l'uscita della sala da pranzo.

Come il bambino passò la porta Philip fece un cenno a Bernard che, in un istante, posò la pipa nella ceneriera e, quasi a balzi, si portò alla porta di uscita della camera.

Josephine rimase colpita dall'assoluta assenza di rumore di Bernard nel muoversi. Stava per dire qualcosa, ma Philip si portò il dito sulla bocca in segno di silenzio e assunse un aria molto rassicurante mentre la mano le dava delle pacche sul braccio per farla sentire a suo agio.

Come si sentì lo scricchiolio delle scale, segno che Anthony stava salendo, Bernard attese il terzo rumore e poi, leggero come l'aria, uscì dalla stanza e si diresse in cucina. Dal salone si vide il riflesso della lampada della cucina abbassarsi e poi spegnersi.

La tata fissò Philip, ma lui guardava il fuoco inespressivo.

Dopo un po' i rumori cambiarono e si sentirono gli scricchiolii del pianerottolo e poi Anthony che cominciava la seconda rampa di scale.

Bernard era meno che un ombra sulla porta della cucina e sentì chiaramente lo scatto della porta che dava nel corridoio delle stanze della servitù e rientrò un po' per non essere visto.

Nella sala da pranzo a quel suono gli occhi di Philip si strinsero facendosi attenti. Quasi maligni. Gli occhi di un predatore che si chiudono per forzare la vista a veder meglio la preda.

Un ombra uscì dalla porta e si diresse con inaspettata agilità sulla scala. Camminava sui lati degli scalini e non faceva rumore. Quando ebbe salita la prima serie di scalini Bernard si frecciò su per le scale con altrettanta abilità e seguendo la stessa via.

Anthony era quasi arrivato alla porta e l'ombra lo guardava da dietro l'angolo mentre Bernard la guardava dal primo pianerottolo. Come questa si mosse lo fece anche lui. Arrivò in cima al pianerottolo e vide Anthony ormai nella stanza e l'ombra che gli stava dietro sulla porta in attesa che si girasse.

Anthony si girò e si trovò di nuovo Mary di fronte che lo fissava in modo molto più maligno del solito. Non fece un salto questa volta, ma già sapeva che sarebbe andata male.

Capitolo 15
Il piano

Indietreggiò fino a sentirsi il comodino contro la schiena.

Mary avanzò abbassandosi ad ogni passo minacciosamente. Quando arrivò vicino al suo viso parlò in modo minaccioso e a bassa voce tanto che nemmeno Bernard riuscì a capire.

-Stai molto attento giovanotto, se mi farai ancora fare di queste figure con mister Morgan andrà a finire molto male.-

Anthony si sentiva di nuovo abbandonato e solo. Aveva un'aria così triste tanto che Mary cominciò a canzonarlo.

-Oh, il nostro piccolo orfanello è triste? Beh ho una notizia per te. Si, so tutto. E se continui a farmi fare queste figure io ti denuncio alla polizia e così andrai in orfanotrofio.-

Anthony aveva il labbro inferiore verso l'esterno come fanno tutti i bambini un attimo prima di scoppiare in lacrime e di questo Mary ne traeva una gran soddisfazione.

-Se solo mi accorgo che dici qualcosa a qualcuno io chiamo la polizia, così arresteranno anche mister Morgan e Bernard. Non li rivedrai mai più. D'ora in poi tu fai quello che ti dico io. E se piangi adesso parte uno schiaffone. Vogliamo vedere?-

Anthony, che era stato allevato da gente per bene, non poteva sapere che quello era un bluff e Mary non si sarebbe mai sognata di dargli uno schiaffo nella realtà. Pensò semplicemente che al mondo non c'era una sola briciola di giustizia e che lui era solo. Nonostante il nuovo zio e Bernard fossero così protettivi verso di lui questa Mary doveva essere molto potente in quella famiglia e applicò semplicemente quello che la mamma gli aveva sempre insegnato, "Non fare questioni con nessuno e non farti nemici. E se ne hai, non dargli scuse per attaccarti". Nella sua giovane testolina, che ancora non aveva esperienza della vita, l'unico modo per evitare problemi a lui ed allo zio era quello di assecondare la donna.

Ritirò il labbro all'indentro, si fece forza e disse senza alcuna inflessione nel tono della voce - Va bene...-

Mary si raddrizzò ed uscì dalla stanza chiudendo la porta dato che sapeva che si sarebbe messo a piangere e facendo piombare il corridoio nell'oscurità.

Dentro la stanza, da solo, il bambino riversò lacrime silenziose ed amare. Per non emettere suoni, si morse il labbro inferiore. Si buttò sul letto e cominciò, soffocando il rumore nel cuscino, da prima a piangere, ma dopo un po' si scoprì che stava ringhiando come una bestia feroce.

-Braaavooo- Una vocina sottile appena udibile gli sussurrò all'orecchio. -Mi piace questa tua rabbia.-

Anthony saltò sul letto guardandosi attorno. Nessuno. Eppure la voce era lì. Lui l'aveva sentita distintamente.

Mary, soddisfatta per l'accaduto, si era già incamminata verso le scale quando da dietro l'angolo, da dove partivano le scale che lei intendeva prendere, sbucò silenziosa un'ombra che le si parò davanti. Era grande e molto minacciosa tant'è che fece un salto prima di riconoscerla.

-Bernard, mi ha impaurito.-

Bernard aveva una strana aria che lei non aveva mai visto. Aveva l'aspetto delle tempeste quando stanno per arrivare. Quella calma apparente e irreale ma all'orizzonte si vedono chiaramente le nuvole nere portatrici di sciagura.

-Che hai detto al bambino?- fece lui con tono lento e greve.

Questo diede la certezza a Mary che Bernard non aveva sentito se non il "va bene" detto ad alta voce del bambino.

-Gli ho solo detto che se gli avevo tolto il dolce era per non rovinargli l'appetito. Tanto sapevo che lo avrebbe avuto dopo e che non gli avrei fatto un torto. Se facciamo questo è solo per il suo bene- fece Mary in evidente imbarazzo e facendo involontariamente vagare gli occhi per non incrociare quelli di Bernard.

-Quel bambino ha già visto cose che né io né tu vedremo mai nella nostra vita. Non gli servono privazione e durezza, ma amore e comprensione.-

-Certo- rispose falsamente lei.

Bernard le si avvicinò minaccioso.

-Se continui così, prima o poi te la vedrai con me direttamente.-

Mary prima deglutì e poi rispose - Sì.-

Le storie su Bernard in quella casa non erano mai mancate e nessuna era a lieto fine. Mary tutto avrebbe voluto fuorché scontrarsi con Bernard di cui conosceva bene la ferocia.

Con un semplice "con permesso" si congedò da Bernard e si ritirò nella sua stanza, scendendo le scale quasi di corsa.

Philip era ancora seduto nella sua poltrona che fissava il fuoco con la tata al suo fianco, la quale fissava a sua volta il fuoco interdetta.

Ad un certo punto dalla porta si affacciò Bernard con il mantello sul braccio ed il cappello in mano.

-Allora io vado, mister Morgan. Le serve qualcosa per domani?-

-Se puoi il giornale. Grazie mille, amico mio. A Domani.-

-Buona sera Josephine. A domani.-

-Buonasera a lei, Bernard.- Poi si girò verso Philip che stava pressando la pipa con il curapipe.

-Buona sera Josephine. A domani.-

-Buona sera, mister Morgan. Dorma bene- rispose lei avviandosi in camera interdetta, senza aver capito assolutamente nulla di quel che era accaduto.

Mary era appena arrivata nella sua camera. Tremava. Quel Bernard aveva l'aria dell'assassino e, a quanto ne sapeva lei dai racconti che aleggiavano in quella casa, lo era veramente.

Aveva sentito che mister Morgan lo aveva salvato da una brutta situazione fornendogli un alibi. "Quella notte non poteva aver partecipato a quella rissa al porto ed ucciso quell'uomo. Lui era con me". Morgan aveva una abilità innata a capire le persone e aveva istantaneamente capito che Bernard gli poteva essere molto utile. Di contro Bernard, scampando l'impiccagione e ritrovandosi contemporaneamente con un lavoro, aveva giurato fedeltà a quell'uomo diventando la sua ombra. Nel tempo poi, oltre a salvargli la vita più volte, era divenuto il suo "Uomo di Fiducia", occupandosi di incarichi sempre più importanti e risolvendoli con grande abilità.

C'era una sola persona di cui Morgan non aveva capito niente e questa era proprio Mary.

In realtà lei veniva dai bassifondi di Glasgow, era figlia di una senza dimora che da piccola la aveva venduta per un bicchiere di whisky ad un altro barbone che poi la aveva violentata e abbandonata per strada. Aveva tredici anni. Venne trovata dalla polizia, portata all'ospedale e, dopo le cure, in orfanotrofio dove subì le angherie di tutte le altre recluse. Lì dentro imparò a difendersi. A mascherare il suo carattere ed il suo aspetto. A vivere in un posto come quello. E quel che avrebbe potuto sbocciare in una splendida rosa rossa, avendo tutte le potenzialità per diventare qualcuno, piano piano si trasformò in una rosa nera. Nera nelle intenzioni, nera nell'animo.

A diciassette anni scappò e dato che era molto formosa e bella, riuscì a farsi passare per maggiorenne.

Si procurò dei documenti falsi pagandoli al solito modo, con il suo corpo. E più si donava in pagamento al prossimo e più la scorza che poneva attorno al suo cuore si inspessiva rendendola sempre più fredda e distaccata. Una sola cosa adesso le interessava. Riscattare la sua vita e sistemarsi per il resto dei suoi giorni.

Tentò più volte di sedurre qualcuno di danaroso, ma alla fine la cosa si risolveva sempre con un niente di fatto e lei comprendeva sempre più che la differenza sociale per lei era una barriera insormontabile. Potevano prometterle di tutto prima, ma dopo aver fatto i comodi loro, sul comodino della camera affittata lei trovava sempre dei soldi in pagamento. O di più o di meno di quel che si aspettava, ma alla fine lei restava sempre una puttana. E nessuno si sposa una puttana.

Ci mise poco a capirlo, ci arrivò molto prima delle sue colleghe e a diciannove anni, dopo essersi messa da parte dei soldi, all'improvviso entrò in un negozio e si comprò degli abiti. Abiti molto seri, quasi austeri. Si mise a studiare i modi e le movenze delle persone in quel lato della città, dove una puttana come lei non mette mai piede. Ma adesso, vestita così, nessuno la avrebbe più guardata dall'alto in basso facendola scacciare da un poliziotto.

Solo una cosa la rendeva ancora appariscente. I suoi seni. Troppo grandi. Sebbene a quell'epoca avesse già quasi l'aspetto della Mary attuale, quando camminava tutti gli uomini si giravano ad ammirarla con gran disappunto delle mogli.

Capì che doveva cambiare le cose. Si fasciò i seni per schiacciarli un po' e modificò un po' la gonna per mortificare le sue forme e poi tornò al centro della città per fare un test. Nessuno la guardava. Tutto era perfetto.

Adesso bisognava farsi assumere per entrare in qualche casa a fare la domestica, magari la casa di qualche uomo solo, bello o brutto non interessava. L'importante era che potesse essere circuìto.

Così accadde che ad un colloquio di lavoro un signore piuttosto attempato la assunse fidandosi delle sue false credenziali e la mise a servizio da lui.

Lei passava del tutto inosservata per come si era conciata e la vita passò liscia e serena per vari mesi. Poi, come una malattia, un cancro che la divorava dall'interno, quella voglia di riscatto si riaffacciò e lei non avendo ben studiato la cosa, andò all'assalto senza il piano.

Una sera si fece trovare con la porta socchiusa e mezza nuda. Quando il padrone di casa si affacciò nella stanza fu anche bravissima a fingere stupore, ma l'uomo non riuscì a resistere a quel che vedeva. Inaspettatamente una donna bella, formosa e forse anche accondiscendente si era materializzata nella sua casa. Non aveva mai pensato a Mary come ad una donna. Men che meno ad una donna desiderabile. Ed adesso era lì. Mezza nuda, davanti a lui. Mary si copriva maldestramente e ogni volta che cercava di coprire una parte del corpo un'altra sbucava fuori. L'uomo non ci vide più. Ripescando tra le sue antiche memorie ricordò di essere un uomo, le strappò di dosso quel qualcosa che lei usava per coprirsi per rivelare che era completamente nuda.

Se non fosse stato per il fatto che era troppo impegnato ad ammirare quella bellezza a dir poco statuaria della donna, che ancora abilmente fingeva stupore, si sarebbe accorto del torpore al braccio sinistro.

Lui la abbracciò e la strinse forte a sé. Lei, da splendida attrice quale era, riuscì a fargli bere il rapimento con il quale si perdeva tra le sue braccia. L'uomo era completamente preso da Mary e non capiva più niente. Si persero, più lui che lei, in un struggente bacio innamorato e se non fosse stato per il turbine della passione forse l'uomo si sarebbe anche accorto della prima delle coronarie che saltava. Ma niente, quello slancio amoroso era come un mare in burrasca che non ascoltava più nessuno. Lui, con fare mascolino, la gettò sul letto tra mille sospiri di lei e le si buttò addosso. Ansimanti cominciarono a palparsi. Poi, sarà stato il ricordo della giovinezza di lui che risaliva a galla, sarà forse stato tutto quel ben di Dio di cui la donna sembrava in dotazione e che lui solo adesso capiva non aver abbastanza mani per toccare tutto ma, ad un certo momento, mentre lei ansimava vogliosa, lui emise uno strano verso. Si incurvò all'indietro e dopo un profondo sospiro le stramazzò addosso.

Lei tentò un paio di moine affettuose, fraintendendo il gesto. Poi passò a qualcosa di meno delicato, agitandolo con una mano. Quando si rese conto che l'uomo le era morto tra le gambe allora esclamò la tipica frase di chi viene preso alla sprovvista "ma porcaccia la puttana".

Fu una notte memorabile. Trascinare l'uomo per tutte le scale, vestirlo e rimetterlo a letto per fingere l'infarto non fu per niente facile. Fece perfino trovare una tazza di camomilla sul comodino per fingere che non era stato bene la sera prima. Ed il giorno dopo poi, urlare a più non posso per essere trovata nella stanza del padrone di casa in preda al panico perché il padrone era morto fu la parte più difficile. Per i sentimenti di tristezza, rammarico e dolore Mary non era proprio tagliata ma alla fine le credettero. E questo sortì un nuovo effetto. Adesso aveva delle credenziali vere. Aveva prestato servizio in una casa e la stessa polizia gliele validò con un verbale.

Concluse che era abbastanza per quella città e decise di andare a sud. Le avevano parlato molto bene della Cornovaglia e sapeva che lì non avrebbe incontrato nessuno che conosceva.

Si stabilì nella città di Plymouth e, grazie ai suoi risparmi, riuscì perfino ad affittare una stanza.

Cercò di tessere una rete di amicizie per intercettare il maggior numero di richieste di personale. Chiese. Ospedali, mercati... non aveva lasciato nulla al caso. Finché un giorno una cuoca che aveva conosciuto al mercato, Lorene, avendole fatto una buona impressione, le aveva detto che il suo datore di lavoro cercava qualcuno che si occupasse della casa. Lorene la presentò a mister Morgan e Mary, con quella nuova aria di fredda ed operosa donna della casa era subito piaciuta a Philip che, stranamente ignaro del pericolo, l'aveva assunta.

Quando il piccolo Anthony era arrivato in casa distruggendo i piani di Mary, lei era quasi un anno che era lì e Philip, bello, piacente e ricco aveva passato a casa non più di cinque o sei mesi in tutto e quando c'era era sempre a bere e fumare con Bernard in sala da pranzo, davanti al camino.

Mary tremava ancora per quanto era accaduto. Bernard la faceva rabbrividire, le gelava il sangue.

Si avvicinò al mobile e scavando in un cassetto tirò fuori una bottiglia di whisky da sotto la biancheria intima. Con i denti afferrò il turacciolo e lo sputò attaccandosi direttamente alla bottiglia e facendo un lungo e profondo sorso. Con forza afferrò i capelli raccolti sul capo e li sciolse con rabbia e con dolore liberandoli d'un colpo e facendoli cadere sulle spalle. Posò la bottiglia sul comò e si tolse tutti i vestiti di dosso, poi tolse la fascia che le costringeva il seno e si denudò completamente. Voleva per un attimo essere solo se stessa. Sentiva che tutta quella farsa le stava entrando nel sangue e tutto quell'essere Mary la stava avvelenando. Forse aveva fatto il passo più lungo della gamba. Quella gente era diversa dalle altre persone e lei non lo aveva capito in tempo. Si era infilata nel covo dei serpenti e adesso non sapeva cosa fare.

Afferrò la bottiglia completamente nuda e le diede un altro sorso lungo e profondo. Poi ricadde all'indietro nella poltrona. Pensò a quello che era accaduto mentre i primi sintomi dell'alcol nel sangue cominciavano ad apparire. Prima di perdere completamente i sensi, tentò una riflessione e, come si dice ai tavoli del poker, adesso è il momento di vedere. "Ma se poi faccio la mia mossa e gli altri hanno carte più alte?" si disse. Il problema del gioco è proprio questo: sapere quando ritirarsi per portare a casa quanto si ha in quel momento.

-E tu?- disse Mary - Cos'è che hai? Niente.- Si ripeté Mary. "La vita?" le sussurrò una vocina in mente.

-Sciocchezze- ripeté Mary, già dimentica dello spavento di un attimo prima. - Andrò dal quel mio amico della polizia e lo avvertirò del marmocchio. Sarà lui a togliermelo dalle scatole. Sarà facile.-

Prese la bottiglia e diede un altro sorso, poi la posò a terra e si addormentò sulla poltrona.

Alla mattina cominciarono a scendere in camera da pranzo tutti alla spicciolata. Il primo fu proprio Philip che cominciò a fare colazione seduto al suo solito posto al tavolo.

Dopo un po' scese Anthony con un volto strano.

-Buongiorno giovanotto. Perché quel visino? Hai dormito male?- fece Philip al bambino.

-Sì- rispose corto Anthony - Buongiorno zio.-

Dopo un attimo arrivò Mary, che mise davanti al bambino un tazzone di latte ed un piatto con vari biscotti preparati dalla cuoca. Anthony cominciò a bere e a mangiare di gusto dimenticando quanto accaduto la sera prima.

Arrivò anche la tata e cominciò anche lei a fare colazione con tutti.

-Josephine sto contattando delle istruttrici per Anthony per farlo studiare e mettersi al passo. Non appena la trovo la informo e fisseremo un colloquio. Vorrei fosse presente anche lei.-

-Certamente, mister Morgan.-

Mary entrò portando la colazione a Josephine e guardando verso il basso.

-Mary mi servirebbe che mi stiriate quelle camice eleganti per oggi perché domani mi vedo con una persona importante.-

-Se non le dispiace le stirerò adesso, dal momento che il pomeriggio è la mia giornata libera e avevo già preso un impegno con una persona- fece Mary.

-Ma certo. Nessun problema.-

Mary uscì di corsa per stirare quelle camicie, mentre i commensali finivano la colazione.

-Allora?- fece Philip rivolto ad Anthony - Cosa intendi fare per questa mattinata?-

-Volevo portarlo al parco per prendere un po' di aria e di sole- fece Josephine.

-Ah, mi sembra una splendida idea. Che ne pensi Anthony? Ti piace l'idea?-

Anthony alzò le spalle e con aria indifferente disse di sì.

Poi, come un fulmine a ciel sereno - Ma quand'è che mi riporterai sulla nave, zio?-

Philip si fermò e lasciò le posate nel piatto. Deglutì il boccone e per un attimo rimase in silenzio.

-Ma perché vuoi tornare a bordo? Qui non ti piace?-

-Sì, ma a bordo era più bello. Avevo tanti amici e mi divertivo tutto il giorno imparando ogni volta qualcosa di nuovo. Non posso diventare anche io un marinaio come gli altri?-

-Tuttalpiù puoi diventare il comandante della nave. Ma per farlo devi prima studiare. Se proprio ti piace tanto la navigazione ci sono delle scuole specifiche per imparare ad andar per mare. Ti ci farò andare se ti piace, ma prima dobbiamo studiare.-

-Ma perché? Non posso semplicemente andare a bordo e vedere come fanno gli altri?-

-Non è così facile. Alcune cose sono molto complicate da comprendere e devono essere apprese in classe con un professor e poi messe in pratica in mare.-

-Ma io voglio tornare a bordo…- fece Anthony intristito.

-E va bene. Sai che facciamo? Ho la nave senza incarico attraccata in porto a personale ridotto. Se questo fine settimana fa bel tempo ci facciamo un giro e attracchiamo da qualche parte per passare la notte a bordo. Che ne pensi?-

-Siiiiiii- fece Anthony felice.

In quel momento bussarono alla porta. Mary andò ad aprire, ma non si sentì niente.

Dopo un attimo sbucò sulla porta della camera da pranzo Bernard.

-Bernard, Bernard- fece Anthony concitato - lo sai che questo fine settimana partiamo?-

-Oh perbacco. E dove andiamo? Buongiorno mister Morgan, il suo giornale. Buongiorno Josephine.-

-Andiamo sulla nave in giro come i lupi di mare. Magari assaltiamo qualche altra nave e la deprediamo. Vero, zio?-

-Ma certo- fece Philip ridendo, mentre apriva il giornale. - Chissà come sarà felice la Regina di questa cosa.-

-E perché no- fece Bernard spettinando Anthony con la mano da dietro la sedia - alla fin fine noi.....siamo Pirati. Ormai la cosa è di pubblico dominio.- E cominciò a fare il solletico ad Anthony mentre lui rideva come un matto.

-Hai letto il giornale? Hai visto cosa succede oltremanica?- Philip evitava di dire il nome della nazione per non risvegliare i ricordi ad Anthony.

-Sì- fece greve Bernard - riflettevo che dovremmo cominciare a spostarci in nuove direzioni. Certo "quel posto" è comodo, dato che non è lontano, ma adesso dovremo andare oltre. Quei porti sono ormai pericolosi.-

-Quale posto?- fece Anthony.

-Un posto lontano lontano, con dei bricconi che fanno tanto baccano- fece Bernard ad Anthony con la faccia buffa. E giù altre risate. Bernard aveva un grande ascendente sia su Anthony che su tutti i bambini e più volte si era ritrovato a pensare come sarebbe la vita con dei figli propri.

-Lo pensavo anche io, sai? Riflettevo sull'Italia, la Sicilia. Ma anche l'Africa del nord con tutti quei prodotti che qui piacciono. Tutte quelle spezie ci renderebbero ricchi. È tempo di cambiare e rinnovarsi.-

-Servirà una nave più grande con una stiva più grande- fece Bernard.

-Ahimè si.- fece Philip - questo vorrà dire nuovi investimenti.-

-Nooooo- fece Anthony intristito e rabbuiato - mica darai via la Sunrise? Mi piace così tanto.-

-Nooooo- gli fece eco Bernard, agitando la testa verso Philip in senso di diniego.

Philip scoppiò a ridere - Maledetti, mi avete incastrato- e Bernard rise con lui.

-No, certo che no. Lei mi servirà sempre per le tratte brevi. Anzi,- fece Philip assumendo per un attimo un aria da furbetto - se mi prometti che studierai, che mi porterai dei bei voti e mi renderai fiero di te, quella nave sarà tua.-

Bernard rimirò Philip con un sorriso di approvazione. Era stato preso alla sprovvista anche lui per la velocità del ragionamento. Sapeva a cosa mirava il suo capo ma usare la nave come sprono per dare nuova linfa alle aspirazioni del bambino era un colpo di genio.

Anthony era lì che aveva smesso di respirare. Non credeva alle sue orecchie, gli sembrava di sognare. Saltò giù dalla sedia e si fiondò da Philip abbracciandolo.

-Grazie zio!!!- E rimase con il visino immerso nella giacca da camera di Philip mentre lo abbracciava.

Philip, lesto, si asciugò gli occhi con una mano mentre tentava di fermare il labbro inferiore che cominciava a ballare per l'emozione. Lo stesso fecero gli altri.

Fu come sempre Bernard a fornire la via di uscita da quella situazione.

-Cosa c'è da fare per oggi, mister Morgan?-

-Ah beh, io devo andare all'ufficio marittimo per vedere una questione e non mi serve il tuo aiuto. Perché non accompagni Josephine ed Anthony al parco visto che sei libero?-

-Siiiii- urlò Anthony.

-Siiiii- urlò Bernard alzando le mani al cielo come Anthony e insieme scoppiarono a ridere.

Sembrava proprio una splendida giornata e tutti erano felici e divertiti. Nessuno quindi notò Mary che si teneva vicino la porta della cucina facendo finta di sgranocchiare un pezzo di pane vecchio per ascoltare.

Lorene la fissava con aria tesa e rabbuiata, aveva compreso che, raggirata dalla donna, aveva portato una serpe in seno a quella famiglia e si sentiva responsabile. Fin da piccola Loren aveva appreso dalla madre una regola importantissima. "Loren, piccola mia" diceva sempre la mamma "ricorda, entrerai nel seno delle famiglie. Preparerai da mangiare e presto, molto presto, la gente comincerà ad ignorarti. Darti per scontata come un pezzo di arredo della casa. Comincerà a parlare in tua presenza senza neanche accorgersene e tu verrai a conoscenza di cose importantissime e segretissime. Non devi rivelare a nessuno quel che ascolterai. Nemmeno a quelli della tua famiglia. La gente sa riconoscere i chiacchieroni e prima o poi ci arrivano sempre. E tu, se verrai bollata come una chiacchicrona, non troverai più un lavoro e la tua famiglia morirà di fame".

"Ah mamma, mamma. Dove sei ora? Mi servirebbe tanto uno dei tuoi consigli. Cosa devo fare con questa poco di buono? L'ho portata io qui. Ne sono responsabile. Ma se non la fermo chissà che combinerà."

Tutti questi pensieri turbinavano nella mente di Lorene mentre stendeva la pasta per la torta di mele.

-Accidenti- sbottò Lorene con quel suo vocione. Tanto che la stessa Mary fece un salto.

-Ho stracciato la pasta. Adesso devo ricominciare tutto daccapo. Serviva più farina. Ma dove ho la testa?-

Anche dalla camera da pranzo avevano fatto un salto per il vocione della cuoca.

-Sarà il caso di muoversi- fece Bernard - o Lorene ci prende a tutti con il mattarello. E io contro Lorene non mi ci metto eh? Sarò il primo a scappare.-

-Ah neanche io- fece Philip.

-Allora muoviamoci- fece Josephine -dai Anthony, mettiamoci il cappotto e andiamo al parco con Bernard.-

Il bambino corse a mettersi il cappotto e Josephine colse la palla al balzo per prendere le mani di Philip tra le sue e scandire senza dirlo un silenzioso "grazie" con un espressione di commozione.

Philip strinse a sua volta le mani di Josephine dicendo a sua volta -Sto ricevendo tanto di più in cambio. Solo adesso capisco quanto fosse vuota la mia vita.-

-ECCOMI- gridò Anthony tutto incappottato.

-Allora si parte- fece Bernard, prendendo per mano il bambino e uscendo di casa seguito dalla tata.

Philip si risedette a tavola con il giornale aperto leggendo le notizie che arrivavano dal continente.

"La Francia per ora è andata. Non mi ci arrischierei ad accostare la mia nave per nulla al mondo. Adesso o troviamo un'alternativa o chiudiamo baracca."

La mattina passò veloce e Anthony insieme a Bernard e a Josephine tornarono dal parco quasi per ora di pranzo. Le risa di

Anthony si sentivano da lontano e Lorene ascoltandole pensava "Ride, allora va tutto bene" mentre cucinava il pranzo.

Il pranzo passò piacevolmente come gli altri giorni. Philip si sforzava di essere sempre partecipe per dare ad Anthony una parvenza di normalità e la presenza di Bernard, per cui Anthony aveva una predilezione, aiutava molto.

Quando a fine pranzo la cuoca apparve sulla porta con la sua torta di mele appena sfornata ad Anthony si illuminarono gli occhi. La stanza si riempì di un profumo inebriate. Un misto di biscotti fatti a mano e profumo di mele cotte.

-Accidenti- fece Bernard - devo passare più spesso.

-Questa è la volta che non riuscirò più ad alzarmi da tavola- fece Philip.

-Sciocchezze- fece Lorene -conoscendovi durerà un attimo. State attenti che è calda e se ne conservate un po' per stasera vedrete che sarà più buona. Ma cosa dico? Conservarne un po'? Questa tra cinque minuti è sparita.-

Mentre tutti si dividevano la torta Mary apparve sulla porta con un ridicolo cappellino sempre scuro ed incappottata - Mister Morgan, se lei è d'accordo, io andrei. Le camicie sono su nella sua stanza. Le ho stirate tutte così può scegliere quella che preferisce. Sopra è tutto in ordine.-

-Va bene Mary. A domani allora- disse Philip.

Mary uscì nell'indifferenza generale. Andò con passo svelto in direzione del centro e poi si diresse verso la stazione di polizia rimanendo sull'angolo, all'incrocio delle strade, poco prima di arrivare all'ingresso della stazione di polizia. Rimase lì a fissare l'ingresso della stazione. Passarono tre quarti d'ora quando finalmente all'improvviso un gruppo di poliziotti, smontati dal turno, uscirono in gruppo. Mary prese dalla borsetta nera il fazzoletto e lo agitò in aria per farsi notare. Un poliziotto si fermò staccandosi dal gruppo e rimanendo un po' indietro. Fece un cenno a Mary con la testa e lei rispose con un altro cenno di assenso per far capire che aveva inteso e si sarebbero incontrati al solito posto.

Mezz'ora dopo i due erano in una pensioncina lontana dalla stazione di polizia in un tremante letto che si agitava freneticamente. Mary si teneva alla testiera del letto mentre, tutta ansimante, faceva credere al poveretto che chissà quale prestazione amorosa stava compiendo. Quando tutto finì Mary pensò tra sé e sé "Menomale, almeno è durata poco" e accese una sigaretta per il poliziotto.

-Accidenti Oliver. Questa volta mi hai proprio disfatta.-

Il poverino si beava delle falsità di quella manipolatrice e si gongolava nel letto.

Poi Mary si rabbuiò e rimase un attimo in silenzio.

-Che accade, Mary?- fece il pesciolino preso all'amo - Perché sei così triste?-

Mary scoppiò a piangere posando il volto tra le mani e il povero poliziotto subito cominciò a coccolarla e a chiedere cosa stava succedendo.

-Mi stanno martoriando al lavoro- risponde subito lei. - Mi attaccano in ogni modo da quando è arrivato quel maledetto marmocchio. Coccolato, servito, riverito e viziato.- Queste ultime parole lei le disse quasi ringhiando.

-Da quando c'è quel maledetto bambino viziato li ha mossi tutti contro di me e qualsiasi cosa faccia lui se ne lamenta e me li mette tutti contro.-

-Ma chi è questo bambino, da dove viene?- fece il poliziotto.

-Non lo so. È comparso così all'improvviso e credo che non abbia nemmeno le carte in regola. Credo che provenga dalla Francia. Ha un leggero accento francese.-

-Ma i documenti li ha? Se non li ha siamo a cavallo.-

-Perché, potresti fare qualcosa?-

-Ma certo. Lo prendiamo e lo mettiamo in orfanotrofio in attesa di ricevere notizie dalla Francia della sua identità, che generalmente non arrivano dato il trambusto che sta accadendo lì adesso.-

-Sono sicura che ha problemi con i documenti- fece lei.

-Allora siamo a posto-rispose lui.

-E tu lo faresti per me?-

-Ma certo- rispose subito il poliziotto impettito. - Farei tutto per te. Lo sai che sei la mia passione. Non lascio mia moglie solo perché ci sono i figli di mezzo altrimenti ti seguirei in capo al mondo.-

Lei lo abbracciò in un falso moto d'affetto e mentre lo abbracciava il suo sorriso mefistofelico apparve sul suo volto.

-Oh, Oliver. Sei l'unico che mi capisce. Ogni volta che posso corro da te per avere un po' di quel contatto e calore umano che la vita mi ha negato. Mi sei sempre vicino.-

-Come vuoi che mi muova? Ho molti amici che mi aiuteranno in polizia.-

-Allora guarda che dobbiamo fare cavallino mio- fece lei ritrascinandoselo tra le gambe per annullare ogni sua volontà.

-Domani il padrone è impegnato.-

La donna manipolò il poliziotto, mentre lui faceva i suoi comodi. Gli disse perfino l'orario a cui doveva presentarsi.

La sera Mary rientrò in casa. Una strana aria la seguiva. Era leggera e distesa, quasi contenta. Lorene la fissava insospettita.

-È tutto a posto?- fece Lorene fissandola di traverso - Non ti ho visto mai così allegra.-

-Oh sì, Lorene. Tutto a posto. Semplicemente ho passato un bel pomeriggio.- fece lei ritornando seria e capendo il passo falso appena fatto.

Mary si tolse il cappotto e quell'orribile cappellino nero che aveva e li ripose nell'armadio.

-Devo fare qualcosa? O posso andarmene a letto?- fece lei.

-A letto? A quest'ora? No, comunque ho già fatto tutto io. Va pure a letto.-

-Allora buonanotte Lorene.-

-Buonanotte a te- disse lentamente Lorene mentre guardava Mary andarsene. "Chissà che ha combinato" si ripeté in mente la cuoca che ormai la teneva d'occhio da tempo, sentendosi sempre più responsabile della cosa.

Passò la notte calma e serena e l'indomani tutti si ritrovarono al tavolo per la colazione. Philip sorseggiava un bicchiere di latte mentre entrava in casa Bernard.

-Buongiorno a tutti- disse l'omone ad alta voce. Poi si avvicinò ad Anthony e disse - Dormito bene?-

-Sì sì- fece dolce il bambino.

-Mister Morgan, dobbiamo andare. Ci aspettano presto agli uffici della dogana.-

-Diamine hai ragione. Mi vesto e ti seguo- rispose Philip.

Finì di corsa il pane con il burro e ci bevve il latte sopra lasciando tutto il resto a tavola.

-Josephine cosa farete oggi?-

-Ce la prenderemo comoda. Faccio alcune cose mie e a metà giornata porto Anthony al parco, se per lei va bene- rispose lesta Josephine.

-Perfetto- rispose Philip - se facciamo in tempo verremo anche noi al parco, altrimenti ci vedremo ad ora di pranzo. Allora a più tardi- e così dicendo indossò il mantello in tutta fretta e entrambi uscirono di casa.

Josephine fece finire la colazione ad Anthony e lo portò al piano di sopra, mentre lei faceva le faccende nella loro camera.

Lorene notava una strana tensione in Mary e che ogni tanto guardava fuori dalla finestra. Continuò a tenerla d'occhio senza farsene accorgere mentre faceva i servizi in cucina e si preparava per il pranzo.

La tata a metà mattinata scese le scale con Anthony al seguito e si incamminò verso la porta.

-Lorene, noi usciamo per la passeggiata- disse ad alta voce Josephine.

-Va bene- urlò con il suo vocione la cuoca guardandosi attorno. "Ma dov'è finita Mary?" si chiese per un attimo. Sentì la porta aprirsi e poi la voce di Josephine che diceva "Buongiorno. Che posso fare per voi signori?".

La cosa le sembrò molto strana, afferrò il grembiule per asciugarsi le mani e si fiondò alla porta.

Tre poliziotti ed un uomo in borghese erano di fronte alla porta della villa di mister Morgan. Avevano tutti una brutta aria e fissavano chi la donna e chi il bambino.

-Buongiorno- fece l'uomo in borghese - è un semplice controllo. Ci favorite tutti i vostri documenti?-

-Perché?- fece rude Lorene.

-È un controllo- ripeté secco uno dei poliziotti giocando con il bastone che aveva in dotazione.

Tra loro c'era anche Oliver che guardava con un'aria truce il bambino, che per timore si nascondeva dietro la gonna di Josephine.

La tata cacciò dalla borsetta il suo documento e la cuoca lo andò a prendere nella sua borsa nel guardaroba.

-Ah, francese- fece il funzionario guardando il documento. - Da dove viene?-

-Sono di Parigi- fece intimorita Josephine.

-E proviene da lì?- fece il funzionario alzando gli occhi dal documento con un sorrisetto furbo.

-No. No, provengo da Tolone. Sono qui a servizio da mister Morgan, mi ha aiutato lui a venire, ma sono andata a registrarmi presso i vostri uffici non appena arrivata.-

L'uomo cacciò un libricino e diede un'occhiata - Ah sì. Eccola qui. È vero.-

-Certo che è vero- tuonò Lorene- ma con chi diamine vi credete di avere a che fare?! Mister Morgan è alla dogana e magari passerà anche agli uffici della Marina per salutare i suoi tanti amici. Magari conosce anche il vostro capo. Qui siamo persone rispettabili ed oneste. Apprezzate da tutta la città. Se lo aspettate un attimo lo vado subito a chiamare.-

Dalle finestre delle case vicine le tende si agitavano. Il vocione di Lorene aveva attirato l'attenzione di tutti e questo stava agitando le acque. Il funzionario si guardò attorno e diede uno sguardo di fuoco a Oliver che cambiò subito espressione.

-Ma certo signora, certo. Non è nostra intenzione offendere nessuno. Le ripeto che è un semplice controllo.-

-Ah sì?- rispose Lorene- Questo vuol dire che poi controllerete anche altre case? Perché sennò vuol dire che siete venuti appositamente da noi. E questo mi darebbe un po' a pensare- fece Lorene sporgendosi a fissare Oliver.

Lorene sapeva della tresca tra Oliver e Mary e solo adesso metteva tutti i tasselli al loro posto.

-Ah- fece il funzionario con un lezioso sorriso verso Anthony - ma che bel bambino. È suo figlio?-

-Non è il figlio- si sentì da dietro il funzionario - è…..- Oliver non riuscì a finire la frase dato che un collega gli diede un colpetto con il bastone dietro la gamba per farlo stare zitto.

Il funzionario si girò e rifulminò con lo sguardo il poliziotto. Poi si girò verso Josephine- E lui ce li ha i documenti?-

-Ci sono stati problemi in Francia- disse prontamente Josephine.

Il funzionario stava per aprire bocca quando si intromise Lorene.

- Allora è a questo che miravate fin dal primo momento?-

-Prego?- fece il funzionario.

Lorene si sporse un'altra volta verso Oliver e poi continuò fredda - Il bambino è il nipote di Mister Morgan. Il figlio di un suo parente che vive in Francia. Anthony Morgan. È dovuto scappare da Tolone per i disordini che ci sono stati. Ha sentito vero?-

-Sì. Veramente triste, signora. Tutti quei morti.-

-Adesso ascoltatemi bene- fece Lorene- mister Morgan arriverà a breve. Aspettatelo qui e lui vi darà tutte le rassicurazioni del caso. Sta lavorando per avere i documenti che non anno fatto in tempo a prendere da Tolone.-

-Mi dispiace signora, ma non ci possiamo trattenere. Sa, abbiamo tante cose da fare. Mister Morgan potrà venire al comando di Polizia quando l'aggrada e parlare con il nostro capo dell'accaduto. Prendete il bambino- ordinò freddo ai poliziotti.

Lorene si sporse in avanti, cercando di mantenere il sangue freddo e di non far tremare la voce per la paura. - Ma lei è sicuro di quel che sta per fare? Ha capito a chi sta per dare fastidio?-

-È una minaccia?- fece il funzionario un attimo preso in contropiede.

-No, signore- fece Lorene con una abile aria falsamente preoccupata -un accorato avvertimento.-

-Grazie, non si preoccupi. Siamo funzionari dello Stato- balbettò il funzionario, mentre i poliziotti salivano le scale.

Oliver fece cenno a qualcosa dietro l'angolo ed una carrozza avanzò fino a portarsi davanti all'abitazione.

-Perfino la carrozza avevate pronta…- disse Lorene a bassa voce.

I poliziotti presero il bambino per un braccio mentre lui si aggrappava alla gonna di Josephine.

-AIUTO, AIUTO- urlava il bambino - Josephine, Lorene, zio.-

-Fate piano- urlò Lorene quasi in lacrime.

Non ci fu storia. Si presero il bambino e lo misero nella carrozza, da cui un paio di mani femminili uscirono per tirarselo dentro rudemente.

-Josephine, corra da mister Morgan alla dogana e lo avverta di quel che sta accadendo- disse Lorene.

-Subito- fece la tata - e lei?-

-Io?- disse Lorene- Sistemo una cosa prima che si dilegui.-

Josephine si fiondò verso il centro della città mentre la carrozza si avviava.

Lorene ebbe appena tempo di sentire il funzionario afferrare Oliver per un braccio e dirgli - Liscio come l'olio eh? Hai capito che hai combinato? Me lo dovevi dire prima di chi si trattava. Adesso chiedete un po' di documenti in giro per non destare sospetti.-

Oliver aveva i lineamenti molto tesi, si chiamò i colleghi e cominciarono a bussare alle porte del vicinato.

Lorene era furibonda. Andò in cucina e prese lo spago che usava in cucina e se lo mise in tasca. Poi afferrò il mattarello e si avviò verso la camera di Mary.

Spalancò la camera con un calcio facendo trasalire Mary, seduta sul letto con le mani giunte in mezzo alle gambe. Doveva aver ascoltato tutto perché aveva il volto scuro e colpevole. Una valigia spuntava da sotto al letto.

Lorene la vide e disse - Che c'è, Mary? Ci lasci? Te ne vai? Hai capito che hai combinato?-

-Non è colpa mia. Non credevo che quel fesso combinasse questo casino. A me è semplicemente scappato di bocca che forse il bambino arrivava dalla Francia- disse con le lacrime agli occhi.

Un colpo secco sul lato del volto con il mattarello. Mary volò via dal letto e sbatté contro la parete per poi afflosciarsi a terra.

-Non me ne frega niente- disse secca Lorene. - Adesso te la vedrai con Bernard. Questa volta l'hai fatta grossa.- E cominciò a legarle mani e piedi.

Nella carrozza Anthony aveva incontrato una donna che lo aveva letteralmente tirato dentro. Aveva una corporatura robusta, le ricordava la cuoca anche se si intuiva che tutta quella massa sotto l'uniforme non era ciccia.

-Sta buono e non succederà niente di spiacevole.- disse la poliziotta.

Anthony fece di sì con la testa.

Si era chiuso a riccio ed evitava perfino di guardare negli occhi la donna. Arrivarono alla centrale della polizia, la carrozza si fermò e la porta si aprì. La donna lo afferrò saldamente per un braccio e lo fece alzare. Uscirono dalla carrozza e si portarono all'interno della centrale.

-Ehi. Dove te lo metto questo?-

-Che ha fatto?- urlò da dietro un bancone un poliziotto.

-Mancanza di documenti. Tra un po' se lo vengono a prendere dall'orfanotrofio.-

-A beh, mettilo dove ti pare- le rispose il poliziotto.

La poliziotta trascinò il bambino sul retro dove c'erano le celle e ne scelse una aperta. Prese Anthony e ce lo chiuse dentro. Girò la chiave per chiudere la cella e posò la chiave sulla rastrelliera nell'altra stanza.

Poi andò dal comandante della centrale, bussò alla porta e attese di poter entrare.

-Avanti- tuonò una voce e lei entrò nella stanza.

-Capo, il bambino è nella cella numero 3, l'orfanotrofio attende una sua chiamata per venirselo a prendere.-

-Ah già. Il pericolosissimo criminale. Ma c'era proprio bisogno? Siamo già nella merda così. Ma che ha combinato?-

-Ah, non so, niente. Io in questa storia non ci volevo neanche entrare. Chieda a Oliver. So solo che era senza documenti.-

-Almeno ho una pezza d'appoggio se qualcuno mi viene a chiedere qualcosa- si lamentò il comandante.

-Bishop - urlò il comandante.

-Sissignore?- rispose un uomo affacciandosi al suo ufficio.

-Chiamami l'orfanotrofio e passamelo. Subito.-

-Subito, signore- e così dicendo sparì.

-Sistemiamo subito questa faccenda che ha tutto il puzzo di una rogna.-

Nel frattempo alla dogana la riunione andava avanti tra mille problemi e la volontà di trovare un accordo.

-Mister Morgan mi rendo conto delle sue esigenze, ma siamo legati a delle regole dettate da Londra. Noi vorremmo venirle incontro ma non sapremmo come giustificare questi... come possiamo dire...questi sconti.-

L'ufficio grande e molto ben arredato dava l'impressione di voler intimorire l'ospite. Nell'ufficio c'era il responsabile da un lato della scrivania e Philip e Bernard dal lato degli ospiti.

Philip diede solo una lieve occhiata a Bernard, che fece quasi un balzo sulla sedia e disse - Accidenti. Mi sono dimenticato che avevo un appuntamento urgente. Mi da licenza, mister Morgan?-

-Ma certo, ci vediamo a casa, Bernard.-

Bernard salutò con deferenza il responsabile dell'ufficio, poi Philip, con l'aria di un gatto con il canarino in bocca, si incamminò verso l'uscita richiudendosi la porta alle spalle. Adesso cominciava la vera trattativa.

Il responsabile si alzò dalla scrivania e andò alla porta, la aprì e disse ad un uomo che era fuori la porta

-Non voglio essere disturbato per nessun motivo.-

Rientrato, si portò ad una credenza, la aprì e ne cacciò una bottiglia di un liquido color ciliegia e due bicchieri.

-Allora Philip. Che avevi in mente di preciso?- porgendo a Philip uno dei due bicchieri e versandogli il liquido dentro.

-A proposito- fece l'uomo - questo tuo Cherry secco è un portento. Grazie della cassa che mi hai regalato.-

-Ma figurati, Albert. Se ti piace tanto lo rifacciamo prima o poi.-

L'uomo si stava riempiendo il bicchiere quando Philip riprese -Io mi rendo conto che tu hai le mani legate, ma non è possibile pagare le tasse su tutto. Mi affonderesti con tutte le barche.-

-Che proponi allora?-

-Io pensavo che potresti mandare qualcuno dei tuoi che potrebbe chiudere un occhio su metà del carico ed io potrei esserti riconoscente.-

-Ma è il nostro accordo- fece L'uomo impennandosi.

-E allora perché non lo hai applicato per l'ultima nave? È venuto un tizio che non avevo mai visto e ha catalogato tutto il carico.-

-Diamine, ma davvero fai?-

-Sì sì. Uno con un aria stralunata mi hanno detto. Io non ero a bordo.-

Albert alzò gli occhi al cielo e picchiò la mano sul tavolo.

-Il nuovo arrivato, deve essere lui. Ah, ma mi sentirà questa volta. Mi ha già piantato grane ovunque. Stai tranquillo, sistemo tutto io. In effetti non avevo capito il perché del nostro incontro.-

-Caro Albert, neanche io sapevo come interpretare il tuo gesto e così sono venuto facendo finta di dover ripartire da zero e che questo era il tuo tentativo di farmi capire "gli accordi sono saltati".-

-Ma no, ma no. Andiamo così bene. Perché rovinare questa bella amicizia che dura da tempo? A proposito, ma non mi hai portato niente?-

Philip cacciò da sotto il mantello un malloppetto di soldi e li porse ad Albert.

Albert li soppesò e disse - Ma mi sembra più leggero questa volta o sbaglio?-

-No no- fece Philip sorridendo - Non sbagli proprio. È più leggero e proprio di quella parte di soldi che, ahimè, si è trasformata in dazi.-

-Ah, già- fece Albert. - Devo fermare quel cane impazzito o ci farà un mare di danni.-

Philip scoppiò a ridere e insieme alzarono il calice al cielo.

Bernard intanto usciva dall'ufficio saltellando allegramente e scendendo le scale a due a due. La vita andava nel verso giusto e sembrava sorridergli. Era appena uscito dai cancelli quando vide Josephine correre a perdifiato verso di lui. Preso da un brutto presentimento le andò di corsa incontro e le chiese - Che è successo Josephine?-

-La polizia- disse a stento la tata per l'affanno - è arrivata e si è presa il bambino perché mancavano i documenti. Devo avvertire mister Morgan.-

-Josephine mister Morgan è al secondo piano alla stanza numero 12. Fatevi annunciare, dite che è un'emergenza per mister Morgan e vedrete che vi faranno entrare. Io corro a casa immediatamente.-

-Va bene- fece lei e si mise a camminare a passo militare verso gli uffici dato che non riusciva più a correre.

Bernard, con corsa atletica di chi il fiato lo ha, arrivò a casa in dieci minuti. Bussò la porta e venne aperto da Lorene con in mano il matterello. Appena lo vide gli si gettò sul petto facendo cadere il matterello e affondando il volto già in lacrime sulla sua spalla.

-Lo hanno preso. Chiedevano i documenti, ma non li avevamo. Sapevano dove e quando venire.-

-Ma come...?- Bernard non riuscì neanche a finire la frase.

-È stata lei- disse inviperita Lorene -ha organizzato tutto lei. Mary. Quella maledetta. Mi dispiace, è tutta colpa mia- fece Lorene scoppiando di nuovo in lacrime.

-Se non la avessi portata da voi non sarebbe successo nulla e adesso il signorino sarebbe ancora qui.-

-No Loren. Non ti devi colpevolizzare. Siamo stati tutti raggirati da quella puttanella.-

Poi sollevò il volto di Lorene. Le asciugò le lacrime con il fazzoletto e disse -Lei dov'è?-

-In camera sua. L'ho legata ed imbavagliata. Forse dorme ancora, l'ho tramortita con il matterello.-

Bernard fece un espressione di rispetto ed approvazione per la donna e si incamminò verso la camera di Mary.

La trovò sul letto legata mani dietro la schiena e piedi. Mary si era ripresa e, non appena vide apparire Bernard, il terrore le si dipinse sul volto. Cominciò ad agitarsi e a tentare di parlare ma Lorene era stata molto efficiente ed in bocca aveva un bel po' di stracci tappati da una benda che le chiudeva la bocca e teneva il tutto sigillato ed i polsi e le caviglie, legati con quel filo sottile ma molto resistente, stava già lacerando la pelle.

Lorene vide Bernard che, trascinando per i piedi Mary, usciva dalla sua stanza e si avviava alle scale che portavano giù in cantina. Sembrava trascinare un quarto di bue.

-Lorene hai da dirmi qualcosa di cui non sono ancora al

corrente?-

Lorene fissò con gli occhi chiusi come due lame Mary mentre stesa a terra si dimenava cercando di parlare.

-È stata lei con quel suo amico della polizia. Ha architettato tutto lei, ma non ho capito perché.-

-Ci penso io adesso. Grazie Lorene. Per oggi sei libera. Va a casa dai tuoi figli e da tuo marito.-

Lorene si abbassò per avvicinarsi a Mary stesa ancora a terra e che aveva gli occhi pieni di lacrime e agitava la testa tentando di farsi capire.

-Una vita sprecata. Disseminata di odio e rancore. Non sei la sola che da piccola ha passato brutti momenti. Ma c'è tanta gente che si rialza e non permette all'odio di avere il sopravento. Vive una vita disseminata di amore e affetti. Cosa sarà adesso di quel povero ragazzo?-

Si alzò, si tolse il grembiule e si mise il cappotto con noncuranza per la scena. Poi si girò verso Bernard e come se nulla fosse accaduto -A domani Bernard.-

-A domani Lorene- fece Bernard e riprese a trascinare Mary mentre questa urlava soffocata dagli stracci.

La portò nel basamento della casa, la issò in piedi e la fissò negli occhi.

-Prima di stasera mi dirai perché.-

Mary agitava la testa in segno di supplica. In tutta risposta ricevette un pugno nello stomaco così forte che si piegò in due ricadendo per terra.

Bernard prese un tavolo in un angolo e lo portò al centro della stanza. Poi prese la ragazza che a stento respirava per il pugno e la appoggiò di pancia sul tavolo.

Mary capì. E si rimise a piangere maledicendo sia il suo piano troppo intraprendente che quel maledetto marmocchio che era uscito dal nulla e che lei odiava più della sua stessa vita.

-Perché?- ripeté monotono Bernard cominciando a spogliarla.

Fuori la villa passava una vecchia coppia che abitava nel quartiere.

-Cara ma è questa la villa di quel tale, Monegan, mi sembra?-

-Morgan- fece la moglie annoiata.

-Hai sentito cosa è successo oggi?-

-Sentito?- disse la moglie -Ho visto tutto. Ero dietro le tendine e ho visto…-

In quel preciso momento un urlo li fece sobbalzare. Era strano, tragico e sembrava non provenire da un essere umano.

-Hai sentito, cara?- fece l'uomo.

La donna impaurita si strinse il marito al braccio e disse -Sì. Deve essere un animale. Vieni, affrettiamo il passo.-

Dopo un po' di tempo arrivò Philip che, scendendo di corsa dalla carrozza, si fiondò alla porta di casa. Bussò e attese. Poi ribussò in ansia e alla terza volta fu aperto.

Entrarono sia Philip che Josephine e, quando si chiuse la porta, da dietro uscì Bernard sudato e con tutti i capelli in subbuglio.

Philip capì tutto al volo -Josephine, ho bisogno del vostro aiuto. Dovete andare di corsa su e chiudervi nella stanza.-

-Sì, certo signore.- disse titubante la tata continuando a fissare Bernard e ritirandosi ai piani superiori.

-Te la sei già lavorata?-

-Sì, mister Morgan. Non ci crederebbe mai.-

-Cosa intendeva fare?-

-Aveva l'intenzione di sedurla e con il tempo diventare sua moglie. Pensava in grande la puttana.-

-Ma non può essere così sprovveduta e stupida. E come intendeva fare?-

-Oh signore- disse Bernard con il fiatone - gli argomenti li aveva tutti. E anche sodi. Quei vestiti non facevano vedere niente di quel che aveva sotto. E poi si fasciava i seni. Dovrebbe vedere...-

-Ma allora perché Anthony?-

-Era un impedimento. Se ne doveva sbarazzare. Lei era troppo concentrato sul bambino. Stava per attuare il piano quando è spuntato fuori Anthony rovinandogli tutti i programmi.-

-Maledetta puttana. Dove si trova adesso?-

-Nel basamento della casa.-

Philip si avviò al piano di sotto, scese le scale e quando arrivò si fermò un attimo a guardare. Poi si girò verso Bernard -Ma tutta sta roba dove la teneva?-

-Ha visto? Tutta nascosta sotto i vestiti.-

Mary era lì, stesa a pancia in giù sul tavolaccio. Completamente nuda.

Philip andò sul davanti e la afferrò per i capelli alzandola dal tavolo.

-Accidenti. E come se le nascondeva? Queste non sono facili da far sparire.-

Bernard aveva già in mano le fasce che le aveva tolto. -Se le fasciava per ridurle di taglia.-

-Non voglio nemmeno sapere gli assurdi ragionamenti che ti hanno portata a tutto questo, ma una cosa te la voglio dire.-

Si avvicinò al suo volto parlando in modo lento e a bassa voce.

-Se non ho una donna vicino è perché in più volte ho avuto modo di misurarvi e rendermi conto della pochezza del genere femminile. Ah, sono sicuro che ci sono donne che si fanno in quattro per il marito e la famiglia, Lorene ne è un esempio. Ma a me si avvicinano solo puttane come te. Deve essere per questo alone di dannazione che ci portiamo dietro, eh Bernard?-

-Immagino di sì, purtroppo.-

-Ti sei infilata nella casa sbagliata. Io e quest'uomo abbiamo ucciso più uomini noi che l'esercito di sua Maestà. Avresti dovuto scegliere con più attenzione le tue prede. Siamo già dannati e quindi non ci fa paura quel che ci aspetta dall'altra parte. Ma il bambino no, lui non aveva nessuna colpa e aveva già visto e passato cose che per la sua giovane età non avrebbe mai dovuto nemmeno conoscere.

Mary ormai non si agitava più. Sapeva dove si stava per incamminare. Le lacrime uscivano da sole. E cominciò così ad estraniarsi da quella dimensione.

La sua mente vagò per quei campi dove da piccola andava per uscire e scappare di casa, quando sia la mamma che il papà si ubriacavano e la picchiavano con una scusa qualsiasi. In estate, quando la temperatura era mite, lei amava andare vicino a quel laghetto con quella cascata e a volte ci faceva anche il bagno. I campi erano tutti gialli e ai lati delle strade crescevano un sacco di fiori selvatici.

A lei piaceva tanto stendersi al sole e lasciarsi accarezzare dai suoi raggi caldi. A volte ci si metteva in biancheria intima e a volte con tutti i vestiti.

Quel ricordo era così potente che lei ci si immerse completamente. Ad un certo momento si sentì così leggera, sollevata dalle pene che fino a quel momento aveva provato. Non solo le pene ed i dolori fisici, ma proprio la continua e spasmodica ricerca di quel benessere che lei tanto voleva avere e per tanto tempo aveva cercato.

Il suo ricordo era lì. Davanti a lei, insieme a lei. Abbassò gli occhi e si vide vestita di un abito di lino bianco.

Il suo ricordo da bambina si girò all'improvviso verso di lei e fu in quel momento che si rese conto che non era più in un suo ricordo.

Il suo ricordo da bambina balzò in piedi e le andò incontro trotterellando. Solo in quel momento si ricordò di quanto era agile da piccola. La necessità di sfuggire ai genitori era diventato un vero e proprio allenamento all'epoca.

La bambina si avvicinò e la salutò.

-Ti aspettavo- fece lei con una squillante ed aggraziata vocina.

-Ah sì?- fece lei un po' stralunata -Come mai?.-

-Eh hai fatto un bel pasticcio, vero?-

-Mi sa di sì- fece Mary con aria colpevole. - Ma tu che ne sai?-

-Non ti preoccupare. Vieni con me. Ci vorrà molto ma molto tempo per uscire dal casino dove ti sei infilata. Ma alla fine ce la farai.-

-Ma dove siamo?- fece Mary confusa -Mi ricordo di questo posto.-

-È il posto che più hai amato e ne resterai legata per molte vite. Lo sognerai perfino qualche volta senza riconoscerlo. È il posto che più ti rende felice, calma. Serena.-

-Sì- fece Mary -è vero. Sono serena. Ma che intendevi con "molte vite"? Io ho la mia, sai?-

-Eh, ho visto- fece la bambina -bel capolavoro. Avresti potuto fare di tutto. Avevi a disposizione forza, intelligenza e tante altre cose di cui è inutile parlare adesso. Ma ti sei incaponita verso una vita di apparenza e materialità. Volevi la materia, il benessere. Ma una vita illuminata e ben spesa non passa da quella parte. E comunque no.-

-No cosa?- fece Mary.

-No, non ce l'hai più la tua vita. Te l'hanno appena portata via.-

-In che senso?- fece confusa Mary.

-Ti hanno ammazzata, Mary.- fece la bambina con insistenza.

Mary rimase per un attimo ferma così a guardarsi attorno e tentare di riflettere.

-No, non ci provare- fece la bambina -non capiresti. Ci vuole un po' di tempo per capire. Vieni con me.-

La bambina prese con garbo la mano a Mary e piano piano la fece incamminare per quel vialetto che si perdeva all'orizzonte, tra i campi.

-Come ti chiami?- fece Mary alla bambina.

-Mary- disse ridendo la bambina.

-Come me…- ripeté confusa Mary.

-Da non credere eh?- fece la bambina mentre rideva e si trascinava con garbo Mary al suo seguito lungo la stradina.

La porta delle scale che portava in cantina si spalancò e ne uscirono Philip e Bernard. Philip era Tutto sporco di sangue sulla camicia.

-Mi dispiace, mister Morgan. Sono stato sbadato.- fece Bernard.

-Non ti preoccupare. Pensiamo piuttosto al bambino. Facciamo così, io vado dalla polizia. Tu sbarazzati di lei in fretta. Mi raccomando, deve entrare tutta in una borsa. Non di più. La porteremo con una carrozza. Altrimenti desteremo sospetto. E pulisci tutto.-

-Sì, mister Morgan.-

Philip andò di sopra e si cambiò in fretta e furia. Si sciacquò il volto sporco di sangue e si fiondò fuori di casa. All'angolo c'erano delle carrozze, ne prese una, promettendo un extra se lo portava subito dalla polizia. Il sole era ormai tramontato e rimaneva solo un lieve rossore all'orizzonte.

La carrozza arrivò in un baleno e parcheggiò davanti le scale di entrata.

Philip scese dalla carrozza e si fiondò negli uffici salendo le scale di fretta. L'agente al bancone, vedendo la persona elegante, cambiò subito atteggiamenti -Prego signore, in che posso esserle utile?-

-Sono qui per mio nipote, è stato preso dai vostri agenti oggi perché sprovvisto di documenti.-

-Ah sì- fece l'agente -attenda prego, Le chiamo subito il Comandante della stazione.-

L'agente andò nell'ufficio del Comandante, invece di urlare come sempre. Si vide il Comandante che si rimetteva la giacca e il Poliziotto andare incontro a Philip per mostrargli il percorso da seguire per arrivare all'ufficio.

-Prego- fece il poliziotto aprendo la porta.

Philip entrò e andò subito a stringere la mano al Comandante -Piacere- disse con voce ferma -Sono Philip Morgan.-

Il Comandante rimase per un attimo gelato, si riprese prontamente facendo intuire che non era al corrente delle persone in gioco.

-Molto lieto mister Morgan, si accomodi pure e mi dica tutto.-

-Questa mattina avete quasi fatto irruzione nella mia abitazione e vi siete portati via mio nipote perché sprovvisto di documenti. Il bambino, che vi ricordo ha solo sette anni, è riuscito a scappare da Tolone per puro caso. I miei lontani parenti che portano anche loro il mio cognome hanno perso la vita sotto i suoi occhi.-

-Ne sono molto rattristato, mister Morgan.-

-Sono qui per riprendermi subito mio nipote. Non voglio che passi un minuto di più in questo posto degno di un criminale ma non adatto ad un bambino per bene. Le porterò personalmente i documenti non appena li avremo ritrovati in Francia. Manderò il mio uomo di fiducia per ritrovarli.-

-Mi... mi dispiace, mister Morgan- balbettò in evidente imbarazzo il Comandante. -Il ragazzo non è più qui.-

-Come non è più qui?.- fece Philip impennandosi sulla sedia - E dov'è?-

-È stato mandato alla casa di correzione minorile della contea.-

-COSAA?- fece ad alta voce Philip. L'intero comando di Polizia si girò ammutolito. -Come vi siete permesso?-

-Mi dispiace mister Morgan, se solo foste arrivato qualche minuto prima lo avreste trovato qui da noi e io avrei potuto fare qualcosa. Ma adesso è nelle loro mani e non ho più nessuna giurisdizione lì. Sono fiscali e dipendono da altre persone. Non posso neanche fare qualcosa per aiutarla.-

-Ma voi sapevate che era mio nipote, avrete letto il suo cognome sulla pratica.-

Il comandante si sporse a guardare fuori i poliziotti che guardavano tutti lui -Già- fece ad alta voce -la pratica- e tutti cominciarono a fare qualcosa per evitare lo sguardo del comandante.

-Mi dispiace mister Morgan, ma siamo tutti così presi dalla criminalità giornaliera che magari avremo anche letto il suo nome ma non lo abbiamo legato alla sua persona.-

-E io che faccio adesso? Ha idea di cosa gli faranno all'orfanotrofio ad un bambino per bene come lui?-

-Ne sono veramente dispiaciuto. La cosa non dipende più da noi e se posso darle un consiglio si procuri al più presto quei documenti.-

Philip si alzò fissando il Comandante negli occhi e poi disse a bassa voce, per non essere sentito -Se accadrà qualcosa di spiacevole a mio nipote noi ci rincontreremo. E la cosa non le piacerà.-

-È una minaccia?- fece poco convinto di se il Comandante.

Philip fissò intensamente il Comandante - Di sicuro è una promessa. E io mantengo sempre le mie promesse.-

Uscì dal comando rabbuiato senza salutare nessuno e si fermò a riflettere vicino la carrozza. Ci mise poco, poi rivolto al cocchiere - andiamo al riformatorio della contea. Sai dov'è?-

-Purtroppo più di quanto io vorrei- rispose lui.

-Cosa intendi dire?- chiese subito Philip.

-C'è rinchiuso mio figlio. Quel buon a nulla, si è fatto beccare mentre rubava.-

-Ah si?- fece Philip fermandosi per un attimo -Partiamo di corsa che lungo il viaggio ti spiego cosa dobbiamo fare. Ho bisogno del tuo aiuto.-

-Sissignore- rispose il cocchiere e non appena Philip fu salito, con uno schiocco della frusta fece partire la carrozza.

Capitolo 16
Lo specchio

La carrozza camminava lentamente dondolando ora da un lato ed ora dall'altro. Era molto pesante, aveva sbarre di ferro ad ogni finestrino. Anthony applicava quelle povere regole che conosceva, si faceva invisibile e guardava verso il basso.

-Ma che ci fa qui un bambino come questo?- fece una guardia verso l'altra mentre stava seduta con uno dei piedi appoggiato sulla panchetta che gli stava davanti.

-Non lo so- rispose l'altra -hanno accennato alla mancanza di documenti.-

-Diamine e c'era bisogno di mandarlo qui? Se lo mangeranno vivo.-

-Ah si- rispose l'altro -poco ma sicuro.-

La carrozza si fermò, si sentì un urlo da parte di qualcuno all'esterno e il rumore di qualcosa di metallico che si apriva. Poi la carrozza riprese a camminare con la stessa flemma di prima ed Anthony vide dai finestrini alti della carrozza un cancello metallico, poi delle mura in pietra.

La carrozza si fermò di colpo e le porte posteriori si spalancarono.

Una poliziotta più grande di quella che lo aveva preso quella mattina a casa sua fissò il fondo della carrozza, poi si girò verso i colleghi e disse -Ma è vuota!-

I colleghi si fecero una risata -Ma no, è lì nell'angolo. E poi è anche vestito di scuro.-

-Alzati- tuonò la poliziotta.

Anthony si alzò e si mise in piedi aggiustandosi la giacca scura blu che la sartoria gli aveva appena portato.

La poliziotta sgranò gli occhi poi, rivoltasi ai colleghi nella carrozza -ma che è, uno scherzo? Che ci fa questo damerino qui?-

-Ah non so che dirti- disse uno dei due. -Mancanza di documenti ci hanno detto.-

-E lo mandano da noi?- tuonò la donna -Ci sarebbero stati mille modi diversi per sistemare la faccenda.-

-Ah sicuro, ma Oliver ci ha detto...- un calcio sul piede da parte del collega lo zittì immediatamente.

-Che hai detto?- fece la donna.

-Niente, niente- rispose l'uomo.

-Siete una masnada di smidollati buoni a nulla. Chissà qual è il tornaconto adesso, ma la cosa più importante è che un povero bambino sarà rovinato per sempre. È questa è una cosa che solo una mamma può capire.-

-Vieni con me, giovanotto- e gli tese la mano.

Anthony afferrò quella mano e la strinse pensando che forse la cosa non era così male se erano tutti come quella signora.

La donna lo fece scendere dalla carrozza. Attraversò tutto il piazzale sempre tenendo Anthony per mano e lo fece entrare nella stanza dello smistamento.

Non appena lo videro tutti si sporsero a guardare. Anthony in completo blu attirava maledettamente l'attenzione di tutti.

-Ci penso io a lui- tuonò la donna prima che qualcuno potesse dire qualcosa.

Afferrò il registro e bagnò il pennino nel calamaio -Allora giovanotto, qual è il tuo nome?-

-Anthony Morgan, signora.- La stanza si fermò.

-Accidenti- fece uno - se è il Morgan che conosco io di fama, qualcuno è nei guai.-

Lo sguardo della donna gelò l'uomo.

-E come si chiama il papà?- chiese lei.

-Non è il mio papà, è lo zio. E si chiama Philip- disse serafico Anthony.

Un mormorio si sentì alle sue spalle.

-E va bene. Dimmi, quanti anni hai?-

-Ne ho sette, signora.-

-Perfetto. Adesso ci andiamo a cambiare perché altrimenti ti sporcherai il vestito e ci mettiamo quelli dell'istituto.- Prese il bambino nuovamente per la mano e lo portò in una stanza, gli disse di spogliarsi e cominciò a guardare tra le varie cose, rimirando il bambino come per misurarlo.

-Allora. Provati questi pantaloni- e prese da una pila di abiti un pantalone color verde tendente al cachi che gli buttò sul tavolo- e questo maglione dovrebbe starti- e gli mise sul tavolo un maglione dello stesso colore.

Si sporse in avanti a guardare le scarpe -Eh no- fece lei - queste scarpe non dureranno un giorno qui.- Sparì per un attimo dietro uno scaffale e poi riapparve con delle scarpacce di cuoio in mano.

-Prova queste- e gliele buttò a terra vicino i piedi -non sono il massimo ma almeno non te le ruberanno.-

Anthony indossò tutto, poi cominciò a sporgersi per guardarsi e guardò la signora con un aria triste.

La signora lo guardò preoccupata e gli andò vicino, si inginocchiò e lo guardò negli occhi con aria materna.

-Ascoltami bene. Non te lo dico per farti paura ma i bambini che stanno qui dentro sono molto diversi da te. Se assumerai quest'aria di bambino indifeso ti attaccheranno per il semplice gusto di farti del male. Devi imparare a nasconderti.-

"Come diceva la mamma" pensò subito Anthony.

-Devi nascondere la parte bella e buona di te e mostrarti cattivo e feroce. Non ti puoi permettere né bontà né debolezza in questo posto. Devi per forza saperti difendere. Quindi, da quando apriremo quella porta, tu dovrai sembrare cattivo. Inventati una storia. Che sia plausibile. Vedrai che tuo zio ti tirerà presto fuori e tutto questo sarà solo un brutto ricordo. Ma tu devi nascondere quest'aria da cane bastonato che hai.-

La donna si alzò, gli si mise davanti e disse -Su, avanti. Fammi vedere cosa sai fare.-

Anthony allora, imbarazzato, assunse un'aria esageratamente cattiva e non credibile. Sembrava quasi ringhiasse. La donna scoppiò a ridere fragorosamente e Anthony sorrise appresso a lei.

-Ma no, così è troppo. Però lo sguardo andava bene. Rifammi quella espressione.-

Anthony eseguì. Lei lo guardò attentamente e poi - Va bene. Chiudiamo quella bocca, non sei un cane idrofobo. Non ridere che mi fai perdere il filo. Rilassa le guance. Perfetto. Adesso ricordati quello sguardo. Se lo saprai mantenere metà lavoro è fatto.-

-E l'altra metà?- fece Anthony fiducioso.

-Quella, piccolo mio, ho proprio paura che dovrai scoprirtela da solo. E non ne sono affatto contenta. Credimi.-

Lo riprese per mano e lo fece uscire dalla stanza. Lo portò nuovamente nella sala dello smistamento per portarlo al padiglione che conteneva i ragazzi della sua età quando si sentì chiamare.

-Eccola lì.- fece una voce -Agente da questa parte.-

Si girarono di colpo ed Anthony vide lo zio Philip ed un altro signore che stavano parlando con una delle guardie.

-ZIO- disse ad alta voce Anthony cercando di corrergli incontro, ma venne subito trattenuto dalla mano della signora.

-No- fece lei -ti muoverai solo con me- guardandolo con fermezza.

Philip da lontano faceva con le mani segno di stare calmo.

La donna si avvicinò a Philip con il bambino e man mano che si avvicinava riconosceva l'altro signore che lo seguiva. Strizzò gli occhi e poi disse -Charlie? Che ci fai qui a quest'ora? Hai accompagnato il signore?-

-Sissignora.-

-Charlie lo sai che non puoi vedere tuo figlio a quest'ora, vero?-

-Mi permetta di presentarmi, signora- disse Philip.

-Oh non si preoccupi. Sappiamo tutti chi è lei. Quando il bambino ci ha detto il suo cognome ci è venuto quasi un infarto.-

-Possiamo parlare in privato, signora?-

La donna fece un verso in segno di assenso, si girò verso il bambino e disse -Siediti su quelle panche e non ti muovere. Ok?-

-Ok- rispose Anthony.

-Da questa parte- disse agli uomini e li condusse in un ufficetto in uno degli angoli del salone dove si trovavano.

-Accomodatevi- disse indicando due sedie logore attorno alla scrivania.

-Agente- disse il cocchiere -il bambino, nipote di mister Morgan, è un bravo ragazzo ed è qui, potrei azzardare, quasi per uno sbaglio.-

-Lo credo anche io- disse il donnone - ma purtroppo adesso per uscire a noi serve una carta scritta del giudice. Lei adesso dovrà andare dal giudice per i minori e sottoporgli i documenti per ottenere la scarcerazione.-

-Signora- disse Philip- il problema è che adesso passerà del tempo e mio nipote resterà qui tra questi bambini con i quali lui non è ancora in grado di trattare.-

-Ho visto- disse preoccupata l'agente.

Philip intuì che la donna era dalla sua parte.

-Ci chiedevamo, dato che il figlio di Charlie ha quasi la sua stessa età, se ci facesse parlare con lui solo un attimo potremmo.....-

La donna balzò sulla sedia -Diamine, ma è una splendida idea. Perché non ci ho pensato io...-

-La ringrazio- disse subito Philip-Le sarò molto riconoscente per questo.-

La donna si fermò per un attimo rimirando storto Philip -Mister Morgan- disse con aria ferma -se sto facendo questo è solo perché sono una madre prima di tutto e i ragazzi li tratto tutti bene. Suo nipote qui non avrebbe alcuna speranza senza questa bellissima idea che avete avuto. Quando non sono qui perché il turno è finito, può accadere di tutto.-

-La ringrazio ugualmente - fece Philip intimorito per la prima volta da una donna.

La donna si alzò dalla sedia e si affacciò alla porta -Eh Joe. Vammi a prendere subito Jacob Walsh e portamelo qui, sembra che la mamma non stia bene.-

Poi si girò e disse -Scusa Charlie, una scusa per chiamare il ragazzo.-

-Non c'è problema- disse l'uomo.

Passò un po' di tempo durante il quale non si dissero niente. Poi il rumore del cancello che si apriva e si richiudeva e i passi rimbombanti nella sala vuota preannunciarono l'arrivo del ragazzo. La porta si aprì ed entrò un ragazzo decisamente grande per la sua età, aveva i capelli biondi tagliati a spazzola ed uno sguardo molto più vecchio per un giovane.

-Papà- disse il ragazzo -che è successo alla mamma?-

-Siediti Jacob che ti spieghiamo tutto. Grazie mille, Joe. Puoi andare.- La porta si chiuse e l'aria cambiò istantaneamente.

Prima che chiunque potesse parlare l'agente si sporse in avanti sulla scrivania e a bassa voce cominciò a parlare.

-Ascoltami bene Jacob, non ti preoccupare per tua madre, non ha niente. Era una scusa per farti chiamare. Il nipote di questo signore è stato portato ingiustamente da noi. Non dovrebbe neanche passarci vicino a questo posto. Adesso lo zio si organizzerà per farlo uscire, ma ci vorranno giorni e questo diventerà pericoloso per il bambino dato che non è fatto per questo ambiente.-

-Ma chi è? Quello lì fuori?- chiese il ragazzo.

-Sì- fece la donna -proprio lui.-

-Accidenti, non resisterà un solo giorno.-

-Per questo ci servi tu. Qui ti rispettano tutti. Potresti prenderlo sotto la tua ala e così aiutarlo ad attraversare indenne questo breve periodo.-

-Non riuscirei mai a stargli sempre vicino.-

-Io farei in modo che accada. Vi sposterei nella stessa sezione, letti attigui- disse la donna- e magari potrei metterci una buona parola con il giudice e proporti per uno sconto di pena.-

Il padre di Jacob lo fissò -Pensaci bene ragazzo.- Era un uomo di poche parole.

-Va bene. Per me non ci sono problemi, ma non credo che riuscirò a restargli attaccato per tutto il giorno.-

-Non ti preoccupare, Jacob. Quando vedranno che è sotto la tua ala lo lasceranno in pace. Se la ricordano ancora la scazzottata dell'altra settimana.-

-Anche io- fece il ragazzo massaggiandosi la mascella.

-Quello all'ospedale di più- disse la donna con un ghigno.

-Mister Morgan- fece la donna verso Philip -sembra che abbiamo trovato chi ci aiuterà.-

Jacob fissò Philip con interesse, conosceva quel nome e lo aveva sempre sentito nominare con timore e reverenza. Vederlo preoccupato per quel marmocchio lo rendeva più umano.

-Bene- disse la donna alzandosi -ti faccio riportare al dormitorio, prepara le tue cose che ti sposto alla sezione B.-

-Sissignora- disse Jacob.

Si stava avviando con l'agente quando Philip si alzò e gli tese la mano. Lui la strinse.

-Quando tutto questo sarà passato- fece Philip -vienimi a trovare che parleremo del tuo futuro.-

Al padre di Jacob sorrisero gli occhi e lo stesso Jacob sorrise.

-Grazie, Mister Morgan- disse.

-Accidenti- fece la donna -e chi se lo aspettava. Abbiamo sistemato due piccioni con una sola fava. Adesso sì che il mio lavoro ha senso. Ti verrò a trovare in ufficio con moglie e figli a carico sembra.-

Gli diede una sonora pacca sulla spalla mentre Jacob sorrideva.

-Adesso cancella quel sorriso dalla faccia ed esci.-

La donna aprì la porta e lo fece uscire.

-Joe, con me ha finito. Fallo entrare, lo spostiamo nella sezione B, così starà tranquillo per un po'.-

-Va bene- rispose Joe dal fondo della sala.

Jacob camminava fiero e con lo sguardo truce da duro, rimirò sott'occhio ad Anthony e, quando fu sicuro che nessuno lo vedesse, si girò verso di lui e gli fece l'occhiolino.

Anthony non capì, ma rispose lo stesso.

-Posso salutare mio nipote?- fece Philip.

-Certo, mister Morgan- fece la donna.

Philip si avviò verso il bambino mentre l'agente faceva segno da dietro che era tutto a posto.

Philip arrivò quasi da Anthony e, quando il bambino capì che stava andando da lui, scattò e gli corse incontro. Quando si incontrarono Philip si inginocchiò ed i due si scambiarono un abbraccio che in quel maledetto posto di dolore non si era mai visto. Tutti si fermarono incantati da quell'abbraccio.

-Io- disse Philip con la voce rotta dall'emozione -ti prometto che ti porterò via da qui. Ma tu devi essere forte. Hai visto il ragazzo che se ne andava?-

Anthony, che aveva gli occhi pieni di lacrime, fece di sì con il capo.

-Bene- fece Philip- attaccatici e non lo mollare più. Si occuperà della tua sicurezza. Però tu devi metterci del tuo. Non farti più vedere piangere e non mostrarti debole o ti salteranno tutti addosso. Mi hai capito?-

Anthony si asciugò le lacrime e assunse l'espressione che la guardia le aveva detto.

-Accidenti che duro- fece Philip ed Anthony si mise a ridere.

Quell'attimo di normalità scomparve subito. Joe si avvicinò ad Anthony e gli mise una mano sulla spalla.

-Forza campione. Mi dispiace, ma dobbiamo andare.-

Anthony tese la mano alla guardia e questa gli fece subito segno di metterla giù -No no, giovanotto. Non dare più la mano a nessuno e soprattutto rimetti subito su quella smorfia e non te la levare più.-

I due si avviarono verso il cancello che faceva da ingresso alle varie sezioni. Camminavano uno affianco all'altro. Si avvicinarono alle sbarre e arrivati al cancello di ingresso Anthony si girò e fece un timido segno a Philip per salutarlo.

Philip rispose e rimase con la mano alzata a metà quando i due girarono l'angolo.

-Prego- fece la donna da dietro porgendo i vestiti di Anthony a Philip - questi è meglio che se li porta a casa o qui spariranno.-

-Grazie, signora…?- chiese gentilmente Philip.

-Amelia. Amelia Brown.- rispose fiera la donna.

-Grazie Amelia. Troverò il modo per dimostrarle la mia gratitudine.-

-Non so e non voglio sapere come farà, ma porti subito fuori di qui quel bambino. Questo non è posto per lui. Se vuole farmi un piacere, mi faccia questo.- E gli porse la mano sorridendo.-

Philip insieme al cocchiere Charlie uscirono dalla sala e scesero le scale che davano nella piazza interna dove avevano lasciato la carrozza. Il cocchiere aprì la porta a Philip e lo fece accomodare.

-Dove la porto, mister Morgan?- fece formale Charlie.

-Dove mi hai prelevato, Charlie. Devi sbrigare un altro servizio con un'altra persona di mia fiducia.-

-Bene, signore- disse Charlie chiudendo con eleganza la porta e saltando sul suo posto.

La carrozza si mosse ed uscì dallo spiazzo attraversando i cancelli di entrata e così se ne andò verso casa.

Anthony camminava accanto alla guardia in un lungo corridoio. Sentiva un crescendo di schiamazzi di ragazzi. Arrivarono vicino ad una porta al di là della quale c'era l'origine delle urla e si fermarono.

-Accidenti- fece la guardia -le coperte ed il pigiama. Me ne sono dimenticato. Seguimi- e così dicendo spalancò la porta affianco, accese la luce ed un immensa scaffalatura carica di lenzuola e coperte prese forma dal buio.

-Allora- fece la guardia- i due lenzuoli. La coperta di lana. La federa- poi si girò verso Anthony, lo rimirò da capo a fondo ed afferrò un pigiama -questo dovrebbe andarti bene.-

La pila che si era fatta era di tutto rispetto. La guardia afferrò la coperta di lana e diede ad Anthony il resto.

-Adesso entreremo. Comportati da duro. Ok?-

-Ok- rispose secco Anthony rimettendo su quell'espressione che gli avevano insegnato e che sembrava davvero fatta per lui.

La guardia richiuse lo sgabuzzino e si portò davanti alla porta dove Anthony aveva sentito il baccano, la spalancò.

Dall'altra parte trovarono un'altra guardia che scrutava dei ragazzi tutti dell'età di Anthony. Lo spazio era diviso in due, a sinistra dei tavoli con sedie e dei ragazzi seduti. A destra uno spazio vuoto dove i ragazzi si disponevano in gruppetti a parlare tra di loro.

Appena la porta si aprì il silenzio scoppiò nella sala. Tutti si girarono a fissare chi era entrato.

Nell'aria si sentiva mormorare "C'è uno nuovo".

-Muoviti mena grane- fece la guardia davanti a tutti dandogli uno spintone - seguimi.-

135

Anthony diede uno sguardo alla guardia in cagnesco e lo seguì.

"È uno tosto" fece un ragazzo.

Anthony camminava da vero duro e non riusciva neanche lui a capire da dove gli uscivano quelle movenze.

Arrivarono sul fondo della stanza che si rivelò essere una ampia stanza comune e andarono verso un'altra porticina sul fondo che dava accesso ad un corridoio. Era il corridoio dal quale partivano le camerate per dormire.

La guardia si incamminò con Anthony a suo fianco in direzione della fine del corridoio. Ogni camerata aveva una lettera. Anthony se le ripeteva in mente mentre camminava. "A, B, C, D, E, F".

Si fermarono davanti alla F e la guardia si sporse dalla porta -Oh, eccoti qua. Hai già preparato tutto?-

-Sissignore- fece lesta una voce. Era Jacob.

-Vieni con me- fece la guardia e si incamminò come per tornare indietro.

Dalla porta uscì Jacob con un mare di cose in mano. Abiti, coperte ed altro. Appena lo vide gli fece un occhiolino al quale Anthony rimase di nuovo un po' freddo.

La guardia risalì il corridoio fermandosi davanti alla camerata con la lettera "B".

-Ok- fece la guardia -sistematevi in quegli ultimi due letti in fondo, e tu non dare fastidio- fece rivolto ad Anthony. E così dicendo se ne andò.

-Vieni- fece Jacob guardandosi intorno.

Anthony si sistemò sul primo dei due letti.

Jacob gli prese le coperte e gliele spostò su quello che era attaccato alla parete.

-No, meglio che ti metti qui- fece lui -così devono prima passare davanti a me.-

-Ma mi dici chi sei?- fece Anthony allarmato.

-Mi manda tuo zio. Mio padre è il suo cocchiere. Mi hanno detto di darti una mano e tenerti fuori dai guai.-

Ad Anthony venne naturale sorridere - A si, è vero. Ora ricordo.-

-No no- fece Jacob -rimetti subito su quella bella espressione di prima. Con questa ti mangiano vivo. Se vuoi ridere o sorridere devi farlo da duro qui.-

-E come si fa?- fece Anthony.

-Guarda- fece lui assumendo una espressione da vero duro

divertito.

-Ah ecco- disse Anthony copiandolo. E insieme scoppiarono a ridere sottovoce.

Anthony aveva finalmente un amico.

Dopo un po' di tempo arrivarono altri ragazzi e tutti si prepararono per andare a dormire. Jacob aiutò Anthony a farsi il letto e poi andarono nei bagni, comuni a tutte le camerate.

I ragazzi guardavano tutti Anthony, ma anche Jacob dato che era stato trasferito.

Sia i nuovi compagni di camerata che i vecchi gli chiedevano il perché di quel trasferimento e lui reggeva il gioco della mamma che non stava bene ma subito assumeva un atteggiamento da duro dicendo "Si credono che ho bisogno di loro. Di stare in un posto più tranquillo. Ma non ho bisogno di nessuno e comando ancora io." e così chiudeva l'argomento.

Arrivò quindi la guardia per controllare che tutti stessero vicino ai propri letti pronti per andare a dormire e diede quindi la buonanotte a tutti, segnale che da quel momento si stava in silenzio nel proprio letto.

Anthony era nel suo letto e nel silenzio della notte ripensò alla storia della sua vita e cominciò a piangere in un silenzio disperato.

La notte passò e con essa sparirono tutti i fantasmi. Come sempre la luce del sole appiattisce le forme vampiriche dei propri mostri che solo di notte appaiono grazie alle tenebre.

Le guardie sbattevano i manganelli sui letti per svegliare tutti, ma già dopo il primo colpo e il primo "Buongiorno" erano tutti fuori dal letto. Solo Anthony era ancora sotto le coperte. Jacob quindi lo agitò subito esortandolo ad uscire dal letto.

-Dai Anthony, esci dal letto o ti daranno la punizione, abbiamo solo dieci minuti per lavarci e vestirci. Poi dopo rifaremo il letto.-

Anthony agitato dalla parola "punizione" si fiondò fuori e seguì il suo nuovo amico nei bagni. Aveva già indossato la faccia da duro ma con una certa difficoltà dato che a prima mattina era abituato a prendersi le coccole di tutti e a camminare mezzo addormentato per la casa.

Andarono ai lavandini e si spogliarono a mezzo busto, per lavarsi. Davanti ai lavandini si fecero delle file che però erano veloci e la cosa si risolse in poco. Poi di corsa ai letti per rivestirsi mentre le guardie serie passavano tra i letti per controllare. Rifecero tutti il letto e Jacob diede una mano ad Anthony per fargli vedere come si faceva. Qualcuno dei ragazzi fissava la scena mentre la guardia con un colpo di randello sul letto li esortava "Guarda il tuo di letto che è fatto male".

Quando la guardia urlò -Tutti pronti per l'ispezione!- I ragazzi si misero ai piedi del letto mentre la guardia passando vicino ai letti li controllava.

-Tu devi rifare il letto. Vedi le grinze? E anche tu e tu.-

I ragazzi sconsolati si rimettevano a lavorare al letto mentre la guardia procedeva con l'ispezione.

Arrivò vicino ad Anthony e disse -A te do solo cinque giorni. Poi ti voglio vedere mentre lo farai da solo. E tu aiutalo. Intesi?- fece la guardia vicino a Jacob.

-Sissignore- fece prontamente Jacob.

-Tutti quelli che devono rifarsi il letto si trattengono e lo rifanno. Se poi ci riusciranno in breve, avranno anche il tempo di fare la colazione. Altrimenti la salteranno. Tutti gli altri a fare colazione.-

Tutti si misero a centro della camerata ordinati su due file e si incamminarono verso il corridoio per raggiungere il refettorio.

Jacob ed Anthony erano affiancati ed ultimi, uno su di una fila e uno sull'altra. Jacob si girava verso il piccolo amico e lo fissava ammirato da quanto riuscisse ad apparire un duro. Lo aveva sentito la sera prima mentre piangeva cercando di soffocare le lacrime nel cuscino e sapeva che in realtà non era un duro.

Anthony si girò verso di lui e Jacob senza emettere la voce gli disse "Siediti vicino a me".

Anthony annuì e la fila entrò nel refettorio. Erano gli ultimi. Si avviarono al loro tavolo che era proprio di fronte al tavolo delle guardie. C'era ancora la signora che lo aveva accolto e che ora lo guardava impassibile, senza far trapelare alcuna emozione. Lei gli fece un cenno impercettibile con la testa e lui le rispose da vero duro.

Una espressione divertita malcelata le si dipinse sul suo volto e Anthony per un attimo tornò ad essere quel bambino solare che era in realtà, facendole un sorriso che subito sparì dato che la signora lo gelò con lo sguardo.

-Potete cominciare- disse la signora ad alta voce e tutti che attendevano in piedi risposero -Grazie.- E si sedettero.

Esplose un brusio e delle risate mentre tutti si riempivano con le caraffe le tazze. C'era solo latte e pane al centro della tavola. Tutti si facevano degli enormi tazzoni di latte e li riempivano di pezzi di pane.

-Mangia- fece Jacob ad Anthony -non vedrai altro fino ad ora di pranzo e tra un po' si lavora. Ti conviene mangiare.-

Anthony che non mangiava così tanto a colazione si forzò e tentò di farsi una tazza come gli altri.

-Allora- fece uno dal lato opposto del tavolo -cosa ti porta nella nostra camerata, Jacob? Ho sentito che hai problemi con la mammina.-

Jacob posò in malo modo il cucchiaio e si sporse assumendo un atteggiamento molto aggressivo -Ricordami che dopo la colazione ti devo prendere a pugni, brutto deficiente. Così impari a farti i fatti miei.-

Tutti abbassarono lo sguardo nella tazza temendo lo sguardo di Jacob che essendo il più alto di tutti incuteva rispetto.

-Tu che hai combinato per essere qui?- fece uno di fronte ad Anthony.

Anthony fu preso un po' alla sprovvista e Jacob subito gli andò in aiuto.

-Ha rubato- fece secco continuando a mangiare.

Anthony ribadì il concetto semplicemente con un verso.

-Ehi, figo- fece il ragazzo ad Anthony, mentre lui gli rispondeva con una semplice strizzata d'occhi e continuando a mangiare.

Jacob si interrogava mentalmente sugli atteggiamenti di Anthony. Alcune volte la risposta sembrava non allineata con l'età che aveva. Come se dentro di lui ci fosse una persona più grande e con più esperienza. Certo era che non lo conosceva ancora bene per poter giudicare e quindi non ci rifletté più di tanto.

Ad un certo punto la guardia si alzò dal tavolo e disse ad alta voce -In piedi. Adesso ognuno andrà alle proprie classi di corso.-

Tutti i ragazzi si alzarono e si rimisero in fila per uscire dal refettorio.

La fila di Anthony e Jacob percorse tutto il corridoio fino alla stanza dove arrivò la prima sera Anthony ed uscì nel piazzale. Fece il giro dell'edificio ed arrivò alle sue spalle dove c'erano dei capannoni. Entrarono dalle porte e si trovarono di fronte ad una serie di banchi da lavoro da falegname.

Un uomo si fece avanti. Aveva il grembiule ed un bel paio di baffi, oltre che ad essere calvo. Aveva uno sguardo molto severo.

-Avanti, sapete già i vostri compiti. Andate ai vostri tavoli e datevi da fare.- la fila ordinata si disgregò e rimasero Anthony e Jacob soli nel nulla.

-Jacob, contento di rivederti. Che ci fai tra i buoni?-

Jacob fece quasi per rispondere, ma il professore riprese subito - Allora, tu che sai già tutto fa da aiuto al tuo amico e fagli vedere come si lavora. Il lavoro è lì sul banco numero sette. Un comodino sfasciato da risistemare. Sfasciato proprio dai tuoi amici. Sono contento di riaverti qui, almeno vedrai quanta fatica costa costruire e sistemare i vostri casini. Forza, al lavoro.-

-Sissignore- rispose subito Jacob, tirandosi dietro l'amico.

Si avvicinò ad uno dei banchi di lavoro dove era stato poggiato sopra un comodino delle camerate danneggiato. Il banco era alla loro altezza ed era a ridosso del muro. Tutti gli attrezzi da falegname erano attaccati al muro e dietro di loro c'era la loro sagoma dipinta in rosso cosicché se mancava qualcosa a fine turno si vedeva subito.

Il comodino era messo male, l'anta era stata divelta e si era anche rotta ed il comodino era danneggiato. Andava risistemato tutto.

Jacob, che era bravo con il legno, mise a terra il comodino e prese l'anta sfasciata la guardò e la mostrò ad Anthony -Vedi?- fece lui indicando uno dei lati - Si è rotto questo montante. Qualcuno l'ha strappata dal comodino e l'ha sbattuta in testa a qualcun altro, E io so anche chi è stato.-

-Chi?- fece Anthony curioso.

-Io- disse Jacob ed entrambi scoppiarono in una risata sommessa.

-E perché?- fece Anthony incuriosito.

-Perché quando sei il capo c'è sempre chi prima o poi ti vuole sfidare. La tua abilità sta nell'anticipare le sue mosse. Come oggi a colazione. Quel tipetto che ha fatto la battuta su mia madre era il capetto della camerata che adesso con il mio arrivo si sentiva in pericolo. Io ho semplicemente chiarito che se non sta attento si prenderà una bella strapazzata. Adesso mettiamoci al lavoro o il capo si incavolerà.-

Jacob prese l'anta e fece capire ad Anthony cosa c'era da fare. Poi andarono a prendere un pezzo di legno per sostituire la parte rotta e Jacob fece vedere al suo amico come prepararlo con la pialla per metterlo in piano per poi lavorarlo.

Il tempo volò e ad un certo punto il signore con i baffi gli si avvicinò, guardò il lavoro fino a quel momento eseguito e fece un verso di approvazione.

-Sei tanto bravo a riparare quanto altrettanto bravo a sfasciarli. Mi chiedo se e quando metterai la testa a posto. Eh sì. Lo sapevano tutti che lo hai sfasciato tu ed il tuo amico adesso è in infermeria.-

Jacob, che non immaginava che l'istruttore di falegnameria lo sapesse, subito si riprese.

-Signore qui non puoi mettere la testa a posto o tutti ti salteranno addosso. Ma si può imparare per poi applicarlo fuori di qui.-

L'istruttore lo fissò un momento quasi ammirato -tu ricordala questa cosa quando sarai uscito. Ti sto insegnando un mestiere. Mettilo a frutto quando sarai fuori. Sempre che non ti si trattenga perché continuerai a menare grane.-

-Certo, signore- rispose Jacob

-Va bene- fece ad alta voce l'istruttore. -Tutti pronti tra cinque minuti. Rimettete a posto tutto che passo io per controllare che gli attrezzi siano al loro posto e poi potrete andare nel piazzale.

I ragazzi rassettarono gli attrezzi e pulirono i banchi da lavoro. L'istruttore passò per controllare che non ci fossero spazi vuoti e quindi attrezzi mancanti e poi diede il via libera a tutti.

La duplice fila si riformò e si avviò a ritroso per raggiungere il piazzale dove le carrozze si fermano appena arrivate. Non appena arrivati la fila si smembrò in vari gruppetti in attesa che si facesse l'ora per mangiare dato che erano un po' in anticipo. Nel frattempo arrivavano le file da altri laboratori.

-Adesso stai attento, Tony- fece Jacob all'amico. -Questo è uno dei momenti pericolosi dove, se deve accadere qualcosa, accade.-

-In che senso?- fece Anthony.

-Vedi quel gruppetto lì in fondo?-

-Sì-

-Beh, lo vedi che punta quel ragazzo?-

-È vero- fece Anthony strizzando gli occhi.

-No no. Non così- fece Jacob allarmato -Non farti vedere che li stai guardando o se la prenderanno anche con noi. Tra un po', se quel ragazzo non si accorge del pericolo, scoppierà un bel casino. Ci sono dei vecchi rancori da sistemare. Vieni, rifugiamoci nel mio gruppo.- e così dicendo se ne andarono in un angolo del piazzale dove un gruppetto di ragazzi si stringeva quasi fosse una formazione a testuggine degli antichi Romani. Gli mancavano solo gli scudi.

-Ciao ragazzi, come va?- fece Jacob al gruppetto.

-Tutto bene, capo. Ti hanno spostato? Che hai combinato? Il piccoletto è con te?-

-Sì, mi hanno spostato ma è perché mia madre non sta bene. La capoguardia ha pensato che così stavo più tranquillo. Non ha capito che io sono tosto. E comunque sì, lui è dei nostri. Si chiama Anthony.-

I ragazzi si aprirono e fecero entrare nella sezione i due.

Il ragazzo puntato si intratteneva con altri due su di un lato del piazzale e tutti e tre voltavano le spalle al gruppo di aggressori che, senza essere visti, si avvicinavano piano piano.

-Occhio che ci siamo- fece Jacob al gruppo.

-Li avvertiamo capo?- fece uno.

-No- rispose secco Jacob -altrimenti poi se la prenderanno anche con noi. Restate in formazione che poi scoppierà un casino. Stiamo uniti.-

Nel frattempo un gruppetto di ragazzi, i più grossi, si era portato in avanscoperta ed era pronto a scattare. Il ragazzo che, ignaro chiacchierava con gli amici, era dall'altra parte della porta del magazzino chiuso lungo il muro Nord e gli aggressori erano a pari distanza, una decina di passi al massimo, dal lato opposto.

Jacob vide tutta la scena come fosse al rallentatore. Tre ragazzi assalitori molto robusti, ma non come Jacob, scattarono furtivamente e, mentre correvano verso la vittima, la porta del magazzino si spalancò di colpo a seguito di un forte fischio stile carrettiere. La porta sbatté sulla faccia di due degli assalitori mandandoli tutti e tre a terra. Da lì uscì il donnone che aveva dato ad Anthony il benvenuto che si fiondò su uno dei tre, il più grande, afferrandolo per il collo e sollevandolo letteralmente da terra. Il ragazzo terrorizzato teneva una mano sul naso da cui usciva copiosamente il sangue. Il naso si era rotto nell'impatto.

La donna aveva una espressione furente. Quasi diabolica. Agitò per un po' il ragazzo in aria e poi lo gettò a terra come un cencio. Le guardie presero tutti e misero le manette ai polsi.

-Allora- ruggì la donna paonazza di rabbia -qui comando IO. Qui si fa quello che dico IO. Qui paga chi dico IO. E quando vedo scene come queste poi voglio la testa di qualcuno che rotoli per terra. Non ammetto, ripeto, NON AMMETTO- sillabò queste parole - la giustizia sommaria e fai da te. Se ci sono cose che non vanno lo dite a me. E solo io vedrò cosa fare.-

-Ci siamo intesi?- Disse ad alta voce.

Un silenzio tombale riempì il piazzale.

-Ho detto CI SIAMO INTESI? urlò più forte sillabando nuovamente la frase.

-Sissignora- dissero tutti in coro.

-Ottimo- fece soddisfatta lei- allora tutti in fila. Niente pranzo per punizione. Perché sono sicura che tutti sapevano e nessuno mi ha detto niente. E il primo che si lamenta va in isolamento per un mese con i signorini.-

-Un mese?- fece uno dei tre che erano stati acciuffati.

-Sì, un mese, gli altri. Tu che hai parlato invece te ne fai due.-

Non volò più una mosca.

Jacob diceva a tutti di non fiatare. Fissò la signora al centro del piazzale e vide che faceva l'occhiolino alla guardia che aveva dato il via per spalancare la porta. Poi si girò verso di lui e Jacob vide un impercettibile cenno di assenso con il capo al quale lui prontamente rispose. La Capoguardia approvava il suo comportamento, ma soprattutto lo teneva d'occhio. Se avesse giocato bene le sue carte sarebbe uscito prima. Anthony era un biglietto di andata per un futuro migliore.

Philip si era svegliato presto quella mattina ed insieme all'assonnato Bernard, che la sera prima aveva avuto un gran da fare a seppellire qualcosa in piena campagna con l'aiuto di Charlie il cocchiere, erano andati a parlare con tutte le amicizie politiche che avevano in quel momento promettendo laute ricompense per un documento falso.

Tra le tante persone importanti che avevano il potere di fare qualcosa o almeno indirizzarli da qualcuno non una sola persona si era sbottonata per aiutarli. Quando si trattava di fare soldi tutti erano pronti ma per quell'aiuto si erano tutti rifiutati. Avevano tutti paura di impelagarsi in qualcosa di "Internazionale" a detta loro. Come se la Francia non avesse abbastanza problemi per controllare il loro pezzettino di carta.

Poi, a volte la fortuna ma anche il fato, a Bernard era venuta un idea. Si era ricordato che, essendo lui di origine francese, aveva stretto amicizia con un tipo che lavorava al Consolato Francese avendo lui sistemato, grazie anche a Philip, la sua posizione in Inghilterra. Decise, quindi, di fare il giro dall'altra parte e vedere se i

Francesi, più sensibili a certi argomenti dato il momento, potessero fare qualcosa.

Philip quasi lo abbracciò.

-Andiamoci subito- fece lui.

-No no- rispose Bernard -aspettiamo stasera. So dove va a bere ogni sera il mio amico. E con un bel boccale o due di birra lo porterò al mio fianco. Dovrò promettere qualcosa.-

-Tutto quello che ti serve, Bernard. Sono solo preoccupato per Anthony. Questo vorrà dire aggiungere un altro giorno in quel posto.-

-Lo so- fece Bernard -da quando è arrivato è come se avesse riempito anche la mia vita. Non solo la vostra.- e così dicendo gli poggiò la mano sulla spalla in segno di affetto.

Quella sera stessa Bernard da solo si aggirava per il porto. Camminava per le sue stradine vestito in modo molto diverso dal solito. Aveva addosso un vecchio paltò unto e sporco ed in testa un cappellaccio. Non sembrava più lui. Si avviò verso l'entrata di una osteria, spinse la porta ed entrò del tutto inosservato. In effetti al suo interno erano tutti agghindati come lui e quindi gli fu facile non essere notato. Andò a testa bassa ad un tavolo. Il tavolo più in ombra che c'era e si sedette con la schiena rivolta al muro.

Cacciò dalla tasca interna la pipa ed una generosa sacchetta di tabacco e attese la cameriera che dopo un attimo arrivò.

-Cosa ti servo, tesoro?- fece lei ammiccante.

-Una pinta di birra, grazie. È già arrivato Fernand?-

-Sì sì. È dall'altro lato del bancone a bere da solo. Come sempre.-

-Me lo mandi, per piacere?-

-Ma certo, amore.- E così dicendo si girò ammiccante mostrando le generose terga.

Dopo un po' ritornò seguita da Fernand e con in mano una bella pinta di birra.

-Ne vuoi una?- fece Bernard all'amico.

-Ma certo, grazie. Non si rifiuta mai un drink offerto da un amico.-

-Allora una anche per Fernand. Grazie-

-Subito- rispose la ragazza e sparì per ritornare un attimo dopo con in mano un'altra pinta.-

Bernard alzò pronto il calice -à votre santé-

-Merci, mon ami- rispose pronto Fernand e cominciarono così a parlare nella loro lingua madre.

-Come vanno gli affari, Bernard? Con questa rivoluzione in Francia non si capisce più niente. Per fortuna io e te siamo qui.-

-Ah si, Fernand. Siamo stati proprio fortunati. - E diede un altro sorso al boccale, imitato prontamente da Fernand. La pinta era già a tre quarti.

-Devo dire che il mio principale, Mister Morgan, ha saputo capire i tempi e si era già rivolto ad altri lidi. Commerciamo già con altre nazioni e stiamo pensando di andare verso quelle terre lontane per avviare nuovi rapporti. Dovremo comprare velieri più grandi però. Non vale la pena andarci con una semplice goletta.-

-Caspita- fece Fernand sgranando gli occhi- allora le cose vanno bene. Ma così finirete in mano alle banche e se sbaglierai verrete sommersi dai debiti.-

-Ma che banche?- fece Bernard dando un altro sorso - Noi compriamo in contanti.-

-In contanti?- fece Fernand mandandosi quasi di traverso il sorso di birra.

-Sì, in contanti. A Mister Morgan le banche non piacciono. Abbiamo già identificato il veliero che fa per noi, il *Sea Wolf*. Lo risistemeremo e lo ammoderneremo per poi prendere il mare verso le Antille o giù di lì.

-Lo conosco- fece Fernand euforico -bellissima nave. E rimesso a nuovo desterà le invidie di tutti. Accidenti, ma siete proprio in gamba.-

-Ah mica io, amico mio. Il mio capo. Mister Morgan ne sa una più del diavolo. Alla salute di Mister Morgan- fece Bernand, alzando la pinta e finendola imitato dal suo amico.

-Accidenti Fernand, sei una spugna. Ma ho ancora sete. E tu?-

-Ah non si lascia mai un amico da solo- ed entrambi scoppiarono a ridere.

-Ehi tesoro- fece Bernard verso la ragazza -ce ne porti altre due?-

-Subito, Bernard-

-Ma perché non mi prendete con voi a lavorare Bernard?- fece Fernand al suo amico.

"Ecco" pensò lucido Bernard "l'esca è in acqua".

-Amico mio, io lo farei anche ma questo tipo di lavoro è molto stancante. Si sta fuori per mesi e all'improvviso può venir a mancare il mercato e mettere tutti a sedere a terra. Per questo Mister Morgan non si fida delle Banche. E poi per una persona con famiglia come te sarebbe un vero casino dopo. Ma perché hai bisogno di soldi?- fece Bernard.

-Quelli, amico mio, non bastano mai- fece tediato Fernand.

Bernard rimase per un momento in silenzio facendo finta di pensare. Portò perfino la mano sul mento per dare l'impressione di riflettere attentamente.

-Ecco qui, tesoro. Due pinte. E questi me li riporto via- fece la ragazza afferrando i due vecchi boccali.

-Non saprei che farti fare, amico mio- fece Bernard con la voce greve. -Sai sei un uomo da scrivania e non riusciresti a stare su di una nave. Staresti male.-

-Ma potrei stare nel tuo ufficio.-

-No. Là siamo già pieni.-

Seguì un altro lungo sorso ed un altrettanto lungo silenzio.

-Forse però- Fernand alzò subito la testa che aveva appoggiato alla mano -potresti darmi una mano a risolvere un problema che abbiamo, dato che sei al consolato. E, se ci riesci, c'è anche da farci una cosina di soldi.-

Fernand si raddrizzò sulla sedia e tese le orecchie -Ma certo! Sono a tua disposizione.- E giù un altro sorso.

-Allora. Dall'ultimo viaggio ci siamo portati dietro il figlio di un amico di Mister Morgan da Tolone a causa del casino che è scoppiato.-

-Eravate a Tolone quando è scoppiato il casino?!- fece Fernand sgranando gli occhi.

-Purtroppo sì, e l'amico di Mister Morgan è stato ucciso con la moglie per i tumulti. Quando Mister Morgan ha trovato il figlio del suo amico lo ha preso e portato in salvo. Voglio dire, tu che avresti fatto Fernand?-

-Ah avrei fatto esattamente la stessa cosa. Il tuo capo è proprio un brav'uomo.-

-Purtroppo qualcuno non la pensa così e lo ha denunciato perché privo di documenti e con un sotterfugio ha fatto di tutto per farlo andare in orfanotrofio.-

-No- fece Fernand meravigliato - ma che bastardo... Ad averlo tra le mani ci sarebbe da ammazzarlo.-

Ci fu un attimo di pausa nel quale Fernand intravide un ghigno comparire sul volto di Bernard.

-Beh il problema è questo, amico mio. Il ragazzino adesso è nell'orfanotrofio e servono dei documenti per farlo risultare come il nipote di Mister Morgan. Il figlio di un suo parente in Francia.-

-Accidenti. Allora c'è anche fretta.-

-Vedo che hai inquadrato la situazione- fece Bernard.

-Ascoltami bene- fece Fernand abbassando il tono della voce- proprio ieri sono arrivati dei plichi che ancora dobbiamo aprire. E vengono proprio da Tolone. Sono le ultime carte che riceveremo dato quel che è accaduto lì. A me non andava proprio di archiviarle perché dovrei aprirle e leggerle tutte, per poi catalogarle e smistarle. Domani forse riesco a non metterci ancora mano. Mi inventerò qualcosa. Ma, se tu mi fai avere una lettera con sopra scritto tutto quel che ti serve, io la potrei infilare tra le carte arrivate e catalogarla ufficialmente. Nessuno avrà modo, per anni, di verificare la sua veridicità e per allora la cosa sarà bella e dimenticata.-

Bernard afferrò l'amico per la nuca, con la sua possente mano, e quasi esultò per poi rendersi conto che doveva calmarsi.

-Fernand sei un genio!-

-Ma figurati. Per te tutto, e poi sei un compatriota- alzò il calice e brindò -Al futuro di quel povero ragazzo!-

Bernardo lo imitò e poi chiese -Come vuoi che la rediga la lettera?-

-Senti un po', facciamo una cosa: ti porto io domani da un mio amico falsario e ti fa tutto lui. Sai, lui ha tutto quel che serve. Timbri, cera lacca, modelli originali da copiare...-

-No no- fece Bernard -ci andiamo subito.-

-Ma come subito? Mia moglie, la famiglia…-

-Non rompere le scatole, Fernand. Verrai ben ricompensato.-

-Ah sì?- fece L'uomo incuriosito -E quanto?-

-Tu fammi uscire quel ragazzo da lì e io ti copro d'oro.-

Si alzarono entrambi e Bernard lasciò i soldi sul tavolo per pagare il conto. Salutò da lontano la ragazza, che gli fece un occhiolino ammiccante, e uscirono di corsa in direzione dell'amico falsario di Bernard.

Il giorno dopo Philip era seduto al tavolo da pranzo a fare colazione servito da Lorene che tratteneva a stento le lacrime.

-Perché piangi Lorene? Per Anthony?-

-Anche- fece lei -e non solo per lui. Mi sento responsabile per quanto accaduto. Magari avremmo potuto salvare a ..-

-No- fece secco Philip -ci sono alcuni di noi che nascono già sporchi. Come se tutta la propria esistenza servisse semplicemente a pulire l'anima. E se non lo capisci in tempo, allora fai esattamente la sua fine.-

-Mary era destinata a questa fine. Non farti crucci. Pensiamo a salvare Anthony piuttosto.-

In quel momento bussò la porta e Lorene andò ad aprire.

-Buongiorno Lorene, dov'è Mister Morgan?- la voce di Bernard.

-Vieni Bernard, sto facendo la colazione.-

Bernard entrò. Aveva la faccia stravolta, era stanco morto ed era ancora vestito come la sera prima.

-Ma che hai fatto? Ti ho aspettato tutta la notte, ma vedo che anche tu non hai dormito. Che è successo?-

Bernard aveva dipinto sul volto un sorriso vittorioso. Si accomodò a tavola e chiese a Lorene la colazione, che lei andò prontamente a preparare.

-Sono stato dove vi avevo detto ieri sera e ho incontrato chi sapete. Ho fatto le mie mosse e, a metà serata, a quel mio amico è venuta una idea formidabile. Siamo andati da un suo amico falsario e abbiamo redatto un documento. La risposta dalla Francia ad una richiesta Consolare di chiarimento di identità di tale Morgan Anthony, di origini Inglesi e figlio di inglesi trucidati a Tolone a seguito di rivolta. Il mio amico penserà a catalogare e timbrare il plico e ridarcelo, rendendolo così un documento ufficiale.-

-Sei......sei.....- Philip non riusciva a parlare.

-Un genio?- fece Bernard ridendo.

-L'ho collegato ai vostri cugini naufragati nella tempesta della Manica di quattro anni fa.-

-Sei veramente un genio.-

Philip si appoggiò allo schienale come se avesse sostenuto uno sforzo sovrumano. Chiuse gli occhi e rimase per un attimo appoggiato alla imponente spalliera della sedia.

-Quando avremo il plico?- disse riaprendo gli occhi.

-Questa è l'unica nota dolente. Ci vorranno tre o quattro giorni, il plico deve fare il giro ufficiale dove lui non ha più giurisdizione.-

Philip stava prendendo l'aria per iniziare a parlare quando Bernard disse subito -No, Mister Morgan. Sul giro non possiamo e non dobbiamo intervenire. Il mio amico mi ha detto che c'è un tipo molto sospettoso e, se mettiamo pressione, lui andrà a verificare l'informazione. Stringiamo i denti e preghiamo che ad Anthony non succeda niente.-

-E va bene- fece Philip mentre nella sala entrava Lorene con la colazione.

-Lorene- fece Philip in tono scherzoso - sapete qualche bella preghiera?-

Nell'orfanotrofio la tensione ed il timore dei ragazzi verso le guardie era altissimo. Questo le guardie lo sapevano ed avevano imparato nel tempo a sviluppare un sesto senso per quei periodici atti di ribellione dei ragazzi. Avevano imparato a leggere quegli impercettibili segni che circolavano un attimo prima della tempesta. Piccoli gruppi composti sempre dalle stesse persone, frasi sussurrate all'orecchio, atteggiamenti strani.

"Non vi girate mai a guardare" diceva sempre Amelia Brown "usate la coda dell'occhio. Dovete sembrare imperturbabili. Deve sembrare che non vediate nulla. Solo così potrete essere onnipresenti".

A partire da adesso, potevano contare almeno un paio di settimane di tranquillità.

"E comunque non abbassate mai la guardia" ripeteva lei "c'è sempre una testa calda che confabula dietro l'angolo". Ma si sa, l'uomo è abitudinario e basta poco per fargli abbassare la guardia se non è in armi in guerra. Ed è così che nessuno si accorse che una tempesta montava. Un rancore. Una forte gelosia cresceva nell'oscurità, incontrollata e non vista.

I ragazzi, affamati, dovettero andare in sala comune anziché in refettorio, data la punizione, e trascorrere lì una ricreazione più lunga e noiosa del solito.

Nella sala si fecero i soliti gruppi, ma quella volta erano tutti più divisi e nettamente contrapposti. C'erano molte guardie a controllare e a tenere alta la tensione.

Jacob era al centro del suo gruppo, con Anthony vicino.

-Ragazzi, li ho proprio visti volare dopo la botta della porta.- e tutti risero sommessi.

-Già!- fece uno -Ma dovevano aspettarsi qualcosa. Ce ne eravamo accorti subito che confabulavano. Figurati le guardie.-

Anthony se ne stava in silenzio e osservava tutto senza parlare, con la sua solita espressione da duro.

-Ehi capo, perché ti hanno spostato?- fece un ragazzo.

-Perché la capoguardia si credeva di farmi un piacere dato che sembra che mia madre non stia bene. Ma a me andava bene restare con voi. Gliel'ho anche detto a quella, ma lei niente. Non ha voluto ascoltare ragioni. Lo sai com'è quando si mette una cosa in mente…-

-Vero- fece un ragazzo di poco più basso di Jacob -quando si fissa su una cosa è un vero mulo. Ma da quando c'è lei i morti sono finiti.-

Anthony ascoltò con attenzione con il cuore in gola, ma riuscì a non darlo a vedere.

-È vero, David. Ma non ci riuscirà per sempre. E questo è il motivo per cui dobbiamo restare uniti.-

-E lui?- fece David indicando Anthony -Perché lo hai fatto entrare? Non fa parte della nostra camerata.-

Anthony per un momento si sentì nudo e percepì che la sua mascherata da duro stava per venire meno, una volta tirato in ballo.

-E questo cosa c'entra?!- fece seco Jacob -Anche io non sto più nella camerata con voi. Che faccio me ne vado?-

-No no- fecero tutti in coro.

-Lui è con noi- fece secco Jacob.

-Sì, ma abbiamo sempre votato per far entrare qualcuno nel gruppo- riprese David.

-Ho capito, ma era un momento particolare. Stava per succedere un casino e non volevo che gli accadesse qualcosa. Ho protetto anche te quando arrivasti, se ricordo bene caro David.-

-Sì, certo. Ma poi mi hai messo al voto. Credo sia giusto che venga messo ai voti anche lui.-

-E va bene- fece Jacob -Lo metterò ai voti. E non vi basate sul fatto che non è della nostra camerata perché anche io non lo sono più. Noi siamo un gruppo e lo resteremo a prescindere da dove andiamo a dormire. Quando saremo usciti ognuno andrà a dormire a casa sua e non per questo dimenticheremo di appartenere a questo gruppo.-

David era visibilmente arrabbiato perché l'abilità oratoria di Jacob aveva portato tutti dalla sua parte.

Tutti alzarono la mano tranne David ed uno sparuto gruppo di suoi amici che non diede il suo voto.

-Ok- fece Jacob- La maggioranza è con me. Ehi, David. Che ti succede? Non vorrai prendere il mio posto?-

-Ma che dici?…- fece David abbassando lo sguardo.

-No no- fecero tutti in coro i ragazzi.

-Ok- fece una voce dal fondo della sala -adesso andrete tutti verso le classi per continuare i vostri compiti. Se scoppieranno altri casini, ha detto la Signora Brown, salterete anche la cena di stasera che, per inciso, sarà quella di questa mattina ma riscaldata.-

Si sentirono vari versi fatti dai ragazzi per sottolineare lo schifo che l'idea gli faceva.

-SILENZIO- urlò la guardia -In fila. Forza.-

Le solite file, in ordine di due, si formarono e la guardia li fece uscire indirizzandoli alle rispettive destinazioni.

Il pomeriggio passò presto diviso tra il lavoro ed i morsi della fame. Jacob era molto bravo, ma Anthony lo seguiva con attenzione. Aveva scoperto una manualità che non sospettava. Aveva la forma mentis giusta per riuscire in tutto quel che era una attività pratica.

L'istruttore li guardava da lontano, ammirato e soddisfatto di quel che stava accadendo sotto i suoi occhi.

Jacob, all'inizio costretto, si era imposto di stare vicino ad Anthony con la scusa di spiegargli le cose, ma poi aveva sentito una specie di trasporto verso quel ragazzino. Quasi come se fosse stato suo fratello minore. Lui aveva sempre sofferto per la mancanza di un fratello e più volte lo aveva chiesto alla madre, ma lei, quando ebbe l'età giusta per capire, data la sua insistenza, gli rispose che partorendolo aveva avuto dei problemi e le avevano detto che non poteva avere altri figli.

Anthony era inconsapevolmente diventato suo fratello minore.

-Ok- disse Jacob -vedi questa imperfezione qui? La leviamo con la pialletta. Ma qui non c'è, la devi chiedere all'istruttore.-

Anthony si avviò verso il banco dell'istruttore ma vide che era vuoto. Si guardò attorno e vide che era dal lato opposto della grande sala con degli altri ragazzi. Si avviò, guardando a terra, ma un colpo secco lo fece andare a terra. Aveva la sensazione che tutti gli organi interni se ne fossero andati a spasso per il corpo. Si riprese da quel fastidio interiore ed alzò gli occhi. Davanti a lui c'era David con una espressione maligna.

-Stai attento quando cammini, scemo.-

Anthony si alzò, si spolverò, poi fissò David negli occhi e disse -Lo hai fatto apposta.-

-E se anche fosse? Che mi fai?-

-Niente- disse freddo Anthony -altrimenti non mangeremo

neanche questa sera. Tu vuoi mangiare, vero?-

David lo fissò infuriato e se ne andò a pugni stretti.

Anthony arrivò dall'istruttore e chiese l'attrezzo che gli serviva, poi tornò al suo banco con la pialla in mano.

-Ma quanto ci hai messo?-

-Era dall'altro lato della classe- rispose Anthony.

Continuarono così fino al tardo pomeriggio, finché l'istruttore non disse -Ok. Iniziate a preparare i banchi che tra un po' passo io.-

I due ragazzi si fecero trovare vicini e davanti al banco. Quasi sull'attenti. Anthony tese la mano all'istruttore con in mano la pialla.

-Grazie. Ci è proprio servita.-

Sul bancone c'era l'anta del comodino rimessa a nuovo dai ragazzi. Era perfetta. Perfino il colore del legno era quello giusto. L'intero comodino sembrava non essersi mai rotto.

-Ragazzi siete stati proprio bravi. È perfetto!-

-Grazie signore- dissero in coro i due.

-Voi due non dovreste essere qua dentro. Spero che riusciate a passare indenni questo periodo ed a rifarvi una vita. Ne avete tutto il tempo.-

-Sissignore- rispose Jacob.

-Va bene. Andate pure.-

I due si avviarono verso la fila mentre l'istruttore, soddisfatto dei risultati ottenuti, fissandoli, si abbandonava ad un tenero sorriso. La fila si avviò verso il refettorio, dove già erano presenti alcuni ragazzi. Ognuno si dispose al suo solito posto e attese l'arrivo degli altri.

Quando tutti furono arrivati, la capoguardia Amelia Brown diede il consenso per mangiare.

Il mangiare riscaldato era assolutamente abominevole. I ragazzi sapevano che, quando uno sbaglia, pagano tutti, ma c'è sempre qualche testa dura che si ostina. Ed ecco il risultato.

Tutti avevano fame e mangiarono comunque quella schifezza.

Anthony, con la coda dell'occhio, fissava David che, a sua volta, fissava Jacob con aria arrabbiata. Lo guardava con un atteggiamento strano. Come se fosse arrabbiato che Jacob non lo notasse.

Finirono di mangiare e, con la solita modalità, andarono nella sala ricreazione dove si formarono i soliti gruppetti.

L'aria era tesa e le divisioni erano molto nette. Se prima c'era gente che restava anche da sola o con un altro amico a camminare per la sala, adesso invece ognuno rimaneva nel suo gruppo.

Anthony, che era sempre accanto a Jacob, si rendeva conto di essere costantemente controllato da David. Se non guardava lui, guardava Jacob e viceversa. Aveva una strana sensazione ma, essendo nuova, non la sapeva descrivere.

Si fece ora di andare a dormire e i guardiani diedero il segnale ai ragazzi, che immediatamente si misero in fila e al via partirono tutti in direzione delle loro camerate, come se fossero tutti dei soldatini.

Tutti si prepararono e cominciarono a mettersi sotto le coperte. Anthony si accorse di essere in ritardo e cambiò marcia per non farsi trovare fuori dal letto, si infilò di corsa il pigiama e stava per andare nei bagni quando Jacob lo fermò.

-Ma dove vai?-

-Devo andare a fare la pipì. Vado e torno subito, così non mi alzo dopo. -

Jacob si avvicinò e parlò a bassa voce -Quando sei in bagno, stai con gli occhi aperti. Quello è uno dei posti più pericolosi di questo posto. È comune e lì ci arrivano da tutte le camerate.-

Anthony fece un cenno di assenso da vero duro e Jacob riprese - No, guarda che lì devi stare veramente attento.-

-Tranquillo- fece Anthony avviandosi, mentre Jacob lo fissava.

Uscì dalla camerata e si avviò verso il bagno. Andò al gabinetto e poi, come gli aveva insegnato la sua mamma, andò a lavarsi le mani.

Le luci si abbassarono di colpo e lui fece un salto -TUTTI A LETTO- gridò una guardia dai corridoi.

Anthony stava quasi per correre al letto, ma le abitudini sono sempre le ultime a cadere e l'istinto di lavarsi le mani prevalse. Andò velocemente verso un lavandino e si sfregò velocemente le mani sotto l'acqua. "Meglio di niente" pensò. Si girò sul lato destro per afferrare un asciugamano che era lì e vide un ombra riflessa nello specchio affianco.

Un lieve sussurro, quasi impercettibile -Ti stanno spiando!-

Anthony notò subito quel lieve accento francese, si girò per vedere chi avesse parlato, vide un ombra. Era immobile nell'oscurità grazie alle luci abbassate.

-Chi sei?- fece Anthony -Cosa vuoi? -

Nessuna risposta.

L'ombra rimase per qualche secondo in piedi seminascosta dietro un muretto che divideva le file di lavandini, poi, quasi come se avesse preso coraggio, avanzò verso di lui.

Mentre quest'ombra si avvicinava, si sentirono dei passi lontani.

-Anthony- fece una voce bassa -Dove sei? Dobbiamo andare a letto. Vieni.-

L'ombra, accortasi di non essere più sola, si dileguò all'istante e, dallo stesso punto, comparve una nuova ombra, più grossa della precedente.

-Ah, ma sei qui -era Jacob - e perché non rispondevi? Dai forza, dobbiamo fiondarci nei letti o saranno guai.-

Anthony lo seguì guardandosi attorno perplesso. "Di chi era quella voce? Era di quell'ombra? E chi era poi quell'ombra?"

Andarono tutti a dormire dopo il consueto "Buonanotte" della guardie e si addormentarono.

Anthony si perse in un sogno dove era a bordo del veliero dello zio Philip. Era felice e il vento spingeva il veliero, che si inclinava su di un fianco. La nave era veloce e solcava le onde. Anthony aveva avuto il permesso di andare, accompagnato da Bernard, sulla delfiniera. Erano saliti con mille attenzioni e adesso erano sdraiati sulla rete, tesa tra bompresso e prua della nave, come se stessero su un'amaca.

-Sai perché questa rete si chiama delfiniera?- fa sorridendo Bernard ad Anthony.

-No. Perché?-

-Perché da questo punto si possono ammirare i delfini che giocano con la prua della nave. Guarda giù.-

Anthony abbassò lo sguardo e vide due delfini che giocavano con i due baffi di acqua che il veliero faceva solcando le acque. Si divertivano ad attraversare le onde balzando fuori dall'acqua poi, a turno, andavano davanti alla nave e facevano a gara ad appoggiarsi con la schiena alla nave e lasciandosi spingere da lei per qualche metro.

Quando uno dei due lasciava il posto l'altro subito lo occupava, mentre il delfino, che aveva lasciato il posto, balzava fuori dall'acqua avvitandosi su se stesso.

Anthony ammirava quegli splendidi animali, quasi li invidiava.

-Ti diverti, vero?- fece Bernard.

-È bellissimo, Bernard! Vorrei stare per sempre quassù- fece Anthony.

-Eh lo so, ebbi la stessa tua sensazione quando ci venni anch'io per la prima volta. Adesso però dobbiamo andare.-

-Nooooo- fece Anthony - ancora un po'-

-Eh no. Dobbiamo proprio andare. Ti devi svegliare.-

-Cosa?- fece Anthony.

-Ho detto che ti devi svegliare- fece Bernard alterato.

-Ma che dici?- fece Anthony con aria perplessa.

-Ho detto: SVEGLIATI- urlò di colpo Bernard.

Anthony si svegliò di soprassalto, quasi facendo un salto nel letto. Si guardò attorno e nell'oscurità intravide delle ombre.

-Sono qua. Stai attento.- sussurrò la stessa voce di prima.

-Chi sei?- fece Anthony ad alta voce.

Ci fu un fuggi fuggi generale, ma composto, che non svegliò nessuno.

-Dormi Anthony- era la voce di Jacob che gli rispondeva mentre ancora dormiva.

Anthony rimase seduto nel letto per un attimo. Chi erano quelli che erano scappati? E chi diavolo era quella voce che lo aveva avvertito?

Si distese, convinto di voler passare la notte in bianco per guardare se qualcun altro lo andava a trovare.

Rimase per qualche minuto con gli occhi spalancati per vincere il sonno. Si guardava attorno nella speranza di vedere qualcuno.

Poi, senza nessun preavviso, una voce gli fece fare un salto - Svegliaaaaa!- Erano le guardie che li andavano a svegliare.

Si era addormentato.

-Ehi, ma eri tu che parlavi ieri sera?- fece Jacob alzandosi - Problemi?-

-No. Tranquillo. Era solo un sogno- mentì Anthony. Si sentiva già al centro dell'attenzione così ed era troppo per i suoi gusti.

Anthony andò nel bagno e si mise in fila ai lavandini. Da un lato aveva Jacob e dall'altro si accorse che c'era David.

-Ciao Jacob- fece David verso l'amico, che ricambiò il saluto.

Poi si girò verso di lui e abbozzò un "ciao" fugace, al quale anche Anthony rispose, non senza notare subito dopo un lieve sorriso sulle labbra di David. Impercettibile, ma presente.

Si lavarono e si vestirono per poi attendere per la colazione. Subito dopo andarono, come di consueto, a fare falegnameria per impiegare la giornata.

Quando l'istruttore di falegnameria li vide arrivare aveva una sedia in mano e li fissava.

-Bene- fece l'istruttore - vedo che arrivano i due amici inseparabili. Se c'è uno a controllare bene c'è anche l'altro nelle vicinanze.-

I due ragazzi sorrisero sornioni.

-Dato che siete i migliori della classe, e credetemi se vi dico che mi costa dirlo, vi propongo una sfida. Questa sedia è mia e mi si è rotta la gamba posteriore- prese la gamba dalla sedia e la staccò mostrando che si era spezzata -avrei potuto farlo io, ma vi voglio dare una possibilità facendola riparare a voi. Vediamo cosa sapete fare.-

-Certamente, signore- fece Jacob sorridendo e prendendo in carico il lavoro.

Quando arrivarono al tavolo di lavoro Anthony chiese a Jacob perché ridesse.

-Perché l'istruttore vuole farci una lettera di raccomandazione per quando usciremo. Sta cominciando a farci fare dei lavori che andranno sempre più a complicarsi per essere sicuro di quel che fa. Per stasera la sedia deve essere pronta. Per fortuna la gamba rotta non fa curve. Vieni con me.-

I due si avviarono alla catasta di legna. Jacob si portò dietro la gamba rotta.

Anthony prese una pezzo di legno e lo estrasse dalla catasta - Questo sembra delle dimensioni giuste.-

-Bravo Tony, fa vedere?- Jacob prese il pezzo di legno e lo soppesò tra le mani.

-Accidenti. Non va bene.-

-Perché?-

-Vedi queste venature? La sedia potrebbe rompersi di nuovo. E poi tienili entrambi in mano.-

Anthony eseguì.- La gamba rotta della sedia è più pesante.-

-Esatto, questo vuol dire che ha più legno ed è più massiccia. Resisterà di più.-

-Che legno sarà?- fece Anthony.

-Boh, che ti importa? L'importante è che resista.-

Jacob scartabellò tra i pezzi di legno e sotto, ben nascosto tra altri pezzi, trovò qualcosa di interessante.

-Ecco- fece lui contento- questo va bene- e lo passò ad Anthony che lo soppesò e disse -. È vero. Ma è grosso. Dovremo modificarlo.-

-He he, ti piacciono le cose facili, eh? Dai, ti faccio vedere.-

I due andarono al banco e si misero subito al lavoro. Jacob, che sapeva bene la materia, mentre lavorava, istruiva Anthony sul perché di ogni operazione. Il tutto sotto l'occhio attento dell'istruttore che li guardava da lontano.

Quella giornata passò molto velocemente e, alla fine di quel pomeriggio, la sedia era sul banco da lavoro con la nuova gamba incollata e stretta tra le morse per far seccare la colla.

-Caspita ragazzi. Sembra la sua gamba. Come se non si fosse mai rotta. Non riuscirei a vedere la differenza se non fosse per il colore- fece l'istruttore.

-Se ci da un po' di colore signore, domani, dopo aver tolto le morse, la pittiamo anche…- fece Jacob.

-Ma certo. Anzi, vado subito a cercare la tonalità giusta. Così domani la trovate già sul vostro banco da lavoro. Allora ci vediamo domani. Complimenti di nuovo.-

-Grazie, signore- dissero in coro i ragazzi.

-Allora, si è fatto orario. Sistemate gli attrezzi che passo in rivista i tavoli da lavoro- disse l'istruttore rivolto agli altri.

Ancora un giorno era passato e Anthony li stava contando tutti. Voleva ritornare a casa anche se lì ci avrebbe trovato Mary. Non gli importava. C'era lo zio. A lui piaceva considerarlo come uno zio e gli mancava anche Bernard. Non vedeva l'ora di poterli riabbracciare. Era sicuro che lo avrebbero tirato fuori di lì.

Andarono a mangiare. Anthony, che aveva imparato a guardare tutto con la coda dell'occhio senza essere visto, aveva notato che la sensazione di odio sul volto di David,quando fissava Jacob, si era trasformata in uno sguardo malinconico. Sospettava qualcosa, ma non ci voleva pensare in quel momento. Voleva solo lasciare quel maledetto posto.

Dopo aver passato la solita ora a gozzovigliare nella sala comune, si prepararono per andare a letto.

Anthony aveva notato che David aveva sempre un paio di ragazzi attaccati alle costole con cui parlava, rimirandolo di tanto in tanto. Pensò che era solo per cattiveria o per invidia. Magari stavano dicendo qualcosa di brutto su di lui. Scacciò questo pensiero dalla mente e si mise in fila per andare a dormire e cancellare così un altro giorno dal calendario.

Si prepararono per la notte. Jacob scherzava con Anthony e gli diceva che erano andati bene quel giorno ed Anthony rispondeva divertito, mentre entrambi ignoravano di essere spiati.

Al "Buonanotte" delle guardie tutti erano nel letto pronti a dormire.

Dopo un po' che dormivano Anthony si svegliò con un incontenibile bisogno di andare al bagno, si alzò e, mezzo assonnato, andò verso i locali igienici. Mezzo traballante, si infilò nel primo che trovò e fece la pipì.

Si girò per uscire dal bagno ed andare come sempre a lavarsi le mani quando qualcosa gli calò in testa. Una coperta o un panno forse. Non riuscì a capire niente, andò a terra e fu colpito da una grandinata di calci e pugni, tutti al torace. Non un pugno fu dato al volto.

Quando tutto finì rimase per qualche minuto a terra dolorante. Aveva forti dolori alla schiena e uno dei fianchi gli faceva così male che lui non riuscì a rialzarsi per molto tempo.

Lì steso a terra, solo e dolorante, il povero Anthony si sentì veramente solo e cominciò a piangere mentre ancora era nella coperta.

-*Bien, mon ami*. Adesso che ti sei fatto abbastanza male da solo, posso intervenire io?-

Anthony gelò all'istante. Era la voce che aveva sentito fino a quel momento, quell'accento francese lo riconosceva. Ma mai aveva parlato così ad alta voce, sempre dei sussurri. Adesso invece parlava senza timore.

Anthony si scoprì e tentò di alzarsi, ma una fitta al fianco dolorante glielo impedì.

-Fa male, eh?-

-Ma chi sei?- fece Anthony.

-Io- fece una voce.

-Io chi? Mostrati se hai coraggio. Così ti rendo pan per focaccia.-

-Ma no, *mon ami*- fece la voce sogghignando -non sono stato io. Piuttosto io sarò la soluzione.-

-Dove sei?- faceva Anthony con i pugni stretti ed in guardia pronto a scattare.

-Vieni. Sono qui. Avvicinati.-

Ad Anthony sembrò tutto molto strano, ma la voce proveniva in effetti da uno specchio. Gli si avvicinò e vide che c'era qualcuno lì che lo stava aspettando. Quando gli fu davanti, vide la sua immagine riflessa che lo stava fissando divertita.

-Non capisco…- fece lui continuando a stare in guardia.

-Non c'è niente da capire- rispose l'immagine nello specchio -c'è solo da agire o non uscirai mai vivo da qui.-

-Ma io ho Jacob ad aiutarmi-

-Ah sì?- fece l'immagine facendo finta di sporgersi dallo specchio per guardare ai lati -Dov'è adesso?-

Anthony abbassò sia le mani che la testa -Non c'è. Sta dormendo.-

-Ovviamente, forse perché è notte? Saranno le due o forse le tre. Non è certo colpa sua se hai da fare la pipì. Magari ti ci avranno anche messo qualcosa nel mangiare o nel bicchiere per farti andare prima al bagno. Hai controllato il bicchiere prima di versare l'acqua?-

-No-

-Quindi non possiamo escluderlo.-

Anthony si sentiva strano a parlare in uno specchio. -Ma perché sei nello specchio? Perché non esci da lì?-

-Io non sono nello specchio. Io sono nella tua testa.-

Anthony sgranò gli occhi -Allora…..sto impazzendo?-

-No, no. È proprio per non impazzire che hai escogitato questa furbata. E mi è proprio piaciuta, sai? Però adesso siamo in due, ma dipendiamo solo da te. Ti rendi conto che la situazione è tragica? Per ora è solo un pestaggio, ma le cose peggioreranno.-

-Lo avevo pensato anche io…- fece Anthony abbassando di nuovo gli occhi.

-Allora. Mi da un maledetto fastidio quando ti comporti da ragazzino. Alza gli occhi e guarda in faccia alla realtà. SEI SOLO.- l'immagine scandì molto chiaramente queste due parole e ad Anthony fuoriuscirono due lacrimoni.

-Diamine, smettila- urlò l'immagine -questo è il momento di reagire. Dobbiamo dare un esempio o siamo spacciati e io non voglio restarci secco perché uno stupido ragazzino viziato non si sa proteggere.-

Anthony scoppiò in lacrime -Ma non so cosa fare!-

-A questo penserò io, ma devi permettermi di agire. Rifletti. Se io sono nella tua testa, allora vuol dire che faccio parte di te. E se faccio parte di te, allora vorrò proteggerti per sopravvivere. Giusto? -

Anthony ebbe un fremito a quelle parole. Sentì che c'era qualcosa

che non andava, ma la paura per quel che era successo e l'estrema solitudine nella quale si trovava facevano pendere il piatto della bilancia dalla parte di quell'immagine.

-Certo un amico come Jacob non può che fare comodo, anche per il futuro, ma non puoi chiedere agli altri di difenderti in eterno. E non lo puoi nemmeno accusare ed incolpare per quel che è appena successo. La tua difesa è prima di tutto un tuo compito.-

Anthony si asciugò le lacrime con la manica e fece di sì con il capo.

-Oh, il mio piccolo cucciolo ha fatto sì con la testolina. Amico caccia gli attributi altrimenti sei nella merda. Alza quella testa, tira indietro quelle spalle. Ti hanno spiegato come devi atteggiarti qua dentro. Fammi vedere quello sguardo. Oltretutto quella stella capovolta sotto l'occhio sinistro ti da un aspetto da cattivo quando assumi quello sguardo. La capo guardia aveva proprio ragione.-

Anthony eseguì gli ordini a bacchetta come un soldatino, neanche lui sapeva perché lo faceva.

-Hai capito chi è stato a farti questo?-

-Ho un sospetto, ma dovrei cercare delle prove.-

-Lascia perdere, te lo dico io. È stato David e quei due bellimbusti con cui girava ieri sera.-

-Sei sicuro?- chiese Anthony.

-Ma scherzi?! Piuttosto hai capito perché lo ha fatto?-

-No. Non credo.-

-Rifletti meglio- disse l'immagine avvicinandosi allo specchio.

-Forse si è innamorato di Jacob?-

-Ah, il mio cucciolo, lo sapevo che c'eri già arrivato. È geloso di te!-

-Ma magari potremmo cercare una via per evitarlo- disse Anthony che avendo già intuito qualcosa ricominciò a piangere.

L'immagine alzò gli occhi al cielo spazientito e urlò -Finiscila cazzo! Quel maledetto non avrà mai pace finché non ti avrà fatto fuori per potersi riavvicinare a Jacob, e credo che Jacob non abbia neanche capito nulla- si avvicinò allo specchio con fare minaccioso - Non ti permetterò di farci fuori entrambi per una tua mancanza di fegato. Qui stiamo rischiando la morte. Lo hai capito, adesso?-

-Sì- fece Anthony riasciugandosi gli occhi.

-Ho bisogno che tu mi dia una mano altrimenti siamo spacciati. Sei con me?-

-Va bene- rispose Anthony -ma ho paura.-

-Paura di che? Penserò a tutto io.-

-Ma come farai? Sei in uno specchio.-

L'immagine si fece una grassa e mefistofelica risata -Allora non ascolti quando parlo.-

-Va bene, è ora di passare all'azione. Allora, cucciolo, siamo d'accordo?-

-Non mi chiamare cucciolo. Io mi chiamo Anthony. E tu? Chi cazzo sei?-

L'immagine indietreggiò nello specchio mimando una smodata paura -Diamine che carattere. Adesso si che va meglio. Finalmente un po' di attributi. Vedi? Quando le cose te le sai prendere, queste arrivano. Scusami. E comunque tu lo sai il mio nome. Scava nella tua bella testolina.-

-Sei identico a me, ti chiami come me. Sei anche tu Anthony?-

-Non è importante per ora... Mi serve che tu sia d'accordo con me. Abbiamo un patto?-

-Sì - fece Anthony -abbiamo un patto.-

-Perfetto- fece l'immagine avvicinandosi allo specchio - e allora sigilliamo questo patto.-

-E come si fa?- fece Anthony.

-Vieni più vicino- fece l'immagine allungando il dito della mano destra fino a toccare lo specchio dal lato del riflesso -tocca il mio dito, sarà come darsi la mano tra amici.-

Anthony si avvicinò timoroso e allungò anche lui il braccio per toccare lo specchio, ma nella sua mente c'era la volontà di toccare il dito di quell'entità. Non sapeva neanche lui come definirla.

Le dita si toccarono e sullo specchio comparve, per un breve istante, un'onda concentrica che si spandeva, come un sasso lanciato in un lago. Anthony percepì un fremito, non era piacevole, tutt'altro. Il suo riflesso nello specchio sorrise in un modo quasi diabolico, gli strizzò l'occhio e poi ritornò normale.

Rimase per qualche istante fermo così, poi quando ritirò il dito si accorse che dall'altra parte dello specchio c'era solo la sua immagine riflessa. Si sporse sui lati, come per cercare dall'altra parte qualcuno che si fosse nascosto.

-Ehi. Dove sei andato?- fece Anthony vedendo che adesso nello specchio c'era solo il suo inanimato riflesso.

-Sono qui compare.- ripeté la voce con l'accento francese -Non mi serve più lo specchio adesso che abbiamo un patto amico mio.-

-Non mi hai detto il tuo nome- fece Anthony impaurito da quella strana situazione.

-Oh sì che lo sai. Lo hai sempre saputo. *Je suis Antoine.*-

Anthony si sentì gelare il sangue. Brutti e vecchi ricordi gli ritornarono alla mente, assalendolo.

Strizzò gli occhi per il dolore di quei giorni lontani che lui aveva sepolto nella memoria permettendo loro, suo malgrado, di fermentare in qualcosa di abominevole.

-Oh su, su. Lo vedi, amico mio? Resterai sempre un cucciolotto. Ti servo io per difenderti. Lasciami carta bianca e farò di te un re. Adesso rimetti tutto a posto e fa sparire quella coperta. Nessuno deve accorgersi di quel che è accaduto.-

Capitolo 17
L'inizio della fine

Philip era nella camera da pranzo, seduto davanti al camino acceso mentre fumava la pipa. Aveva appena fatto colazione ed aveva già cominciato a bere e a fumare. Il nervosismo lo aveva preso. Quell'uomo, che aveva fatto cose da far rabbrividire un killer, adesso era sulle spine per un bambino, che poi non era neanche suo figlio.

"Buffa la vita" pensò Bernard, seduto in un angolo della sala, anche lui a leggere il giornale che aveva portato per il suo ormai amico e che lui non aveva nemmeno sfogliato." Passi una vita ad evitare legami e a concentrarti solo sul lavoro portandolo avanti con ogni mezzo e il Padreterno ti mette comunque davanti ad una responsabilità. È proprio vero che ognuno ha un suo destino".

Lorene si affacciò alla porta. -Vuole che le porti qualcosa da mangiare, signore? Il solo tè non le darà niente di sostanza.-

-No grazie, Lorene, Sono così in pensiero che non riuscirei a buttare giù niente. Magari lo vomiterei subito dopo averlo mangiato.-

-Ma così si ammalerà!- ribatté lei, ma Mister Morgan non si girò nemmeno, perso com'era tra i ricordi, mentre fissava le fiamme nel caminetto.

-Bernard, tu vuoi niente?-

-Qualsiasi cosa tu abbia preparato andrà bene Lorene. Non le dispiace se mangio, mister Morgan?-

-Eh? Ah no, no. Prego. Bernard sono anni che ci conosciamo, ti prego, diamoci del tu. Questa cosa deriva dalla disciplina a bordo del veliero, ma adesso siamo a terra.-

Bernard rimase per un attimo perplesso poi - Grazie mister..... scusa, grazie Phlip. È un onore.-

Lorene se ne andò stranita.

In quel momento bussò la porta. Lorene andò ad aprire.

-Buongiorno, mi dica pure.-

Poi si sentirono dei passi e Lorene apparve sulla porta della camera da pranzo. -Il capo della Polizia per lei mister Morgan.-

Philip e Bernard si guardarono con la coda dell'occhio senza darlo a vedere.

-Faccia entrare, Lorene. Grazie.-

La cuoca si spostò e lasciò entrare il capo della Polizia seguito da un agente.

-Buongiorno mister Morgan.- fece secco il Comandante della Polizia, tentando una falsa sicurezza di sé che si vedeva lontano un miglio.

-Buongiorno a lei Comandante - fece di rimando Philip, mentre continuava a fissare le fiamme nel camino, poi si girò verso il comandante e disse -Le posso offrire qualcosa?-

-Oh no grazie, siamo a posto. Siamo passati perché abbiamo necessità di parlare con la vostra governante, Mary. Sembra che ci sia qualcosa di strano. Qualcuno ci ha detto che se la intendeva con uno dei nostri agenti, che era presente al controllo dei documenti. Oliver.-

-Ah si?- fece Philip girandosi verso il Comandante -Mi dispiace, ma Mary se n'è andata. Ha fatto i bagagli ed è sparita mentre noi non eravamo qui.-

-Ma che strano. Anche Oliver è da giorni che non si presenta alla centrale.-

-Beh, mi sembra ovvio allora- fece Philip -se la sono data a gambe insieme.-

-Mi suona così strano- rispose il Comandante -Era un tipo attaccato al lavoro.-

-Non saprei cosa risponderle- fece secco Philip alzandosi.

-Eppure- continuò fisando il Comandante -suona strano anche a me che una persona così attaccata al lavoro se la intendesse con Mary e, guarda caso, viene a fare un controllo anche qui per trovare quel povero ragazzino, pronto a farsi fregare.-

Philip era arrivato vicino al Comandante ed era ad un passo di distanza da lui.

Bernard, sempre pronto ed un passo avanti a tutti, si era già alzato assolutamente inosservato e, conoscendo Philip, aveva già messo la mano in tasca, un po' per fingere quell'atteggiamento uso ai borghesi benestanti, ma soprattutto per afferrare il coltello a serramanico che portava sempre con se ed aprirlo nella tasca stessa.

-Non capisco cosa vogliate insinuare- fece insicuro il Comandante.

-Beh neanche io comprendo a pieno quel che è successo, ma le assicuro che quando ciò accadrà lei sarà la prima persona a cui lo comunicherò.-

-Le sue minacce non ci fanno paura, caro mister Morgan.- fece di rimando il Comandante.

-Le mie, signore, non sono minacce- disse Philip avvicinandosi-ma promesse.-

L'altro poliziotto tentò di avvicinarsi, per dare man forte al Comandante che ormai sudava vistosamente, ma si trovò la strada sbarrata da Bernard, sempre pronto e vigile.

-A proposito, anche il funzionario che venne quella mattina sembra scomparso misteriosamente da due giorni. La moglie è venuta da noi per denunciarne la scomparsa.-

-Sono sicuro che è con Mary ed Oliver. È chiarissimo che quella donna si è tirata appresso gli altri due uomini. Ovunque se ne siano andati.......scommetterei che sono tutti e tre insieme.-

-Noi investigheremo sulla cosa ovviamente e il colpevole rischia la pena capitale.-

Philip ritornò al tavolo afferrò il bicchiere di cognac che stava bevendo e lo alzò a mo' di brindisi -Auguri!- e bevve per poi riandare a sedersi sulla sua poltrona per guardare il fuoco.

-Prego, signori- fece secco Bernard -da questa parte.- E gli indicò la porta di uscita.

Quando furono usciti Bernard tornò nella sala da pranzo da Philip e disse -Non crede.....scusa, non credi che sia stata un'imprudenza dirgli praticamente che siamo stati noi?-

-No. Se è venuto qui è perché aveva già dei sospetti. E poi l'ho detto in un modo così fumoso che si presta a mille interpretazioni. Tu i corpi li hai messi in posti sicuri? Con poca gente nei paraggi?-

-Tranquillo. Sono così lontani dalla civiltà che nessuno li troverà mai. E se li dovessero trovare, i corpi non hanno più niente per essere riconosciuti.-

-Mi servono solo due giorni. Solo due e mi vado a riprendere mio nipote- fece Philip riaccendendo la pipa.

I due rimasero a fissare il fuoco bevendo assieme cognac.

Il Comandante attraversava la strada asciugandosi la fronte.

-Comandante, cominciamo a cercarli alle stazioni ed i porti?-

-Ma chi?- fece il Comandante.

-I tre fuggitivi.-

-Ma allora non hai capito niente? Li ha ammazzati tutti e tre lui.

E, se non lo hai capito ancora, ha minacciato di ammazzare anche te e me.-

-Cosa?- fece l'agente strabuzzando gli occhi -Ma io li vado ad arrestare!-

Il Comandante fermò l'agente afferrandolo per il bavero -Ma dove vai idiota?! Ma tu lo sai chi è quello? Abbiamo indagato per anni su di lui senza trovare mai niente e poi abbiamo capito che conveniva lasciarlo perdere.-

-Comandante, ma che dice?-

-Cretino, credi sia diventato comandante perché integerrimo? O forse per la mia grande abilità? Deficiente. Si sale in graduatoria solo perché si capisce a chi non pestare i calli.-

La guardia rimase a guardarlo con gli occhi sgranati. Incapace di rispondere.

-Politici, grandi banchieri, uomini illustri. Hanno fatto anche di peggio. Mister Morgan, capii dopo aver indagato su di lui, si scontrava solo con i malfattori che gli pestavano i calli. Capii che, se lo lasciavo fare, avrebbe fatto piazza pulita lui per conto nostro, e così fu. Secondo te, perché il porto non è più un luogo di malaffare da dove se ci entri non ne esci più?-

-Perché abbiamo fatto un buon lavoro signore.-

-Sei proprio uno scemo. Questo è quello che ho fatto credere io. Ma se non vi sapevate fare neanche il nodo alla cravatta. È stato Morgan. Li ha uccisi tutti lui. E adesso noi ci godiamo il suo lavoro. Ovviamente però devi chiudere un occhio sulle sue attività sotto banco. Evasione delle tasse, contrabbando e tante piccole cosette del genere. Ma poco male. Tanto ognuna di queste attività fa campare qualcuno della nostra città. Tua moglie non lavora in quel negozio?-

-S..sì fece la guardia. -Tessuti francesi.-

-E chi credi che lo rifornisca? Se dovessero pagare tutti le tasse, andrebbe sotto i ponti. Sopravvive grazie a Morgan. Se io lo fermo, andremmo tutti a mare.-

-Ma, ma questo è disonesto capo. È un ricatto!-

-Beh- urlò il Comandante -Benvenuto nel mondo reale, Babbeo. E se ti preme di lasciare questo mondo velocemente e mettere col culo per terra tua moglie ed i tuoi figli.....continua pure così. Vedrai che sarai accontentato.-

Il Comandante lasciò il bavero del poliziotto e, solo allora, si accorse che lo aveva quasi alzato da terra.

-Capo, ma dove va?-

-A bere un whisky, che mi serve proprio.- disse il Comandante mentre si allontanava.

L'agente rimase fermo a guardare il Comandante andarsene senza sapere cosa fare.

Quella mattina alla sveglia Anthony si sentiva veramente male. Si alzò a stento. La schiena gli faceva un male da pazzi.

-Ehi, va tutto bene?- fece Jacob.

-Sì, sì. Devo avere dormito storto- fece Anthony e si andò subito a lavare.

Quando tutti i ragazzi furono pronti, come di consueto, si formarono le due file e tutti si avviarono alle tavolate.

Anthony, una volta che ebbero il permesso per sedersi, si accorse che David lo fissava con una strana aria, ma lui continuò ad ignorarlo.

Fu quindi il momento di andare alle rispettive classi, si riformarono le file e si avviarono ai vari laboratori. Quando la fila di Anthony e quella dove c'erano David e i due suoi compari si incrociarono nel piazzale, Anthony vide chiaramente che David parlottava con i due suoi compari dietro di lui e tutti guardavano nella sua direzione.

Appena arrivarono ai relativi banchi l'istruttore, si avvicinò subito a loro -Jacob mi serve il tuo aiuto, puoi lasciare il tuo amico a pittare, che è una cosa semplice, e darmi tu una mano?-

-Ma certo signore, istruisco Anthony e vengo subito.-

-Perfetto- disse l'istruttore e si allontanò.

-Ehi, ma è tutto a posto? È da stamane che ti vedo strano.- fece Jacob.

-Ma certo. Tutto ok. È questo mal di schiena che mi da fastidio. Dovrò trovare e risolverne la causa al più presto.-

-Mah, come dici tu... Adesso seguimi che ti faccio vedere come si fa.- rispose poco convinto Jacob.

Jacob spiegò, con dovizia di particolari, cosa fare e che tempi attendere tra una mano e l'altra, poi si allontanò. Anthony allora fece la prima mano alla sedia e si mise ad attendere.

Mentre attendeva si guardò attorno un istante e vide che tutti erano impegnati, si avvicinò alla catasta di legno e cominciò a scartabellare tra i pezzi di legno.

-Cosa cerchi?- fece la voce di Anthony.

-So che se affili un pezzo di legno potremmo arrivare a farci un coltello- disse la voce di Antoine.

-Ma ci vorrà un mare di tempo e lavoro.- ribatté Anthony.

-Adesso stai zitto!- fece secco Antoine.

Frugava tra i blocchi di legno scostandoli maldestramente finché una spina di legno non gli si conficcò nella mano.

-Ahi- dissero all'unisono i due inquilini di quel corpo per poi scoppiare a ridere entrambi. Avevano sentito entrambi il dolore e questa era una cosa nuova.

Si portò la mano vicino e individuò la scheggia grossa, estraendola dalla mano.

-Vedi, *monamì*? Il legno sa essere aguzzo quando serve.-

In quel momento qualcosa brillò tra le dita della mano. Spostata la mano il luccichio rimase lì.

Antoine si accorse che, attraverso lo spazio vuoto creato spostando il pezzo di legno, si intravedeva il pavimento, dove qualcosa di luccicante rifletteva la luce del sole che chissà da dove arrivava.

Si chinò a vedere e infilò la mano per afferrarlo. Era un pezzo di vetro. Una scheggia snella e lunga, di chissà quale vetro che si era rotto, che era finita lì sotto, giacendo in sua attesa da chissà quanto tempo.

Antoine lo afferrò istantaneamente e se lo mise in tasca, tornando di corsa al banco da lavoro con un aria vittoriosa.

Aprì i cassetti rovistando in giro e poi trovò una strisciolina di tessuto che prontamente infilò in tasca con il vetro che a stento entrava nella tasca.

Si rimise subito a lavorare dato che la prima mano si era seccata.

Quando l'istruttore e Jacob tornarono Anthony aveva dato la terza mano.

-Ottimo lavoro, giovanotto- fece l'istruttore.

-*Merci*- disse Anthony

-Che parli la lingua dei mangiarane, adesso?- fece divertito Jacob.

-Oh è solo una lingua che mi hanno fatto studiare.-

-Bene ragazzi, è ora. Preparate il banco che lo passo in rassegna con gli altri.- disse l'istruttore.

-Sissignore- fece Jacob.

-Mi scusi, signore- fece Anthony - posso andare in bagno?-

-Ma certo. Torna subito che si è fatta ora di andare.-

-Sissignore- fece Anthony correndo in bagno.

Appena arrivato in bagno Anthony si guardò in giro, vedendosi solo si chiuse in un bagno e cacciò dalla tasca il pezzo di vetro. Era sporco e lui lo pulì con la carta igienica. Poi prese la striscia di stoffa e la arrotolò sul lato senza punta facendone l'impugnatura. La fissò alla meno peggio poi si alzò il pantalone e si infilò in una calza il coltello di vetro per nasconderlo. Si risistemò e tornò al banco di corsa, pronto per andarsene.

Andarono a mangiare con le solite e noiose procedure e tempistiche. Mentre mangiavano, vide che David lo fissava ancora. A pranzo c'erano vari piatti a base di verdure e zuppe. Anthony mangiò, ignorandolo.

Il pomeriggio poi, dopo una breve pausa, si ritornò ai banchi di lavoro e i due ragazzi finirono il lavoro che l'istruttore aveva loro consegnato. A fine giornata, gli mostrarono la sedia pronta.

-Ecco qua, signore- fece Jacob accompagnato da Anthony -Come nuova.-

L'istruttore la guardò girandogli attorno, poi ci si sedette sopra e la testò saltellando un po' da seduto.

-Ragazzi avete fatto uno splendido lavoro. Domani ve ne darò un altro. Complimenti! Siete stati davvero in gamba.-

I ragazzi ringraziarono e tornarono al loro posto per rassettare il banco e l'istruttore li rimirò orgoglioso mentre se ne andavano, ignaro di quel che stava per accadere.

Quando fu ora di mangiare si diressero tutti in file ordinate al refettorio.

Quella sera c'era un brodo di carne e Anthony ne fu molto contento.

Alla fine si avviarono in sala ricreazione per attendere l'ora di andare a dormire. L'aria si era rasserenata un po' e i gruppi si erano sciolti. Tutti vagavano liberi per la sala e c'era una tregua.

Anthony parlava e scherzava con gli altri e con Jacob, ma, con la coda dell'occhio, teneva sotto controllo quei tre che gli avevano fatto quel brutto scherzo. Si sentiva osservato, ma li ignorava per non dare sospetti.

Quella sera il brodo avrebbe fatto effetto e nei bagni ci sarebbe stato un bel via vai. In più, di sicuro, quei tre non avrebbero fatto niente. Troppo vicino alla prima aggressione. Sapevano che Anthony era sul chi va là e non si sarebbe fatto aggredire per la seconda volta, senza lottare o creare frastuono.

Arrivò il momento di dormire e, sotto l'ordine delle guardie, le file si riformarono e ognuna si diresse ai propri dormitori.

David continuava a rimirare Anthony. Ad un certo punto, le due file si affiancarono e ci fu un momento nel quale i due si trovarono, loro malgrado, uno di fianco all'altro. Anthony si girò verso di lui e lo guardò con un aria diabolica. David resse lo sguardo, ma ne uscì molto turbato. Non aveva mai visto quell'espressione sul suo viso.

Le file si separarono e ognuno andò nelle camerate. Anthony si preparò a tempo di record e si infilò nel letto, facendo finta di addormentarsi tanto che, quando spensero le luci per la buonanotte, lo credettero tutti già addormentato.

Il tempo passò, ma Anthony si sforzò di non addormentarsi. Quando fu sicuro che nessuno era più sveglio, scese dal letto e mise il cuscino sotto le coperte per mimare il suo corpo. Non era preparato a questo lato del piano, ma il tutto era accaduto troppo presto e bisognava arrangiarsi.

Si diresse nei bagni senza le scarpe, solo con le calze, per non far rumore. Il corridoio era deserto, Andò nei locali igienici, dove una doppia fila di bagni, l'uno di fronte all'altro, erano schierati per quando la mattina tutti si svegliano. Scelse uno dei bagni del fondo della fila, vi entrò e chiuse la porta. Si tolse il pigiama e rimase nudo, solo con le mutande. In mano aveva il pugnale. Socchiuse la porta e, attraverso un lievissimo spiraglio, cominciò a spiare la fila di bagni per vedere chi arrivava.

Dopo un po' sentì dei passi, si preparò a scattare. Quando la figura apparve, nonostante la luce bassa, riuscì a riconoscerlo. Era uno di un'altra camerata. Non gli interessava. Rimase ad osservare nell'oscurità di quel bagno socchiuso.

Passò un'ora e lui cominciava a spazientirsi. "Se le cose stanno così, tra un paio di ore dovremo tornare a letto, *mon ami*" ma Anthony non rispondeva ed Antoine lo sapeva. Era come assente, addormentato.

"Dormi, piccolo cucciolo, dormi. Qui penso a tutto io" pensava Antoine.

Trascorse altro tempo e "Niente" pensò Antoine "qui per stasera non succede niente". Così posò il coltello a terra e prese il pantalone per infilarselo per tornare a letto, quando sentì dei passi nel corridoio.

Riposò il pantalone e riprese il coltello, socchiudendo la porta del bagno.

Un'ombra, dinoccolante per il sonno, si affacciò dalla fila dei bagni e se ne andò verso uno di quei cubiculi per fare un po' di pipì, a quanto pare il brodo aveva fatto effetto. Antoine capì subito che era David.

Quando fu dentro il bagno, Antoine aprì la porta ed uscì silenzioso come un felino, grazie ai calzini. Si portò dietro a David. Era carico di odio e faticò non poco a non scagliarcisi addosso. Si avvicinò a lui.

Da fuori non si sentì nulla se non uno sbattere di piedi frenetico e la voce di Antoine che diceva -Shhhhhh. Silenzio, *mon ami*. Non è il caso di far rumore. Non vogliamo essere scoperti, *n'est-ce pas?*-

I calci sul muro si fecero sempre più fiacchi e poi finirono.

Passarono molti minuti e poi Antoine uscì dal bagno. Era riuscito a non sporcarsi i calzini per miracolo, ma il resto era tutto imbrattato. Andò di corsa ad un lavandino e si sciacquò il meglio possibile per togliere le macchie di sangue. Con della carta igienica asciugò e tolse le macchie che aveva fatto gocciolare e poi si rivestì di corsa, con una freddezza degna di un killer. Dopo essersi sbarazzato della carta igienica, andò verso la porta e si sporse. Nessuno in vista. Andò silenziosissimo, come un sussurro d'aria, verso il suo letto e si riposizionò al posto del cuscino che aveva messo al suo posto.

-È successo qualcosa?- fece la voce di Anthony.-

-No, *mon ami*. Dormi sereno.- rispose Antoine sorridendo e girandosi sul fianco.

-SVEGLIAA- le guardie urlarono dalla porta per destare tutti.

I ragazzi balzarono tutti fuori dal letto. Anthony si sentiva stanco e a stento riuscì ad alzarsi dal letto.

-Buongiorno- gli fece Jacob -ehi, hai un'aria terribile.-

-Deve essere stato che ho di nuovo dormito male. Ho fatto strani sogni.-

-Magari poi me ne parli. Mi piacciono i sogni degli altri.-

Entrambi si avviarono verso i bagni e stavano quasi per uscire dalla camerata quando si sentì un urlo incredibile di qualcuno. Anthony e Jacob si guardarono e poi corsero verso i bagni. Furono i primi ad arrivare. Trovarono un ragazzo con le mani sul volto che urlava davanti ad un bagno spalancato.

Anthony si occupò subito del ragazzo che urlava e Jacob rimase impietrito davanti alla porta senza fiatare.

Anthony vide Jacob e si sporse per vedere dentro cosa c'era.

David era seduto sulla tazza del gabinetto con la gola aperta in due punti. Gli occhi aperti lo fissavano. Le braccia appoggiate sulle gambe e nella mano destra una lunga scheggia di vetro con un panno stretto attorno.

Sulla parete scritto con il sangue una frase :"Non ce la faccio più".

-Non può essere...- fece Jacob.

-Vieni via da qui- gli rispose Anthony terrorizzato dalla strana somiglianza di quel che vedeva ed il suo sogno.

-Che succede?- fece una guardia.

-Misericordia di Dio!- esclamò e subito afferrò il fischietto, suonandolo come un forsennato.

Anthony afferrò Jacob per la manica e se lo portò via verso la camerata.

Philip si era alzato tardi quella mattina. La sera aveva fatto tardi, bevendo e fumando come al solito. Aveva la barba lunga e i capelli tutti arruffati. L'unica cosa in ordine era la sua giacca da camera che indossava impeccabilmente, ma tutto il resto aveva l'aria di trasandatezza e disordine.

Aveva fatto colazione con uova, pancetta caffè ed una fetta di torta, ma l'aveva fatto d'inerzia. Senza neanche pensarci o gustarla. Tutti i suoi pensieri andavano a quel ragazzino che lui aveva adottato come nipote in ricordo del suo amico.

Il fuoco ristoratore nel camino, già acceso grazie a Lorene, lo richiamava a sé. Lui si alzò dal tavolo e si diresse alla sua sedia, sul cui bracciolo non trovò il suo solito giornale, segno che Bernard ancora non era passato. Stranamente.

Si mise a sedere e cominciò la sua solita ricerca tra le fiamme del camino. Ricerca di una sicurezza che non c'era. Temeva per il futuro di Anthony e la sua sanità, sia fisica che mentale. Il ragazzo era già stato provato dagli eventi ogni oltre limite e lui lo sapeva.

La sua infanzia gli ritornò in mente, certo non era stata facile, ma nulla a confronto a quella di Anthony. Il padre lo aveva mandato con grandi sacrifici a scuola per farlo diventare un contabile e lui, con il tempo, lo aveva messo a frutto ripagando il padre sia economicamente che con svariate soddisfazioni.

Fu assunto come contabile presso una società di import-export di un noto commerciante della città.

Poi il suo principale lo notò e lo volle vicino come uomo di fiducia, proprio come aveva fatto lui con Bernard.

Philip si fece una posizione grazie all'aiuto del suo datore di lavoro, ma, alla morte di quest'ultimo, i figli, subentrati al padre nella società, non gli rinnovarono più il contratto. "I suoi servigi non sono più richiesti", diceva la lettera di licenziamento.

Philip non si perse d'animo, fondò la sua società e comprò una nave contraendo un debito con le banche.

Ci mise dieci anni a ripagarlo. Il giorno dopo aver estinto il debito, Philip cominciò ad abbassare i prezzi facendo in breve tempo una fortuna. Tutti gli altri, compresi i figli del suo vecchio datore di lavoro, avevano fatto cartello sui prezzi facendoli lievitare e lui lo sapeva bene dato che faceva il contabile.

Cominciò a comprare altre navi, le più veloci, e nel giro di poco tempo sbaragliò tutta la concorrenza.

Quando i figli del suo vecchio datore di lavoro si vendettero la casa dove abitavano per coprire parte dei debiti Philip, grazie ad un notaio da lui incaricato, la rilevò. Quando dovettero lasciare la casa trovarono lui, vestito di tutto punto che, arrivato in carrozza, prendeva possesso della casa.

Uno dei due fratelli si sentì male, capendo cosa avevano fatto, e morì qualche giorno dopo. L'altro si suicidò.

L'incontro con il padre di Anthony, altro abilissimo commerciante francese, portò a Philip una valanga di soldi.

Philip rimirava il fuoco pensando che avrebbe scambiato volentieri tutto il suo passato pur di riavere quel ragazzo con lui. Non aveva capito perché, ma quel ragazzo gli era entrato nel sangue, nelle ossa. Lo reputava suo, mandatogli da Dio in persona come la possibilità di redenzione per una vita dissoluta e piena di peccati. Aver provocato morte e dolore a tutte quelle persone a volte gli pesava, ma lui non lo faceva notare mai a nessuno. Ma la sera, nel silenzio della sua camera da letto, quelle persone ritornavano a visitarlo nei suoi sogni.

Qualcuno bussò in modo concitato alla porta di casa facendolo sobbalzare sulla poltrona. Lorene si fiondò dalla cucina.

-Arrivo, arrivo. Un attimo.- diceva. Ma alla porta continuavano a bussare. Come se l'intera Inghilterra stesse bruciando.

-Bernard, sei tu? Che succede?-

Bernard neanche le rispose, si fiondò nella sala da pranzo sapendo di trovare lì Philip.

-Eccola- disse solamente, alzando nella mano destra una lettera.

Philip si alzò di scatto e andò verso la lettera con lo stesso spirito di un fedele che si avvicina ad una reliquia sacra.

La lettera era chiusa da un timbro di ceralacca rossa che brillava dei riflessi del fuoco. Era bellissima.

Philip abbracciò Bernard e prese la lettera.

-Mi vado a cambiare subito- fece sorridente.

-Si- rispose raggiante Bernard -e fatti anche la barba magari- aggiunse dandogli una pacca sulla spalla.

Philip andò al piano di sopra, salendo le scale a due a due, mentre Lorene lo guardava emozionata.

-Josephine- urlò per le scale Philip alla donna che non usciva da giorni dalla stanza per il dolore.

-Dica, mister Morgan- rispose lei aprendo la porta.

-Si faccia bella, per ora di pranzo avremo un ospite.-

Josephine rimase per un attimo interdetta, poi portò la mano alla bocca e sussurrò -Anthony. Sta tornando?-

-Lo stiamo andando a prendere -disse Philip strizzandole un occhio.

-Le preparo subito il suo completo.-

-Grazie mille- rispose Philip.

In un attimo Philip fu pronto e uscì dalla sua stanza. Trovò fuori Josephine, che aveva in mano già pronta la borsa con i vestiti per Anthony.

-Grazie Josephine. Ci vediamo più tardi.-

Bernard lo aspettava giù con ancora il documento nelle mani. Era felice e raggiante.

-Hai chiamato la carrozza?-

-Ormai chiamo solo lui. È qua fuori che ci aspetta.-

Entrambi uscirono lasciandosi alle spalle Lorene, che li guardava emozionata e sorridente sull'uscio della casa. Davanti a loro, la carrozza di Charlie con lui in persona, vicino alla porta e vestito di tutto punto, pronto ad aprirla e con uno splendido cappello a cilindro sulla testa.

-Ehi Charlie, sei un figurino, come va? Oggi è festa. Ce lo

andiamo a riprendere. Ma è nuovo il cappello?-

-Sì, mister Morgan. Grazie a lei ho potuto rimettermi un po' a nuovo.-

-Sei uno splendore. Portaci subito all'istituto.-

-Subito signori- fece Charlie sorridendo da sotto i baffi.

La carrozza correva lungo le strade sobbalzando meno vistosamente del solito.

-Charlie deve aver fatto qualcosa alle sospensioni. Adesso questa carrozza è di prima classe- fece Philip -dobbiamo averlo pagato bene.-

-Ah sì- fece Bernard - Molto, ma molto bene. Senza di lui non avrei mai portato a termine l'impresa dei giorni scorsi. Me lo tengo buono.-

Philip guardò Bernard con aria divertita e di ammirazione. La giornata sembrava sorridere loro.

La carrozza volava per le strade.

Il Comandante della Polizia aveva la pipa in bocca, mentre guardava il corpo ancora adagiato sul gabinetto. Gli occhi spalancati, due righe bianche che avevano scavato due solchi tra il sangue che imbrattava il volto di David.

Sulla parete scritto con il sangue una frase "Non ce la faccio più".

Il commissario guardò la punta di una delle dita della mano destra sporchi di sangue e si rivolse alla capoguardia. -E lo avete trovato così?-

-Sissignore - rispose la Capoguardia.

-Quindi non è stato toccato niente?-

-Nossignore.-

-Strano…-

-A cosa si riferisce, signore?-

-Beh non so, ma qualcosa non mi torna. Non capisco perché si sia tagliato la gola in piedi e poi si sia seduto.-

-E da cosa lo deduce?-

-Vede?- fece il commissario indicando gli schizzi sul muro.

-Doveva essere in piedi e girato dall'altra parte quando si è tagliato la gola. Gli schizzi sono troppo alti. Non ci sarebbero mai arrivati lassù, da seduto.-

-Ma non potrebbe essersi seduto dopo per il calo di pressione dovuto al taglio?-

-Ma no, chi si suicida, nella mia esperienza, si taglia i polsi, non la gola. E poi guardi lì- fece il Commissario indicando il pantalone del pigiama bagnato.

-Se l'è fatta addosso.-

-Comprensibile, dopo la morte i sensi si allentano- fece Amelia.

-Vero- fece il Comandante estraendo una matita dalla giacca.

Si avvicinò al corpo e tese da un lato il pigiama sovrabbondante, che faceva mille grinze e pieghe, mettendo in mostra il pene del ragazzo che ancora era fuori dal pigiama.

-Di sicuro quando si muore non si perde tempo a cacciare fuori l'affare per fare la pipì però.-

Amelia ebbe un tonfo al cuore, non riuscì a trovare argomenti per controbattere. C'era stato un omicidio sotto la sua supervisione. Ad ogni capoguardia capita almeno una volta, ma lei sperava di non arrivarci mai.

-Non so che dire. A me sembra comunque strano. Potrebbe essere successo in un secondo momento con i movimenti inconsulti post-mortem. E poi la scritta? -

-Potrebbe essere un depistaggio.-

-Mah- fece pensieroso il poliziotto -vedremo che ci dirà il medico legale. E poi lì a terra c'erano delle impronte che adesso, grazie il via vai di persone, non ci sono più. Guardi. È tutto stato cancellato da altre impronte. Qualcuno aveva tentato di ripulire, ma adesso non capiremo più niente.-

Amelia rimase a fissare senza parlare. Sapeva che poteva essere usato come capro espiatorio per imperizia.

-Chi lo ha trovato?- fece il Commissario.

-Eccoli- fece Amelia indicando ad una guardia di fare entrare i ragazzi.

Anthony e Jacob entrarono nella stanza affiancati e vicini. Come per farsi coraggio.

-Chi di voi lo ha trovato per primo?-

-Io- fece timoroso Jacob.

-Hai toccato qualcosa giovanotto?-

-Mio Dio no-fece Jacob -non riuscivo neanche ad avvicinarmi.-

-È vero- fece Anthony imperterrito -l'ho dovuto portare fuori io.-

-E tu chi saresti?- fece il Commissario.

-Io sono Anthony Morgan- fece fiero Anthony.

Il commissario rimase per un attimo congelato -Ah, sei tu

176

dunque.-

Anthony resse lo sguardo, mentre di lato Amelia lo fissava incuriosita da quel nuovo atteggiamento che strideva con il ragazzino che aveva visto arrivare pochi giorni prima.

-Va bene, va bene- fece corto il Commissario -sono sicuro che ci deve essere una spiegazione a tutto ciò. Ho solo bisogno di analizzare le prove quando sarà pronto il rapporto.

Il Commissario si avvicinò all'agente incaricato del rapporto e disse una serie di cose a bassa voce. L'agente annuiva ogni volta che il Commissario parlava. Poi si girò verso la scena e indicò le macchie di sangue e subito dopo spostò il dito più in basso per poi indicare la patta del pigiama della vittima.

Alla fine si sentì solo il commento dell'agente che, a bassa voce, disse -Stia tranquillo, Commissario. Sistemo tutto io.-

-Va bene, signora Brown. Io ho finito. Quando i miei ragazzi se ne sono andati tutti potrete anche pulire il posto. Mi raccomando. Pulite bene.-

-Sicuro, signore? Non vuole che le sigilli la stanza per approfondimenti?-

-Ma no. Non vedo problemi- disse il Commissario uscendo dal locale seguito da due agenti.

Amelia rimase ferma a pensare, "che strana inversione di marcia". Poi fissò Anthony e Jacob e anche lei se ne andò pensierosa.

Amelia andava per il corridoio, mentre pensierosa apriva e richiudeva le varie ipotesi che le balenavano in mente, quando all'improvviso una guardia le si avvicina e dice -Amelia c'è lo zio di Morgan, accompagnato dal padre di Jacob. Sono nel tuo ufficio.-

Amelia fece un cenno con la testa e si avviò al suo ufficio.

Philip era raggiante e aveva vicino Charlie, altrettanto contento di poter rivedere suo figlio.

La porta si spalancò e ne entrò la Capoguardia. Aveva un'aria stravolta e tesa. Sembrava invecchiata da quando la aveva vista l'ultima volta.

-Buongiorno, mister Morgan. Diavolo Charlie sei un vero figurino, quasi non ti riconoscevo.-

-Le cose vanno bene, Amelia.-

-Buongiorno- fece Philip con un sorriso smagliante.

-Mister Morgan, a giudicare dalla quantità di denti che conto nel suo sorriso, devo arguirne che lei è qui per consegnarmi qualcosa.-

-Proprio così- disse Philip ridendo e cacciando il documento dalla tasca ancora sigillato.

-Amelia lo prese e lo aprì. Lo lesse con estrema attenzione, si alzò dalla sedia continuando a leggere, si portò alla porta, la aprì e disse - Ehi Joe, sei libero?-

-Sì, Amelia, dimmi.-

-Beh, allora vammi a prendere Anthony Morgan e portamelo qui.-

-Va bene- fece lui.

Amelia si girò e, ricordandosi di Charlie, si bloccò all'istante e ritornò sull'uscio.

-Ehi Joe.-

-Sì?- fece l'agente.

-Portami anche Jacob-

-Va bene- fece l'agente avviandosi verso il cancello che isolava le camerate.

Charlie guardò riconoscente Amelia, che ricambiò con un occhiolino.

-La vedo tesa, signora- fece Philip -è successo qualche cosa?-

-C'è stato.....c'è stato un incidente- fece titubante Amelia. - Un ragazzo è morto.-

Philip e Charlie si drizzarono sulle sedie.

-Tranquilli. I ragazzi stanno bene. Purtroppo quello morto no, sembra si sia ucciso.-

-Diamine...- disse Charlie.

-Come è successo?- fece Philip.

-Si è fatto prendere dalla malinconia ed è scivolato in cattivi pensieri. Purtroppo non ce ne eravamo accorti. Non ci sono verifiche con dottori per queste cose da noi.-

La porta si aprì e i due ragazzi entrarono con un aria intimorita, che subito si trasformò in raggiante.

-Zio Philip!-fece Anthony.

-Papà!-fece Jacob.

Entrambi abbracciarono i propri cari, dando ad Amelia quell'attimo di serenità che tanto le piaceva.

-Papà sei bellissimo- fece Jacob.

-Tutto merito di mister Morgan- fece Charlie.

-Giovanotto- fece Amelia -prendi quella borsa dove devo presumere che ci siano i tuoi vestiti e vatti subito a cambiare. Ti voglio fuori di qui in meno di mezz'ora.-

Anthony e Jacob si guardarono negli occhi e, sorridendo, si abbracciarono tra i sorrisi di tutti. Anthony afferrò la borsa e fece per cercare dove appartarsi.

-Ehi Joe- urlò Amelia.

Immediatamente si aprì la porta e ne uscì la guardia -Dimmi Amelia-

-Porta Anthony al bagno che si veste e torna a casa.-

-Ma Amelia, le procedure, i moduli.-

-Me la vedrò io per tutto- fece Amelia a muso duro -Voglio questo ragazzo fuori di qua al più presto.-

-Sissignora- rispose la guardia -seguimi giovanotto- fece ad Anthony e si richiuse la porta dietro.

-Allora mister Morgan, questi sono vostri ma vedo che il funzionario molto previdente ha già fatto una copia da lasciare a me, altrimenti se ne sarebbe andata un'altra settimana per fare la copia. Fossi in lei, lo ringrazierei.- fece Amelia staccando un foglio libero dal plico e restituendo il malloppo a Philip.

-Lo farò senz'altro.-

-Adesso mi serve una firma sua in fondo al modulo di rilascio che poi compilerò io- e porse un foglio da firmare in calce, strizzando l'occhio a Philip.

-Perfetto. Charlie, Jacob… potete aspettare un attimo fuori?-

-Sissignora- fece Jacob portandosi dietro il padre.

Philip ed Amelia rimasero seduti in silenzio a fissarsi per qualche istante.

-Cosa mi voleva dire, signora?- fece serio Philip.

-Sa, questo incidente non ci voleva proprio. Per me è quasi una macchia. Ma quello che mi impensierisce non è la mia carriera, ma la salute dei ragazzi.-

-La prego, continui- fece Philip.

-Ho notato un cambio di atteggiamento nel ragazzo. È arrivato che era un esserino impaurito e adesso è un leone.-

-Beh è una cosa buona- fece Philip -queste esperienze rafforzano l'animo ed il carattere.-

-È vero- fece Amelia -ma non quando accadono nello spazio di pochi giorni. Quant'è passato da quando è qui? Una settimana? No, troppo poco tempo.-

-Perché mi dice questo?- fece Philip.

-Perché sono molto preoccupata per Anthony. Ho troppa esperienza in merito per non capire che ha subìto un trauma. Lo tenga lontano dai guai e sotto il controllo di uno strizzacervelli. No, non si ritenga offeso, io qui prima di tutto faccio la mamma e poi la funzionaria. Se fosse mio figlio, farei di tutto per capire se ha bisogno d'aiuto. Per questo lo faccio praticamente scappare da qui.-

Philip, che si era inizialmente drizzato sulla sedia, tornò a riappoggiarsi allo schienale comprendendo la bontà dello spirito con cui Amelia gli aveva dato quel consiglio.

-Se me lo consiglia così accoratamente, allora lo farò senz'altro.-

-Sì. Per favore. Lo faccia subito. E mi faccia sapere.-

Philip stava quasi per ringraziare quando la porta si aprì ed entrò Anthony con il completo blu notte.

Sia Philip che Amelia si illuminarono in volto.

-Stai proprio bene- fece Amelia.

-Grazie signora- rispose lui sorridente.

Dietro c'era Jacob con il padre, anche loro sorridenti.

-Allora giovanotto- fece Amelia guardando seria Jacob -che devo fare? Ti rimetto nella tua camerata? O ti lascio dove sei?-

-Sto bene dove mi trovo, signora- fece Jacob - molto più tranquillo. E poi con la sezione B si segue falegnameria e l'Istruttore mi ha detto che vuole farmi una lettera di raccomandazioni per un lavoro.-

Amelia alzò un foglio di carta agitandolo nell'aria con aria sorniona e divertita mentre Jacob restava senza fiato a bocca spalancata.

-Devo solo firmarla… Comportati bene e quando esci la firmo davanti a te e a tuo padre.-

-Ma perché, sa lavorare il legno?- fece Philip.

-Certo che sa lavorare- fece Anthony -è bravissimo. Insieme siamo una forza.-

-Ah beh, allora è fatta. Quando esci ti metto io ad apprendistato da un mastro d'ascia sulle mie navi. Ma solo a patto che ti meriti quel pezzo di carta.-

-Sissignore- fece senza fiato Jacob mentre il padre, con due lacrimoni, gli poggiava una mano sulla spalla fiero.

-Vedi, Jacob?- fece Amelia -è normale cadere nella vita, quel che è importante è poi non rifare lo stesso errore. Alzarsi e lasciarsi tutto alle spalle. Bravo ragazzo. Continua così.-

Jacob ed Anthony si abbracciarono sotto gli occhi di tutti per poi salutarsi.

-Joe- urlò Amelia e la porta subito si aprì.

-Sì Amelia? -

-Il nostro ospite torna nelle sue stanze.-

-Vieni con me Jacob.- fece la guardia.

Jacob abbracciò il padre, che lo strinse forte a sé accarezzandogli la testa.

-Allora ci vediamo- fece emozionato il padre.

-Sì papà- rispose Jacob dandogli un'altra occhiata dalla testa ai piedi -sei proprio uno schianto papà.- e se ne andò con la guardia.

Charlie si asciugò le lacrime e si girò verso Philip -Io la precedo alla carrozza signore.-

Philip rispose con un cenno del capo ed un sorriso.

-A presto Amelia-

-Stammi bene Charlie, salutami tua moglie.-

Quando Charlie se ne fu andato Amelia uscì da dietro la scrivania e si sedette alla sedia per gli ospiti davanti la scrivania in modo da avere il ragazzo davanti. Si tirò a se il ragazzo per tutte e due le mani e, per la prima volta, assunse l'aria di una mamma.

Anthony ne fu sorpreso, Come preso alla sprovvista. Non sapeva cosa fare.

-Te la ricordi quell'aria da duro che ti insegnai?-

-Quale? Questa?- E assunse subito quella posa trasformandosi in un vero duro.

Philip lo guardò meravigliato perché quello non era Anthony.

Amalia fissò l'espressione con un groppo in gola. No, non era quella, non lo era più. Era stata elaborata e riarticolata in una nuova espressione. Era una smorfia molto più aggressiva e arrabbiata quella che adesso stava vedendo.

-Sì, bravo- mentì lei - proprio questa. Adesso guarda, rilassa un po' qua.- E gli carezzò le guance.

- Bravo- fece lei -e anche un po' qua- e gli carezzò le sopracciglia facendole rilassare.

-Bravissimo- fece lei -e adesso me lo fai un sorriso?-

Anthony tentò un sorriso, ma gli uscirono due lacrimoni dagli occhi.

-Non ti serve più quel falso personaggio che abbiamo inventato. Liberatene. Da adesso non sei più in pericolo. Te lo garantisco io.-

Anthony fece di sì con il viso. Amelia se lo tirò a sé e lo abbracciò, come solo una mamma sa fare. Anthony cacciò qualche altra lacrima e poi si trattenne.

-Adesso vai con lo zio. E promettimi che di tanto in tanto mi verrai a trovare.-

Anthony rispose nuovamente con un cenno della testa.

-Mister Morgan, la saluto.-

Philip strinse la manona della Capoguardia a due mani, con riconoscenza. Aveva capito che il suo lavoro era in realtà una vera vocazione e le fu grato per quel che aveva fatto con Anthony.

Si avviarono alla porta ed uscirono.

-Ah mister Morgan-

Philip si girò. Amelia li sovrastava dallo scalino, che soprelevava il suo ufficio, e li guardava con fare molto distaccato e professionale.

-Mi raccomando, non dimentichi quella cosa di cui abbiamo parlato. Sembra piuttosto urgente.-

Philip, freddato da quell'affermazione, fece di sì con un cenno del capo, come uno studente che annuisce alla maestra. Si sentiva responsabile e non capiva a pieno di che entità era "la cosa" accennata dalla Capoguardia. Aveva notato qualcosa, ma non coglieva il tutto non avendo la giusta formazione o quantomeno esperienza. Cosa di cui invece sembrava molto carica Amelia.

Si diressero verso il cancello.

Anthony vedeva tutti gli agenti che, fino ad un attimo prima avevano uno sguardo freddo e distaccato, adesso lo salutavano con sorrisi e riverenze al loro passaggio.

Uscirono dall'istituto scuro e grigio e all'esterno c'era la carrozza con Charlie e Bernard che lo aspettavano.

Appena lo vide Bernard si abbassò e allargò le braccia. Anthony prese la rincorsa e si lanciò verso di lui, saltandogli al collo e abbracciandolo.

-Ce l'hai fatta alla fine!- fece Bernard -Allora, raccontami tutto. Hai fatto delle zuffe?-

-Eh, un paio li ho fatti proprio neri- fece lui con aria da duro.

Tutti scoppiarono a ridere, mentre Charlie apriva la porta per farli entrare. -A casa immagino, signore.-

-Sì, grazie Charlie- fece Philip.

La carrozza si avviò placida per le strade rimbalzando ritmicamente.

Lungo il viaggio Anthony guardava fuori dal finestrino ammirando il panorama, cosa che gli era stata negata fino a quel momento, solo allora comprendeva cosa significasse la parola "Libertà". La campagna inglese era molto rigogliosa e bella. L'istituto era un po' decentrato e la passeggiata piacque molto ad Anthony.

Quando furono quasi arrivati Anthony si girò lievemente verso Philip e Bernard, senza guardarli in volto, e disse-Zio Philip non farmi incontrare di nuovo Mary- mentre una voce nella sua mente gli mormorava "fifone".

-Non ti preoccupare. L'ho….. licenziata.-

Anthony si girò verso Philip e gli sorrise, per poi tornare a guardare incantato il panorama.

Philip lanciò un veloce sguardo a Bernard, che subito ricambiò.

Arrivati davanti alla casa, la carrozza si fermò e Charlie fece un gran baccano con tutto quel che poteva muovere, sbattere o far cadere, come precedentemente concordato con Bernard, per far affacciare tutto il vicinato alla finestra. Poi, dopo essere sceso dalla carrozza con la frusta in mano e impettito nello splendido e nuovo vestito, si avvicinò alla portiera della carrozza e, aprendola, esclamò ad alta voce -Prego signori, siamo giunti a destinazione.-

Dalla carrozza scesero tutti. Charlie rideva da sotto i folti baffoni e fece un occhiolino a Bernard, che ricambiò divertito. Tutte le tendine delle finestre si agitavano, segno che dietro c'era qualcuno a sbirciare.

Bernard allungò a Charlie la mano con dentro i soldi e Charlie ringraziò con tanto di alzata di cappello.

-Ci vediamo Charlie- fece Philip.

-Al suo servizio, mister Morgan.-

La porta di casa si aprì e uscirono sull'uscio di casa le due donne.

Josephine aveva le mani sulla bocca per celare l'emozione. Lorene, sorridente, si asciugava le mani sul grembiule, ancora annodato alla vita.

Anthony si fiondò per le scale e le raggiunse gridando -Sono tornato!-

Le due donne se lo abbracciarono, come fosse loro figlio.

-Ti ho preparato un bel pranzetto- fece Lorene.

-E i dolcetti?-

-Sì- fece lei con la voce rotta dall'emozione -ti ho fatto anche quelli.-

Tutti entrarono dentro casa come se nulla fosse successo, sembrava tutto perfetto. Finalmente tutto era finito e si poteva pensare al futuro che sorrideva a tutti. Affari, vita, sentimenti.

"Ma quanto siamo sentimentali" continuava a schernire Antoine nella mente di Anthony, con la stessa veemenza del magma che ribolle compresso prima di eruttare.

Capitolo 18
Waterloo, 16 giugno 1815

Il paesaggio stracolmo di soldati era comunque stupendo. Da un altura, si vedeva l'intero schieramento di forze. Per questo se la erano scelta. George era stato un militare e sapeva da dove osservare una battaglia. Non aveva mai avuto un comando, ma dai guai aveva sempre saputo come districarsi. Aveva a seguito un ragazzotto con una cesta che curava come se dentro ci fosse oro.

-Come va?- fece il ragazzo.

-Non riesco a capire bene. Napoleone ha spedito tempo fa un plotone dietro i prussiani e non li vedo più tornare.-

-Dobbiamo scriverlo allora.-

-Se scriviamo solo questa notizia, il capo sarà tratto in inganno. Non capirà niente. Dobbiamo dargli delle azioni complete e finite o si imbroglierà nel trarre le sue conclusioni.-

-Allora non scriviamo?-

-No- fece spazientito George -Non scriviamo ancora- mentre con il cannocchiale fissava il campo di battaglia.

Si erano rifugiati in una fattoria poco distante, ma, essendo bassa e posteriore al promontorio, la usavano solo per dormire. La mattina andavano sull'altura, sulla quale sorgeva un albero abbastanza alto da farlo stare comodamente nascosto tra i rami a guardare con il cannocchiale.

-Non capisco- fece tra sé e sé George.

-Cosa signore?- fece il ragazzo.

-Eh?- rispose George accorgendosi solo in quel momento del ragazzo -Ah, no. Dicevo che non capisco l'atteggiamento di Napoleone. Indugia la mattina in tenda, va tardi sul campo di battaglia. È come se non fosse più lui.-

-Magari non sta bene- fece il ragazzo senza riflettere e fissando la cesta che aveva sulle gambe agitarsi da sola.

-Come hai detto?-

-Ho detto che magari non si sente bene. Che ne so, gli è venuta la cacarella. È l'unico motivo che mi viene in mente per cui uno si dovrebbe rinchiudere in una tenda mentre fuori impazza una battaglia.-

George si drizzò sul ramo e, subito dopo, si portò la mano in fronte. -Sono un idiota.-

-Eh?- fece sgomento il ragazzo.

-Ma sì, sono un idiota. Tutto ho pensato fuorché problemi di salute. Ho immaginato debolezza nelle decisioni, nuovi piani strategici e perfino i dissapori con i subalterni. Tutte cose che in effetti ci sono, ma che comunque non spiegavano l'atteggiamento. Ma il vero problema è proprio questo: l'Imperatore si è beccato la dissenteria.-

Balzò giù dal ramo con grande abilità e posò nel tascapane il cannocchiale.

-Giovanotto, sei un genio. Presto, carta e calamaio. Scriviamo.-

-Finalmente. Scriviamo- fece con enfasi il ragazzo, cacciando uno scatolino di pelle e porgendolo a George.

George lo prese e lo aprì. Dentro c'erano due boccettine di inchiostro scure e una sezione con dei pennini molto fini. Ne cacciò uno e lo infilò nell'asta, dove questi si incastrò perfettamente. Cacciò da un lato della scatolina una piccola striscia di carta e cominciò a scriverci sopra.

-Preparalo- disse al ragazzo mentre continuava a scrivere.

Il ragazzo aprì la cesta e infilò le mani dentro cacciandone un piccione viaggiatore.

George completò il messaggio, vi soffiò sopra per farlo asciugare e poi lo arrotolò delicatamente, fissandolo infine alla gambina del pennuto.

-Ok. Per me è tutto a posto.-

Il ragazzo allora lanciò il volatile in aria e questi subito si mise ad agitare le ali. Fece un mezzo giro, come a voler capire la direzione da prendere, e sfrecciò verso ovest.

-Vola vola. Vola a casa, colombino.-

-Ma la devi cantare ogni volta?- fece George ridacchiando.

-Porta fortuna- fece il ragazzo.

George strizzò gli occhi poi, di corsa, afferrò il tascapane e ne estrasse il cannocchiale. Si appoggiò all'albero e puntò il campo di battaglia.

-Porta così fortuna che ci hanno visti- fece George -Presto, dobbiamo sloggiare. Un soldato ci ha visti e ci sta indicando al suo superiore. Tra un po' qui si balla. Afferra tutto e scappiamo.-

Il ragazzo afferrò tutto quel che si era portato e si mise a correre verso la fattoria dove dormivano la sera.

-No no- fece George -è il primo posto che andranno a visitare. Scappiamo in mezzo a quella boscaglia. Stasera si dorme sotto le stelle.-

-Me lo fai un piacere, ragazzo?-

-Sicuro-

-Non la cantare più quella canzoncina.-

I due scapparono a gambe alte per non inciampare nella vegetazione alta in direzione del bosco.

Capitolo 19
Londra, 17 Giugno 1815

Alla porta bussavano con insistenza.

I passi felpati e quasi assenti del maggiordomo, che dell'invisibilità aveva fatto la sua religione nella casa del suo padrone, si diressero verso la porta. Winston aveva la solita imperturbabile espressione, aprì la porta e si trovò un grassone ansimante e sudato con il fazzoletto in mano. Con quel suo viso e gli occhi piccoli e vicini sembrava un porcello rivestito in seta.

-Winston. Ma quanto ci metti.- fece Adam ansimante mentre si faceva spazio per passare.

-Ero dall'altra parte della casa signore. La annuncio?-

-No, grazie. Vado da solo. È nello studio?-

-Naturalmente, signore.-

Adam si avviò di corsa verso lo studio e bussò a stento, spalancò la porta ed irruppe nella stanza.

-Per la miseria, Adam. Ma che ti prende?- fece l'uomo d'affari.

-È arrivato adesso. Porta la data di ieri. Il colombo praticamente mi è quasi svenuto in mano.-

-Da' qua, presto- fece l'uomo.

Il rotolino gli si srotolò in mano. L'uomo lesse attentamente, poi rimase un attimo in silenzio.

-Abbiamo fatto bene a mandare quel George sul fronte. È in gamba. Qui scrive che ritiene l'Imperatore non sia più al massimo delle sue forze per dissenteria o qualcosa di simile. Il suo braccio destro lo abbiamo già sistemato noi. È rimasto da solo. È debole.-

L'uomo si carezzava il mento con un occhio semichiuso mentre il volto era immerso nella penombra.-

Dopo un lungo attimo di riflessione, l'uomo riprese a parlare come se stesse parlando tra sé e sé.

-Napoleone è debole e non ce la fa, o quanto meno non è al massimo delle sue forze. Mi chiedo quante persone lo sappiano.-

-Io non ci giurerei tanto. In borsa lo temono ancora tutti, c'è grande timore. D'altronde non ne ha mai persa una, di battaglia.-

L'uomo lo rimirò arcigno -Tranne la Russia forse.-

-Tranne la Russia- balbettò Adam.

-Stammi a sentire Adam. Prendi un po' dei tuoi fidati, solo i più fidati mi raccomando, e comincia a vendere queste azioni in gran silenzio.-

L'uomo prese dalla scrivania un pezzetto di carta da una catasta di vecchi fogli già usati e da usare come carta per appunti e cominciò ad appuntare dei nomi. Poi porse l'appunto ad Adam che lesse e rimase sbigottito.

-Mah ..... sono al top al momento. Stanno andando bene che meglio non si potrebbe.-

-Per ora, mio miope amico. Ma se Napoleone perde non varranno la carta su cui sono scritte.-

-Ma non lo sai se perderà davvero.-

-Io sto facendo una scommessa. Certo..... l'ho oliata bene. Ci ho puntato tanto sopra e c'ho lavorato molto già da prima che accadesse questa battaglia, per prepararla. Ma sono sicuro che Napoleone, nonostante la sua abilità, questa volta non vincerà. Fa' come ti dico, sbarazzati di queste azioni che già puzzano di sconfitta. Abbiamo un uomo ben pagato sul posto e, come vedi, ci sta dando ottime notizie. Se dovesse accadere qualcosa da me non pronosticato lo verremo a sapere subito.-

-E se lo trovano e lo ammazzano? Alla fine si trova sempre su di un campo di battaglia.-

-Poco male- fece l'uomo con non curanza - ne ho mandati altri. Non avrai mica creduto che mi affidassi ad un'unica spia?-

Adam non gradì quella informazione. L'uomo, per quanto lui lo considerasse un amico, non gli aveva detto che riceveva altri messaggi da altre spie e che evidentemente gli venivano recapitati da altri come lui.

-Oh, povero Adam. Ti sei sentito tradito?- fece l'uomo d'affari con stucchevole moto d'affetto -Ma non devi. Sei e sarai sempre il mio migliore amico. Vieni.- E così dicendo gli indicò la sedia di fronte alla sua scrivania, lo fece sedere e cacciò la bottiglia di Cognac e i bicchieri. Poi, mentre lui si serviva, cacciò la tabacchiera e la sua pipa.

-Serviti pure, amico mio.-

-Accidenti, ho dimenticato la pipa.-

-Prendi una delle mie pipe personali- fece l'uomo porgendogli la rastrelliera dove teneva le pipe.

-Davvero- fece incerto Adam -sei molto gentile.-

-Ma figurati. Lo sai che a te ci tengo. Non essere sciocco.-

I due bevvero e fumarono come buoni amici. Quando si lasciarono era quasi ora di pranzo.

Dopo che Adam se ne fu andato, Winston rientrò nell'ufficio sapendo le abitudini del suo datore di lavoro.

L'uomo d'affari aveva già cancellato dalla faccia quell'espressione smielata e aveva di nuovo la sua solita espressione arcigna. Non appena vide Winston gli indicò sia il bicchiere che la pipa da pulire.

-Poi riponile con le pipe per gli ospiti.-

-Sissignore- fu l'ultima cosa che disse prima di uscire dalla porta dello studio per ridiventare invisibile.

L'uomo prese la sua pipa e, con il curapipe, cominciò ad armeggiare nel fornello per pulirlo, poi, insieme al vasetto del tabacco, ripose il tutto nello stipite alle sue spalle dove teneva gelosamente conservate le sue pipe.

Armeggiò con l'ultimo sorso di Cognac e, tra sé e sé, pensò che se quel colpo fosse andato bene neanche i faraoni d'Egitto, che siano maledetti per l'eternità, sarebbero stati così ricchi e potenti. Ma tutto questo non era che il primo passo. Tanto altro sarebbe stato fatto, ma perché potesse accadere serviva quel primo passo.

-Winston- urlò l'uomo sgraziatamente - che si mangia? Ho fame.-

Capitolo 20
La Reggia di Caserta

Henri camminava per i corridoi del Palazzo Reale di Napoli ormai come se fosse stata casa sua, tutti lo conoscevano e lo salutavano con rispetto. Erano bastati pochi giorni accanto al Re per diventare famoso in tutto il palazzo. Arrivò ad un angolo quando, girando, si sentì chiamare con un verso.

Si girò e intravide un corridoio di servizio semichiuso, con un ombra da dietro che lo fissava. Lesto, mise la mano istintivamente sulla spada e gli occhi si trasformarono in tue lame strette. La porta si socchiuse e una mano di donna uscì dall'ombra per indicarlo e fargli segno di seguirla. Henri, sornione, si guardò attorno e si infilò dietro la porta. Era Sofia, i due si abbracciarono e si baciarono appassionatamente.

-Che volevi fare? Mi volevi infilzare?-

-Sì- fece Henri ridendo -ma non con questa.-

-Screanzato- fece Sofia con falso sgomento -a me?-

-Eh sì- fece comicamente Henri con accento napoletano traballante - proprio a te.- E si ribaciarono nell'oscurità del corridoio.

Henri cominciò a spogliarla ma lei subito si ricompose.

-No *Henri*, non possiamo, se qualcuno mi vede ho perso il posto e Dio solo sa quanto ci servono i soldi. Ho dei genitori a cui pensare.-

-Accidenti, ma io ti desidero. Voglio averti.-

-Wewe- fece Sofia risoluta -noi napoletane non siamo persone che si possono usare e gettare via. Cu mè è fa l'omm serio.-

-Eh aggcapit- faceva Henri con accento più comico che stentato - e io l'ommo serio lo voglio fare.-

-Non mi prendere in giro soldatino, ho dei sentimenti- fece lei cambiando il tono della voce.

-Sono serio, donna, io ti voglio sposare. Voglio dei bambini, una famiglia. Voglio renderti felice ed invecchiare con te.-

-Dici sul serio?- fece lei con un filo di voce.

-Si.-

I due si abbracciarono nuovamente, stringendosi e baciandosi ancora più appassionatamente. Poi dei passi li fecero sobbalzare e lei si distaccò da lui facendo segno di andare via. Lui rubò un altro bacio e uscì dal corridoio ritornando nel corridoio principale.

Nessuno era in vista.

Henri non aveva avuto alcun dubbio. Sapeva dal primo momento che quella donna era sua. Continuò a camminare con passo sicuro, si sentiva al di sopra delle nuvole.

-Non così di fretta, giovanotto.-

"Cavolo" pensò Henri "qualcuno mi deve aver visto". Si girò e si trovò il Re sulla porta che aveva appena superato.

-Maestà!- esclamò balzando sugli attenti.

-Venga *Henrì*, venga.- e così dicendo lo invitò ad entrare.

Murat era senza giacca, aveva solo il gilet, e le maniche a sbuffo erano sbottonate. Era molto informale.

-Stavamo pensando di fare una visita alla Reggia di Caserta per verificare la proprietà e capire bene quant'è grande. Io non ci sono mai stato, ma mi hanno detto che è più grande di Versailles. Mi sembra così strano. Dubito che possa essere vero.-

-Francamente sembra strano anche a me Maestà- fece Henri -Ma io cosa posso fare per voi?-

-Verrete con noi. Alcuni Generali hanno chiesto la vostra presenza nella scorta e io sono assolutamente d'accordo con loro.-

-Ogni vostro desiderio è un ordine.-

-Perfetto amico mio, allora si faccia trovare pronto per domani mattina, ci seguirà a cavallo.-

-Sì, Maestà.- E così dicendo salutò ed uscì dallo studio del Re.

Passò la mattina a dare una mano per le cose di ordinaria amministrazione nel palazzo, cambio della guardia, ispezione dei perimetri e dei vari locali. Ma comunque passò tutta la giornata con in mente solo lei. Sofia.

Il viaggio per Caserta sarebbe durato quasi una giornata intera e ci sarebbero rimasti un altro bel po' di tempo. Decise, quindi, di andare da Bruno quella sera per poterlo salutare ed avvertire che sarebbe rimasto via per alcuni giorni.

Quando fu sera si preparò, come sempre in abiti borghesi, per andare nella città vecchia. Uscì dal cancello principale e, come sempre, cacciò la pipa e la sacchetta di tabacco. Stava per caricare la pipa quando le parole di Bruno gli risuonarono in mente "vai controcorrente".

Rimase per un attimo interdetto e poi richiuse la sacca di tabacco e ripose la pipa, diede una pacca alla fiaschetta di Cognac nella tasca e si avviò seguendo una nuova via che gli avevano spiegato. Notò seccato che il rinunciare a quell'abitudine gli costava fastidio. A lui piaceva fumare e bere, ma questo forse era un male. "Come poteva essere un male se produce benessere" pensava. "Forse perché produce assuefazione, necessità, bisogno" risuonò nella sua mente la sua stessa voce, ma non sembrava pronunciata da lui. "E anche se fosse?" incalzò lui. "Beh allora vuol dire che sei schiavo del bisogno, della necessità. Sei ancora inchiodato alla croce, la materia. Risorgi piuttosto."

Henri continuava a camminare, interrogandosi sulla materia, e senza accorgersene arrivò a Piazza San Domenico Maggiore. Si incamminò verso il lato più alto della piazza e mentre camminava un uomo gli andò incontro. Era mal vestito e la testa gli dondolava in modo vistoso.

-Bonaser giuvinò. Cumm state?-

-Bene, bene. E tu?- rispose Henri ridendo benevolmente.

-State andando da Bruno?-

-Sì, lo conosci anche tu?-

-Sì- rispose lo sconosciuto, mentre un altro uomo non visto si picchiettava un dito sulla testa per indicare ad Henri che questi era pazzo.

-Mi starà aspettando- fece Henri -Devo andare.- Cacciò dalla tasca una bella moneta e la porse al pover'uomo, che sgranò gli occhi alla sua vista.

-Grazie Giuvinò, che Dio ve ne renda merito.- E se ne andò, continuando a muoversi in modo strano.

Henri arrivò al vicolo della Cappella di San Severo, bussò alla porta e attese.

La porta si aprì e da dietro apparve la figura di Bruno. Henri lo rimise alla prova tacendo.

Bruno sorrise -Non riesci a capire come ti riconosca ogni volta, eh?- disse ridendo mentre fissava il vuoto.

-Ma come fai maledizione? Non ho neanche fumato questa volta.-

Bruno rise di gusto -A parte il fatto che io non sento l'odore di fumo da te aspirato, ma il profumo del tabacco nella sacca che porti nella tasca, credo la destra. Ma al di là di questo, ti si deve essere aperta la fiaschetta di Cognac. Spandi un profumo incredibile.-

Henri si mise la mano in tasca e effettivamente cacciò da essa la fiaschetta aperta.

"Deve essersi aperta quando le ho dato quella pacca" pensò.

-Sei incredibile- gli disse mentre Bruno lo faceva entrare.

-Che mi dici, baldo giovane?- fece Bruno per avviare il discorso.

-Sono passato ad avvertirti che dovrò assentarmi per qualche giorno. Andrò a Caserta e, prima di partire, ci tenevo a cominciare il lavoro di cui mi avevi parlato.-

-Ah, bene. Bella Caserta. Sono sicuro che il palazzo ti piacerà. Maestoso. Suntuoso. La materia nel suo stato più subdolamente bello.-

Henri si fece una risata -Ma non te ne va una bene?-

-Che vuoi farci. Sono puntiglioso.- ribatté il vecchio uomo sorridendo.

-Tu ci sei stato, a Caserta?-

-No- rispose Bruno- nessuno entra a casa del Re. Me l'hanno raccontata e sono sicuro ti piacerà. Soprattutto ti darà fastidio perché ridimensiona la tua Versailles.-

-Me lo stanno dicendo tutti che è più bella della nostra…ma è così bella?-

-Quando andrai e vedrai, solo allora capirai- disse Bruno -Nel frattempo però potremmo cominciare a lavorare.-

-Ottimo, capo. Che devo fare?-

-Hehehe. Mi piace l'irruenza giovanile. Poi nel tempo si vedrà quanto di questo era amore e quanto fuoco di paglia.-

-Che intendi dire?-

-Voglio dire che tra una settimana ti vedrò tornare e dirmi "non è accaduto niente". E magari in questa settimana se lo hai fatto tre volte è anche tanto.-

-Ma perché, quante volte lo devo fare?-

-Quello che sto per mostrarti è un esercizio che devi fare ogni giorno. Tutti i santi giorni che Dio ti manderà. E, se anche dovesse sortire effetto, non dovrai mai fermarlo per nessun motivo. Quindi rifletti bene, perché se cominciamo non ammetterò interruzioni.-

-Non ho bisogno di rifletterci. So che devo e voglio cominciare.-

Bruno fece un cenno di approvazione con il capo e con il dito indicò la sedia con i braccioli che Henri aveva già usato. Lui si alzò e si andò a sedere sulla sedia.

-Mettiti in modo che la schiena sia ben eretta ed il capo non poggi allo schienale alto.-

Henri si accomodò, poggiando le braccia sui braccioli, mentre

Bruno spegneva le candele con le dita.

-Ma non ci soffi sopra? Sarebbe più semplice per te.-

-No- fece secco Bruno -non si soffia sulle candele che usi per atti sacri. Quando tu espiri non esce solo l'aria dalla bocca a livello sottile. Le candele purificate si spengono sempre con le dita.-

Ne lasciò una sola accesa.

-Adesso chiudi gli occhi e lascia che i tuoi pensieri scorrano, non li fermare e non permettere che ti coinvolgano.-

-Che significa? Non riesco a capirlo questo.-

-Semplice- fece Bruno- Quando pensi generalmente il pensiero ti coinvolge e ti trasporta con sé e tu dimentichi chi sei e dove ti trovi. Ti immergi completamente nel pensiero. Tu, invece, devi sempre ricordare che stai al di fuori di quel pensiero. Non sei il pensiero. Lo stai solo guardando.-

-Non mi è facile- fece dopo qualche secondo Henri.

-Usa questo trucchetto. La senti la pressione della sedia sotto di te? Sotto le tue braccia sui braccioli?-

-Sì- fece Henri.

-Perfetto. Tienila sempre a mente. Mantieni sempre viva in te quella sensazione mentre i pensieri sfilano davanti a te. Osservali tutti finché non finiscono e avvertimi.-

Henri si immerse nei pensieri fissandoli. Scorsero ricordi delle guerre e, quando si accorgeva che si era immerso troppo in essi, subito si riaggrappava al trucchetto di Bruno e riemergeva dai ricordi diventando un semplice osservatore. Piano piano cominciarono a diradarsi fino a fermarsi.

-Si sono fermati- fece Henri a Bruno.

-Perfetto- fece Bruno a bassa voce- Adesso immagina qualcosa di molto ma molto semplice: un cucchiaio, un chiodo di ferro o anche un ago per cucire. Deve essere semplice da immaginare. Guardalo con gli occhi della mente e fallo ruotare. Lento, mi raccomando, la mente si diverte a far ruotare gli oggetti. Devi averne tu il controllo. -

Henri intanto aveva già scelto l'oggetto e lo stava visualizzando.

-Dopo che lo avrai visualizzato per bene e te ne sentirai padrone comincia a pensare a tutto quel che puoi immaginare di questo oggetto. A che serve? Chi lo ha inventato a che doveva pensare quando lo ha inventato? Se sai come si fa, immaginane anche la sua costruzione. I suoi diversi usi.-

Henri rimase a fare quell'esercizio come meglio poteva per almeno venti minuti prima di chiedere - Per quanto tempo lo devo fare?-

-Come prima volta è andato più che bene. Adesso resta con gli occhi chiusi per qualche minuto per assorbire il lavoro eseguito e lentamente riapri gli occhi.-

Quando Henri riaprì gli occhi si sentì molto rilassato. -Potrebbe quasi essere piacevole.-

-Mi fa piacere che ti piaccia. Sarà il tuo compagno per il resto della tua vita.-

-Sempre incoraggiante così?- fece sarcastico Henri.

-Scherzi a parte cerca di non saltarlo mai.-

-Adesso devo andare- fece Henri -Mi dispiace di non potermi trattenere, ma devo prepararmi la roba per la partenza di domani.-

-Non ti preoccupare- fece Bruno -Mi fa piacere che hai cominciato questo esercizio. È uno dei più importanti. Sai....un buon maestro non inizierebbe mai da qui, ma sento che dobbiamo affrettarci. Ho come la sensazione che la tua storia ti porterà lontano da qui...-

-Mio Dio, speriamo di no. Ho anche trovato moglie qui a Napoli.-

-Ah sì?- fece Bruno - E come si chiama?-

-Sofia- fece fiero Henri.

-Mai nome fu più appropriato- fece Bruno dandogli una bella pacca sulla spalla -Me la farai conoscere?-

-Ma certo- fece Henri dandogli la mano e salutando Bruno con affetto.

Quando fu all'esterno si avviò velocemente verso il Palazzo Reale, percorrendo di corsa i vicoli di Napoli.

Arrivato al Palazzo si organizzò velocemente lo zaino con tutto il vestiario e il necessario per restare una settimana fuori.

Andò a letto presto quella sera in attesa del giorno successivo.

Gioacchino Murat scendeva le scale con al fianco la moglie Carolina seguito da molta gente ossequiosa. Il Re era elegante e la moglie altrettanto. Le scale maestose del Palazzo Reale di Napoli erano rivestite da un tappeto di velluto rosso. Appena usciti dal palazzo, la coppia Reale trovò fuori il cocchio con servitù e Generali che lo attendevano. Appena li videro tutti si inchinarono e la servitù aprì la porta della carrozza.

Il Re fece entrare prima la Regina e poi entrò lui, seguito da due generali. La carrozza quindi si incamminò e si avviò per i viali del Palazzo Reale. Arrivati davanti al plotone, che lo attendeva per scortarlo, il Re disse al cocchiere di fermarsi.

-Dov'è *Bertoldì*?- fece il Generale, affacciato dal finestrino della carrozza.

Dalle file del reggimento uscì un soldato, che si portò al fianco della carrozza.

Era maestoso in alta uniforme. Il berretto con la piuma gli conferiva un aria ancora più imponente.

Henri, che aveva la spada estratta, camminava con l'elsa impugnata ed appoggiata sulla gamba destra e la lama appoggiata alla spalla. Non appena fu vicino alla carrozza portò l'elsa all'altezza dell'occhio destro in saluto al Generale. Dal generoso finestrino si intravedeva anche il Re e la Regina.

-*Henri*- fece il Re -voi ci seguirete al fianco della carrozza. Ci sentiamo più sicuri con voi vicino.-

Henri rialzò la spada come prima per assenso e aggiunse -Sarà un grande onore, Sire.-

La carrozza si mosse, il plotone si accodò per seguirlo e, dietro, si accodarono dei carri con la servitù che seguiva la coppia reale.

Ci volle un po' per uscire dalla città. Al passaggio della carrozza, il popolo salutava ossequioso. La giornata era splendida ed il sole picchiava ancora. Per fortuna la carrozza era aperta e permetteva il passaggio di tanta aria fresca. Quando la città si diradò e comparve la campagna fuori Napoli il Re rimase per molto tempo ad ammirarla estasiato.

-Dobbiamo fare un escursione in campagna uno di questi giorni. Adoro questa campagna. È stupenda. Questi luoghi sono incantevoli.-

-Hai proprio ragione- fece la moglie.

-Maestà, quando saremo a Caserta lo potremo fare nei giardini del parco. Sono così estesi che non noterà la differenza con questa campagna.-

-Addirittura?- fece il Re -Sono sempre più curioso.-

Henri camminava al fianco della carrozza e, ogni volta che qualcuno si intravedeva per la strada, aguzzava lo sguardo per studiarlo meglio.

-Veramente mi rassicura la sua presenza- fece la Regina

all'orecchio del marito, ma in modo da farsi sentire anche dal Generale.

-Vostra Maestà, sono un soldato da molto ormai - fece il Generale - e vi posso assicurare che, dopo averlo visto in azione, non lo vorrei mai incontrare sul campo di battaglia come nemico.-

-Niente di meno?- fece Murat -È così terribile?-

-Maestà, Lei ha visto solo cosa è capace di fare con la spada ad una bottiglia. Io invece l'ho visto usarla sul nemico. E le assicuro che non poteva affidarsi a persona più adatta per la sua sicurezza.-

La Regina si sporse per studiarlo dal finestrino.

Henri era seduto sul cavallo, la muscolatura delle possenti gambe era messa in risalto dalla posizione sulla sella, il berretto indossato lo faceva ancora più alto e il *pelisse*, appoggiato sulla spalla e sorretto dalle catenelle, aveva un non so che degli antichi cavalieri. Lo sguardo sottile, come due lame, scrutava lontano. I due baffoni castano chiari, che si congiungevano alle basette, e le treccine, che scendevano sui lati, erano per le donne di gran fascino. L'andatura del cavallo ne faceva ondeggiare il bacino avanti ed indietro.

Henri all'improvviso si voltò verso la carrozza e vide che la Regina lo stava guardando, fece un gesto ossequioso con il capo e sorrise.

La Regina si girò verso il Re e disse -Ma è meraviglioso, sa anche sorridere. Lo voglio assolutamente ai miei ricevimenti.-

-Amore- fece il Re alzando gli occhi al cielo -non è un balocco, è un cacciatore a cavallo della *Grand Armèe*-

Tutti si misero a ridere, compreso Henri che subito riprese -Ogni desiderio è un ordine, Maestà-

La Regina si girò verso il Re e disse -Sentito? Un ordine- fece lei divertita.

Il Re si sporse verso Henri e disse ridendo -Ti pentirai, ragazzo mio, di questa affermazione- destando altra ilarità.

Si continuò per tutta la giornata fino l'ora di pranzo. Trovarono un bello spiazzo sotto dei pini per mangiare. La servitù allestì in un attimo tavoli, tovaglie e pranzo. Portate fredde già preparate al Palazzo e trasportate al seguito, dato che sapevano che il viaggio sarebbe stato lungo.

La pineta era piena di cinguettii e, in lontananza, si intravedevano cervi nel folto della vegetazione.

-Mio Dio, che splendore *Henri*- fece il Re -Potrei anche

abituarmici a tutto questo.-

-Vero, questa terra è molto bella e benevola. Il clima è molto mite, il mangiare troppo buono - disse dandosi uno schiaffo sulla pancia - e la gente è veramente speciale.-

-Ecco- fece il Re - hai il dono della sintesi. Hai proprio inquadrato la situazione.-

-Allora venite a mangiare o no?- fece la Regina.

-Sarà meglio muoverci, *Henri,* o ci affetterà entrambi con la tua spada.-

-Sì, Maestà- disse Henri ridendo.

Mangiarono e bevvero a sazietà e, dopo il pranzo, mentre i servi rassettavano, tutti si fecero una passeggiata in quella splendida pineta.

La carovana si rimise in marcia verso Caserta a ritmo serrato.

Quando arrivarono nei pressi della Reggia era ormai quasi sera.

Da lontano si intravedeva la facciata della Reggia. Gigantesca. Non avevano mai visto nulla del genere.

Il Re, la Regina, i generali e perfino Henri rimasero tutti sgomenti a guardare. Per abbellire il palazzo avevano acceso una candela davanti ogni finestra sulla facciata principale.

Il Re guardava esterrefatto -Ma quante finestre sono?-

-Io mi sono fermato a 100- fece uno dei Generali.

-Accidenti, io Versailles l'ho vista ma questa è veramente più bella.-

La carrozza imboccò il viale centrale e si diresse verso il cancello di ingresso centrale.

Due grandi bracieri, con il fuoco acceso ai suoi lati, lo indicavano e una guarnigione si mise sugli attenti non appena la carrozza gli passò davanti.

Appena entrati dal cancello principale due uomini corsero al passo con la carrozza, afferrando i cavalli anteriori. Il cocchiere allentò le briglie. Questi fecero rallentare la carrozza e la fecero andare a passo d'uomo. Erano in una sorta di galleria centrale coperta, piena di uomini con le fiaccole ai suoi lati.

Ai lati si intravedevano altre corti interne. La carrozza avanzò lentamente fino a fermarsi in un corpo centrale. Quando la porta si aprì Henri era già smontato da cavallo, affidandolo ad un inserviente, ed era pronto a stare vicino al Re.

Un ometto attendeva sulle scale che davano accesso allo scalone

Reale. Era non molto alto e con pochi capelli, uno sguardo furbo ed un ampio sorriso.

Quando il Re scese dalla carrozza, questi si fiondò al suo cospetto con profondi inchini.

-Maestà. Quale onore. Finalmente vi abbiamo qui. Nel vostro palazzo.-

-Come vi chiamate brav'uomo?- fece la Regina.

-Io sono Gennaro, Maestà.-

-Gennaro- squillò il Re -un nome tipico della zona.-

-Oh sì, Maestà. Il santo protettore di Napoli. Perfino l'Imperatore Napoleone è a lui devoto. Tra Napoli e Caserta siamo un po' tutti Gennaro. E se non è Gennaro è Procolo, suo fratello. Anch'egli Santo.-

-Molto interessante- fece il Re.

-Vostra Maestà avrete viaggiato tanto e sarete stanchi morti, volete mangiare qualcosa o volete andare direttamente a riposarvi?-

-Dormo male a stomaco vuoto- fece il Re.

-Prego- fece segno Gennaro di seguirlo -vi mostro la strada, mio Re.-

Tutti si avviarono e Henri seguì. Si teneva a distanza, ma non troppo per tenere sempre sott'occhio il Re.

Si avviarono verso uno scalone maestoso. Era un tripudio di marmi. Altissimo. Ti faceva sentire piccolo ed insignificante. La scala, prima di dividersi in altre due scale laterali, sulla sommità aveva due leoni a grandezza naturale, splendidi e fieri. Ti guardavano come se stessero per balzarti addosso da un momento all'altro.

Mentre salivano, si sentiva una musica provenire dall'alto.

-Ma quanto è alto!- fece il Re ammirando il soffitto.

-Trentadue metri, Sire.- fece Gennaro.

-*Parbleu!*- disse Gioacchino ammirato.

Arrivati in cima, dove il Re si aspettava di vedere l'orchestrina che stava eseguendo quell'aria, in realtà non trovò nessuno e si accorse che non riusciva neanche a capire da dove arrivasse quella melodia.

-Ma….l'orchestra?- fece il Re.

-Oh, è lì sopra, Sire- fece Gennaro indicando la cupola -V'è una controsoffittatura che ospita l'orchestra. La musica si diffonde per tutte le scale, Sire.-

-Ingegnoso- fece il Re ammirato.

-Prego, Sire. Da questa parte- Gennaro sgambettava allegramente mostrando le stanze a tutti e dando spiegazioni sommarie su quel che i suoi predecessori e costruttori ci facevano.

Gli spazzi erano assolutamente incredibili. Stanze alte dieci metri e lunghe altrettanto. Ai muri le famosissime sete di San Leucio tappezzavano tutto. Quadri, candelabri, specchi, mobili. Tutti camminavano ammirati.

Arrivarono in una stanza che avevano perso l'orientamento. Gennaro aprì la finestra e disse -Maestà, ho pensato che prima di mangiare, uno sguardo ai giardini l'avrebbe messa di buon umore.-

Tutti si affacciarono e rimasero in silenzio.

I giardini non potevano neanche essere chiamati con quel nome. Non erano giardini, ma una tenuta sconfinata. Nel tenue tramonto si vedeva chiaramente la piscina dove avrebbe potuto starci comodamente una nave della sua flotta, forse due. Fontane e giochi d'acqua e, in fondo a tutto, appena visibile da lontano, una cascata che sembrava alimentare tutta quell'acqua che vedevano sotto di loro.

Il Re tentennò un attimo e poi -Ha fatto benissimo, caro Gennaro.-

Rimasero tutti ad ammirare la vista per un attimo.

-Maestà, se gradisce seguirmi vi mostro la camera da pranzo.- Gennaro fece cenno ossequioso di seguirlo e si avviò per i corridoi della Reggia.

Il gruppo di persone non era molto nutrito. Gennaro li portò in una sala con un bel tavolo tondo con tante candele accese.

-Non sapevo quante persone sareste state e ho apparecchiato due posti separati. Qui starete più comodi e vicini per poter parlare. Accomodatevi pure che vi faccio servire subito.-

Henri, sentendosi di troppo, si mise vicino al muro a mo' di tappezzeria non sentendosi all'altezza di quella tavola.

Tutti si sedettero ed il Re, indicandolo, gli fece cenno di sedersi.

Henri per un attimo tentennò.

-Andiamo, *Henri*- fece la Regina - non vorrà contrariare il suo Re?-

Henri, preso alla sprovvista, prese posto al tavolo piuttosto a disagio, dato il grado delle persone presenti.

-Allora *Bertoldì*- fece uno dei Generali - che ne pensa della

Reggia?-

Henri, preso di nuovo alla sprovvista, rimase un attimo in silenzio.

-Generale, lo ha messo in difficoltà- fece la Regina sorridendo - Non ha neanche visto Versailles probabilmente.-

-Oh no, Maestà. Versailles l'ho vista. Molto bella. Accompagnai vostro fratello una volta e vi rimanemmo per tre giorni. L'Imperatore doveva incontrare delle persone e preferì farlo lì.-

La Regina rimase a guardare per qualche istante e poi - Eh beh, allora? Andate avanti.-

-Devo dire che sono rimasto anche io molto sorpreso. Il Palazzo è molto grande, ma è veramente bello. Ben studiato. Ha un colpo d'occhio incredibile. E i giardini, sebbene anche quelli di Versailles siano molto grandi e con uno specchio d'acqua più grande di quello visto qui, a Caserta sono studiati meglio a mio avviso. Hanno qualcosa che attira immediatamente l'attenzione.-

-Il signore ha un buon occhio- fece Gennaro, entrando - Palazzo, giardino, qui tutto è stato studiato e realizzato da Vanvitelli, sotto invito di Carlo di Borbone. E, anche se per i giardini i particolari non li ha sviluppati lui, le sue decisioni erano già nel progetto. La Reggia si integra nel giardino e l'uno ha senso per la presenza dell'altro. È forse, senza voler togliere nulla ovviamente alla vostra stupenda Versailles, la Reggia più grande in tutta Europa al momento.-

-Maestà, con il vostro permesso mi sono preso la libertà di farvi assaggiare dei piatti tipici della tradizione locale, poi ho preparato della cacciagione e dei contorni. Nel frattempo porterò il vino. Sempre locale.-

Ad uno schicco delle mani, camerieri entrarono con in mano caraffe di cristallo contenenti acqua, vino bianco e vino rosso.

Il Re assaggiò un bicchiere di rosso e sgranò gli occhi -Accidenti, anche il vino è superlativo. Ma c'è qualcosa che non sapete fare qui, Gennaro?-

-Oh no, Maestà. Da qui sono passati tutti e noi li abbiamo sempre studiati con grande attenzione. Tutto quello che era bello lo abbiamo assorbito. Vedrà…..si troverà bene qui.-

-Lo credo bene- disse lui bevendosi un altro bicchiere.

Il pasto durò non poco e alla fine tutti si alzarono a stento dalla tavola.

-Se questo è quel che ci aspetta tutti i giorni siamo rovinati- fece il Re destando le risate di tutti.

-Andiamo a dormire- fece la Regina -sempre se arriveremo alle camere da letto. Sono lontane, Gennaro?-

-Non molto, Maestà. Vi faccio strada. Prego.-

Gennaro si avviò avanti seguito da tutti. Arrivarono dall'altro lato del palazzo e cominciò l'assegnazione delle camere.

La camera del Re e della Regina aveva già fuori le guardie del reggimento che si erano portati dietro.

-Prego Maestà. Questa è per voi.- Entrò e accese le candele, illuminando una camera bella e grande con letto a baldacchino e tende.

La regina entrò guardandosi attorno -Meravigliosa!-

-Prego, signori Generali, da questa parte- e così dicendo si portò al seguito la restante parte di persone.

Arrivò davanti a delle stanze ed indicò delle porte. -Prego signori. Abbiamo dovuto adattare delle stanze, ero sicuro che non avreste voluto disperdervi la prima sera in camere distanti.-

-Ha fatto benissimo, Gennaro- fece uno dei Generali entrando nella stanza.

Gennaro si girò verso Henri, l'ultimo rimasto e con garbo gli disse -Ho visto che lei gode della benevolenza del Re. Gradirebbe dormire al piano insieme a tutti?-

-Grazie- fece Henri distrutto dal viaggio, ma soprattutto dalla cena -ne sarei molto lieto.-

-Si dovrà accontentare della stanza però. Non è proprio grande- gli disse mentre lo guidava in quel palazzo gigantesco.

-Ah, non si preoccupi, ad Austerlitz dormivo a terra.-

-Abbiamo un veterano- fece Gennaro con ammirazione.

-Eh beh, mi secca dirlo ma ormai si.-

-Ahimè neanche io sono più di primo pelo signore. Ha avuto modo di conoscere il grande Imperatore Napoleone?-

-Gli sono sempre accanto sui campi di battaglia.-

-Quale onore- disse Gennaro sgranando gli occhi.

-Eccoci qua- fece Gennaro aprendo una porta e fiondandosi dentro ad accendere le candele.

-Le ripeto, è un po' modesta ma almeno è sul piano nobile.-

-Non si preoccupi Gennaro, è più di quanto non potrò mai permettermi in tutta la mia vita.-

-Non lo dica signore, non si sa mai cosa ci serba la vita.- E così dicendo uscì dalla stanza inchinandosi e richiudendo la porta.

Henri si guardò attorno alla flebile luce delle candele. In effetti la camera era molto più di quel che si sarebbe potuto permettere in tutta la sua vita. Bella, sontuosa e con seta damascata sui muri. Mobili intarsiati ed un letto morbido.

Rimase un attimo a riflettere e poi scattò verso la porta aprendola -Gennaro- urlò a bassa voce Henri -Dov'è il bagno?-

-In camera, signore. C'è una porta nascosta.-

-Grazie- fece lui e rientrò timoroso di fare la seconda domanda "Ma se è nascosta come la troverò?".

Afferrò le candele e perlustrò tutti i muri fin quando non trovò vicino ad un angolo della stanza un pomellino che sporgeva dal muro. Lo afferrò, lo tirò ed una porta, del tutto nascosta dall'oscurità, si aprì mostrando un bagnetto con tutto il necessario per la comodità.

"Accidenti" pensò Henri "Forti questi Borbone. La sapevano lunga".

Posò le candele spegnendole e si mise a dormire vestito, tale era la stanchezza.

Quella mattina Henri si svegliò presto, non si era accorto che gli scuri della finestra erano aperti e la luce del prima mattino gli inondava la camera. Si lavò nel bagnetto dato che, con sua grande sorpresa, si accorse che era dotato di acqua corrente. E si preparò. Per fortuna si era tolto il giubbetto e la camicia che altrimenti si sarebbero stropicciati.

Era molto presto e così decise di perlustrare il palazzo. Lo girò in lungo ed in largo incontrando solo la servitù che lavorava al piano e le guardie.

I soldati del reggimento lo prendevano in giro. "Dormito bene, Vostra Altezza? Il letto era comodo?" lui rideva e non rispondeva per non alimentare la cosa.

Arrivò alla stanza da dove si affacciarono la prima sera e si riaffacciò per guardare i giardini di mattina.

Adesso tutto si vedeva chiaramente. Un immenso parco verde, dal cui fondo partiva una vasca d'acqua lunghissima, e poi di nuovo giardini per alternarsi a vasche d'acqua e fontane e di nuovo verde e di nuovo acqua fino alla cascata sul fianco della collina che si vedeva in lontananza.

Henri era davvero ammirato da quel posto.

-*Bonjour messieur*, dormito bene?- fece una voce alle sue spalle. Era Gennaro.

-Oh buongiorno, Gennaro. Come va? Sì, grazie. Il letto era morbido.-

-Vuol fare colazione? Prego, faccio strada.-

Henri seguì l'uomo senza fiatare. Aveva fame, in effetti. Gennaro lo portò nella stessa stanza della sera prima e lo fece accomodare.

Ad un suo battere di mani, camerieri comparvero magicamente e approntarono davanti ad Henri piattini con tranci di torta alle more, scodelle di frutti di bosco e perfino delle crepes con la marmellata.

-Gennaro ma è tutto per me?-

-Naturalmente, signore. Latte? Caffè? Tè?-

-Latte, grazie.-

Neanche finì di dirlo che la caraffa del latte era a tavola.

Henri si fiondò sul mangiare e lo fece fuori in un batter d'occhio.

Sazio, si alzò dal tavolo accorgendosi che tutti erano rimasti alle sue spalle in silenzio. Si sentì un attimo in imbarazzo e si rassettò la divisa mentre i domestici ripulivano tutto. Quando si rigirò verso la tavola vide solo la fila di domestici che sfilava verso il corridoio di servizio con i piatti in mano ed il tavolo che non aveva più alcuna traccia del suo passaggio. Perfettamente immacolato.

Strabiliato si accomiatò da Gennaro e andò a fare un giro nel parco. Fece una lunga passeggiata ammirando i disegni dei giardini e le piante per poi intravedere in lontananza la figura del Re e della Regina seguiti da tutti. Si avvicinò a passo veloce e,una volta arrivato, salutò tutti.

-*Henri*- fece il Re -ma sei caduto dal letto?-

-Oh no Maestà, ho dimenticato di oscurare le finestre e il sole mi ha impietosamente svegliato. Ha dormito bene, Maestà?-

-Benissimo e devo dire che sono di nuovo pieno come un otre.-

-Proprio vero. In questa terra si mangia tanto e bene.-

La giornata era piacevole e assolata per cui decisero di visitare il parco. Camminavano lungo la strada sul fianco destro della lunga vasca come se stessero seguendo un fiume. C'erano pesci di varia misura e specie.

-Questo posto è grandissimo, Gennaro. Non sembrava, partendo dal palazzo.-

-Una illusione ottica creata dal Vanvitelli. Le cascate sono lontane tre chilometri dal palazzo.-

-Addirittura?- fece la Regina.

-Eh sì. Pensi che il Re alla cascata ci andava in carrozza-

-E questa vasca è assolutamente bellissima. Potrei metterci delle barche tanto è grande.-

-Oh no Maestà, la vasca per le barche è dall'altro lato. La Peschiera grande. Era il posto dove Carlo IV si allenava da piccolo per la guerra navale.-

-Perbacco- esclamò un generale -Ma davvero?-

-Oh certo, signore. E per le esercitazioni da terreno abbiamo anche una casermetta. La "Castelluccia" si chiama. Sempre per Carlo IV di Borbone, che non ne voleva sapere niente di esercitarsi e spesso mancava alle lezioni.-

Il gruppo passeggiò oziosamente lungo quel filare che alternava ora vasche d'acqua e ora prati immacolati fino ad una fontana con due gruppi di statue.

-Che strana fontana- fece la Regina -Non ne capisco il significato.-

-Infatti, nemmeno io- fece il Re -Gennaro, sa il significato di queste statue?-

-Ma certo, Maestà. I Borbone amavano le allegorie, anche per mandare messaggi velati a chi gli orbitava intorno. Siamo al cospetto della fontana che narra del mito di Diana e Atteone.-

Tutti si sedettero sui bordi della fontana e si misero ad ascoltare la spiegazione di Gennaro.

-Immaginate una fitta foresta come quelle che trovate proprio qui intorno. La luce non è tanta, gli alberi schermano i raggi solari. Tra i cespugli della foresta si muove un bel giovane. Grande e forte- Gennaro si gira intorno e poi si volta verso Henri, indicandolo - uno come lui.-

-Non sono più tanto giovane- disse ridendo Henri.

-Il giovane si chiama Atteone- continuò imperterrito Gennaro - ed è stato addestrato dal centauro Chirone in persona nell'arte della caccia.- Tutti seguivano il racconto rapiti.

-Ad un certo punto, mentre si aggira silenzioso tra i boschi sente da prima dei rumori lontani, poi delle voci di donne. Incuriosito, si avvicina con la sua muta di cani che si portava sempre dietro quando andava a caccia. Arrivò nei pressi di uno stagno e lì, proprio in mezzo allo stagno, vide una scena incredibile. La Dea Diana, insieme a delle ninfe, faceva il bagno completamente nuda-

-La Dea della caccia, degli animali e signora dei boschi e della luna stava uscendo dallo stagno. Non indossava nulla. Uscì dallo specchio d'acqua completamente nuda. Immaginate la perfezione del corpo.-

-Un giovane come Atteone, nel pieno delle sue forze e della sua giovinezza, fece l'unico sbaglio che un comune mortale non dovrebbe mai fare. Rimase a guardare le nudità della Dea incantato dalla quella statuaria bellezza. La Dea se ne accorse.- Gennaro teatralmente si spostò alla destra, dove appunto il quadro raffigurava la Dea e le Ninfe in agitazione. - La Dea si vide scoperta, le Ninfe tentavano di coprirla e scacciare l'avventore, ma Atteone era troppo inebriato dalla bellezza della Dea e perse degli istanti importanti. La Dea, indispettita dall'insistenza del giovane, schizzò dell'acqua dello stagno sul viso del giovane. Allora lui, quasi preso alla sprovvista e capendo l'errore che aveva fatto, scappò nel folto del bosco. Scappò e scappò finché non vide una fonte d'acqua. Allora, esausto, si avvicinò per rinfrescarsi e, specchiandosi nella fonte, vide una immagine che da prima non riconobbe.- Gennaro si rispostò leggermente a sinistra verso il ragazzo con la testa di cervo attorniato dai cani.

-La Dea, adirata per il suo gesto, lo aveva trasformato nell'animale che era uscito a cacciare. Un cervo. Mentre Atteone continuava a specchiarsi nell'acqua incredulo, sentì un rumore alle sue spalle. La sua muta di cani, non riconoscendolo più, lo aveva accerchiato. Atteone fu sbranato dai suoi stessi cani.-

-Oh, povero Henri- fece ridendo la Regina.

-Non colgo l'allegoria, Gennaro- fece dubbioso il Re.

-L'allegoria è - e qui Gennaro fissò Henri negli occhi senza essere visto dagli altri, rapiti dalla bellezza delle statue -mai avvicinarsi troppo a delle divinità. Sono molto capricciose e rischi di rimetterci molto. Ognuno deve rimanere al proprio posto.-

-Accidenti- fece un Generale -più chiaro di così.-

-Però- fece il Re -Questi Borbone mi piacciono sempre di più.-

-Prego signori, se mi seguite solo un altro poco arriveremo a breve alle cascate. E proprio qui sopra e poi dopo ho una splendida sorpresa per voi. Se vorrete in quell'angolo di paradiso potremo anche mangiarci.-

-Splendido- fece la Regina - Andiamo.-

Dopo aver ammirato la cascata, dalla cui sommità si poteva

ammirare tutta la piana dove risiedeva la Reggia, Gennaro li portò in un altro angolo dei giardini reali.

-Bene- fece lui solenne -qui iniziano i giardini all'inglese voluti dalla Regina Maria Carolina d'Asburgo, moglie di Ferdinando IV. Nella creazione di questo gioiello, dovuto al grande botanico Graefer, c'è anche però lo zampino del Vanvitelli, dato che la moda dei giardini all'inglese era ormai affermata in tutte le corti.-

La comitiva Reale si incamminò in quel luogo a dir poco magico. Piante rare ed alberi alti si alternavano in un posto che sembrava uscito da una fiaba o da un racconto mitologico.

Ad un certo punto arrivarono in un posto con una costruzione. Gennaro tacque e lasciò che ognuno scoprisse il posto da solo. La costruzione in realtà era una specie di rudere. Man mano che si addentravano scoprivano di essere in una costruzione dell'antica Roma. Un porticato con un colonnato, splendide statue di nobili romani. Mosaici, marmi... Sotto l'intonaco scrostato si intravedeva l'Opus reticulatum, tipico dell'epoca.

-Non ci credo- fece il Re -Hanno costruito la Reggia intorno ad un antica casa romana?-

-No, Maestà- fece sorridendo Gennaro -La hanno abilmente fatta costruire. In realtà è un falso ricreato sapientemente studiando le rovine dell'antica Pompei ed Ercolano appena trovate. Due città distrutte, si suppone per una eruzione del Vesuvio.-

-Che meraviglia. Mi ci porti, Gioacchino?- fece la Regina entusiasta.

-Ma allora è tutto finto?- fece Henri.

-Non del tutto, signore. Le statue ed alcune colonne vengono da lì e forse anche alcuni mosaici. Ma il resto è stato semplicemente ricopiato con grande abilità.

Tutti giravano con grande interesse il posto che gli aveva fatto fare un salto nel tempo e nello spazio. Sembrava di non essere più nella Reggia di Caserta, ma in un altro mondo. Lontano da tutto e tutti. La comitiva si sfaldò e Gennaro, che conosceva l'effetto, si sedette e attese che ognuno trovasse il suo io in quel posto magico.

Henri, rapito da quel posto, cominciò a vagare sotto al portico. Percorrendolo tutto, intravide una specie di porta alla sua fine. Vi passò attraverso andando in una galleria buia e poi, fuoriuscito dall'altra parte, vide un laghetto. L'aria in quel posto sembrava sospesa nel tempo. Il sole dipingeva, attraverso le foglie, sottili raggi di luce che si tuffavano in uno stagno incantato. Henri continuò a seguire quel vialetto in riva allo stagno finché non trasalì all'improvviso. Per un solo istante, ebbe la netta sensazione di vedere una donna nuda uscire dalle acque del laghetto per poi rendersi conto che in realtà era solo una statua di marmo.

Rimase come folgorato a guardarla.

-Non sia insistente, *Henri*. O la trasformerà come ha fatto con Atteone.- Una voce di donna lo prese alle spalle alla sprovvista. Era la Regina che lo guardava seria.

-Non sono sprovveduto come Atteone- fece Henri -So che ognuno deve rimanere al suo posto.-

-Peccato- fece la regina continuando a fissarlo con insistenza.

-Ah, avete scoperto i bagni di Venere- fece Gennaro -Un posto incantevole.-

Tutti si ritrovarono attorno a quello splendido posto.

-Signori, si è fatto l'orario che vada a vedere come sono i preparativi per il pranzo. Ed ecco la mia proposta. Vi andrebbe di mangiare qui? Farei portare tutto il necessario per voi e vi appronterei un, come si dice a Londra, picnic all'aperto. Che ne pensate?-

Il Re si girò verso Gennaro con aria entusiasta e disse -Gennaro, lei è un genio! Credo che andremo d'accordo.-

-È mio piacere rendere la vostra presenza nella sua dimora il più agiata possibile, Maestà. Vado e torno subito.-

Gennaro sparì e il gruppo si sfaldò per andare alla scoperta di quel posto incantevole. Henri, con la scusa di perlustrare, si allontanò dagli altri. Aveva una certa paura che il Re lo facesse veramente sbranare dai cani. La storia di Atteone aveva fatto breccia ed evidentemente Gennaro, sveglio com'era, aveva notato prima di lui qualcosa.

Scoprì un altro laghetto lì vicino e si distese sul prato ad ammirare il sole che dipingeva sulla natura dei quadri stupendi. Si sorprese ad immaginare come sarebbe stato bello se la sua Sofia fosse lì, stesa su quel prato.

Passò molto tempo e Henri fu sorpreso dai rumori dei carri che portavano da mangiare.

-Accidenti, ma quanto tempo è passato? Devo essermi addormentato.-

Si alzò di corsa e ritornò nel punto da dove era scappato.

-Finalmente. Dove eravate finito?- gli fece uno dei Generali.

-Mi scusi Generale, ma ho scoperto un altro posto incantevole e mi sono distratto.-

-Resti sempre con noi, *Bertoldì*-

-Sissignore- ribatté subito Henri.

Si ricongiunsero agli altri e Henri vide, con sua grande sorpresa, che era stato apparecchiato un tavolo con sedie e di tutto sopra. Si sedettero ed il Re era già alle prese con il vino rosso. La Regina continuava a dire che non doveva esagerare, ma lui non la ascoltava.

A tavola, nonostante fosse un semplice picnic, arrivarono pietanze di tutti i tipi. Perfino dell'arrosto fatto al momento con un braciere a legna trasportabile. Frutta. Dolce. Su quel carretto avevano messo di tutto.

Alla fine uno dei generali disse esasperato -Non….non riesco ad alzarmi dalla sedia.-

Scoppiarono a ridere in un modo quasi isterico dato che era la sensazione che avevano tutti.

-Gennaro- urlò il Re - tu ci hai tradito. Adesso ho capito tutto. Tu ci vuoi far diventare così grassi da seppellirci qui. Accanto a Venere.- Erano tutti un po' brilli e Gennaro, dopo essersi ripreso per l'urlo del Re, si mise a ridere anche lui.

-Seppellirvi certo no Maestà, ma se vi volete stendere un po' ho anche le brande e le coperte se avete freddo.-

-Gennaro- urlò il Re - questo è il colpo di grazia. Tradimento.- Altra risata.

Il Re aveva bevuto ed era fin troppo allegro.

-Gennaro, grazie. Sarà perfetto- fece la Regina Carolina. - Disponiamo un lettino per il Re e per chiunque voglia riposare un po'. Questa giornata è stata stupenda.-

Nel giro di dieci minuti una serie di lettini da campo furono disposti in giro. Il Re da una parte e gli altri da un'altra per non infastidire il Re.

Henri si trattenne sveglio per vegliare su di tutti sotto il vigile sguardo della Regina e di Gennaro che si trattenne anch'egli.

A metà pomeriggio tutti si destarono a causa del fresco. Gennaro fece rassettare tutto, cosa che non aveva fatto fare prima per non infastidire con il rumore, e mandò tutti alla Reggia con i carri.

Fece poi arrivare delle carrozze per tutti per ritornare indietro.

-Gennaro- fece il Re scendendo dalla carrozza -come mai il lato

Nord della Reggia ha un colore diverso?-

-Complimenti Maestà, ha un bell'occhio. Purtroppo l'umidità sta attaccando la vernice, che evidentemente non era adeguata. E poi ci sarebbero anche altre cose che andrebbero sistemate. Non volevo tediarla, ma ne avrei parlato certamente prima della sua partenza.-

-Questo posto è meraviglioso. Intendo lasciare la mia impronta su di esso perché venga ricordato con lei. Sono sicuro che questo palazzo sfiderà il tempo e le persone. Ne sono entusiasta. Mi raggiunga subito con i suoi appunti nel mio studio. A proposito- fece il Re con aria interrogativa -Dov'è il mio studio?-

-Glielo mostro subito- fece Gennaro rapendo il Re al gruppo.

I Generali, con gran gaudio di Henri, fecero a gara a scortare la Regina alla sua camera dove, una delle ragazze che la accudiva e che lei si era portata al seguito, già la attendeva.

Ognuno era rientrato nella sua stanza ed Henri si sentiva inutile e senza nulla da fare. Se solo avesse avuto Bruno vicino, avrebbe potuto discutere di Alchimia. "Accidenti" pensò Henri "la concentrazione che Bruno mi ha insegnato. Avrei dovuto farla ieri, ma poi me ne sono dimenticato. Eh no. Oggi non la salto"

Henri corse ad una finestra e guardò fuori. Era quasi sera. Avrebbe fatto in tempo a tornare nel posto da dove erano appena tornati, fare la concentrazione e rientrare senza che la sua assenza fosse notata.

Si avviò con gran passo militare. Napoleone aveva dei ritmi serrati quando spostava le armate e lui lo aveva appreso a sue spese. In meno di dieci minuti era sul posto dove avevano fatto il picnic. Arrivò vicino alla statua di Venere e trovò un posto a sedere comodo. Quel posto lo ispirava molto e lo faceva stare bene. Chiuse gli occhi e cominciò le varie fasi che Bruno gli aveva illustrato. Lui si sentì subito leggero, immagini del passato gli apparivano e lui le scrutava senza lasciarsi coinvolgere. Poi si concentrò sullo stuzzicadenti che aveva usato a tavola. Si concentrò con freddezza. All'inizio non ebbe la sensazione che stesse per accadere qualcosa, ma ad un momento una specie di visione si sovrappose all'esercizio, senza chiedere permesso. Lui ed un altro che duellavano. Aveva un'armatura di cotta di maglia addosso, ne percepiva il peso e la costrizione nel respirare. Impugnava qualcosa, forse una spada. Tutto era immerso in una strana luce, tra il bluette e il verde. Durò una frazione di secondo e, quando le spade si scontrarono, lui stesso fece un sobbalzo. Come se fosse caduto, risedendosi sul masso dove si trovava. L'immagine sparì per un attimo, ma il laghetto dove stava seduto accanto alla Venere era sparito. Al suo posto, però, c'era una distesa di sabbia. Non poteva essere una spiaggia, non c'era acqua e il caldo era insopportabile e lui ad ogni respiro sentiva l'aria ardente penetrare nei suoi polmoni. Era giorno e lui era vestito con strani abiti dello stesso colore della sabbia. Ad un certo momento, da dietro una duna in lontananza, spunta come una gigantesca scatola di metallo con un palo davanti. "Ma come fa a muoversi sulla sabbia?" pensò Henri. Una voce dietro di lui urlò "Sparano, sparano. Presto, prepararsi a rispondere. A posto i pezzi. Uomini alle mitragliatrici, fuoco". Neanche il tempo di capire che, dalla punta del palo dello scatolone sulla duna si vide uno sbuffo di fumo e, quasi contemporaneamente, un sobbalzò lo fece trasalire. La sensazione fu la stessa di prima. Una violenta ricaduta a sedere sul masso. I muscoli si contrassero così violentemente che cadde dalla seduta ritrovandosi per terra.

Il laghetto era silenziosissimo come quando era arrivato, gli insetti volteggiavano sul pelo dell'acqua e alcuni degli animali notturni cominciavano a farsi sentire mentre in cielo Venere splendeva bianca e pura.

Henri si destò e si spazzolò confuso per l'accaduto. Ripercorse mentalmente l'accaduto, ma le cose da ricordare cominciavano ad essere tante ormai. "Sarebbe il caso di appuntarle sulla carta" pensò.

Ammirò per un ultima volta quel posto lontano dal tempo e dai luoghi e si incamminò verso la Reggia passando per le rovine romane, un altro posto che gli piaceva particolarmente.

Con il passo da campagna militare raggiunse la Reggia in altri dieci minuti. Salì lo scalone di marmo, saltando i gradini a due a due, e appena sopra incontrò Gennaro che, con una matassa di carte, si spostava lungo i corridoi.

-Gennaro. Ho bisogno di aiuto.-

Gennaro si bloccò all'istante e si girò verso di lui. -Ma certo- fece lui con garbo -In cosa posso rendermi utile?-

-Ho bisogno di carta penna e calamaio, o almeno una matita.-

Gennaro sorrise e cacciò da sotto le carte la mano con in pugno una agendina. -Prenda la mia. Non l'ho usata ancora. È come nuova.-

-Grazie Gennaro. Lasci che la risarcisca per la spesa.-

-Non si preoccupi. Ne abbiamo altre come queste per appunti. Le compriamo come Reggia di Caserta per il Re. La carta è delle migliori. Viene dalle cartiere di Amalfi.-

-Grazie mille, Gennaro.-

-Ma si figuri. Tra un po' si mangia- disse Gennaro, mentre si incamminava nel corridoio con tutte le carte in equilibrio instabile.

Henri rimirò il libricino. Aveva un involucro in pelle con su inciso lo stemma che doveva essere dei Borbone dato che lui non lo riconosceva, ma in quel posto lo aveva già visto altre volte. Slacciò il cordoncino in cuoio, che gli si avvolgeva intorno per tenerlo chiuso, e al suo interno trovò, aprendolo, una taschina nella quale trovava posto una matita. Andò alla prima finestra che vide e si appoggiò. Alla luce della luna piena ormai alta scrisse tutto quello che aveva fino a quel momento fatto e provato. Anche di Bruno e della cappella.

Quando richiuse il libricino era ormai ora di pranzo. Lo inserì nella tasca interna per custodirlo e si avviò alle camere da letto per farsi ritrovare sul posto da tutti i generali e dal Re, quando sarebbero usciti per andare a mangiare.

A tavola il Re chiese espressamente di mangiare di meno o la permanenza alla Reggia sarebbe stata deleteria.

Henri notò che la Regina lo guardava con la coda dell'occhio. Cercò di ignorare la cosa, sebbene fosse difficile.

La cena fu meno distruttiva del solito. E alla fine fu servito un liquore giallognolo che profumava di limoni.

-Lo conosco- fece Henri -è molto saporito, ma anche forte.-

Tutti se ne versarono un bicchierino e lo assaggiarono, restando rapiti dalla forte essenza di limone.

Gli uomini cominciarono ad armeggiare con le pipe per caricarle ed accenderle. Henri cacciò la sua e la caricò, poi la accese e tutti furono rapiti dalla essenza del tabacco aromatico. Allora Henri mise la sacchetta al centro del tavolo invitando tutti a servirsi.

Passarono la serata a parlare di politica ed economia, di come Napoleone aveva combattuto fino a quel momento e di quali lavori necessitasse la Reggia.

Prima di andare a dormire, Henri si assicurò che tutti fossero nelle proprie stanze per poi andarsene nella sua.

Pensò con molta intensità a Sofia che era rimasta a Napoli, poi il pensiero gli scivolò su quel che gli era capitato lungo la

concentrazione e alla fine, senza accorgersene, si addormentò.

Sognò due cavalieri che si scontravano in duello con le spade. Vedeva la scena dall'esterno come spettatore, ma allo stesso momento non poteva escludere che uno dei contendenti non fosse lui. Poi la scena cambiò e lui rivide il cavaliere della spada nel primo sogno. -Riforgia la spada- diceva con insistenza -continua a combattere.-

Si svegliò come sempre presto, dato che lasciava apposta le ante degli scuri aperte. Uscì dalla stanza e si diresse verso la sala dove normalmente mangiavano e dove trovò la servitù che sistemava la sala.

Come lo videro tutti cominciarono ad agitarsi volando in cucina e riuscendone con le mani piene di piatti.

Uscì anche Gennaro, che evidentemente era con gli altri in cucina.

-Oh mi scuso signore, non siamo abituati a non sentirvi arrivare. Questa visita informale ci ha presi alla sprovvista.-

-Che intende dire?-

-Semplicissimo, generalmente un sovrano che si sposta porta con sé centinaia di persone per allietarsi. Quando vanno a fare colazione si sentono arrivare da lontano. Voi invece siete meno di una decina e silenziosissimi. Dovrò prestare più attenzione per non essere ripreso.-

-Capisco. Beh, il Re voleva assolutamente vedere la Reggia e il modo più veloce era semplicemente venire senza un seguito particolare.-

-Capisco…- fece Gennaro. Stava per dire qualcosa quando si raddrizzò e assunse un atteggiamento formale.

Henri si girò di colpo e vide la Regina. Scattò in piedi prima che lei potesse fermarlo.

-Prego, Maestà- fece Gennaro ed Henri si fiondò a sistemarle la sedia, mentre lei si sedeva.

-Gradisce qualcosa in particolare?-

-No Gennaro, grazie. Faccia lei.- E Gennaro sparì nelle cucine.

-Allora *Henri*, cosa le sembra la Reggia?-

-Veramente splendida, Maestà. Senza nulla togliere a Versailles, ma questa è meravigliosa.-

-Lo penso anch'io- fece lei sorridendo sorniona -e quelle rovine romane. Incredibili!-

Nel frattempo dei camerieri avevano portato la colazione alla Regina.

-Ho visto che ha ammirato il laghetto e la sua inquilina- fece la Regina provocatoria.

-Maestà, non mi metta in imbarazzo.-

-Oh andiamo, un uomo di mondo come lei che si fa intimidire da una donna.-

-Una Regina. Non è la stessa cosa.-

-Quindi lei non mi vede come una donna?-

-Non volevo dire questo, volevo alludere al fatto che oltre che donna lei è la Regina di Napoli e sorella dell'Imperatore.-

-Ah ecco. Stavo quasi per schiaffeggiarla per impudenza- fece lei sempre più divertita da quella discussione.

-Ce l'ha la fidanzata, *Henri*?- fece lei con l'aria di un gatto che ha visto un canarino indifeso.

-Sì- fece lui sentendo il pericolo incombere su di lui.

-E come si chiama?-

Henri tentennò per un attimo, giusto il tanto che servì a fare arrivare il Re. Come lo vide, Henri scattò in piedi per deferenza.

-Tesoro ma sei caduta dal letto oggi?- fece il Re -Non ti ho mai visto in pedi così presto.-

-Questo posto è così bello che mi ispira- fece lei guardando il piatto e con la coda dell'occhio Henri.

-Oggi ho una giornataccia, vorrei concludere entro domani la riunione con i generali e Gennaro per l'avvio di alcuni lavori per poi tornare a Napoli.-

-Ma come così presto? Questo posto mi piaceva proprio.-

-Non ti preoccupare, ci torneremo presto portando anche i nostri figli. Per ora dobbiamo scappare a Napoli. E vedrai che saprò farmi perdonare. Dovendo andare a Capri, ci faremo una bella gita .-

-Ah, che bello. Non sono mai stata a Capri.-

-Ne sarai lieta allora. Il povero *Henri* si è impegnato così tanto per liberartela. E lui che mi ha aperto gli occhi sul piano di Colletta, sai? -

La Regina spalancò gli occhi, guardando Henri, che arrossì all'istante.-Hai combattuto a Capri?-

-Carolina, *Henri* ha fatto Austerlitz. È nello squadrone d'élite . Capri era una scampagnata, a confronto. Il Generale mi ha parlato di te in battaglia, Dio ce ne scampi- disse il Re ridendo.

Henri stava per rispondere quando sentì un piede strofinarsi contro il suo, qualcosa gli andò di traverso e lui cominciò a tossire come un matto.

-Hai visto?- fece la Regina ridendo -Me lo hai emozionato.-

-Però scusa, è una vera vergogna che lui sia ancora senza gradi. Dovresti promuoverlo.-

Henri era una statua di marmo. Qualcuno si stava arrotolando attorno alla sua gamba e non era Gioacchino Murat.

-Un problema al quale abbiamo già posto rimedio. Appena tornato, su segnalazione del Generale Lamarque,

avverrà il primo avanzamento di grado. E così rimedieremo ai torti finora fatti.-

-Maestà, non so come ringraziarla.-

-Sciocchezze. Piuttosto, oggi mi dovresti fare un grande piacere. Saremo tutti impegnati nella riunione. Mi dovresti accompagnare mia moglie a visitare meglio i giardini. Vorrebbe migliorarli un po'. Se mai fosse possibile. Mah, sai le donne quando si infilano una cosa in testa…-

-Sì, Maestà- tentennò Henri mentre, guardando con la coda dell'occhio la Regina, intravedeva un'espressione di trionfo.

Il Re stava mangiando la sua crepes alla francese. - Gennaro ma chi è questo cuoco? Questa crepes è assolutamente eccezionale. Mangiandola mi sembra di tornare a Parigi. Gli faccia i miei più sentiti complimenti.-

-Presenterò immediatamente, Maestà.-

-Bene- fece la Regina con aria normale - allora ti rubo *Bertoldì* e mi faccio un giro. Sa cavalcare, *Henri*?-

A quella domanda, il Re tossì visibilmente e bevve del latte tra le risate della Regina.

-Gennaro, avete selle per la Regina?- fece Henri.

-Tra le più belle, signore. Faccio subito preparare due cavalli.-

Dopo dieci minuti Henri e la Regina erano su due cavalli e passeggiavano nel parco.

L'aria era un po' tesa ed Henri non sapeva come comportarsi. La Regina aveva capito e anche lei non sapeva come sbrogliare la situazione.

-*Henri Bertoldì*. Che strano nome- fece la Regina, rompendo il ghiaccio - Non è francese. Italiano?-

-Sì Maestà, del Nord Italia.-

-E come mai vi ritrovo in Francia?-

-Beh, noi vivevamo tra le valli del Nord. Mio padre era il maniscalco della città e aveva una sorella espatriata in Francia. Aveva sposato un parigino e gli scriveva sempre di andarla a trovare perché, come ripeteva spesso, a Parigi si viveva bene e i maniscalchi erano pochi e per lui ci sarebbe stato sempre un posto.-

-Il paese era piccolo e la gente cominciava ad abbandonarlo, per andare nelle città più grandi a cercare lavoro. Questo spinse mio padre a riunirsi alla sorella in Francia. Vendette tutto e se ne andò. Partimmo in estate e ci mettemmo quasi una settimana per arrivare.-

-E riuscì poi a fare il maniscalco in Francia?-

-Oh sì, era bravo e molto apprezzato sia per i suoi ferri di cavallo che per tutti i lavori in ferro per i ricchi nobili. Anzi, la cosa andò molto meglio del previsto e lui riuscì perfino a comprarsi una casa.-

-E perché non ha seguito la via paterna allora? Il lavoro era già avviato e ben pagato.-

I cavalli erano arrivati, camminando a passo lento, alla prima fontana a metà strada del lungo percorso.

-In realtà avevo cominciato. Non avrei questo fisico se a dieci anni lui non mi avesse messo vicino alla fucina con il martello in mano a forgiare per imparare il mestiere. Ed ero anche bravo. A quindici anni tutti i ferri di cavallo li facevo io, così lui si poteva concentrare sui lavori particolari. Ero molto preso da quel lavoro. Qualcosa di ancestrale, di antico mi legava ad esso.-

-E allora che è successo?- fece la Regina incuriosita.

-Un giorno vennero cinque lancieri, erano in alta uniforme, l'intero plotone doveva spostarsi di corsa ma si erano accorti troppo tardi che tutti i cavalli andavano riferrati. Per non perdere tempo, si erano sparpagliati tra tutti i maniscalchi di Parigi. Rimasi ammirato da quelle uniformi e dal rispetto e il timore che incutevano nelle persone. Il più anziano di loro guardava da vicino il mio lavoro. All'epoca avevo diciotto anni ed ero già alto. Mi disse che se gli interessava la *GrandArmèe* stava reclutando uomini e se volevo avrei potuto andare. Vi erano appositi reggimenti per le persone di altre nazionalità.-

-Dissi che volevo entrare nel loro corpo. Lui si fece una risata e disse che nel loro corpo si entrava solo in seguito. Prima doveva farsi apprezzare dai superiori.-

-E come è arrivato nei Cacciatori?- disse la Regina.

-Beh, questo lo devo a vostro fratello l'Imperatore. Un giorno ero al suo seguito. Eravamo in Italia, ad Ospedaletto, non ero convinto della posizione scelta per far riposare e mangiare l'Imperatore. Qualcosa mi teneva in ansia e mi feci un giro per perlustrare le campagne intorno. Dall'alto di una collinetta vidi gli Austriaci che avanzavano verso di noi in formazione. Loro non ci avevano visti, ma neanche i miei li avevano avvistati e loro erano molti di più. Corsi verso i miei e diedi l'allarme, salvando così l'Imperatore da una cattura certa. Da allora l'Imperatore mi tiene sempre al suo seguito. Mi reputa come un suo portafortuna.-

-Più tardi l'Imperatore costituì il corpo dei Cacciatori a cavallo e io fui uno dei primi ad accedervi. Ma di fatto ero sempre al seguito dell'Imperatore.-

Erano ormai arrivati alla fontana di Diana e Atteone. Henri fissava Atteone con la testa di cervo, mentre i cani lo puntavano pronti ad aggredirlo.

Henri fissava la statua e la Regina fissava Henri.

-Deve avervi sconvolto questa storia- fece la Regina incuriosita.

-Ho visto uomini morire in molti modi diversi. Ma non riesco ad immaginare di essere mangiato vivo da dei cani. La mia mente si rifiuta di immaginarla questa esperienza.-

-Mi sembra una punizione un po' esagerata- fece la Regina -Alla fine il povero Atteone stava ammirando la bellezza della Regina...- si rese conto, soltanto dopo, del lapsus e subito si corresse, arrossendo -Dea. Volevo dire Dea.-

Tirò le redini al cavallo, direzionandolo verso la zona dove andarono a fare il picnic, seguita da Henri.

Arrivarono nel posto e fissarono ad un albero i cavalli. La Regina passeggiava come una adolescente spensierata. Guardava quelle rovine come fossero state vere. Poi, sempre passeggiando, si portarono al laghetto e la Regina si avvicino alla statua di Venere.

-Non la trovate un po' pienotta, *Henri*?-

-Era lo standard di bellezza del secolo scorso, Maestà. All'epoca doveva essere avvenente.-

-Carolina. Mi chiami Carolina quando siamo da soli. Non la sopporto più questa etichetta.-

-Non so se posso...- fece Henri.

-Ma si che puoi. Fallo per me- fece la Regina avvicinandosi pericolosamente ad Henri.

-Ma Maestà, io sono solo un soldato e neanche graduato. Se mi scopre qualcuno vado dritto in galera.-

-Sciocchezze- fece lei alterata- ci sono io a difenderti. E poi ai gradi ci penserà mio marito.-

-Maestà, Lei è distante dalla cattiveria e dalla gelosia delle persone. Se qualcuno si accorge della nostra amicizia faranno di tutto per farmi fuori.-

-Allora siamo amici?- fece lei.

-Ma naturalmente, Maestà. Sono e sarò sempre il suo servitore fedele.-

-Carolina- fece lei.

-Carolina- ripeté in imbarazzo lui.

La Regina fece un salto di gioia come una ragazzina e gli si appoggiò letteralmente addosso, prendendolo per le mani.

Henri trasalì, facendo quasi un salto, e lei scappò ridendo.

Solo allora Henri capì che non era al cospetto della Regina del Regno di Napoli, ma di Carolina. Una ventiseienne stritolata tra i compiti di Regina e degli Affari di Stato, ai quali doveva fare da consigliera del marito, ma restare allo stesso tempo defilata per rispettare i ruoli. Una ragazza che voleva solo sfuggire ai complotti di corte ed ai falsi amici. Che male c'era.

"Già" fece una voce nella sua mente "che male c'è".

Henri la seguì lungo le sponde del laghetto artificiale mentre lei passeggiava spensierata e raccoglieva fiori.

Tornati ai cavalli, completarono il giro di tutto quel lato dei giardini che sembrava defilato rispetto agli altri spazi, e poi, tornati indietro, ispezionarono tutti gli altri giardini antistanti la Reggia e sul suo lato sinistro.

Quando tornarono al palazzo, dopo aver lasciato i cavalli, la Regina era esausta. Arrivarono al piano nobile ed andarono a vedere se il Re aveva finito con la riunione. Lo trovarono seduto al salottino intento a fumare la pipa a finestre aperte, insieme ai Generali, e bevendo quel profumato liquore di limone.

-Oh, finalmente. Cominciavo a pensare che mi aveste rubato la Regina, caro *Bertoldì*- fece il Re.

-Ho visto che vi siete fermati a guardare nuovamente la fontana di Diana e Atteone.-

-Il povero Henri non riesce a sopportare l'idea che i suoi cani si siano mangiati il padrone - rispose la Regina divertita.

-In effetti è un po' macabro- fece uno dei Generali.

-Sì, una pessima fine, in effetti- fece il Re, raddrizzandosi dalla seduta comoda e raccogliendo dal tavolino un involucro.

-Questo è per lei, *Henri*.- E gli lanciò l'involucro che Henri prese prontamente al volo.

Henri lo aprì sbirciando al suo interno e sorrise immediatamente.

-Maestà, sono senza parole.-

-Sciocchezze, se li è meritati. Anzi. Non capisco perché non li abbia già ricevuti da mio cognato l'Imperatore. È per questo che non sono i gradi che lei si aspetta.-

Henri si fece per un attimo serio e cacciò dall'involucro i gradi.

-Maestà- fece confuso Henri -Ci deve essere un errore. Sono i gradi da Sergente Maggiore. Ci vogliono anni.-

-Promozione sul campo dopo la presa di Capri. Il Generale, che tra l'altro l'ha proposta per l'avanzamento, mi ha fatto i calcoli. Per quante guerre ha fatto e vittorie riportate, lei è anche in ritardo. E non capisco perché ha accettato questa cosa senza fare rimostranze.-

-Maestà, la mia felicità è rendermi utile per l'Imperatore e per lei, adesso che sono al suo servizio. Il resto lo reputo poco importante.-

-Sciocchezze. Arriverà a Capitano in un batter d'occhi. Vada a farseli cucire da Gennaro. Li ha avuti per merito suo. Sono stati fatti a San Leucio, qui vicino. Sembra che lì facciano tutte le sete che vede in questa Reggia.-

Henri sbatté i tacchi e salutò militarmente tutti i presenti col sorriso sulle labbra. Prima di andarsene, si girò verso la Regina, che sorrideva, e la salutò con deferenza per poi uscire dalla stanza.

-Che bella persona- fece il Re guardando la porta da dove era uscito -Sarà un peccato perderla.-

-Come perderla?- fece la Regina.

-Non crederai che ce lo lasci per sempre qui da noi?-

-Maestà- fece uno dei Generali -se fosse stato uno dei miei, non me ne sarei mai privato. Avreste dovuto vederlo a Capri. Una vera furia.-

-Ma allora perché lo ha mandato da noi?- fece la Regina.

-Non lo so- fece il Re sorseggiando un altro po' di liquore - ma ho capito perché se lo tiene come guardia del corpo.-

-Parole sante- fece il Generale e alzando il bicchiere al cielo rivolto al Re esclamò -*A votre santé*!-

Henri camminava per il corridoio, ammirando i gradi, quando incontrò Gennaro che andava nel verso opposto. Appena lo vide Gennaro si mise sull'attenti e lo salutò militarmente -Sergente Maggiore.-

-Avete saputo?- fece Henri.

-Lo sapevo da tempo. I generali mi hanno aiutato a trovare il disegno dei gradi tra i vari codici della biblioteca e io li ho fatti riprodurre a san Leucio. Sono venuti bene, vero?-

-Sono bellissimi.-

-Immagino li voglia cucire?-

-Infatti- fece sorridente Henri.

-Se mi fa strada alla sua camera preleverò tutte le sue giacche e vi cucirò sopra i gradi.-

Andarono alla stanza di Henri per prendere le giacche. Henri le porse a Gennaro e lui, fissando le giacche, disse - Sa, lei è molto apprezzato da tutti qui. Parlo di noi della Reggia.-

-Come mai?- fece Henri.

-Oggi occhi indiscreti la hanno vista al laghetto di Venere e hanno visto come lei ha tenuto testa alla Sovrana. Lei ci piace, *Henri*.-

-La Regina non ha colpa. È stritolata tra doveri e cattiverie gratuite che la amareggiano. Vorrebbe solo vivere la sua età spensierata.-

-È per questo che la apprezziamo, *Henri*: perché non ha dato una nuova scusa per criticare la Regina.-

Gennaro sorrise e uscì dalla stanza con le giacche ed i gradi.

Quando fu ora di andare a cena Henri si preparò e, uscendo dalla stanza, si incamminò verso la camera da pranzo quando fu raggiunto e placcato al volo da un inserviente, che correva verso di lui con una giacca in mano.

-Il signor Gennaro dice di cambiarsi la giacca e darmi quella che indossa per cucire i gradi.-

Henri si cambiò al volo e indossò la giacca graduata stesso nel corridoio.

L'inserviente salutò e scappò altrove, mentre Henri carezzava la nuova giacca. La manica era molto più adorna ora. Si incamminò verso le camere dei Sovrani, dove al suo esterno vi erano i suoi amici della guarnigione napoletana di guardia. Appena lo videro, i due fecero smorfie di apprezzamento con il solito spirito cameratesco e poi scattarono vistosamente sull'attenti.

Henri rise di gusto. -Si, sfottetemi pure.-

-Ed è solo l'inizio- fece uno dei due - Non ci hai degnato di un attimo di attenzione. Abbiamo le reclute di là che piangono "Dov'è *Henri*, perché non ci viene a trovare *Henri*?". Ah, ma stasera non te la puoi scappottare. Gennaro ci ha già passato il vino per festeggiare e, se non ti fai vedere, se la legheranno tutti al dito.-

Henri rideva di gusto -No no, non mancherò. Tranquilli.-

Le porte si aprirono e il Re uscì mentre si spazzolava i pantaloni. Le guardie si misero sull'attenti ed il Re alzò gli occhi, si mise sull'attenti e diede uno strattone alla moglie -Diamine, un Sergente Maggiore, stai sull'attenti tesoro o ci metterà in punizione.-

Le guardie non riuscirono a trattenere la risata e anche la Regina scoppiò a ridere.

-Andiamo a mangiare va- fece il Re -e voi stasera comportatevi bene. So tutto della festa- fece rivolto alle guardie.

-Quale festa?- fece la Regina.

-Roba da uomini, tesoro. Non ti immischiare.-

-Andiamo a mangiare- ripeté la Regina alzando gli occhi al cielo.

Appena arrivati alla camera, dove cenavano ogni sera, i Generali fecero un cenno di approvazione verso Henri, che rispose militarmente. Tutti si sedettero al tavolo e Gennaro cominciò le sue portate, manco fossero salve di cannone. Ogni volta che passava vicino ad Henri gli diceva con aria seria "Non esageri a bere. Le servirà lucidità per dopo".

Arrivarono al dolce e nel corridoio risuonarono i passi pesanti di un intero drappello di militari.

La Regina guardò il Re, che fissava il piatto come se nulla fosse. I passi crebbero e divennero minacciosi. I Generali si cominciarono a fissare l'un l'altro con aria interrogativa.

I passi arrivarono fuori le porte della sala. Un suono gutturale ed incomprensibile ordinò al drappello di arrestarsi e un tonfo secco risuonò per tutta la sala. Le porte si spalancarono con poca educazione e degli uomini apparvero. Erano minacciosi e avevano l'alta uniforme al completo, berretto compreso. Incutevano timore e rispetto. Erano tutti armadi a due ante, come Henri.

La Regina si preoccupò e i Generali rimasero tutti interdetti.

Tutti avevano la sciabola sguainata ed appoggiata alla spalla come si conviene. Uno di loro si avvicinò e, dopo aver salutato tutti militarmente, parlò in modo molto formale -Maestà, siamo qui per prendere in carico il prigioniero.-

-Prigioniero?- fece la Regina.

-Ma come?- fecero i generali.

-SILENZIO- urlò il Re alterato.

-Capitano Martin. Prenda in carico il prigioniero e lo porti dove deve.-

Henri sgomento si alzò senza dire una parola, disse solo -Non capisco, Maestà...-

Il Re lo fissò e poi disse -Ah non capisce? Beh, vada con i signori. Vedrà che glielo spiegheranno loro.-

Henri si alzò e, con aria stravolta dal dubbio, si avviò al centro di due armati e dall'aria truce.

Il Capitano diede un ordine incomprensibile e i tre si girarono all'unisono e si incamminarono verso il corridoio.

Henri non riusciva a capire cosa avesse combinato per meritare una esecuzione. Perché quella era una esecuzione. O almeno ne aveva tutta l'aria.

Mentre uscì dalla porta sentì solo la Regina dire qualcosa al Re, ma subito fu zittita.

Percorsero le scale principali e si diressero all'aperto, mentre Henri si arrovellava per capire cosa avesse fatto di così grave per meritarsi ciò.

Arrivarono fuori la Reggia, in direzione dei giardini. Henri pensò che era un bel modo di morire, guardando quello splendore.

Fu disposto davanti alla Reggia, mentre il drappello voltava le spalle ad essa.

Il Capitano gli levò la giacca. -Altrimenti si sporcherà- fece lui con sguardo serio.

-Ma io non capisco...- fece Henri.

-Zitto carogna- e cacciò dalla tasca un fazzoletto per bendarlo.

-No- fece lui - non sono un vigliacco.-

-Allora girati. A noi non va di guardare il tuo brutto muso.- Così dicendo lo girò brutalmente.

Si sentirono i passi del Capitano, che tornava per dare gli ordini.

-A posto!- si sentirono dei rumori che dovevano essere gli uomini che preparavano le armi.

-Mirare!- Altro rumore ma non erano i cani dei fucili che venivano armati.

-FUOCOO- Una salva di bottiglie di champagne scoppiarono all'unisono e quasi tutti i tappi arrivarono in testa a Henri, compreso gli spruzzi di champagne abilmente diretti.

Una marea di risate scoppiò all'unisono, mentre Henri si girava di colpo. -Brutti bastardi. Mi avete fatto venire un colpo.-

-Ha ha haa- fece uno di loro -te la sei fatta addosso, eh?- ridendo a crepapelle.

-Mi avete quasi ucciso dalla paura.-

Tutti ridevano come pazzi .

-Così impari a trascurarci- poi questi prese tra le mani il viso di una recluta. - Guarda. Ha pianto tutte le sere. "Ma dov'è *Henri*? Cosa fa *Henri*?"- mentre la recluta mimava un pianto a dirotto per poi scoppiare tutti a ridere.

Il Capitano si avvicinò ad Henri e gli ridiede la giacca.

-Ecco perché me l'ha levata.-

-Sono tutti tiratori scelti- disse il Capitano, ridendo con le lacrime agli occhi -Non ti avrebbero mancato per nulla al mondo.-

-Ma allora il Re....-

-È nostro complice- fece il Capitano indicando le finestre.

Henri alzò gli occhi e vide alla finestra il Re e la Regina con la mano sulla bocca. Il Re teneva in mano un calice e lo alzò per saluto. Henri afferrò una bottiglia e ricambiò il saluto.

-Parola mia- fece un Generale all'orecchio del Re -se non è morto adesso di infarto, non morirà più.-

-Già- rispose il Re ridendo - questa volta l'abbiamo fatta grossa.-

-Eh sì- fece la Regina.

Henri tracannò mezza bottiglia di champagne e si avvicinò agli altri commilitoni, che si misero a cantare e a brindare per la promozione di Henri.

La notte passò così: tra musiche e canzoni, cantate a squarcia gola nei locali della guarnigione. Alla fine, quasi all'alba, i ragazzi misero Henri a dormire in una delle loro brandine, dato che non era in grado di arrivare al piano di sopra. E tutti andarono a dormire.

Il giorno dopo Henri si svegliò con un mal di testa furente. Era felice della serata passata tra amici e commilitoni e, in effetti, ne sentiva un po' la mancanza. Prima di uscire, si rinfrescò un po' nei locali igienici della truppa e, rimessosi in sesto, uscì dalle camerate.

Trovò i suoi amici commilitoni che, vedendolo, sorridevano e salutavano "Sergente Maggiore". Lui rispondeva con un altro sorriso, ma nessuno più lo trattava come prima. Il grado aveva messo un muro tra loro.

Ogni persona che passava salutava militarmente e adduceva "Sergente Maggiore".

Solo allora Henri, ancora con i postumi della sbronza, riuscì a comprendere la solitudine del grado. Il grado militare era una cosa che ti permetteva di salire in graduatoria ed avere agi, ma allo stesso tempo ti allontanava dalla truppa. Dagli uomini. Alzava muri invalicabili.

A qualcuno magari faceva anche piacere e comodo alzare questi muri per non confrontarsi. Ma a lui, adesso. già mancava quel cameratismo tra amici che si crea quando condividi il fango e la melma con un compagno.

Pensando pensando, Henri arrivò ai piani nobili. Il primo che incontrò fu proprio Gennaro che, appena lo vide, lo salutò con la solita frase "Sergente Maggiore" e poi subito aggiunse -Ho tentato di avvertirla, ma il Re mi teneva d'occhio.-

-Non si preoccupi. Sono riuscito a sopravvivere in un modo o nell'altro. E poi lo champagne era veramente buono.-

-A vedrà ad ora di pranzo allora. Le ho preparato un asprino frizzante che fa resuscitare i morti.-

Henri, dopo la sbornia appena passata, non sapeva se ringraziare o mettersi a piangere, ma ringraziò educatamente e si congedò andando verso la sua camera.

Entrò e si cambiò con dei vestiti freschi e uscì nuovamente per cercare il Re e la Regina.

Si avviò verso la sala da pranzo dove si riunivano per la colazione e, mentre camminava, sentì una voce chiamarlo per nome

-*Henri*- era la voce della Regina. Henri si girò apprezzando che non lo chiamava per grado, issando anche lei un muro.

-Ti assicuro che non sapevo nulla di questo scherzo.-

-Ne sono certo- disse Henri -però vedo che ridi adesso.-

-Adesso sì- disse la Regina -ma ti assicuro che, quando è comparso il Capitano delle guardie con quella faccia, mi sono preoccupata davvero.-

-Sì, è vero. Anche io. Il Re è stato davvero bravo ad organizzare tutto.-

-Come no- fece la Regina alzando gli occhi al cielo -Bravissimo. Vieni, accompagnami da lui che ti cerca.-

Arrivarono nella sala da pranzo e il Re si intratteneva con i Generali. Appena lo videro tutti lo salutarono e il Re si mise a ridere, quasi strozzandosi con un boccone.

-È vero- fece lui -sono io il colpevole. Ci siamo andati giù pesante, ma sono sicuro che serberà a lungo questo ricordo come "la sera nella quale il Re di Napoli mi ha quasi fatto venire un infarto"-

-Vostra Maestà- fece calmo e serafico Henri -non so di preciso quanto vivrò, questa è una cosa che solo Dio può sapere. Ma io sono sicuro che adesso all'appello mancano almeno dieci anni, bruciati tutti ieri sera.-

Tutti scoppiarono in una risata generale. Poi il Re, calmatosi dal ridere, disse - Purtroppo, caro *Henri,* dobbiamo tornare a Napoli. I problemi lo esigono. Però torneremo al più presto. Sono stato benissimo in questo posto ed intendo lasciarci la mia firma per i posteri. Quindi saremo quasi costretti a tornarci. Dica al Capitano di prepararsi alla partenza per domani mattina.-

-Sì, Maestà- disse Henri sbattendo i tacchi e avviandosi alla porta.

-Ma come, non fa colazione?- disse il Re ridendo.

-No grazie- fece Henri toccandosi risentito lo stomaco ed uscendo dalla sala.

Henri si diresse direttamente al corpo di guardia e avvertì il Capitano del volere del Re, poi si coordinò con loro sul da farsi e diede una mano ad avvertire i vari membri del plotone, sparsi in giro per la guardia e intenti a prepararsi per l'imminente partenza.

Verificò che il suo cavallo avesse tutto vicino per la partenza e si diresse al palazzo.

Risalì quell'incredibile scalone e a metà rampa si fermò per ammirare da quel punto sia la scala centrale, che saliva, sia le due laterali, che proseguivano verso l'alto. I due leoni minacciosi a grandezza naturale guardavano verso il basso come a voler fermare il passo di chi saliva. Quel posto era semplicemente "maestoso" e lui si sentiva così piccolo. Ammirò quella vista, come a volersela scolpire in mente. In cuor suo sentiva che quella era l'ultima volta in quella meravigliosa Reggia.

Finì le rampe e, arrivato in cima, trovò la Regina che vagava per i corridoi.

-Ti cercavo, *Henri*. Mi accompagneresti?-

-Certamente Maestà. Dove si sta recando?-

-A fare quattro passi. La mia ora di libertà sta finendo. Da domani sera avrò un mare di gente che mi seguirà perfino in bagno e volevo godermi questo momento.-

-Comprendo, Maestà. Avverto il Re.

-Oh no, ci ho già pensato io. Tranquillo. Vieni.- E così dicendo gli si attaccò al braccio.

Scesero tra i giardini e cominciarono a passeggiare.

-Mi hai detto di essere fidanzato- chiese la Regina.

-Sì, Caterina- fece lui e la Regina gioì di quella confidenza.

-Lei come si chiama?-

-Sofia. Alta quanto te, capelli mossi e scuri come gli occhi.-

-Accidenti- fece la Regina -la conosco bene. È bellissima.-

-Grazie. Ma perché la conosci bene?-

-Perché ha un nuvolo di mosconi che le ronza attorno per la sua bellezza. Ma tutti, ahimè, con cattive intenzioni.-

-Ho risolto il problema, allora. Le ho chiesto di sposarmi.-

La Regina inchiodò la passeggiata e fissò Henri con un misto di approvazione e gelosia.

-Comprendo le tue ragioni. Una donna così non la si lascia scappare, ma la vostra vita sarà alquanto sbattuta. Sei sicuro di quello che stai facendo?-

-Sì, Carolina. Ci amiamo e vogliamo sposarci. Solo il tempo potrà dirci se stiamo facendo una sciocchezza. Se me ne vado senza essermela sposata, sono sicuro che non la rivedrò più.-

-Bene. E sia allora. Posso fare solo una cosa per aiutarvi. Prenderla a servizio da me. Mi serviva una persona di cui fidarmi e sono sicura che, essendoci tu dietro, la saprai consigliare.-

-Grazie- fece Henri baciandole le mani - Sono sicuro che non avrà bisogno di me.-

Mentre erano vicino alla prima delle vasche d'acqua si vide in lontananza una splendida carrozza, che uscì dal palazzo e si diresse verso di loro. Quando fu più vicina, Henri intravide il Re ed i Generali.

-Bella eh?- fece il Re -Languiva nelle rimesse con tante altre. L'ho fatta ricacciare perché non mi va di andarci a piedi (soprattutto per il ritorno). Ho deciso che, prima di andarcene, devo mangiare almeno un'altra volta in quel posto splendido. Salite a bordo che tra un po' arriveranno anche i viveri.-

Henri fece accomodare, come un perfetto cavaliere, la Regina e lui sedette a cassetta con il cocchiere.

Arrivarono sul posto, mentre da lontano già si intravedevano i carri con le vivande e il necessario per il picnic.

Appena arrivato, Gennaro scese dal carro la bottiglia di vino e i bicchieri. I primi a cui servì furono il Re e la Regina e subito dopo agli altri. Era un bianco molto chiaro ed effervescente.

Appena lo bevve il Re fece una faccia incredula. - Accidenti. Odio ammetterlo, ma è anche meglio del nostro champagne.-

-Maestà, senza voler mancare alla vostra secolare abilità vinicola, ma il vino è stato importato dai Greci e curato dai Romani e voi lo avete solo perché Parigi è una colonia creata dai Romani che portarono con loro questa cultura piantandola nei posti dove arrivavano. Loro, senza vino, non ci sapevano stare. Quello che state bevendo è ottenuto da uve di origine greca. È secco, con un gusto deciso. Sono veramente contento che lo apprezzi.-

-Apprezzare?- fece il Re. - Questo vino viene con me a Napoli.-

-Maestà. Questo vino "è" di Napoli. Siamo noi che lo abbiamo fatto venire a Caserta.-

-Meraviglioso - fece il Re - Allora a venire a Napoli sarete voi. Ho bisogno che mi organizziate le cucine e….chissà….. poi si vedrà.-

-Servo vostro, Maestà!- E con un colpo di mani fece scattare i domestici per sistemare il picnic.

Henri beveva nonostante avesse ancora lo stomaco sottosopra per tutto lo champagne bevuto la sera prima. Quel vino lo predisponeva all'addio a quel posto meraviglioso. Tutti bevevano parlavano e si guardavano intorno per ammirare il posto.

-Mia caro *Henri*, si goda il momento- fece il Re - Ho tanto la sensazione che verrete nuovamente chiamato a breve.-

-Cosa le fa pensare questo, Maestà?-

-L'Austria, caro amico. Non ha mandato giù la sconfitta di Austerlitz e si sta riorganizzando. Almeno questo è quel che dicono le nostre spie.-

-Ancora?- fece Henri bevendo un altro bicchiere e sedendosi -Mi dispiacerebbe tanto abbandonare la città di Napoli che mi ha accolto come un suo figlio.-

-Si figuri quanto dispiace a noi. La avremmo trattenuta con piacere. Ma poi, chi lo dice a Napoleone?-

-Mio fratello- disse la Regina non troppo contenta per quell'affermazione - saprebbe essere comprensivo. Ne sono certa.-

-Mia cara, tuo fratello ha dei modi di fare strani. Lui non è superstizioso, ma su alcune cose è meglio non contraddirlo. Se si è messo in testa che *Henri* è il suo portafortuna, è inutile forzare la mano.-

-Napoleone non è un bigotto superstizioso.-

-L'ho appena detto- disse Gioacchino alzando gli occhi al cielo spazientito - ma tu prova a mettergli vicino un gatto nero e poi vedi. Ha delle cose sulle quali non transige.-

-Lo interpellerò io stessa- disse Carolina risoluta.

-Il modo migliore per accelerare la sua partenza. No. Ascoltami, fai accadere la cosa e poi vedremo se c'è margine di trattativa e come agire. Nel frattempo- disse il Re, prendendo la bottiglia e versandone a tutti - brindiamo a questo momento senza guerre e battaglie. Un caso più unico che raro.-

Tutti brindarono e bevvero.

-Prego signori. È tutto pronto.- La voce di Gennaro richiamava all'ordine.

-Ma che bella tavola apparecchiata- fece il Re - E questo, cos'è? Formaggio?-

-Sì, Maestà, una specie. Provatelo e poi mi direte.-

-Ma io la conosco- fece Henri -questa è mozzarella. In città la mettono anche sulla pizza.-

-*Henri* mi stupite. Mozzarella, Pizza. Non so neanche di cosa state parlando.-

-Non conosce la mozzarella, Maestà? E neanche la pizza? Dobbiamo subito porvi rimedio, Gennaro.-

-Beh la mozzarella intanto è lì sul tavolo. Per la pizza mi devo solo organizzare.-

Sul tavolo c'era un piatto da portata con decine di mozzarelle, tutti ne presero una con le mani e la assaggiarono. Sorpresi dagli schizzi di latte poi tutti corsero ai tovaglioli.

-Gennaro, ma è una meraviglia!- fece la Regina.

-Eh si- fece soddisfatto Henri e alzando il bicchiere al cielo -Alla salute!-

Quello era solo l'antipasto. Gennaro si era superato, portando vari primi tipici e dei secondi. Alla fine del banchetto al centro della lunga tavolata troneggiava un babà con della macedonia al centro.

-Gennaro, ma questo è un nostro dolce- fece il Re.

-Maestà- fece Gennaro - lo abbiamo fatto in suo onore sperando che sia venuto bene. E comunque, come nel solco delle nostre tradizioni, ormai è un dolce assunto dalla tradizione napoletana. Come le avevo già detto, quello che ci piace lo adottiamo subito.-

Quello fu il colpo di grazia. Alla fine del pranzo un Generale disse -Sembra quasi una scena già vista. Mi sento come la prima volta che venni qui qualche giorno fa.-

-In che senso?- chiese la Regina.

-Nel senso che......non riesco ad alzarmi dalla sedia.- E tutti scoppiarono a ridere ricordando la prima volta.

Dopo il pisolino pomeridiano tutti tornarono alla Reggia.

La Regina espresse il desiderio di tornare a piedi per riprendersi un po' con il fresco pomeridiano dopo quella mangiata sconsiderata e chiese ad Henri di fargli da cavaliere.

-Mi sa che devi muoverti con la tua bella - fece la Regina mentre passeggiavano.

-Non so che fare- disse lui -Se parto con l'Imperatore e mi ammazzano in battaglia lei sarà una vedova e non so come andrà avanti. Forse dovrei tirarmi indietro per lasciarle un futuro migliore con qualcun altro.-

-Sciocchezze. Non puoi smettere di vivere solo perché la gente è pazza e si ammazza l'un l'altra. Sposala e portatela in Francia. O, se hai paura di lasciarla da sola in Francia, allora lasciala da me.-

-Grazie- fece Henri -Userò il ritorno di domani per prendere una decisione.-

Il pomeriggio passò in un attimo e si ritrovarono a sera nella sala da pranzo. Mangiarono altre mozzarelle a grande richiesta e poi andarono a fumare nel salotto a fianco.

Il Re era molto pensieroso, mentre fumava la pipa e sorseggiava del cognac.

-Maestà- fece Henri facendo saltare il Re -la vedo pensieroso.-

-Sì. Pensavo a tutti i morti che ho causato nelle varie imprese con l'Imperatore. Mi chiedo quando passerò dall'altra parte, quale demone mi aspetterà al varco.-

-Ho incontrato a Napoli una persona molto illuminata. Un certo Bruno. Dice che Paradiso e Inferno non esistono ed ognuno di noi pagherà per quanto ha fatto, sia in bene che in male, nella prossima vita, reincarnandosi.-

-Per fortuna siamo nell'Ottocento. Mi hanno detto che nel Seicento uno che diceva le stesse cose fu bruciato a Roma, a Campo dei fiori, dalla Chiesa- disse il Re -riflettendoci bene, si chiamava anche lui Bruno.-

-Ma no, Bruno era il cognome -fece la Regina - Giordano era il nome.-

-Ah sì. Giordano Bruno. Ora ricordo, una fine orribile. Come si può andare incontro alla morte per rogo? Io non la riesco a concepire questa morte. È forse peggio della morte di Atteone che sconvolge *Henri*?-

-Non saprei, Maestà. Sono entrambe terrificanti. Solo che questo Giordano Bruno la scelse, quindi doveva essere sicuro di quel che lo aspettava.- D'un tratto Henri si drizzò sulla sedia destando l'attenzione fulminea di tutti i presenti.

-Ha scelto la sua morte perché sapeva a cosa andava incontro- ripeté Henri lentamente.

-Gli fu data la possibilità di negare tutti i suoi scritti, ma lui rifiutò e andò sicuro verso il rogo- fece uno dei Generali.

-Perché aveva capito tutto. Devo assolutamente studiare qualcosa su di lui. Non appena torno a Napoli, andrò a trovare il mio amico e gli chiederò a riguardo. Quale segreto può aver scoperto un uomo per spingerlo ad affrontare le fiamme?-

-Un messaggio- fece la Regina.

-In che senso?- chiese il Re.

-Se io scoprissi qualcosa di importante ma mi obbligassero a negarlo, lo potrei anche fare. Tanto ormai il segreto è mio. Ma se di quel segreto io ho scritto dei testi e probabilmente in quei testi ho anche lasciato la via per risalire al mio segreto, allora sì che preferirei morire per lasciare una via aperta a chi vorrà ripercorrerla. È mio preciso obbligo morale affrontare la morte e non rinnegare tutto quel che ho detto, scritto e studiato. Per indicare la strada agli altri.-

-E quale sarebbe questo segreto?- fece il Re.

-Nei suoi testi parla di tante cose, dalle scienze alla filosofia, ma nel suo messaggio, nascosto tra le righe, lui dice che l'uomo è sostanzialmente schiavo dei suoi sensi che creano una vera e propria barriera per poter assurgere alla divinità. Per lui sarebbe una cosa alla portata di tutti- fece la Regina.

- È questo che leggi quando non ti controllo?- fece il Re.

-Un mio amico me ne parlava sempre, ne era rapito. Studiava i suoi testi con gran perizia. Li rileggeva più e più volte e ogni volta trovava una nuova sfumatura, che indicava un nuovo dettaglio da tenere a mente. Il potere che ha l'uomo di elevarsi al di sopra di tutto come un Dio. Per questo poi la Chiesa lo costrinse a scegliere: la vita o l'abiura. Avevano dato per scontato che scegliesse la vita, ma evidentemente lui sapeva qualcosa in più rispetto a noi. Voglio dire, io non farei mai la sua scelta perché mi manca quella informazione.-

Henri pensava a quelle parole, come se faticasse a farsele entrare in mente. Quella conversazione gli dava nuovi interessanti sviluppi su cui riflettere e discutere una volta tornati a Napoli. Assaggiò un nuovo sorso di liquore di limone e diede una nuova boccata alla pipa per non farla spegnere ripromettendosi di appuntare quelle riflessioni sul suo libricino.

Si alzò dalla sedia con difficoltà. -Accidenti, sono completamente fuori forma. Se l'Imperatore mi chiamasse adesso per una guerra nuova farei prima a spararmi un colpo in testa da solo. Signori, con il vostro permesso mi incammino verso la mia camera. È ormai tardi e domani ci attende una lunga giornata.- Fece un saluto rispettoso verso tutti i generali. Salutò i sovrani e si incamminò verso la sua camera, con la pipa ancora accesa. La sera era piacevole, né calda né fresca. Arrivò al ramo interno del fabbricato che costituisce l'asse longitudinale della croce, che si forma al centro della Reggia, e quando si girò rimase senza parole. Si girò nei due versi più volte per capire bene. Gli inservienti, per far circolare aria nelle stanze, avevano lasciato tutte le porte dei principali corridoi aperte. Quindi, da un lato ci si affacciava sull'entrata della Reggia, ma dall'altro vi erano, perfettamente allineati con il palazzo, tutti i giardini. Sembrava una linea di verde e d'acqua che finiva dritta nella cascata in fondo. Vanvitelli la sapeva lunga in fatto di colpo d'occhio. Henri rimase ad ammirare quello spettacolo che, in onore del Re, era stato illuminato da fiaccole lungo le due strade ai lati della serie di vasche e giardini centrali.

Poi, disturbato dall'immagine della guerra che lo aspettava, riprese la via verso la camera da letto.

La notte passò velocemente. Forse troppo. E lui si ritrovò con lo zaino in mano a guardare quella bella camera come fosse l'ultima volta. La ammirò per un altro attimo e poi se ne andò verso le stalle.

Lungo le scale incontrò Gennaro -Buongiorno Gennaro. Allora viene a Napoli con noi?-

-No, signore. Verrò tra qualche giorno. Devo avviare il mio secondo alla gestione del palazzo in mia assenza.- Poi infilò la mano sotto la giacca e ne estrasse un altro di quei libricini in pelle con lo stemma Borbonico sopra. - Per lei. Ho pensato che le poteva essere utile quando finirà il primo che le diedi.-

-Grazie Gennaro. Spero di rivederla presto.- e così dicendo si salutarono.

Henri preparò il cavallo e insieme agli altri della truppa si preparò al trasferimento. Non era contento. Quel posto gli piaceva veramente.

Montarono a cavallo e si avviarono con la carrozza Reale presso le scale, da dove sarebbe sceso il Re con la moglie. Si schierarono e attesero. Henri non era più con la truppa. Adesso la gestiva ripetendo gli ordini del Capitano, che rideva ancora quando lo guardava per lo scherzo che gli avevano fatto.

Il Capitano gli aveva già confessato che non era sicuro che sarebbe sopravvissuto e lui gli aveva risposto "Maledetti bastardi……con tutto il rispetto, signore" scatenando la sua incontrollata ilarità. Ma il bello di Henri era proprio quello: un attimo dopo era di nuovo nei ranghi, allineato e coperto. Era uno con cui si poteva scherzare e ritornare nel proprio ruolo. Sapeva adattarsi a tutte le situazioni. Il Capitano aveva già capito che quello era stato un test per Henri. Il Re aveva l'intenzione di fregarlo a Napoleone e tenerselo per se a Napoli, facendolo crescere. Gli piaceva: piaceva il suo modo di combattere e di reagire alle situazioni di stress. Il Re lo voleva nella sua guardia personale. Chissà se anche Henri lo aveva capito.

Si sentirono da prima i passi e poi il Re e la Regina apparvero sulla scalinata, seguiti dai Generali.

Quando furono vicini abbastanza, il Capitano urlò "Sezione attenti!" e Henri ripeté l'ordine con la sciabola sguainata. Tutti entrarono nella carrozza e il drappello di armati si mise ai fianchi di questa per scortarla. Uscirono dal palazzo Reale. All'esterno c'era un po' di gente a salutare e da dentro i Reali e i generali ricambiavano affettuosamente.

Quei pochi giorni si erano rivelati paradisiaci e quel posto aveva toccato il cuore di tutti. Mentre la carrozza si incamminava sul vialone principale, la Regina si sporse con il capo all'esterno per guardarla un'ultima volta, mentre pian piano si allontanavano.

-Tranquilla- fece il Re, tenendole la mano - ci torneremo presto. Anche a me è piaciuta tanto. Sto avviando dei lavori con l'aiuto di Gennaro, che farà da collegamento tra Caserta e Napoli.-

La Regina quasi piangeva. Per lei era stato meraviglioso non avere attorno tutta quella gente. Libera di essere solo Carolina. E adesso ritornava nella tana del lupo.

Henri marciava sovrappensiero. Quel palazzo aveva una sua magia che lo aveva rapito, quasi avesse un anima. Una volontà personale. Ma in cuor suo sentiva che quello era stato solo un dono. Non sarebbe mai più tornato in quel posto. Ma vederlo, almeno per una volta, era stato un vero privilegio.

Capitolo 21
Ritorno a Napoli

Dopo una rapida sosta nella campagna per rifocillarsi, che riportò alla mente il picnic nel parco della Reggia, si rimisero tutti in marcia. Arrivarono nel pomeriggio a Napoli. Passarono davanti all'ingresso, per far scendere i Reali ed i generali, ed andarono a posare i cavalli nelle stalle.

Henri era stanco. Aveva perso il ritmo, con cavalli e movimento fisico, e questo non gli piaceva. Sebbene lo spostamento fosse stato breve, Caserta non era distante, era un po' che si era adagiato sugli allori. A parte la presa di Capri, non era successo altro.

Camminava con lo zaino sulla spalla mentre andava alle camerate, pensando alla sua stanza alla Reggia di Caserta e confrontandola con la camerata dove ora alloggiava. Tra sé e sé si diceva "Ben ti sta. Le comodità fanno male poi quando le perdi".

-*Henri*- Una voce di donna alle sue spalle lo chiamò. Sofia.

Henri non fece niente se non lasciare cadere tutto e correrle incontro. La afferrò tra le braccia e la strinse a sé, baciandola con ardore. Poi si strinsero l'un l'altro.

-Non tornavi più- fece lei con un filo di voce.

-Mi dispiace. Avrei tanto voluto che ci fossi stata anche tu. La Reggia di Caserta è uno splendore.-

-Più bella di me?- fece lei sbattendo le palpebre come una civettuola.

-Niente è più bello di te- disse lui.

-*Henri*, ma…i tuoi gradi sono cambiati.- fece lei, guardando le braccia.

-Sergente Maggiore- disse lui, facendo un saluto verso di lei.

-Sergente Maggiore?- fece lei ammirata -E come mai?-

-Devo essergli piaciuto alla presa di Capri. Gli sarò simpatico. Boh.-

-Hai saltato un grado, *Henri*.-

-Sì, infatti. Il Re dice che sono perfino in ritardo rispetto alle campagne che ho fatto con l'Imperatore.-

-Sì. Io ne capisco, sai? E credo che abbiano dei progetti su di te. Altrimenti non ti avrebbero trattato in questo modo.-

-Anche stratega- fece lui, cercando di darle dei pizzicotti mentre lei si divincolava e cercava di scappare ridendo.

-*Henri*. Ci vedono. Non fare lo scemo.-

-Signora Sofia questo soldatino è teso e ha bisogno di un bel massaggio ristoratore- fece Henri, rincorrendo Sofia e afferrandola per la gonna.

-Una bella doccia fredda. Un bel toccasana. Questo è tutto quello che avrai stasera- fece lei, mentre scappava in tondo nei giardini di passaggio tra le stalle ed il palazzo Reale.

Insieme andarono verso il corpo centrale del palazzo, da dove si salutarono. Sofia entrò all'interno del palazzo e Henri si avviò verso la zona dedicata alla guarnigione.

La notizia dei suoi gradi ancora non era arrivata a Napoli tra i suoi amici e, quando lo videro, tutti gli fecero i complimenti ed Henri si dovette fare un'altra serata a bere e parlare con gli amici. Ma nulla a che vedere con la serata alla Reggia.

Il giorno dopo Henri andò di mattina presto dal Capitano, che ancora rideva alla sua vista, per chiedere se avesse guardie da svolgere o lavori da fare, ma il Capitano gli disse di andare direttamente dal Re.

Henri si portò al piano nobile del Palazzo Reale, in direzione dello studio di cui si serviva sempre il Re, per vedere se era ancora lì, ma lungo il corridoio incontrò Sofia che, insieme a due nobildonne, andava in senso opposto. Si fermò a guardarla, dato che la vedeva molto turbata.

Muovendo solo le labbra, chiese "Che c'è?" e lei rispose "la Regina". Allora lui si ricordò di quel che la Regina gli aveva detto e le rispose "Tranquilla, è tutto a posto". Vide passare Sofia con un aria rincuorata e proseguì oltre. Entrò bussando alla porta dello studio e chiese di essere annunciato al Re per sapere se ci fossero ordini per lui.

Il Re lo fece entrare.

-Buongiorno *Bertoldì*. Nessun ordine, ma mi stia vicino. Vorrei che lei si muovesse con me per la mia difesa personale per ora.-

-Sì, Maestà- rispose Henri

-A proposito, tra un paio di giorni ce ne andiamo a Capri per riorganizzare l'isola e per l'occasione restiamo lì qualche giorno. Così avremo anche del tempo per noi.-

-Perfetto, Maestà. Sarà un piacere, l'isola è bella senza le guerre.-

-Sì, sì- rise il Re - e a lei piacerà anche di più visto che ci sarà anche mia moglie. E credo lei sappia chi accompagnerà mia moglie.-

-Sì, maestà.- fece Henri sornione.

Il Re quel giorno ricevette uomini di Stato, ambasciatori e banchieri. Tutti chiedevano piaceri, ma tutti, prima di avvicinarsi, scrutavano Henri che se ne stava poco dietro il Re alla sua destra con sguardo serio.

Gioacchino Murat, a fine giornata, si sfilò la giacca e si sedette sfinito sulla sedia. - Sai cosa mi piacerebbe adesso, *Henri*?- Quando erano da soli, il Re gli dava sempre del tu.

-Quel bel liquorino al limone di Gennaro?- fece Henri.

-Bravo- disse il Re drizzandosi sulla sedia -Come hai fatto?-

-Perché manca tanto anche a me. Quando arriverà Gennaro lo mettiamo subito all'opera. Ho già la lista pronta: mozzarelle, vino frizzante... Devo solo aggiungere il liquore.-

Il Re si fece una risata grassa e poi si avviò verso un mobiletto basso, lo aprì e ne estrasse una bottiglia di cognac e due bicchieri. Versò per entrambi e brindò con Henri -Alla salute nostra e di Napoli!-

-Salute!- rispose Henri.

-Quando avrò stabilizzato la città dovremmo andare nella provincia. Mi dicono che serve verificare con attenzione. Molti comuni hanno losche figure a capo che sottraggono moneta sia a me che al popolo. Bisognerà dare una stretta e avrò bisogno di te.-

-Ma io sono un Sergente Maggiore... servirà più il Capitano, forse.-

-No, no. Mi servi tu. E per quel momento, sia tu che il Capitano, sarete saliti di un altro grado.-

-Maestà- fece Henri preoccupato -troppo velocemente. Mi metterà nei guai con qualcuno. L'invidia è una brutta cosa. Accende gli animi e rende nemiche le persone.-

-Sciocchezze- fece Murat, quasi non curante -è il volere del Re. E nessuno si può opporre.-

Henri temeva che la voce arrivasse all'orecchio dell'Imperatore, ma dato che il Re sembrava non voler ascoltare, pur di non farlo indispettire, tacque.

Il Re se lo portò verso le sue stanze. Henri lo seguiva senza fiatare, ma vedeva che tutti lo osservavano. Cominciò a preoccuparsi.

Arrivarono agli appartamenti reali e lui si fermò, fuori la porta.

-Che fa, si ferma *Bertoldì*? Venga. Mi segua. Dovrebbe proteggermi.-

-Sì, Maestà- fece lui interdetto.

Arrivarono nel salone e lì vi trovò la Regina, che giocava con i quattro figli.

-Oh guarda chi abbiamo. Il Re con la nuova guardia personale.-

Henri si inchinò con deferenza. -Maestà-

-Achille, dai un occhio ai tuoi fratelli, per favore.-

-*Oui maman*- fece il più grande.

-Guarda chi c'è lì- fece la Regina, indicando un angolo della stanza.

Henri si girò ed in un primo momento non si accorse. Vide una dama e la salutò con educazione. Poi trasalì vedendola ridere.

-Sofia?-

La ragazza era completamente diversa. I capelli mossi e ribelli erano stati raccolti, mettendo in risalto il viso e soprattutto gli occhi, il vestito scollato, ma non troppo, pur coprendo un po' le forme, lasciava comunque trasparire la prorompente mediterraneità della ragazza che guardava Henri divertita, mentre questi la fissava senza proferir parola.

-*Henri*- fece il Re. -*Henri*- insistette.

-Sì?- balzò in aria Henri -Dica, Maestà.-

-Respira, *Henri*. Solo questo. Te lo volevo solo ricordare.-

-Sì, Maestà- fece Henri senza capire quello che il Re aveva appena detto.

Sofia, con le cure dettate dalla Regina, era adesso splendida.

La Regina, divertita per il suo piccolo abbellimento, scrutava ora la coppia ora il Re, che a sua volta la ricambiava. Forse, in quell'attimo, i Sovrani si erano rivisti al loro primo incontro. Sta di fatto che nessuno disse niente per non interrompere il momento.

-Va bene- fece il Re alla fine -Non lo ha fermato Austerlitz e Jena e crolla di fronte a Sofia. Io il vostro potere non lo capirò mai.-

La Regina e Sofia scoppiarono a ridere e Henri, invece, si guardò attorno -Eh? Che cosa?-

-*Henri,* vieni con me. Prendiamo un po' d'aria- e così dicendo se lo portò fuori la terrazza, dalla quale si vedeva tutta Napoli.

Henri uscì dalla stanza con il Re e con le due donne che ancora ridevano. -Accidenti, che botta!- fece lui.

-Eh l'ho visto- fece il Re -Colpito e affondato, eh?- Ed entrambi scoppiarono a ridere.

-Che spettacolo, Maestà- disse Henri, guardando il Golfo di Napoli. Si vedeva tutto. Dalla Collina di Posillipo fino ai paesi vesuviani.-

-E lì dove siamo?- fece Henri indicando dall'altro lato del golfo.

-Lì è Sorrento. Quando prendeste Capri io ero più o meno da quelle parti a guardarvi. Altro splendido posto. Un giorno ci andremo insieme.-

-Guardati intorno, *Henri*. Non vedi la bellezza di questi luoghi? Quando ero a Parigi ho fatto di tutto per avere una carica e poterci restare. Ma adesso, che sono qui, non vorrei mai lasciarla. In qualità di Re, cercherò di far di tutto per darle lustro. Adesso che l'ho vista so. So che questa è una città eterna. Bellissima. I napoletani non hanno capito che hanno per le mani. Dovrebbero osannarla.-

-È vero, Maestà. Avete esattamente colto nel segno. I napoletani si sono assuefatti a questa bellezza e non la capiscono più, dandola per scontata. Le colline, la baia, il mare. Questo posto ha tutto. Se volete cacciare, basterà salire nella foresta sulla collina al centro della città o andare verso l'interno. Se volete pescare, il mare è là. Basterebbe sapersi accontentare per vivere felici.-

-Proprio così *Henri*. Ma questo lo può capire solo chi, come noi, ha visto la morte in faccia.-

I due rientrarono nella stanza.

-Gli ho fatto prendere un po' d'aria. Mi stava per svenire- fece il Re scherzando.

-Stasera me la trattengo ancora un po'- fece la Regina ridendo - ma domani te la lascio andare. Prometto.-

Henri si chinò lievemente per salutare. -Maestà-

Poi fece lo stesso verso il Re e alla fine si girò verso Sofia e la salutò formalmente, dato i presenti -Donna Sofia-.

Henri capì che quella sera non la avrebbe rivista e si andò a cambiare per andare da Bruno al centro di Napoli.

Come uscì dal cancello del Palazzo Reale cacciò la pipa per caricarla e subito si ricordò delle parole di Bruno: "Spezza le abitudini *Henri*, rompi gli schemi". Si rimise la pipa in tasca e si avviò dal suo amico seguendo una nuova strada.

Arrivò a Piazza San Domenico Maggiore e tagliò al centro della piazza, dato che andava verso lo spigolo opposto. Giunto al centro della piazza, notò quell'uomo che aveva visto la volta precedente. Continuava a dondolare il capo in modo inconsulto e, non appena lo vide, si alzò e gli andò incontro.

-Bonasera Giuvinò. Cumm state?-

-Bene. E tu, come stai? Te li sei bevuti tutti i soldi che ti ho dato l'altra volta?-

-Nooooo- fece lui con aria meravigliata - me li so mangiati. Guarda, ho ancora i soldini in tasca.-

-Ah sì?- fece Henri - E allora mangiati anche questi e mettici su pure un po' di vino.-

-Noooo- riprese lui - l'alcol fa male al corpo. È del diavolo. State andando da Bruno?-

-Sì. Lo hai visto tu?-

-Ooooh sì. Lo vedrò più tardi. Lui esce sempre di sera. Non l'ho mai visto la mattina.-

-Allora io vado. Stammi bene.- E gli diede un'altra moneta.

-Grazie. Che Dio ve ne renda merito, Giuvinò.-

Riprese il cammino, infilandosi nel vicolo della cappella. Appena arrivato, bussò alla porta e si nascose sul lato del portone. Questi si aprì, ma non si sentì nulla. Poi dopo un po', ridacchiando -Allora? Resti lì nascosto o entri dentro?-

-Ti assicuro che non capisco come fai- fece Henri.

-Per questo lo faccio- rispose Bruno ridendo.

-Allora?- fece Bruno - Come era la Reggia?-

-Come posso descrivertela. Non c'è un aggettivo adatto. Stupenda? Meravigliosa? Sono sempre limitativi rispetto a quel che è.-

-Vero. È un'opera grandiosa. Vedo che ci sei stato bene.-

-Ah sì. È stato semplicemente grandioso. A proposito, mi è capitata una cosa strana lì.-

-Ah sì? Racconta.-

-Stavo facendo il tuo esercizio sulla concentrazione nel giardino della Reggia quando…-

-Ah no no -fece Bruno - Non lo devi fare in campagna, o peggio ancora nel parco della Reggia, che è come stare in un bosco.-

-Infatti gli assomigliava molto.-

-Lo so. Ti immergi così in forze che potrebbero distrarti, forviarti, o peggio ancora rapirti dai tuoi intenti.-

-Non capisco- fece Henri.

-Non ti preoccupare- fece Bruno -Per il momento fidati di me e fa l'esercizio nel tuo palazzo. Non nella natura di cui ancora non conosci i meccanismi e i misteri. Adesso va avanti col tuo racconto.-

Henri raccontò tutto quel che era accaduto e, soprattutto, le sensazioni che aveva suscitato quell'esercizio. La strana sensazione di galleggiamento seguita dalla caduta verso il basso.

-Non ha senso- fece Bruno -Non è possibile...-

-Che vuoi dire?- fece Henri -Cosa non è possibile?-

-Questo risultato è in anticipo rispetto il lavoro da te fatto. È troppo presto.-

-A meno che...- fece Bruno portandosi un dito al naso, come a voler zittire qualcuno.

-A meno che?- disse Henri dopo un po'.

Bruno si portò vicino alla statua del giovinetto con il cuore in mano.

-A meno che tu non parta da questa statua.-

-Che vuol dire? E da dove dovrei partire allora se non dall'inizio?-

-Si parte sempre dall'inizio, ovviamente. Ma tu a che punto sei del tuo cammino?-

Henri rimase in silenzio, palesemente in difficoltà.

-Ricordi che ti dissi che lungo le rinascite successive il lavoro fatto non sarà mai perso?-

-Sì- fece secco Henri.

-Beh, questo è proprio quel caso. È evidente che hai del lavoro pregresso che solo adesso, riscaldato dai nostri discorsi e dalla pratica che ti ho dato, comincia a ribollire e a farsi vivo. Anche la pratica di cambiare le abitudini contribuisce tanto. Lo stai facendo?-

-Sì sì- fece Henri.

Bruno si spostò dalla prima statua per avvicinarsi alle altre, più avanti.

-Adesso il punto è, dove sei arrivato nella tua ultima vita? Qui?- indicando la seconda statua -Oppure qui?- e indicò la terza.

-O magari in una qualsiasi delle altre?- E indicò con un gesto ampio tutta la sala.

Henri non fiatava e cadde un silenzio tombale. Ricordava che, quando Bruno gli disse delle dieci statue intese come un percorso esoterico da compiere, lui rimase scoraggiato dalla mole di lavoro da fare. In realtà lui non aveva ancora capito bene il senso di tutto quel lavoro. Lui non sapeva qual era il vero significato della vita. Della SUA vita.

-Oooooh. Che c'è?- fece Bruno quasi canzonandolo -Qualcosa non va? Non ti trovi più?-

Henri lo guardò confuso. -Bruno, mi sto perdendo. Non capisco e non so che pensare.-

-È normale sentirsi così. Sei in quella fase nella quale abbandoni i vecchi schemi, ma non hai ancora tracciato il nuovo percorso. Sei nel Limbo. Quando non si ha il panorama completo, allora è facile perdersi. Tu ricorda sempre che chi ti ha preceduto ha lasciato una traccia per te. Proprio te che, come tante altre persone, con sincerità d'animo cerca la verità per servire e non per servirsene.-

-Giordano Bruno- esclamò all'improvviso Henri, ricordando le parole della Regina. -Anche lui aveva nascosto un messaggio nei suoi scritti? Un percorso?-

Bruno trasalì -Però. Niente male. Anche lui hai scoperto. Beh, lui non lo nascondeva neanche tanto. E pagò per questo, amaramente. Il messaggio però c'è. E ci sarà sempre.- Bruno prese per il braccio Henri e se lo portò verso l'altare della cappella.

-E quando anche tu, ormai stanco e distrutto dallo sforzo, avrai rigenerato alla fine le tue carni, grazie alla via che si schiude a te, ricordati sempre di lasciare anche tu la tua via, il tuo percorso, celata in un manoscritto, nascosto in un racconto. O forse in un'opera d'arte. Lascia anche tu la tua fila di sassolini come Pollicino. Come hanno fatto tutte queste persone prima di te.- Bruno girò su se stesso Henri, rivolgendolo verso l'uscita.

-Vedi?- fece Bruno indicando tutte le statue -Le dieci statue delle allegorie dove sono rivolte?-

-In effetti è strano. Guardano dal lato opposto dell'altare. Verso l'uscita- fece lui.

-Non è un caso. Sarebbe già questo di per sé un messaggio. La verità è lì.- disse lui, afferrandolo per la nuca ed alzandogli lo sguardo.

Henri trasalì. Non lo aveva mai notato. C'era un bassorilievo proprio sull'uscita che raffigurava una tomba scoperchiata da cui fuoriusciva un inquietante uomo in armatura seicentesca con in mano una spada e fare bellicoso.

-Tutti hanno lasciato il loro racconto scritto o scolpito nel marmo, perché anche tu che cerchi la verità, alla fine della tua vita, anzi no, meglio dire alla fine del tuo percorso, possa come quel cavaliere oltrepassare la soglia della morte, attraversare il fiume Lete, con la spada e cioè la tua consapevolezza, ben salda in mano e diventare un essere luminoso. Perché è questo che siamo. Esseri luminosi. Fatti di luce pura.-

-Lo dice perfino il sommo poeta, mio caro *Henri*, "Fatti non foste a viver come bruti ma per seguir virtute et canoscenza".-

-Bruno non può essere. Non ci credo. Andare al di là del corpo. Sopravvivere alla morte. Non riesco a ritenerlo possibile.-

-Allora fallirai- fece brutalmente Bruno -O ci credi o non ci credi. Non c'è una via di mezzo. Mi meraviglio di te, che hai avuto, come San Tommaso, la possibilità di "toccar con mano".-

-A cosa ti riferisci?-

-A queste tue continue visioni. Alla tua mobilità nel lato animico. Al fatto che sei qui con me a parlare di questo argomento. Come puoi essere così cieco?- Bruno era visibilmente alterato.

-Ma mi stai dicendo che io diventerò come un Dio che vince la morte come ha fatto il Cristo?-

-Nooooo- urlò Bruno -Tu lo sei già- queste parole echeggiarono nella cappella. - È questo schermo Luciferino dei sensi che ti nasconde la verità.

La frase risuonò nel nulla della cappella, diventando inquietante. Henri non rispose. Lasciò prima che gli animi si calmassero.

-Non ti alterare. Io ti sto solo dicendo che è Dio che muove tutto l'universo e noi rispondiamo alle sue leggi. Mi sembra così strano quello che dici.-

-Ti sembra arrogante ed irrispettoso questo discorso?-

-Sì- fece con veemenza Henri.

-È colpa della cultura che ci inculcano fin da piccoli. Esci da questi schemi, amico mio.-

-Vedi- fece Bruno con un fare paterno -le dinamiche, amico mio, sono un po' diverse. Quel che tu chiami Dio è la vera colla di tutto il creato. Senza di lui nulla sarebbe stato possibile. Ma questa via l'hai scelta tu. Altrimenti non avresti avuto le visioni di cui mi hai parlato.-

-Sempre che siano visioni e non traveggole. Mi sembra così strano che io possa aver visto sia nel futuro che nel passato.-

-Il concetto di Tempo è un artificio tutto umano. Non capisce una cosa e le da una spiegazione alternativa. Il tempo non esiste. Devi pensarlo non come qualcosa che si sviluppa in linea retta, un evento dopo l'altro, ma come se stesse accadendo tutto in questo preciso momento.-

Henri lo fissava interdetto, come i cani quando mettono la testa a quarantacinque gradi perché hanno visto qualcosa di strano.

-Mi rendo conto che è complicato da comprendere. Perché non è nella nostra natura umana comprendere questo principio. Ma da esso trova conferma il perché tu possa sbirciare sia nel passato che nel futuro. Sono come delle porte che si aprono mettendoti in contatto con tue vite passate e future. Sono sempre dei ricordi.-

-Ricordi di cose future?- fece Henri.

-Certo. Sono accadute. Nel futuro. Ma sono ormai impresse nella tua anima.-

Bruno rimase per un attimo in silenzio a pensare. Poi gli venne una idea. Fissò per un attimo Henri -Mi chiedo se.....-

-Dimmi - fece Henri.

-Aspettami qui- fece Bruno e si diresse verso un angolo buio della sala.

Dopo un po' ritornò con qualcosa in mano coperto da un telo rosso. -Siediti sulla solita sedia- gli fece ed Henri eseguì.

Bruno avvicinò un tavolino e gli posò sopra quello che aveva in mano. Lo scoprì. Era uno specchio ovale.

Bruno spense molte candele fino a rimanere in penombra.

-Adesso, fissa il riflesso del tuo volto nello specchio. Devi osservare questo punto esatto.- E glielo indicò direttamente sul volto.

Henri si concentrò.

-Non ti sforzare -fece Bruno -Deve essere una cosa naturale. Deve accadere senza sforzo. Tu fissa il punto che ti ho indicato. Non battere gli occhi. Non li ruotare. Fisso lì.-

Henri si accorse, solo in quel momento, di quanto fosse difficile restare immobile con lo sguardo.

Continuò imperterrito fin quando fece un salto sulla sedia.

-No. Non devi muoverti- fece Bruno spazientito.

-Non capisci. C'era qualcun altro nello specchio.-

-In che senso? C'era un'altra persona?-

-No, ero sempre io. Ma lo percepivo come un riflesso diverso dal mio.-

-Allora avevo ragione io. Ci vuole molto tempo per arrivare a questo punto. Ma questa è solo la superficie. Continua ad andare oltre. Insisti.-

Henri un po' titubante e con gli occhi in lacrime, per l'innaturale sforzo di non battere gli occhi, si rimise in posizione e si rilassò. Lo specchio rifletteva la sua immagine, che però gli sembrava estranea. Dopo un po', questa cominciò a deformarsi, assumendo espressioni grottesche e mostruose.-

-Bruno, sono orribile- fece Henri.

-Non ti distrarre. Vai avanti.-

Gli occhi lacrimavano e, ogni volta che Henri li batteva per il fastidio di forzarli aperti, la sua immagine ritornava normale. Si fece forza e andò avanti. Dopo un po' la sua immagine scomparve e lo specchio diventò, da prima tutto, bianco lattiginoso e poi, all'improvviso, nero. Non rifletteva più niente. Mentre nella parte più esterna del suo cono visivo intravedeva strani movimenti.

Ad un certo punto una gran luce esplose e lui vide chiaramente davanti a lui due cavalieri. La stanza era sparita e lui era al cospetto dei due uomini che combattevano nella prima delle due visioni alla Reggia di Caserta. I cavalieri duellavano, senza esclusione di colpi, mentre un terzo si agitava per fermarli. Poi, quello che lui percepì essere lui in quell'epoca, avviò un fendente che aveva tutta l'aria di essere mortale, ma in quel momento tutta l'immagine sparì in un incredibile frastuono, come un colpo di cannone, e lui si ritrovò appoggiato alla spalliera della sedia con un fastidio all'altezza del plesso solare.

-L'ho visto- fece Henri ansimante.

-Lo avevo capito- rispose Bruno con pacatezza.

-Ma che cos'era?-

-Un frammento di te in un'altra epoca. Che hai visto?-

-Ero un cavaliere e mi stavo confrontando con qualcuno che odiavo. Sentivo nettamente l'odio montare in me. Ma un terzo cavaliere cercava di dividerci. Devo avere ucciso il mio avversario, per quel che ho visto.-

-Io credo che parta tutto da lì. Ma non ho capito se hai combinato pasticci o no. Tutto lascia presagire di sì, però.-

-Bello- fece Henri ansimante -devo rifarlo quando ne avrò tempo.-

-Assolutamente no- fece Bruno con molta fermezza.

-Perché?-

-Perché stai andando troppo veloce. Questo è un trucchetto che ho usato io per capire. Ma fatto da solo è molto pericoloso e poi serve uno specchio particolare, che tu non hai. Per ora sedimentiamo questi risultati e andiamo a vedere cosa è meglio fare per il futuro. Ci vorrà tempo.-

-Ma Bruno, io non ho molto tempo. Tra un po' sarò costretto a tornare in Francia.-

-Accidenti. Allora dovremo cambiare piano. Maledizione!-

Bruno scomparve nell'altra stanza nuovamente e ritornò con una Bibbia. La aprì e la diede a Henri -Che c'è scritto qui?-

Henri si sforzo vicino ad una candela e poi -Salmo 90-.

-Perfetto- fece Bruno -Trovati una Bibbia in latino e leggi quel salmo tutti i giorni. Più volte al giorno, ma soprattutto prima di andare a letto per dormire.-

-Va bene- fece Henri -Adesso devo tornare.-

-Mi raccomando. Vivi la tua vita senza dormire. Esercita sempre la presenza. Non eseguire mai meccanicamente le cose che fai.-

-Sissignore- ripeté Henri.

-A proposito. Complimenti.-

-Per cosa?- fece Henri.

-Per i gradi. Ti stanno bene. Ne hai saltato uno o sbaglio?-

-Mi fai incazzare quando fai così. Ma come fai?- fece Henri, agitando la mano davanti agli occhi lattiginosi di Bruno.

-He hehe. Lo faccio a posta. Ma tu rispondi: chi tra noi due è il vero cieco?-

-Già- fece Henri -comincio a chiedermelo anche io.-

I due si salutarono ed Henri tornò di nuovo al Palazzo Reale. Questa volta la pipa se la accese e ci mise anche un po' di cognac sopra. Era scombussolato da tutta quella serata. Dai suoi ricordi. E soprattutto dal suo futuro incerto. Ma mentre lui camminava una vocina dentro di lui gli ripeteva "Non ti crucciare. Sarà quel che sarà. Tu pensa a vivere senza aspettative".

Era sicuramente una risposta che lui non si sarebbe mai dato.

Tornò al Palazzo Reale e se ne andò a dormire.

Il giorno dopo andò dal Re come sempre per prendere servizio come sua guardia personale. Lo trovò nel suo studio. Appena entrò, percepì subito un'aria tesa. -Buongiorno Maestà. È successo qualcosa?-

Con lui c'era il Capitano Martin. Lo fissò serio, mentre il Re aveva in mano un incartamento piegato in tre e con un sigillo rotto. Lo buttò con poco rispetto sul tavolo.

-Riconosci il sigillo, *Henri*?- fece il Re.

-Sì, Maestà. È il sigillo dell'Imperatore.-

-Tira brutta aria, *Henri*… L'Austria si sta riorganizzando. Ti vuole con lui.-

Henri non parlò.

-Capitano, cosa potremmo controbattere?-

Il Capitano rimase per un attimo in silenzio poi si girò verso il Re. -Maestà, ma non dovete andare a Capri per sistemare la situazione?-

-Sì, perché?-

-E chi c'è a Capri per la gestione dell'isola?-

-Il tuo amico. Quel capitano. Come si chiama?- il Re rimase un attimo a pensare - Il Capitano Leroy. Ma è una cosa momentanea. Le sue truppe sono già tornate. Lo avrei richiamato a giorni.-

-È perfetto, Maestà. Assegnate Leroy a Capri e date le sue truppe a *Henri*. Avrete una scusa per trattenerlo a Napoli. Vi servirà del tempo per decidere il sostituto.-

-Ma *Henri* è solo Sergente Maggiore.- fece il Re.

Il Capitano fece finta di niente e disse pensieroso -Accidenti, è vero. Non ci avevo pensato…- disse guardando verso l'alto.

-No eh?- fece il Re ridendo -Non ci aveva proprio pensato, eh?- Il Capitano scoppiò a ridere. -Mi farete arrestare per favoritismo, voi due.-

-Ma di che state parlando?- fece Henri senza capire niente.

-Niente, Signor Tenente- fece il Capitano ridendo -Lei è stato appena promosso sul campo.-

-Di nuovo?- fece Henri sgomento -Ma come lo giustificherete? Sono da poco passato a Sergente. Non v'è alcuna scusa per giustificare tre gradi in così poco tempo.-

-Ecco perché mi arresteranno.- fece il Re sogghignando.

-Ma Maestà è troppo.-

-Non ti posso dare il comando da Sergente Maggiore e dire che sei insostituibile. Sono pieno di Sergenti Maggiori. Ma da Tenente sarebbe un po' più facile da sostenere. E sicuramente ci vorrebbe del tempo per i passaggi di consegna.-

-Maestà, sono senza parole. Non so che dire.-

-Perfetto. Se si ha il dubbio di dire banalità, questa è sempre la cosa migliore da fare. Tacere. Capitano, mi faccia una lettera che giustifichi la necessità di trattenere a Napoli il Tenente *Henri Bertoldì*. Io ne farò una a mia volta che semplicemente giustificherà la sua, ed entrambe partiranno con il corriere. E vediamo quanto Napoleone tiene a te, mio caro *Henri*.-

Mentre parlava il Re aveva già cacciato dal mobile una bottiglia di colore giallino e la aveva stappata, facendone uscire tutto il profumo di limoni.

-Gennaro!- esclamò Henri.

Il Re, annuendo con soddisfazione, disse - Infatti. Stamane è arrivato un uomo incaricato da Gennaro per farci avere tutto quel che abbiamo mangiato a Caserta. Lui verrà tra pochi giorni.-

Tutti alzarono il bicchiere e brindarono -Al Tenente *Bertoldì!*- E, dopo aver mandato giù il liquore, si sentì il Re esclamare -E che Dio ce la mandi buona- cosa che ammutolì gli altri perché solo allora capirono che quella mossa era un azzardo.

Capitolo 22
Capri

Quella mattina Henri si svegliò di buon'ora. Il Re aveva intenzione di imbarcarsi presto per svolgere tutte le pratiche formali e godersi così l'isola in tutto il suo splendore.

Henri si diresse, di gran lena, agli appartamenti privati. Aveva già preparato un bagaglio per qualche giorno e lo aveva portato agli addetti, che avrebbero trasportato tutto a bordo. Il Re lo voleva presto al suo cospetto. Quando arrivò si fece annunciare ed entrò nella sala d'attesa degli appartamenti reali. Il Re si affacciò alla porta -Prego *Henri*. Da questa parte.-

Quando Henri entrò, trovò la Regina che dirigeva Sofia nella composizione del bagaglio da portare per sé e per i figli. Salutò con deferenza ed entrambe ricambiarono.

-*Henri* queste carte vengono con noi- fece il Re indicando un malloppo sulla scrivania.

-Ci penso io- fece solerte Henri, avviandosi verso le carte.

Le afferrò e con la coda dell'occhio vide una busta con un sigillo di ceralacca e con il suo nome scritto sopra.

-Maestà, ma qui c'è il mio nome- fece Henri.

-Ah sì?- fece il Re con noncuranza guardando altrove - Allora deve essere per voi. Apritela pure.-

Henri posò la pila di documenti e prese in mano la busta. Ne ammirò il sigillo: era lo stemma delle reali industrie tessili di San Leucio. Aprì la busta e fece uscire il contenuto, che si sparse sul tavolo. Re, Regina e Sofia si fermarono ad ammirarlo. Erano i nuovi gradi da Tenente.

-Sapevo che ti piacevano quelli fatti a San Leucio e te li ho fatti fare da Gennaro. Spero siano di tuo gradimento.-

-Maestà- Henri non riusciva a parlare -il solo fatto che abbia pensato a me, è un vero onore. Sono bellissimi.-

Sofia tratteneva il respiro con una mano sulla bocca e la regina sorrideva emozionata.

-Li cuciremo a bordo- fece il Re - così parti da Sergente e arrivi da Tenente.

-Grazie Maestà. Non so come ringraziarla.-

-Sciocchezze- fece il Re - e poi adesso, con la paga da Tenente, me la potrai finalmente maritare la nostra cara Sofia.-

Henri si girò verso Sofia, che aveva gli occhi lucidi. -Sì- fece lui fissandola negli occhi.

-Bene- fece il Re -però adesso muoviamoci o quei maledetti mi terranno sulle carte per tutto il giorno. Intendo arrivare a Capri prima di pranzo.-

Tutto il necessario fu preparato in un attimo. Una specie di minicorteo partì dal palazzo Reale e si avviò verso il porto, dove una Fregata li attendeva pronta a partire. La famiglia Reale, prole compresa, si avviò a bordo sul barcarizzo, mentre tutti i bagagli venivano caricati tramite reti ed argani.

Il Comandante dell'unità fece gli onori ufficiali alla famiglia Reale e mostrò loro la cabina per la traversata. Henri era entusiasta della traversata e lanciava sguardi di fuoco verso la sua Sofia. La Regina li guardava un po' divertita ed un po' gelosa. Venne il momento e la Fregata si staccò dal pontile per prendere il largo.

Una volta usciti dal porto, i marinai salirono sulle griselle e si avviarono verso i pennoni per manovrare ed armare le vele, sotto gli ordini degli ufficiali.

Henri guardava ammirato quell'insieme di uomini in quell'apparente caos che si era creato all'improvviso.

-Lo so, sembra una baraonda ma in realtà non lo è.- era il Comandante della nave che parlava - Tutto quel che si muove sul ponte ha un suo ordine prestabilito. Chi non ha ordini è meglio che si tenga pronto e fermo in un angolo senza dar fastidio e, soprattutto, a disposizione nel caso di necessità.- E così dicendo indicò un gruppetto di marinai che se ne stava in disparte con le braccia conserte, come se la cosa non li riguardasse.

-Bellissimo- fece Henri con il naso all'insù.

-Le piacerebbe salire a riva su un pennone?- fece il Comandante.

-Dice davvero?- fece Henri con l'aria di un bambino che ha appena scoperto un nuovo gioco.

Il Comandante si sporse verso il Re e quest'ultimo, sorridendo, fece un cenno con la testa.

-Mi faccia vedere una cosa- fece il Comandante toccandogli le braccia. - Si issi su questa corda per dieci volte.-

Henri si tolse il berretto ed eseguì l'ordine, senza batter ciglio.

-Va benissimo. Non suda neanche-

La Regina, anch'essa sul ponte, rimirò Sofia che guardava ammirata il suo uomo.

-Ottimo. Pasquale!- urlò il Comandante verso quel gruppetto di marinai in disparte. Subito un uomo se ne separò e scattò sull'attenti al cospetto del Comandante.

-Dica, Comandante.-

-Abbiamo un ospite. Mettilo sul trevo di maestra a faticare con gli altri. Si divertirà. Non mi sembra che possa andare sulla Gabbia più in alto.

-No Comandà, per la gabbia è troppo alto. Ce lo troviamo spiaccicato sul ponte poi.-

La Regina e Sofia trasalirono. Il Re e Henri si fecero una risata.

-Giuvinò- fece il marinaio napoletano –Luvàtv à giacca, o co' tutti quei bottoni si impiglierà dappertutto, e poi seguitemi.-

Henri era come una molla. Si tolse la giacca e rimase in maniche di camicia. Seguì il marinaio, che si arrampicava come una scimmia, dapprima sui bordi della nave e poi sulle scalette di corde tessute sulle sartie.

-Ascoltami bene- fece il marinaio –mò nun scherzamm chiù. Qua si muore se scivoli. Le mani le devi mettere sempre incrociate. Se la destra si tiene orizzontalmente, la sinistra si deve reggere a qualcosa di verticale. Questo sempre per migliorare la presa. E non mollare mai una mano o togliere un piede se non hai altri tre punti del corpo solidamente ancorati a qualcosa. Vabbuò?-

-Vabbuò- rispose alla napoletana Henri, capendo solo allora il pericolo della situazione.

I due si avviarono su per le griselle con il marinaio che saliva tenendo d'occhio Henri, mentre la Regina e Sofia trattenevano il fiato.

Non era facile salire mentre tutto intorno si muoveva. Henri solo allora apprezzò lo sforzo di quegli uomini. Quando la nave riceveva un onda sul fianco Henri poteva sentirla sotto i piedi e le mani. Le Griselle, in orizzontale tra le sartie per permettere la salita, non erano tese e si muovevano sotto il piede.

Arrivati all'altezza del primo pennone, il marinaio si girò verso Henri e disse –Mò guàrd buòn e vedi dove metto mani e piedi.-

Il marinaio si allungò verso il pennone, mise prima un piede su una cima, che correva parallelamente al pennone e sotto di lui. Era ancorata periodicamente al pennone e tutti i marinai si poggiavano su di essa. Poi allungò una mano e afferrò una seconda cima che, come la prima, camminava parallela al pennone ma sul suo lato superiore. E solo dopo si ritirò prima il piede e poi la mano restanti. Si girò verso Henri e disse- E' capit buòn?-

Ed Henri, con accento napoletano stentato, rispose –Agg capit cumpà-

Poggiò il piede sulla cima per passarci sopra, ma con il suo peso spinse la cima in avanti, destando le lamentele dell'intera fila di marinai sul pennone che si sentirono meno l'appoggio.

-Scusate ragazzi, abbiamo un ospite. È colpa mia, non gli ho spiegato bene la cosa. Sali più sopra e non muovere la corda in avanti, ma poggiatici sopra con il tuo peso. Vedrai che non ti sfuggirà più in avanti.-

Henri eseguì e si accorse che era vero. Passò così sul pennone, tenendosi sulla cima, sotto i piedi, e la cima sopra il pennone e appoggiandosi con la pancia sul pennone. Capì, guardando in alto verso i due pennoni soprastanti, appunto la gabbia fissa e la gabbia volante, che non avrebbe potuto andare lì dato che era troppo alto. La cima sotto il pennone, su cui si poggiavano i piedi e che per convenzione i marinai chiamano "marciapiedi", era più vicina al pennone e lui, nel tentativo di poggiarsi con la pancia sul pennone per manovrare la vela, sarebbe caduto giù perché troppo alto.

Nel frattempo erano usciti dal porto e dalle sue difese naturali ed il mare si cominciava a sentire. Magari giù non avrebbe fatto molta differenza, ma lì su, ad almeno venti metri dal ponte, la cosa cambiava. La cima sotto i piedi oscillava e la nave ondeggiava vistosamente da un lato e dall'altro.

-Adesso ascoltami bene- fece il marinaio -Abbassare le vele è facile, ma non ti devi distrarre. La vedi la vela com'è arrotolata su se stessa e stretta con queste cimette? Le devi sciogliere tutte e trattenere la vela con le braccia.-

Henri fece di sì con la testa e si mise a lavorare, rendendosi conto solo in quel momento che nulla lo tratteneva se non il suo peso ripartito tra i piedi sul marciapiedi e la sua pancia sul pennone. Quei ragazzi avevano veramente del fegato. Henri immaginò quell'operazione eseguita sotto la pioggia o nella tempesta. Ci voleva un bel coraggio.

-Ragazzi, siamo pronti?- fece il marinaio.

Un "sì" generale sentenziò che l'operazione era finita. Il marinaio allora fece un poderoso fischio dal pennone rivolto verso il ponte sottostante. Anche gli altri pennoni sopra di lui lo seguirono con lo stesso fischio. Un fischio dal ponte lungo e forte diede il via e tutti mollarono le vele.

-Molla, molla- disse ad Henri il marinaio e lui eseguì. Le vele si appesero, formando degli archi sotto i pennoni.

-Non capisco, perché non sono scese?- fece Henri.

-Tranquillo, mò scendono, le devono tirare giù dal ponte. Vieni, viè. Ti faccio fare un giro.-

Così dicendo, i due si incamminarono verso le griselle per salire. Arrivati alla prima coffa, le griselle si fermavano sotto di essa. Per salire sopra la coffa c'era un nuovo ordine di griselle, che formavano delle scalette con una posizione decisamente scomoda. Per salire, infatti, bisognava salire quelle scalette restando appesi da sotto e reggendosi a delle cime chiamate "tientibene". Una posizione scomodissima. Il marinaio passò per primo, mostrandogli il passaggio completamente innaturale. Henri lo seguì stentato.

-Ma tutto questo poi lo fate anche nella tempesta?- chiese Henri.

-Eh sì. Senza le vele saremmo in balia della tempesta. Le vele sono sempre la tua unica speranza di uscirne indenne- fece il marinaio.

-Ci vuole un bel coraggio- fece Henri

-Almeno quanto ne devi avere tu in una carica- rispose il marinaio - Vieni, ti mostro la cima.

I due si arrampicarono sopra verso la seconda coffa. Arrivati sopra, Henri si guardò attorno estasiato. Capri risplendeva nel mare illuminato dal sole davanti a loro. Napoli alle loro spalle era meravigliosa, con un mare blu cobalto. Henri si sentiva il padrone del mondo.

-Conosco quella sensazione. Quando mi sento un po' giù salgo qui, soprattutto se di sera, e mi godo il panorama. Non c'è pari.-

-Meraviglioso- rispose Henri.

-Peccato- fece il marinaio -Saresti stato un buon marinaio.-

Henri diede una sonora pacca di ringraziamento al marinaio, che rispose sorridendo.

-Torniamo giù o il Comandante mi mena.-

I due tornarono giù e, scendendo, Henri ammirò le vele, ormai tese sotto l'azione del vento che inclinava il vascello su di un fianco.

La nave maestosa solcava il mare, fendendo le onde. Quando Henri ritornò al cospetto del Comandante della nave questi si rivolse al marinaio con fare interrogativo.

-Un lupo di mare mancato, signore. In un paio di anni ne farei un gran marinaio.-

Il Comandante si girò verso il Re con aria da furbetto, ma questi, intuendo il Comandante, subito fece la sua contromossa.

-Se lo può scordare, caro Comandante. Il Tenente *Bertoldì* è la mia guardia personale e devo già combattere con l'Imperatore per non farmelo scappare.-

-Un vero peccato- fece il Comandante -Tenente? Mi sembrava di aver visto un altro grado.-

Sofia, che aveva ancora le mani che tremavano per lo spavento, avanzò con la sua giacca stretta fra le braccia.

-No, Tenente.- fece fiera Sofia.- Ho appena cucito i gradi nuovi.- E gli porse la giacca con i nuovi gradi fiammanti.

Henri, prendendo la giacca, accarezzò la mano di Sofia, si infilò la giacca e rivolto verso il Comandante

-Grazie Comandante, mi lusinga. Purtroppo ho scoperto troppo tardi questa nuova passione.-

La fregata impiegò non molto a raggiungere Capri. Al suo arrivo v'era nel porto un drappello d'onore, militari e carrozze per portare il Re verso la sua residenza e verso gli uffici, dove il sovrano voleva subito discutere le varie modifiche e migliorie da apportare all'isola.

Il Re scese dalla fregata, preceduto dal Capitano Martin e da Henri. La giornata era molto calda. Furono espletati tutti gli onori del caso e la famiglia Reale fu invitata a salire sulla carrozza, scortata da un piccolo drappello a cavallo, mentre Henri, il Capitano ed altri dignitari prendevano la carrozza successiva.

Arrivarono in una bella villa poco fuori il porto, dove, volendo, si poteva arrivare anche a piedi con una passeggiata. Tutti scesero. La Regina fu invitata a seguire l'incaricato verso la residenza e il Re, invece, a seguire il Capitano Leroy verso il suo ufficio.

La giornata passò tra i resoconti di cosa si era lasciato alle spalle l'esercito inglese, i danni provocati dalla presa di Capri e cosa necessitava ancora fare. Vi era un malcontento generale che serpeggiava nell'isola dovuto al fatto che gli isolani avevano ormai avviato i loro piccoli traffici con gli inglesi e questo cambio di padroni aveva mandato tutti gli affari per aria. Necessitava, quindi, che qualcuno si occupasse di questa situazione delicata, che era potenzialmente pericolosa per loro. Qualcuno, se non adeguatamente interessato, avrebbe potuto fare il doppio gioco per far tornare gli Inglesi sull'isola.

-Vi renderete conto, mio caro Capitano Leroy, che per come stanno le cose sarebbe per me un grande azzardo spostarla da quest'isola. Proprio lei, che ormai ha capito la situazione e la tiene saldamente nelle sue mani - fece il Re col fare di un ragno che tesse la sua tela.

-Ma certo- fece il Capitano -ne sono consapevole. Ma i miei uomini, i miei incarichi a Napoli?-

-Infatti. È un bel problema. Però, nell'attesa che la cosa si rasereni e torni normale, potrei momentaneamente farmi aiutare dal Tenente *Bertoldì*, appoggiato al Capitano Martin, fintanto che lei è impegnato in questo ginepraio. Nella speranza che lei non si affezioni troppo a questa isola e non mi chieda di restarci. E francamente se potessi, ci verrei io per quanto è bella.-

-In effetti Maestà l'idea mi ha sfiorato. Il posto è proprio bello.-

-Vede? Ne ero certo- fece il Re, guardando il Capitano ed Henri sollevato, mentre loro ricambiavano.

-Domani, Maestà, la porterò verso i Faraglioni. Se è d'accordo, useremo una nostra imbarcazione e dormiremo alla fonda, facendo un banchetto a base di pesce, aragoste e quant'altro ci offrirà il mare.-

-Ah splendido, Capitano. Ne sarò estasiato. Allora, per ora le confermo quanto finora detto. Saremo costretti a seguire questa linea finché non avremo completamente escluso un pericolo di rivolta da parte della popolazione.-

- Beh rivolta mi sembra un po' eccessivo- fece Leroy allarmato.

-No no caro Leroy, lei sta facendo un ottimo lavoro. Non minimizzi le cose adesso.-

-Grazie Maestà- fece il Capitano, mentre Henri e il Capitano Martin si guardarono con la coda dell'occhio, quasi scoppiando a ridere.

-Bene- fece Leroy soddisfatto - Se per voi va bene, vi manderò a prendere nel pomeriggio per mangiare in terrazza, dato il caldo. Ho fatto allestire per mangiare al fresco.-

-Grazie Capitano. A più tardi.-

Il Capitano se ne andò ed il Re, dopo essersi sporto verso la porta per essere sicuro che se ne fosse andato, si girò verso i due, che cominciarono a ridere. - Voi due insieme siete un disastro. Se vi foste messi a ridere sarebbe stato un vero problema. Chi lo convinceva più a rimanere qui poi. Mi avrebbe fatto fuoco e fiamme per andarsene.-

-Perdono, Maestà- fece il Capitano.

-Eh perdono, perdono. Sempre pronti a piangere dopo aver piantato la rogna. Andiamo a bere, va.-

Il pomeriggio passò tra chiacchiere e bottiglie di vino. Quando si fece ora per mangiare tutti si prepararono e attesero che li venissero a prendere. La Regina era splendida e Sofia anche. Quelle due donne erano andate subito in sintonia. Sofia si occupava dei bambini della Regina come fossero suoi. Henri ed il Capitano Martin nella loro alta uniforme erano uno splendore da guardare e anche il Re stava bene, aveva un non so che di sfacciato con quelle basette e quei boccoli ribelli che tanto piacevano alla Regina.

Quando arrivò il messo del Capitano Leroy con le carrozze il Re disse che preferiva passeggiare dato che il tratto era breve e aveva voglia di sgranchire le gambe. Le carrozze furono mandate indietro e una parte del drappello a cavallo scese da cavallo per seguire la famiglia Reale da vicino.

Arrivarono ad un palazzo basso di due piani, quasi al porto. Gli uomini si disposero su due file, porgendo gli onori al Re sull'attenti e indicando allo stesso tempo l'entrata. Sulla porta comparve il Capitano Leroy, che si affrettò a porgere i saluti e gli onori ai Reali. Tutti salirono all'ultimo piano, dove si trovava la terrazza ed era allestito un bel tavolo per cenare. L'afa della mattina era sparita e anche il mare si era calmato, era piatto come una tavola.

Fu offerto un aperitivo, un vino locale. Un po' aspro e lievemente frizzante.

-Accidenti- fece il Re -ma questa gente sa vivere. Qui si mangia e si beve molto bene.-

-Maledettamente vero, Maestà- fece il Capitano Martin.

Il Capitano Leroy si avvicinò ad Henri con fare circospetto e questo allarmò sia Henri che il Re ed il Capitano Martin.

-Tenente- fece il Capitano Leroy -Ebbi modo di ammirarla nel combattimento a Capri. Io ero poco distante da lei e rimasi colpito da due mosse con le quali si liberò di due nemici in sequenza. Me le mostrerebbe? Non sono mai riuscito a capire come ha fatto.-

Henri, dopo aver tirato un respiro di sollievo insieme al Re e al Capitano, rispose con un sorriso -Ma certo, Capitano. Quando vuole. Resterò da voi per almeno tre giorni.-

-Se non ha nulla in contrario, preferirei adesso. Magari dopo ci potrebbero essere problemi e io resterei senza la mia lezione di scherma.-

Henri, che era appoggiato al muretto della terrazza, si raddrizzò, preso alla sprovvista, e guardò al Re che annuì con benevolenza.

-Al suo servizio, Capitano- rispose risoluto Henri.

Il Capitano Leroy fece un cenno a due soldati, che si fecero avanti porgendo le loro spade. Henri prese la sua e la volteggiò nell'aria, poi la dondolò avanti e dietro per saggiarne l'equilibratura e si avviò verso uno spazio vuoto. Sofia e la Regina si irrigidirono, avvicinandosi l'una all'altra. Anche il Re e il Capitano Martin si avvicinarono, scrutando con attenzione la situazione.

-Quale era il suo dubbio, Capitano?- fece Henri.

-Beh, la prima cosa che avevo visto era un rapido movimento verso il basso della lama che abbassa contemporaneamente anche la lama dell'avversario, ma non sono riuscito a vedere come ha fatto.-

-Ah sì, ma certo. Prego, si metta in guardia.-

I due si misero in guardia e subito si vide la differenza. Il Capitano Leroy era ritto su busto con la mano che reggeva la spada lievemente bassa e la lama dritta davanti a sé ed in posizione verticale. La mano sinistra era lievemente arretrata e fuori bersaglio.

Henri si mise in guardia e sembrava un lupo pronto a scattare. Il corpo era caricato sulla gamba posteriore, ma era protratto in avanti. Il braccio della spada era lievemente flesso, ma tutto all'altezza della spalla, e la lama era invece parallela al terreno, con la punta verso la gola del Capitano. La mano sinistra era davanti al volto a sua protezione.

-È pronto, signore?-

-Ma certo. Quando vuole.-

-La mossa che ha visto funziona solo se la persona che ha di fronte ha la tendenza a mettere il ferro in linea. Adesso gliela mostro.-

Il Capitano stava quasi per rispondere quando un urlo sovrumano partì da Henri. Il Capitano istintivamente, impaurito, tentò di mettere il ferro in linea per fermare l'avanzata fulminea di Henri che sembrava inarrestabile. Henri a quel punto bloccò quel che sembrava un affondo o un passo avanti e diede un colpo dall'alto verso il basso con la spada, con uno strano movimento del polso. Non si sentì alcun colpo, ma solo lo scivolare della lama di Henri su quella del Capitano che si abbassò completamente arrivando a toccare il suolo. Gli ospiti, distratti dal movimento della spada, quando rialzarono gli occhi, rimasero gelati dalla spada di Henri che puntava la gola del Capitano. Era ferma lì ad appena un dito di distanza.

La Regina strinse la mano di Sofia, che ricambiò senza accorgersene. Il Re e il Capitano si guardarono con soddisfazione. Il Capitano Leroy deglutì vistosamente -Misericordia! Non c'è scampo a questa mossa.-

-Se è fatta con il tempo giusto, no. Deve sempre ricordarsi di non esporre il suo ferro all'avversario. Di non permettere all'avversario di avvicinarsi alla sua lama e legare. Guardi, se io appoggio la mia lama alla sua…- Henri si rimise in posizione e poggiò la sua lama su quella del Capitano, in modo che i suoi gradi forti verso l'elsa si poggiassero sui gradi deboli del Capitano verso la punta - e poi do un colpetto verso il basso, con un movimento di polso, non devo nemmeno fare tanta forza.- Henri eseguì il movimento e la spada del capitano fu spinta verso il basso, senza che questi potesse opporsi.

-Resto disarmato in un attimo.-

-Quel tanto che basta per infilzare il nemico. Mi raccomando: la lama parallela al suolo, pugno in seconda o in quarta o la lama si incastrerà tra le ossa del nemico, specie se lo prende tra le costole.-

Sofia si portò la mano sul cuore. La Regina le tirò il vestito per riportarla all'ordine.

- Tenente, e quella mossa che fece subito dopo? Non la vidi. Era con l'inglese che arrivò subito dopo, fece due scambi e poi diede un fendente da destra che fu prontamente parato, ma lei continuò l'affondo e lo prese. Ho pensato a lungo come avesse fatto, ma non ci sono riuscito. Non poteva essere un filo. Come ha fatto?-

Henri rimase un attimo a riflettere, chiuse gli occhi e poi all'improvviso -Ah sì, ho capito. Però per fare questa dobbiamo farci un paio di scambi per innescare la mossa.-

-Va bene- fece il Capitano.

I due si misero in guardia e cominciarono a guardarsi in cagnesco, poi il Capitano partì e cominciarono i fendenti. Le lame erano buone, ma soprattutto nuove, e si sentiva. Suonavano come campane. Sofia ad ogni colpo tremava e non vista, nascosta dal vestito, la Regina aveva preso la mano di Sofia per darle e darsi coraggio.

Henri ed il Capitano si scontravano con foga, ruotando in circolo, mentre tutti gli invitati si scostarono. Poi il Capitano diede un fendente dall'alto che Henri parò, ponendo la sciabola in alto, rispose poi con un ampio gesto che tutti videro, particolarmente vistoso, per terminare con un fendente da destra. Il Capitano, vedendo la mossa, ebbe tutto il tempo per capire e lo parò, cadendo nella trappola. Henri, quando arrivò a contatto con la spada, ruotò il pugno verso l'interno, la sciabola cambiò posizione ed, essendo ricurva la punta da che era esterna e lontana, ruotò all'interno con la puntata verso la gola del Capitano. Henri portò la mano sinistra avanti bloccando l'elsa del Capitano, e quindi la spada, e fece un passo avanti. La lama scorse all'altezza del collo del Capitano ma senza toccarla.

Il Capitano deglutì di nuovo. Sofia gemette, mentre la Regina le stringeva la mano per farla tacere. Il Re e il Capitano Martin si guardarono all'istante. -Questa non la sapevo neanche io- fece il Re.

-È facile, Capitano- disse Henri- Ma deve stare attento alla scelta di tempo per non far intuire all'avversario la mossa. Tempo e misura, diceva sempre il mio istruttore. La scherma è solo tempo e misura. Come un ballo.-

-Spero che alla fine di un ballo con me non resti ferita o peggio morta, *Henri*- intervenne la Regina per interrompere quella esibizione al cardiopalma.

-Maestà non ardirei mai sfidare l'ira del Re chiedendole un ballo- fece Henri inchinandosi.

-Anche perché il Re non ci si metterebbe mai contro un tale spadaccino- fece il Re destando l'ilarità di tutti -e sì che di battaglie ne ho viste, eh.-

Il Capitano Leroy e Henri si salutarono con le spade, come si conviene, e Henri ridiede la spada al Capitano.

-Grazie mille, Tenente. Le sono grato.-

-Ma si figuri. È stato un enorme piacere.-

Il Capitano prese le spade e le passò nuovamente ai soldati, poi sparì nelle altre stanze a dare le ultime direttive per la cena.

Henri si riavvicinò al suo bicchiere, che era ancora vicino al Re, e fece un sorso. Poi si girò verso il Re. -Ma come ha fatto a non farsi ammazzare alla presa di Capri?-

Il Re sogghignò, cercando di non farsi notare per non offendere il Capitano Leroy, ma Martin, non contento, incalzò - E quella guardia? Ne vogliamo parlare? Imbarazzante.-

-Andiamo- fece il Re ridendo -voi due insieme siete terribili. Ricordatemi di dividervi di incarico non appena tornati a Napoli.-

-Ma Maestà, non potete più farlo. Sono di appoggio a Martin per i plotoni di Leroy- fece Henri.

-Traditore. Mangia pane a tradimento- fece il Re e scoppiarono tutti e tre a ridere.

Passarono qualche minuto ad ammirare Napoli da quella terrazza, godendosi un tramonto spettacolare, quando cominciarono ad arrivare i primi piatti.

-Prego signori, prendete posto che cominciamo- fece il Capitano Leroy.

La famiglia reale si avviò e prese posto a tavola. Sofia sedeva al lato dei figli del Re così che questi erano chiusi tra la Regina e Sofia. Henri e il Capitano Martin si sedettero al lato del tavolo.

Al tavolo arrivò di tutto, alici marinate, frutti di mare di tutti i tipi e poi salame, prosciutto, mozzarella. I primi furono almeno tre, sia di mare che di terra. Seguirono portate di mare con pesce alla brace e in varie salse, portate di terra con maiale, manzo e arrosti vari. Un tripudio di contorni e, finalmente, la frutta ed il dolce. Il tutto innaffiato da litri di vino bianco e rosso frizzanti.

Henri si girò un attimo verso il Capitano e, con aria sopraffatta dalla cena, disse -Ho avuto un *déjà-vu*. Mi sono rivisto a Caserta al tavolo con il Generale mentre diceva "ragazzi non riesco ad alzarmi dal tavolo per quanto ho mangiato".-

Il Capitano scoppiò a ridere. Perfino il Re e la Regina, che erano distanti, scoppiarono a ridere fino alle lacrime.

-Aveva esattamente questa espressione quando lo disse- fece Henri.

-È vero- fece la Regina, continuando a ridere.

Quando la cena finì e tutti si alzarono per dividersi nei due gruppi soliti, di donne da una parte e uomini dall'altra, la Regina colse l'occasione per parlare a Sofia.

-Sofia, so bene cosa passa per la testa di una donna mentre guarda il suo uomo compiere atti pericolosi, ma devi imparare a tenere a freno le emozioni. È importante che il tuo uomo possa contare su di te e sapere che non deve pensare anche a te. Altrimenti diventi un peso e non una soluzione al problema.-

-Sì, Maestà- fece lei- Dovrò imparare, a quanto sembra. Mi scuso-fece Sofia, abbassando lo sguardo.

-E anche in fretta dovrai imparare, cara Sofia. Hai sposato un soldato, purtroppo. Non ti scusare. So bene che si passa. Sii forte.-

Gli uomini si riunirono attorno un tavolino, con tanti bicchierini e una bottiglia di liquore giallastro come quello che piaceva tanto al Re ed Henri. Lo versarono e tutti lo sorseggiarono.

-Accidenti- fece il Re - quando è freddo è anche più buono.

-E scende anche meglio- fece Henri.

Henri si guardò in giro e disse -Ma come abbiamo fatto a permettere agli Inglesi di godersi per tanto tempo tutto questo ben di Dio…-

-Parole sante- fece il Capitano Martin.

Si accesero la pipa e cominciarono a parlare del più e del meno nella splendida cornice di quell'isola meravigliosa.

Quando fu ora di andare a dormire Henri si accorse che non si era avvicinato neanche una volta alla sua Sofia. La guardò con insistenza e le disse da lontano "Scusa, mi dispiace". Lei sorrise e disse che si sarebbero visti il giorno dopo, mentre seguiva la famiglia Reale.

-Ci facciamo un giro?- fece il Capitano Martin ad Henri.

-Ma sì- fece Henri -Se vado a dormire adesso, non so se ci riuscirò. Sono troppo pieno.-

-Anche io- fece il Capitano -Questa gente mangia come se non ci fosse un domani.-

-È vero -fece Henri ridendo-Non solo, ma la cucina di tutti i giorni è molto buona. Voglio dire, non quella d'alta classe destinata al Re, ai nobili e ai ricchi. Con quella magari potremmo concorrere ed anche vincere. Ma la cucina di tutti i giorni è estremamente saporita e variegata. Sono rimasto conquistato dalla loro pasta, dalla pizza, da tutto quello che hanno in questo meraviglioso posto.-

-Proprio così, amico mio. Comunque il mio nome è Albert. Mi sembra strano che ancora non te lo abbia detto.-

-Figurati. Il grado- fece Henri.

-Ormai sei Tenente. Sei lanciato verso la carriera. Certo è strano che l'Imperatore non ti abbia mai fatto avanzare, dopo tutte le guerre che hai visto.-

-Forse non lo meritavo- fece secco Henri.

-Vuoi scherzare? Quando ti ho visto alla presa di Capri rimasi a bocca aperta. La gente parla ancora di te.-

-Non so che dirti, Albert. Certo, non lo cercavo nemmeno fino ad ora. Ma adesso che c'è lei.-

-Ah già. Sofia. Hai pestato calli a tutti nel palazzo Reale. Lo sai che c'era la fila di pretendenti per lei? Non mi meraviglierebbe se tentassero di farti fuori pur di liberarla da te.-

-Ha haha, che ci provino- fece Henri, cacciando dalla tasca la sua fiaschetta di cognac e porgendola ad Albert.

Ridendo bevendo e fumando, arrivarono al porto.

La luna era quasi piena e si specchiava nel mare calmo, disegnando una scia argentea. Qualche luce rimaneva ancora accesa, ma le tenebre ormai avvolgevano tutto. Lo sciabordio del mare che si infrangeva sulle barche ancorate li cullava, mentre loro erano assorti in quella strana e magica atmosfera.

-Non vorrei mai andarmene da qui- fece secco Henri -Non voglio. Voglio mettere radici, allevare marmocchi e amare la mia donna.-

-Vedrai che il Re ci riuscirà a farti restare, *Henri*. Ha preso la tua situazione a cuore. E poi gli piaci. Stai tranquillo.-

-Ah, tu non lo conosci. Quando ha afferrato la preda non molla più. L'Imperatore è peggio di un lupo. Se si è fatto vivo vuol dire che mi rivuole al suo fianco. Dice che gli porto fortuna. E adesso l'Austria comincia a scalpitare di nuovo. Vedrai che tornerà.-

-E allora brindiamo- fece Albert -Brindiamo a questo momento che sembra essere felice. Non ci curiamo per il futuro o il passato. Al momento presente, che è l'unico che conta.- Albert alzò la fiaschetta e bevve.

-È vero- fece Henri prendendo la fiaschetta che Albert gli porgeva -A questo momento!- E tracannò un bel sorso di cognac.

Il giorno dopo si ritrovarono tutti in terrazza nuovamente. Il tavolo era sempre là e sopra era stata montata una tenda per far ombra. Il sole, nonostante fosse presto, prometteva una giornata impietosa.

-Bene- fece il Capitano Leroy - Se siete d'accordo partirei subito, così ci ancoriamo al largo dei Faraglioni e facciamo una pescata nel frattempo che si fa ora per mangiare.-

-Ottimo- fece il Re -e magari ci facciamo anche il bagno. Che ne dite?-

-Un bellissimo programma, Maestà- fece Henri.

Fecero colazione di gran lena e si fiondarono tutti a prendere nelle proprie camere le cose che potevano servire. Henri si prese semplicemente un cambio e lo mise nello zaino.

Arrivarono al porto a piedi, dato che era vicinissimo, e si imbarcarono su di una goletta pronta a partire.

Il posto dove il Capitano voleva andare era dall'altra parte dell'isola, ma il vento fortunatamente era a favore.

La nave era snella e veloce. I marinai cominciarono a saltare come scimmie sugli alberi e Henri provò subito una attrazione verso quell'andirivieni su e giù verso gli alberi della nave. Poi, sentendosi osservato, si girò e vide che, da dietro, la Regina e Sofia lo guardavano serie e Sofia mormorava, senza pronunciarla, la parola "NO". Aveva un non so che di categorico. Henri eseguì l'ordine e rimase a godersi quell'aria.

Appena fuori del porto, le vele furono tutte spiegate e la nave improvvisamente si inclinò su di un fianco e cominciò a correre tra le onde.

-Diamine quant'è veloce- fece il Re.

-È una goletta, Maestà. Piccola e veloce. Ci si diverte molto.- Era il Comandante della nave.

-Vedo, vedo- fece il Re, afferrato ad una cima.

Il mare cominciò a montare e di tanto degli schizzi dalla prua della nave arrivavano in coperta, con gran ridere dei figli del Re che facevano di tutto per farsi cogliere dagli spruzzi. Gli spruzzi a volte salivano nell'aria, diventando pietre preziose incastonate nel cielo, mentre il sole, illuminandole, le faceva brillare come diamanti. C'era un aria magica, che Henri stranamente sentiva sua, pur non essendo quella la vita che aveva scelto. Si rammaricò al pensiero di non aver mai avuto l'opportunità di capire quanto era bello quel mondo e di quanto gli piaceva, avrebbe potuto sceglierlo se fosse arrivato in tempo. Avrebbe potuto avere una vita meno violenta e più vicina alla natura.

Quando le persone non avvezze cominciarono a sentirsi un po' male con lo stomaco per l'andirivieni del mare, da sottocoperta uscirono due marinai con un vassoio di limoni ed una caraffa contenente spremuta di limoni. Uno reggeva il tutto e l'altro serviva limoni o bicchieri di spremuta a chiunque lo chiedessero.

-Prego Maestà- fece il marinaio alla Regina -è per il mal di mare. Sarebbe meglio mangiarsi il limone, ma se non le va andrà bene anche la limonata.-

La Regina si bevve il bicchiere di limonata, mentre Sofia addentò il limone avidamente.

Henri si mangiò un limone, pur non avendo alcun fastidio.

-Comandante, ma quanto ci vorrà per arrivare ai Faraglioni?- fece la Regina.

-Stiamo andando dal lato opposto per potervi mostrare prima la Grotta Azzurra, Maestà.-

-La Grotta Azzurra?- ripeté lei.

-È una splendida grotta dal cui fondo filtra la luce solare che tinge tutto di azzurro. Un vero spettacolo, Maestà.-

La navigazione durò poco, ma fu molto intensa. La nave tagliava le onde come un rasoio.

Arrivarono in un punto e fu dato fondo all'ancora. Nessuno degli ospiti capiva dov'era la grotta.

Dalla costa si avvicinarono delle barchette a remi. Erano piccole e sottili. Sembravano un po' instabili, per quanto ballavano.

I marinai in un attimo allestirono il Barcarizzo e gli ospiti furono invitati a scendere dalle scalette sulle barche, che erano appena arrivate. I primi naturalmente furono il Re e la Regina con i figli e Sofia. Subito dopo si imbarcarono Henri ed i due Capitani.

Le barche remavano verso la costa. Poi all'improvviso, finalmente, si vide un piccolo foro nella scogliera. Le barchette gli si avvicinarono con cautela.

-Quando vi dico di abbassarvi dovete chinarvi o sbatterete la testa- disse il marinaio ai tre militari. I tre si guardarono l'un l'altro.

La barchetta si avvicinò al buco nella scogliera e il marinaio tirò i remi in barca e si afferrò ad una cima sugli scogli che nessuno aveva visto. La barca del Re era già entrata. Il marinaio si tirò all'interno, grazie alla cima che arrivava fin dentro mentre tutti abbassarono la testa per non urtare la roccia tanto il passaggio era piccolo.

La luce del sole sparì e tutto si colorò di un blu profondo. Intenso.

Henri ebbe un tonfo al cuore. Quel colore lo toccava nel più profondo dell'anima. Era un colore che lui non aveva mai visto, ma che lui sentiva suo. Era come aver ritrovato qualcosa che aveva dimenticato di aver perso. Si drizzò sulla barca, ma il marinaio lo fece risedere, data l'instabilità della barchetta.

Henri si girò verso la barca del Re. Erano tutti ammutoliti. Bambini compresi. Sofia aveva la mano sulla bocca e gli occhi sgranati, si girò verso Henri e si mise la mano sul cuore sorridendogli.

Poi i marinai fecero con i remi degli spruzzi che, giocando con la luce, si trasformarono in pietre preziose che ricadevano immediatamente in mare.

Dalla scogliera si tuffò qualcuno, che poi si avvicinò alla barca.

-Buttate, buttate.- Erano bambini.

-Se buttate dei soldi ve li vanno a ripescare. Poi però se li tengono- fece il rematore.

Henri buttò qualche monetina e i bambini, svelti come dei pesciolini, si immersero per ripescarli. Scendendo sott'acqua, il corpo dei bambini assumeva un colore diverso, chiaro. Sembravano tanti fantasmi che galleggiavano nell'aria.

-Oooooh- fece uno dei figli del Re -Anche io- e così dicendo si sporse dalla barca.

Preso al volo da Sofia, fu rimesso a sedere -Magari un altro giorno - fece lei con l'approvazione della Regina.

La volta bassa della grotta era lievemente in penombra e rendeva quel posto simile ad un templio. La natura regnava sovrana in quel posto. Henri sentì una strana sensazione dentro di sé ed ebbe per quel posto una grande ammirazione.

Quando uscirono furono inondati dal sole che cancellò quella strana sensazione. Quella solennità.

Tornarono a bordo serbando quel sentimento che tutti avevano provato. La nave si rimise in moto e continuò la sua corsa fino al capo dell'isola doppiato il quale la navigazione cambiò. Il veliero cambiò assetto, veleggiando più placidamente.

Henri si avvicinò a Sofia, prendendola per mano.

-Sono ancora scossa per quella grotta. Mi ha profondamente toccata. Sembrava di stare in una chiesa.-

-È vero- fece Henri -Ho provato anch'io qualcosa di strano, profondo.-

-Non parliamo da un po' di tempo, noi due- fece Sofia.

-Anche questo è vero- fece Henri -Purtroppo sono stato un po' preso dagli avvenimenti. Anzi, letteralmente travolto. Ma ti prometto che mi farò scusare.-

-Sei sempre convinto di volermi sposare?- fece lei.

Henri si guardò intorno e poi, con serafica innocenza, disse -Ma chi, io?-

Sofia gli diede uno spintone, ridendo -Scemo.-

Lui la abbracciò e la strinse a sé. -Non richiedermelo più. Voglio solo sposarti ed invecchiare con te tra una miriade di marmocchi.-

-Oh mamma- fece lei -e li devo fare tutti io?- E scoppiarono a ridere insieme.

Il Re guardava il quadretto da lontano, pensando ad Henri e ai suoi giorni contati. Sapeva che Napoleone lo voleva al suo fianco e, dopo averlo visto all'opera, capiva anche perché. D'altronde per lo stesso motivo se lo era messo al fianco. Ma vederlo felice e contento su quella barca mentre sereno si divertiva, strideva con l'immagine che si era fatto di lui in guerra al fianco dell'Imperatore.

La nave si avvicinava pacatamente al punto di attracco e da lontano si cominciavano ad intravedere i due scogli in mezzo al mare. Quando furono vicini la nave ridusse le vele e, dopo aver gettato l'ancora, le chiuse del tutto.

Il posto era paradisiaco. La costa dell'isola da un lato e i faraglioni dall'altro. Una rigogliosa macchia mediterranea con vari pini marittimi coprivano quel lato della costa dell'isola che formava una piccola baia. Sembrava di stare ancorati su una di quelle piccole isole delle Antille dove pirati e malfattori si nascondevano.

In un attimo fu approntato un tavolo sul ponte della nave e anche un largo e comodo telone, per far da riparo ed ombra all'impietoso sole che ancora picchiava su quella terra meravigliosa.

Henri non c'era abituato e sudava, adesso che la nave si era fermata. Sofia, napoletana di nascita, lo guardava e rideva.

-Ma che ridi?- faceva Henri -A Parigi già fa freddo e piove- faceva lui.

-Se sè- rispondeva lei- ca' stamm a Napul. O sol nun se ne và mai.- E rideva.

I marinai organizzarono su di un fianco della nave una pesca per i figli del Re.

-Magari non è proprio l'orario giusto per pescare, ma almeno si divertono un po'- fece il Comandante della nave.

Era ormai orario di pranzo e dalle cucine provenivano quei tipici odori della cucina mediterranea di quei posti.

Cominciarono a passare i marinai con quei tipici vini frizzanti bianchi, che si usavano come aperitivo con formaggi e salumi tagliati a tocchetti.

-Ragazzi, ma se continuiamo così non entrerò più nei vestiti- fece il Capitano Martin.

-Beato te che ancora c'entri- ribatté Henri.

Si misero a tavola e cominciarono a mangiare, mentre la nave li dondolava placida.

Arrivò la sera e la nave si animò di lanterne un po' ovunque, mentre tutti ammiravano le ultime luci del tramonto. Il suono della campana scandiva le mezz'ore per i turni di guardia.

Mangiarono nuovamente e poi si fecero dei gruppetti di persone qua e là.

La Regina mise a letto presto i figli, ormai stanchi, e liberò anche Sofia, che si avvicinò al suo Henri e si strinse a lui guardando il riflesso della luna nel mare.

Il Re salutò tutti e si avviò nella sua cabina, ma prima chiamò a sé Martin e gli disse qualcosa nell'orecchio.

Martin attirò a sé, con un cenno, Henri. -Sua Maestà ti manda a dire che non avrà più bisogno di te come guardia. E, se ti venisse in mente di farti un giretto con la tua bella verso i Faraglioni, c'è una piccola lancia a mare per arrivarci.-

Henri cacciò dalla tasca la fiaschetta e bevve un lungo sorso, poi la passò a Martin che bevve a sua volta.

-Grazie- disse secco lui.

Il Comandante era a proravia della nave per controllare che l'ancora fosse ben fissa sul fondale quando un marinaio arrivò di corsa. -Comandante, la lancia si è staccata e va alla deriva.-

Il Comandante si girò e vide la lancia con una lanterna a bordo che puntava ai Faraglioni.

-Va alla deriva, eh? E si è accesa la lampada per vedere meglio dove andava, giusto? Ma non hai qualche lavoro da espletare? Vai, vai. Alla lancia ci penso io.-

-Sissignore- disse il marinaio e sparì.

Henri remava verso i Faraglioni. Era in piedi come aveva visto fare ai marinai e vogava in avanti per vedere dove andava. Si era tolto la giacca ed era in maniche di camicia bianca. Con il riflesso della lampada immerso nell'oscurità della notte, sembrava un faro.

Guardava di tanto in tanto i Faraglioni per puntarli, ma aveva solo occhi che per lei, Sofia, che si era sistemata seduta per terra, sul fondo della lancia. Appoggiata con la schiena alla prua della barca lo fissava negli occhi.

La barca camminava nella scia del riflesso della luna e dai remi, quando uscivano dall'acqua, sembravano cadere dei raggi di luna.

Lei era lì che lo aspettava. Ad Henri pulsavano le tempie e sentiva il ritmo del sangue nelle orecchie.

Arrivarono ai Faraglioni ed Henri si infilò nella apertura naturale che si era prodotta in uno dei due Faraglioni.

La luna era allineata con la galleria naturale ed i suoi raggi la attraversavano completamente, specchiandosi sull'acqua e riflettendosi sulle pareti della galleria.

Henri aveva affrontato numerose battaglie e, in sella al suo destriero, non aveva mai avuto paura o tentennamenti. Austerlitz, Jena, la campagna in Italia. Mai per un attimo aveva avuto paura, ma in quel momento tremava, letteralmente. Eppure di donne ne aveva avute, ma non gli avevano mai fatto quell'effetto.

Sofia si alzò con fare felino e si mise in piedi. Allargò le spalline del vestito, lasciandolo cadere ai suoi piedi, e ad Henri venne quasi un infarto. Sofia era adesso completamente nuda. Henri aveva avuto modo di ammirare la perfezione di un corpo come quello solo ai musei, dove erano esposte statue greche e romane.

Sofia si avvicinò a lui e gli sbottonò la camicia, togliendogliela. Tutte le ferite emersero nel bagliore della notte e lei assunse un'espressione dispiaciuta. Gli carezzò e baciò tutte le ferite, ormai rimarginate e ricordo di dolori passati. Ad ogni bacio lui fremeva, al che Sofia lo baciò e gli disse -Sei il mio primo ed unico uomo. Dovrei essere io quella che trema adesso.-

Lui la abbracciò e la strinse a sé, sentendo il calore del suo corpo sul suo. Un brivido lo percorse lungo la colonna vertebrale, come quando era in battaglia.

Si finì di spogliare e si stesero sul fondo della barca alla luce della lampada e del riflesso di quella magica luna.

Lei si mise sul fondo della barca e lui sopra. Un attimo di ansia all'inizio, ma poi tutto venne da solo. Lei si agitava tra dolore e piacere e lui era letteralmente travolto dal piacere, mentre cercava con tanta difficoltà di far durare il più a lungo quel meraviglioso momento.

-Non ti distrarre.- Una voce al suo orecchio.

Henri, senza farsene accorgere, si guardò attorno per sicurezza, ma non c'era nessuno.

Continuò così per qualche minuto e poi di nuovo. -Ti stai perdendo l'attimo. Sii presente. Non farti distrarre dai sensi. Questo è il momento per carpire il segreto.-

Henri cominciò a sentirsi strano. I sensi sembravano una cosa lontana, come se le sensazioni provate non fossero le sue.

In quel momento Sofia, presa da una specie di agitazione, si liberò da Henri e lo mise a schiena a terra, passando lei sopra e all'azione.

-Adesso concentrati, non soccombere ai sensi- ripeté la voce.

Sofia sembrava posseduta da qualcosa e lui, sotto, cominciò a concentrarsi.

All'apice del piacere, un attimo prima, una potente scarica, che Henri aveva già provato, percorse la sua colonna vertebrale fino al coccige. Henri ebbe appena il tempo di sentire Sofia gemere che tutto scomparve. La scarica lo travolse letteralmente. Davanti a lui c'era il Cavaliere del sogno che urlava -La senti adesso? Guardala, è di nuovo intera, è tua. Prendi la spada. Afferrala. Presto, prima che sia tardi.-

Henri era vestito di una cotta di maglia splendente che sfavillava come una stella. Allungò la mano e afferrò la spada conficcata nella roccia e adesso sana. La estrasse e subito sentì un'altra scossa che dal coccige risaliva la colonna vertebrale. Man mano che risaliva passava per dei punti accendendoli uno ad uno. Dal basso verso l'alto. Non era doloroso, ma era una strana sensazione che lui non aveva mai provato.

-Sono i Chakra- disse il Cavaliere -e adesso sono accesi. Tutto il lavoro fatto non è andato perso. L'albero della vita rifiorisce.-

-Aspetta- fece Henri che avrebbe voluto muoversi, ma sentiva che non poteva -Chi sei tu?-

-Ma come?- fece il Cavaliere ridendo -Non mi riconosci? -

Un colpo secco di cannone e lui si ritrovò nella barca che dondolava sotto il corpo quasi esanime di Sofia, che gli stava addosso.

-Ehi- fece Henri agitandola, ma ricevette solo un verso da lei -ma stai bene? È tutto a posto?-

Henri tentò di muoversi da sotto Sofia, ma lei balzò -No, ti prego.

Non ti muovere. Fammi stare un po' così.

Lui le girò il volto e si accorse che stava piangendo.

-Ma che c'è?- fece lui preoccupato.

-Non credevo, non immaginavo che fosse così bello. Lasciami un po' così. Non avrei la forza per alzarmi.-

Henri rimase immobile, come un sasso. Prese solamente i vestiti suoi e di lei e li appoggiò sulla sua schiena, esposta all'umidità della galleria.

La sua schiena ancora vibrava e tremava e lui non aveva ancora capito il perché. Nell'oscurità della galleria, però, i riflessi della luna erano adesso cambiati, ma a voler spiegato in cosa fossero cambiati Henri non lo avrebbe saputo descrivere.

Restarono in quella posizione per minuti o forse erano ore. Non lo capirono mai.

Con una certa difficoltà, Sofia ed Henri si rimisero a sedere nudi com'erano, poi scoppiarono in una risata liberatoria.

-Avrai pensato che sono una stupida- fece lei.

-Nessuna donna mi ha mai dato queste sensazioni- rispose lui baciandola.

Si rivestirono, aiutandosi a vicenda, e Henri si avviò verso la goletta all'ancora poco distante.

Legò la lancia alla barca e fece salire Sofia. Poi si baciarono con passione e si salutarono.

Il giorno dopo Henri si svegliò presto e se ne andò sul ponte a guardare le prime luci. Un marinaio gli portò del caffè caldo e fumante e gli indicò un punto poco distante -Ci sono i delfini, signò.-

Henri guardò meglio dove gli avevano indicato ed uno sbuffo apparve a pelo d'acqua, poi subito dopo un altro ed un altro ancora. Era una famigliola. Aveva uno strano atteggiamento. Stavano fermi, poco distanti dalla barca.

-Ma perché fanno così?- chiese Henri.

-Boh- rispose il marinaio -non lo fanno mai. I delfini non stanno mai fermi. Non li ho mai visti immobili così.-

-Saranno morti. Gli tiro qualcosa?-

-No signò, no. Ai delfini non si fa mai del male. Porta sfortuna.- E così dicendo se ne andò.

Henri rimase sul ponte a bere caffè e a guardare i delfini. Era da solo e nessuno, tranne lui, vide che i delfini si avvicinarono al bordo della nave. Erano due adulti ed un piccolo. Si mettevano sul fianco per guardare in alto e poi uscivano dall'acqua, fissandolo. Non emettevano i soliti versi dei delfini. Erano lì, in religioso silenzio. Emersero tutti e tre dall'acqua e lo fissarono per l'ultima volta. Henri ebbe la netta sensazione di essere al cospetto di qualcosa di più di un animale.

Nemmeno lui capì il perché, ma fece un cenno di inchino con la testa verso i delfini. I delfini risposero e il più grande dei tre, forse il maschio, emise un suono secco. I tre si immersero e scomparvero nel blu del mare, lasciando Henri a fissare stupefatto il mare ormai vuoto.

"Ma che sta succedendo?" pensò tra sé e sé.

Una mano gli si poggiò sulla schiena. Lui si raddrizzò e vide dietro di lui Sofia.

Henri la abbracciò e la strinse a sé. -Avrei voluto averti con me a letto ieri sera. Lasciarti andare mi è veramente costato molto.-

-Che avrebbe pensato la Regina poi.-

-Sposiamoci- fece secco Henri.

-Ma che dici, *Henri*. Qui?-

-E perché no. Qui a Capri. Non voglio che passi altro tempo. Voglio averti ora. Adesso. Subito.-

-Ma dai. E come facciamo? E tutti gli impegni?-

-Ma quali impegni- fece una voce alle loro spalle -Henri è al mio servizio e tu al servizio di mia moglie.- Era il Re.

-Cogliete al balzo questa opportunità o ve ne pentirete poi. Vi farò da testimone.-

-Maestà, non oserei sperare a tanto- fece Henri.

-Sciocchezze. Dobbiamo pensare al posto.-

-Per fare cosa? Una nuova scampagnata?- fece una voce femminile. Era la Regina.

-Tesoro, Henri e Sofia si sposano.-

-Ooooh finalmente- fece la Regina -Ce ne hai messo di tempo pero, eh?-

Sofia si girò verso Henri. -Lo sapeva anche la Regina?-

La Regina assunse un atteggiamento forzatamente reale. -Sono la Regina! So tutto.- E i tre si misero a ridere.

In breve tempo tutta la nave seppe dell'avvenimento e tutti si andarono a complimentare con i due. Fu organizzato un rinfresco per la sera, ma prima si decise di fare un bagno a mare.

Ci si divise in due gruppi. Le donne che fecero un bagno da un lato della nave e gli uomini, per rispetto nei confronti delle donne, sull'altro lato.

L'acqua era splendida. Cristallina. Si vedeva l'ombra della nave sul fondo. Poi tutti rientrarono per potersi preparare per il pranzo. Fu un'altra giornata spettacolare e alla sera il rinfresco per i promessi sposi fu altrettanto spettacolare.

Henri sentiva un ansia montargli dentro. Sapeva che quando tutto va bene c'è sempre una rogna che si prepara, ma il suo ormai amico Capitano Martin lo rassicurava calmandolo "Pensa ad ora e non al domani. Quello deve ancora arrivare. Goditi l'ora".

Il giorno dopo, nella chiesetta del porto, il prete fu avvertito che, per volere del Re, quel pomeriggio si sarebbe sposata una coppia di giovani. La mattina passò tra mille preparativi. Sull'isola c'era un negozio che vendeva di tutto e aveva anche due fedi. Henri voleva farsi prestare dei soldi da Martin, ma questi disse che erano il suo regalo di matrimonio.

Quando arrivò il momento, Henri era teso come una corda di violino. In alta uniforme, la sola che si era portata, insieme a Martin e Leroy aspettava vicino all'altare l'arrivo della sposa. La chiesetta era piccola e povera, ma allo stesso tempo questo ne amplificava la solennità dell'atto.

Arrivarono prima il Re e la Regina con il seguito, che si dispose tra i vari banchi. Il Re si mise vicino ad Henri e la Regina si dispose dal lato della sposa. Poi arrivò lei.

Henri vide solo il contorno nel buoi della chiesa. Era coronata da una strana luce che la faceva apparire irreale.

Henri istintivamente guardò verso la Regina, che lo fissava e rideva dicendogli con le labbra "Sorridi".

Sofia entrò e finalmente la si vide. Erano riusciti a sistemarle un bellissimo abito, forse proprio della Regina, con un velo che chissà da dove proveniva, ma era stupendo. Aveva ai lati due giovinette che la aiutavano e la sistemavano ad ogni passo.

Quando si avvicinò, Sofia vide la strana espressione di Henri e gli disse -Che c'è? Sto male, amore?-

-Vorrai scherzare- disse Henri -Stentavo a riconoscerti. Mi hai chiamato amore.-

-Lo sei- disse Sofia guardandolo negli occhi.

Il parroco entrò. Aveva una lunga barba solenne ed un bell'abito con i paramenti tirato fuori dall'armadio per quella strana ma importante occasione.

-Bene- fece il Parroco -è la prima volta che sposo una coppia così bella e giovane e agghindata così bene. Ma sono altrettanto sicuro che non mi ricapiterà mai più di vedere per testimone il nostro Re e la Regina- e così dicendo si inchinò verso di loro.

Stemperata la tensione iniziale con la battuta, tutto filò liscio. Il parroco fece il sermone breve ma intenso. Poi venne il momento delle promesse. Ognuno disse la sua, guardando negli occhi la propria metà.

-Bene- ripeté il Parroco -Congiungete pure le vostre mani qui al centro.

Henri e Sofia si tennero le mani e il parroco vi posò sopra le sue, come a sigillare l'unione.

-I testimoni hanno sentito?- disse il Parroco sporgendosi e guardando i Reali con estrema serietà.

-Sì- risposero in coro questi.

-Nessuno- disse ad alta voce il Parroco con un inaspettato vocione da baritono -ripeto, nessuno osi dividere sulla terra ciò che Dio ha unito nei celi-

Le parole rimbombarono nella chiesetta che, a giudicare dall'eco, sembrava adesso una cattedrale.

"Celi" pensò Henri "ha detto Celi anche lui".

-Nel nome di Dio, io vi dichiaro marito e moglie. Adesso puoi baciare tua moglie, figliolo-

Henri prese tra le sue braccia Sofia come se fosse la cosa più delicata del mondo, la strinse a se e la baciò, mentre lei si abbandonava tra le sue sicure e forti braccia.

Uno scroscio di applausi si sentì e tutti si girarono. La chiesetta era piena di persone accorse per l'occasione.

Stavano quasi per uscire quando Leroy afferrò per la spalla Henri.

-Un momento- fece Leroy - abbiamo anche noi un regalo. Sarà anche piccolo ma ci teniamo- e così dicendo fece un gesto verso l'esterno.

Una serie di ordini furono scanditi e un drappello di guardie si mise in marcia, entrando a duplice fila e disponendosi ai lati del percorso centrale. Si girarono una di fronte all'altra e rimasero sull'attenti.

Leroy percorse il camminamento d'uscita e si mise alla fine delle due file.

Diede l'ordine di sguainare le spade e fu un luccicare di acciaio. Poi diede l'ordine per il ponte di sciabole e tutti unirono le sciabole al centro del camminamento.

Sofia era emozionatissima, come pure Henri.

Con la sua donna al braccio, si incamminarono sotto il ponte di sciabole fino ad uscire dalla chiesetta e furono accolti da fiori lanciati in aria e applausi della folla accorsa.

Si formarono subito due gruppi, uno che dava le felicitazioni ad Henri con grandi pacche sulla spalla ed uno che si abbracciava la sposa per farle gli auguri.

Il Re e la Regina si abbracciarono nel ricordo del loro matrimonio ed una lacrima sbucò dagli occhi della Regina visibilmente emozionata.

Una tavolata fu approntata nella piazza di fronte alla chiesa. Ogni casa mise fuori i suoi tavoli e così ottennero una lunga tavola a forma di ferro di cavallo. Al centro sedevano Henri e Sofia e ai lati il Re e la Regina e gli amici di Henri.

Una ragazzina disegnava su di un pezzo di carta con il carbone della legna. Henri la chiamò a sé e si fece mostrare il disegno. Era fatto molto bene, si vedevano le persone e i palazzi. Si distinguevano perfino le espressioni delle persone.

-Ce lo fai un bel ritratto, a me e a mia moglie?-

-Sì sì- fece la ragazzina.

Henri cacciò una moneta e la porse alla bambina, che spalancò gli occhi e prese subito il pezzo di carta sul quale stava disegnando e cominciò a tirare dei segni.

-No, aspetta- fece Henri tirando da sotto la giacca il libricino per gli appunti che gli aveva dato Gennaro, lo diede alla bambina e disse -fallo qui, sulla prima pagina. L'ho lasciata libera apposta per metterci qualcosa di importante, ma fino ad oggi non aveva ancora capito cosa. Adesso lo so.-

La bambina prese il libricino e si mise subito all'opera.

La giornata passò tra balli e scherzi tra amici. Alle otto di sera stavano ancora seduti al tavolo e ballavano al centro della tavolata. Una casa di uno dei paesani fu messa a disposizione per la prima notte di nozze di Henri e Sofia.

Il giorno dopo i neosposi si ricongiunsero con il resto delle persone e tutti ritornarono a bordo della fregata del Re. La vacanza era finita. Un altro splendido momento veniva riposto nel cassetto dei ricordi.

La fregata, più pesante della goletta, solcò il mare con meno nervosismo, dando il tempo a tutte le persone di rientrare nel clima napoletano e smaltire quei bei momenti passati a Capri.

Prima di approdare al porto di Napoli, il Re fece approntare il pranzo a bordo per godersi quell'ultimo momento.

Henri e Sofia tubavano come due piccioncini e tutti li guardavano ammirati. Era veramente una splendida coppia.

Capitolo 23
Una brutta sorpresa

Arrivati a terra, il Re disse ad Henri di trasferirsi negli alloggi per la truppa che aveva famiglia e affidò al Capitano Martin di gestire la cosa.

La solita vita riprese il suo cammino. Henri si muoveva per il Palazzo Reale come prima, ma si era accorto degli sguardi degli altri militari.

Si era preso la più bella, aveva i gradi sul braccio. Si rendeva conto che, come aveva previsto, la cosa destava gelosia ed invidia.

Quella stessa sera, con la moglie al suo fianco, andò a fare una passeggiata per Napoli e decise di presentare la consorte a Bruno. Andò fino alla cappella di San Severo e bussò fiducioso, ma nessuno lo andò ad aprire.

-Che strano. Sta sempre qua a quest'ora- fece Henri.

-Sarà uscito con qualcuno- ribatté Sofia -Anche se mi risulta che non ci sia un guardiano, come da te descritto, in questa cappella.

-Ma come? Sono mesi che ci parlo.-

-Magari non ne sono informata, ma le mie amiche mi hanno detto che c'è un solo guardiano. Un grassone che viene solo la mattina.-

-Mah- fece Henri pensieroso -torneremo un altro giorno- e così dicendo se ne andarono verso il Palazzo Reale.

Passò una settimana tra l'organizzazione della nuova casa, il nuovo lavoro a contatto con il Capitano Martin e tutte le procedure nuove da ricordare. Henri, nel frattempo, continuava a leggersi il Salmo 90 in latino, a fare tutti i suoi esercizi e ad applicare le varie accortezze che Bruno gli aveva sempre consigliato.

Gli capitava, a volte, di vedere strani movimenti ai margini del cono visivo ed uno strano bagliore attorno ad alcune persone, ma non gli dava importanza. O almeno così gli aveva consigliato Bruno, "Se cambia qualcosa nella tua percezione della vita reale, tu parlamene ma non dargli peso".

Sofia era diventato il punto di riferimento della Regina e faceva tutto per lei ed i bambini e lui era, invece, il punto di riferimento del Re. La vita scorreva tranquilla e serena.

Passò così un'altra settimana ed Henri era letteralmente preso dal nuovo incarico quando all'improvviso al Palazzo Reale si presentò un drappello di otto uomini a cavallo. Un Capitano, un Tenente, un Sergente e cinque soldati.

Erano Ussari.

Appena arrivati, il Capitano smontò da cavallo ed insieme al Tenente si fecero annunciare al Re. A nulla valsero le preghiere di passare per Ufficiali, Generali o segretari vari. Quegli uomini erano lì mandati dall'Imperatore in persona e potevano parlare solo con il Re di Napoli, Gioacchino Murat.

Uno degli Ufficiali accompagnò il Capitano ed il Tenente al cospetto del Re che, come sempre, era nel suo studio a discutere con ufficiali e funzionari dello stato per migliorare la città, abbellirla e proteggerla sempre meglio.

L'Ufficiale fece attendere solo un attimo i due fuori lo studio per annunciarli e poi li fece entrare.

C'erano nella sala una decina di persone, tutte in attesa di capire cosa volessero quei militari.

Quando i due Ussari entrarono il Capitano avanzò fino alla distanza dovuta per il rispetto al Re. Non degnò nessuno di un solo sguardo. Aveva viaggiato molto. Si vedeva. Era grande e grosso e aveva tutta l'aria di essere anche prepotente. Le treccine erano state lasciate libere, o forse si erano sciolte per la cavalcata, e i lunghi baffi erano tutti arruffati. Il *pelisse* era appoggiato su di una spalla e tenuto su da un laccio, che girava attorno al fianco.

Henri, appena lo vide, ebbe un tonfo al cuore. Lo conosceva bene. Era uno degli Ussari più temuti nel reggimento dell'Imperatore. Aveva una brutta fama.

Il Capitano non disse niente. Semplicemente "Ordini dall'Imperatore, Maestà", poi si girò verso Henri e, dopo aver fissato i gradi sul braccio, gli fece un poco amichevole gesto di saluto, che Henri ricambiò con lo stesso sguardo.

Il Re ruppe il sigillo e lesse, poi fissò Henri, che capì subito di che ordini si trattasse.

-Quest'uomo mi serve, Capitano. Sono rimasto senza un Capitano e sono costretto ad avvalermi dei suoi servigi- fece il Re.

-Maestà, ho l'ordine di non partire senza di lui. Se dovesse servirvi un rimpiazzo siamo arrivati appositamente in sovrannumero per potervi lasciare uno dei nostri. Sapevamo della carriera di *Henri*- il Capitano si girò verso Henri con uno strano sorriso. - ma non sapevamo il Grado e siamo partiti ben forniti. Ho un Tenente, un Sergente e dei soldati. Mi dica lei cosa vuole che le lasci, Maestà.-

-Per sostituirlo dovrebbe lasciarmeli tutti, giovanotto- fece il Re serio *-Bertoldì* ha anche una moglie adesso, quanto tempo ha per accomiatarsi?

Il Capitano si girò nuovamente verso Henri e, con una forzata aria di ammirazione, disse -Anche la moglie. Complimenti *Bertoldì*. Possiamo attendere tre giorni allora, invece di ripartire subito. Proprio per rispetto verso la moglie.-

-E sia allora. Non ho modo di oppormi verso mio cognato l'Imperatore, ma perdo un uomo insostituibile.-

-Dove volete che ci sistemiamo, Maestà?-

-Mostra loro gli alloggi- fece freddamente il Re al suo Ufficiale che li aveva accompagnati.

Il Capitano salutò militarmente il Re, lanciò un altro sguardo ad Henri, che non si capì se era un saluto o una sfida, e con un dietrofront da manuale i due uscirono dalla stanza.

Il Re si girò verso Henri e gli porse il foglio. Henri lo fissò per un solo attimo e disse - L'ha scritto lui di suo pugno. Riconosco la grafia. È la sua.-

Il Re fece solo di sì con la testa ed un aria triste.

-Mi dispiace, *Henri*. Non c'è appello. L'Imperatore ti vuole di nuovo al suo fianco. Io ci ho provato...-

Era la prima volta che Henri vedeva il Re disarmato, senza più armi ed argomenti per combattere. Ma lui lo sapeva bene. Dentro di lui lo aveva sempre saputo che quella era solo una parentesi. Aveva tentato di immergersi dentro, tentando di impregnarsi di quella splendida terra, quei sapori, quello strano approccio alla vita che solo in quel posto aveva trovato. Erano solo un modo, come diceva Martin, di godere del momento presente senza curarsi del futuro. Ma il futuro, prima o poi, arriva sempre.

-Maestà, siete stato fin troppo generoso verso di me. Non vi fate l'Imperatore nemico per un semplice soldato. Io adesso devo andare.-

-Lasciateci, per cortesia- disse il Re a tutti i presenti e questi uscirono prontamente.

-Un soldato?- fece il Re sorridendo -Tu qui non sei più un soldato, credevo fosse chiaro.

-Sì, Maestà. Lo avevo capito e mi danno di non avervi incontrato prima dell'Imperatore, ma purtroppo così non è stato ed io devo molto all'Imperatore, pur non essendo lui un amico come invece è diventato lei per me, Maestà.-

-Non so che poter fare per aiutarti *Henri*... eppure sono un Re.-

-Potete aiutarmi, Maestà. Sofia. È la mia anima. È tutto quel che ho di valore su questa terra. Aiutatela voi. Se non dovessi più tornare, non avrebbe nessuno a cui rivolgersi. Ve ne prego.-

-Ma certo- fece il Re -Lo avevo dato per scontato. I bambini la adorano.-

-Grazie- fece Henri. In quel momento si spalancò la porta. Era Martin.

-Ditemi che non è vero. Te ne vai?-

-Martin- urlò il Re -salviamo almeno le apparenze.-

-Mi scuso Maestà, ma questa notizia mi ha sconvolto.-

-Anche a me- fece il Re, abbassando lo sguardo.

-Sapevo che sarebbe accaduto, ma non credevo così presto. Credo si avvicini una nuova guerra se mi convoca.-

-Venite- fece il Re -andiamo da Sofia, è con mia moglie.-

Quando Sofia seppe della notizia scoppiò in lacrime, poi disse che voleva seguirlo e ci volle tutta l'abilità della Regina per convincerla a restare a Napoli con loro, usando le solite ed eterne bugie "Quando tutto sarà finito Henri tornerà qui".

Fecero una miriade di progetti davanti a tutti. Henri si sarebbe tolto l'uniforme e sarebbe diventato un civile. Avrebbero allevato figli e la domenica se ne sarebbero andati tutti a pescare.

-Vengo anche io - aveva detto il Re, destando l'ilarità di tutti per un attimo.

Poi tutti si allontanarono lasciando la coppia abbracciata.

Quella sera Henri non lasciò per un solo attimo Sofia. Si prese cura di lei e preparò perfino lui la cena.

Aveva avuto il permesso di prepararsi le sue cose e di passare con Sofia quelle ultime ore ed Henri fece proprio così. Poi il giorno dopo, mentre preparava le sue cose, fece un salto.

-Bruno- disse lui - non l'ho ancora salutato. Devo andare a salutarlo, è stato molto buono con me. Devo assolutamente salutarlo.-

-Non fare tardi però- fece Sofia.

-Vieni con me-

-*Henri*, non ne ho proprio voglia. Mi dispiace.-

-Allora vado e torno in un attimo. Sarò veloce. Tu non ti addormentare se non sono tornato.-

Henri uscì di gran lena e si fiondò verso quel posto che ormai era parte di lui. Attraversò la piazza e si infilò in quel vicolo, dove c'era l'entrata della cappella. Vide da lontano il portone aperto e delle persone che stavano spostando un mobile.

-Buonasera- fece Henri verso un uomo grasso e corpulento che parlava a dei lavoratori che stavano spostando dei mobili adagiandoli in mezzo alla strada -C'è mica Bruno?-

-Bruno chi?- fece il grassone.

-Bruno, il vecchietto che fa da custode alla cappella.-

-Ma se sono io il custode- fece sgraziato il grassone.

-Ma come, non c'è un vecchio la sera che guarda la cappella? È cieco, l'ho incontrato per mesi di sera.-

Il grassone e gli uomini si guardarono e poi il grassone disse - Sentite, qui nessuno vi piglia per pazzo. Sono sicuro che avete conosciuto qualcuno, ma io qua non lo vedo. E se pure viene la notte- disse il grassone alzando la voce - a me non da nessun fastidio- finì l'uomo segnandosi con la croce.

-Ma che dite? Non vi capisco. Sto parlando di Bruno il Custode.-

Il grassone con fare scostante disse - Né giovine, ma cà amma faticà. Te ne vai o ci dai una mano?- E così dicendo fece segno ai ragazzi di proseguire, afferrò qualcosa e lo resse con le mani sollevandolo.

Henri riconobbe subito il mobile dal contorno, era lo specchio con il quale aveva fatto l'esercizio con Bruno. Era ancora avvolto nel panno che lo ricopriva.

Il grassone fece cadere il panno e per un attimo lo specchio rimase rivolto verso di lui mentre era sulla spalla del grassone. Henri vide dentro lo specchio la sua immagine riflessa. Poi strizzò gli occhi e scorse il riflesso di qualcosa alle sue spalle. Una sagoma nera incappucciata. La sagoma si mosse e due mani ossute uscirono dalle maniche, afferrando il cappuccio. Henri cominciò a sudare.

Il capo della figura si scoprì e da sotto uscì il volto di Bruno. Gli occhi lattiginosi lo fissavano. Un sorriso comparve sul volto di Bruno, ma non era un sorriso raccapricciante, piuttosto benevolo.

Il grassone mosse lo specchio e il riflesso di Bruno sparì dalla visuale.

-Bruno...- urlò Henri girandosi per vedere alle sue spalle, ma dietro di lui non c'era niente se non il vicolo vuoto.

Il grassone si girò di colpo. -Che hai detto?-

-Era qui, l'ho visto nello specchio.-

Il grassone come sentì quella cosa mollò lo specchio che cadendo si ruppe in mille pezzi.

-NOOO- urlò Henri.

-Mannaggia- fece il grassone -mò sò sette anni di sfortuna. Vavattenne. È capìt, te ne devi andare. A noi i fantasmi non piacciono. Vavattenne- e così dicendo afferrò un bastone appoggiato sui mobili e si avvicinò minaccioso verso di lui.

Henri, che per fare presto era uscito in uniforme, afferrò la spada e la sguainò.

Il grassone si fermò, ma poi avanzò di nuovo.

-Vavattenne- insistè il grassone.

-Chi era Bruno? Un fantasma? Abita questi luoghi?-

-Te ne devi ANDARE- urlò il grassone scappando nella cappella con gli altri uomini e richiudendosi alle spalle la porta.

Henri, con tutta calma, rinfoderò la spada poi, guardandosi intorno, disse -Grazie Bruno. Senza di te non ci sarei mai arrivato. Spero solo che sia ancora in tempo per la mia anima- si girò e se ne andò. Girò l'angolo e si avviò in discesa per la strada verso il Palazzo Reale. Mentre passeggiava si sentì tirare per la giacca.

-Bonasera giuvinò, cumm state?-

-Bene, bene e tu?-

-Pure io- fece il pazzo con la testa dondolante.

-Un momento, ma tu lo conosci Bruno? Lo avevi visto mi hai detto.-

-Certo che lo conosco a Bruno. Chill è amico mio.-

-Allora non sono pazzo. Lo hai visto.-

-No- fece secco l'uomo -cà o pazz song sul'io. Tu sì normàl.-

-Ma come…?- Henri non riuscì a finire la frase.

L'uomo smise di agitare il capo e dimenarsi in modo inconsunto, si raddrizzò e lo sguardo si perse nel vuoto. La sua mano si poggiò sulla sua spalla.

-Va' tranquillo verso il tuo futuro, amico mio. Hai rinsaldato la spada. Le tre parti del tuo corpo sono nuovamente insieme. Non devi più temere la sfida del tempo, egli è ormai tuo alleato.-

-Bruno- esclamò Henri afferrandolo per le braccia -allora sei con me.-

-Non ti ho mai lasciato e mai lo farò. Sii sereno e segui gli eventi. Non ti dimenticare gli esercizi. Vai sempre controcorrente.-

Un attimo e l'uomo cominciò a traballare come prima, riassumendo la stessa posizione.

-Bruno, Bruno- insisté Henri.

-Eh, lo vedo dopo- riprese l'uomo -vuoi che gli dica qualcosa?-

-No, no- fece Henri - Grazie lo stesso- e così dicendo si girò per andarsene.

-Ha detto che domani partiremo insieme. Che sono stato bravo e mi porta con sé.-

Henri si bloccò con una stretta al cuore, si girò e si avvicinò all'uomo, tirò fuori dalla tasca due monete e gliele porse.

-Allora devi festeggiare. Prendi queste e vai a mangiare in una trattoria e bevi il miglior vino che hanno, alla mia salute.-

-Ma poi se me le mangio, poi non avrò più niente...-

-Stai tranquillo. Da ora in poi, a te penserà Bruno. Io lo conosco bene. Non ti mancherà più nulla.-

-Allora vado- fece l'uomo.

-Ci vediamo- fece Henri, con commozione malcelata.

Henri tornò a casa da Sofia. La trovò stesa sul letto semiaddormentata e ancora vestita.

-Sei già di ritorno?- fece lei.

Henri non disse nulla, si stese vicino a lei e affondò il viso tra i suoi seni.

-Ehi, ma che c'è?- fece Sofia sollevando il viso di Henri e vedendo che stava piangendo.

-Niente- fece lui- è solo che a volte questa vita è così dura e difficile.-

-Se non lavori non c'è il premio alla fine- fece lei baciandolo.

Henri non disse niente. Si appoggiò sui seni di Sofia e si lasciò carezzare da lei fino ad addormentarsi.

Allo scadere dei tre giorni Henri si preparò lo zaino militare con le poche cose che un soldato porta sempre con sé. Era nella stanza da letto quando la porta si aprì e apparve Sofia.

Henri prese dallo zaino il libricino con i suoi appunti e lo diede a Sofia.

-Tienilo tu questo.-

Sofia lo aprì, sulla prima pagina c'era ancora il disegno che la ragazzina gli aveva fatto, Henri appoggiato ad un muretto di pietre e

Sofia che gli si appoggiava addosso con la testa sulla sua spalla all'ombra di un glicine.

Lei sorrise, lo richiuse e lo mise nel cassetto della madia. Aveva un'aria stanca, come se dieci anni le fossero piombati addosso all'improvviso.

-Resta qui- fece Henri -Riposati ancora un po'.-

-Assolutamente no. Voglio salutarti.-

I due, mano nella mano, si avviarono dal Re e dalla Regina per salutarsi. Mentre camminavano per i corridoi tutti li salutavano, chi con un aria da furbetto chi con sincerità. Arrivati agli appartamenti reali furono annunciati e poterono entrare.

La Regina andò incontro ad Henri a braccia tese -Non temere *Henri*, lei starà sempre con me. Finché non tornerai.-

-Grazie Maestà, è il mio unico cruccio.-

-Stai tranquillo- fece il Re -è in buone mani.-

Si scambiarono frasi di convenienza e scappò anche qualche risata, ricordando i tempi andati, quando all'improvviso si sentì bussare alla porta. Entrò il messo.

-Maestà, ci sono gli Ussari dell'Imperatore.-

-Un attimo solo- disse il Re.

Henri si avvicinò a Sofia e la strinse a sé, baciandola. Poi si girò verso il Re e la Regina, ma non riuscì a dire nulla. Come se qualsiasi cosa detta sarebbe stata superflua. Si sistemò la giacca e il *pelisse* sulla spalla e si girò verso la porta.

-Sono pronto- disse verso il messo, che aprì le porte.

Gli Ussari lo attendevano fuori. C'era il Capitano, il Tenente, il Sergente ed un soldato.

Appena videro il Re e la Regina, si misero subito sugli attenti.

-Prego Tenente. Si disponga al centro.-

Henri si mise al centro della formazione e, girandosi a favore del Re, vide per l'ultima volta la sua Sofia, già tra le braccia della Regina.

All'ordine del Capitano l'intero drappello si girò all'unisono e cominciò a marciare verso lo scalone principale. Gli Ussari avevano una pessima fama e al loro passaggio tutti si spostavano.

Appena girarono l'angolo il drappello si inchiodò.

Lo scalone era pieno di soldati.

A scalini alterni, da un lato e dall'altro, i soldati del suo regimento erano sull'attenti fin sotto la scalinata.

Il Capitano Martin, con due sergenti più alti degli Ussari, si avvicinò.

-Signor Tenente, i suoi uomini volevano salutarla per l'ultima volta.- Sguainò la sciabola e fece il saluto ad Henri.

Henri fece di tutto per non commuoversi.

-Grazie ragazzi.-

Gli Ussari in tutta risposta sguainarono le loro sciabole e risposero al saluto.

Martin e i due sergenti si disposero in linea con gli altri ed il Capitano ordinò gli onori.

Tutti sguainarono le spade e si misero sull'attenti in posizione di saluto, con la sciabola all'altezza dell'occhio destro.

Gli Ussari ed Henri avanzarono, rimanendo colpiti dal rispetto mostrato da quel reggimento al quale, in definitiva, Henri era solo in prestito.

La fila di soldati continuava fino ai cavalli, da dove poi sarebbero dovuti partire.

Henri si girò verso i finestroni e vide la famiglia reale e Sofia in lacrime che lo guardavano. Fece un cenno di saluto e montò in sella.

-Devi proprio essere piaciuto, *Henri*, a queste persone. Me ne compiaccio- fece il Capitano Ussaro, salendo in sella.

-Capitano, lei è l'unico a cui non piaccio in questo momento.-

-Sciocchezze- fece il Capitano -piaci anche a me. È solo che noi Ussari abbiamo una tradizione da rispettare. Siamo dei tipi rudi.-

Henri si mise a ridere e, mentre stava quasi per andarsene, si sentì una voce da lontano. -Un momento. Un momento.-

Un uomo correva da lontano. Quando fu abbastanza vicino Henri lo riconobbe. Era Gennaro.

-Gennaro- fece Henri -come mai qui?-

-Appena arrivato, signore. E sapendo del matrimonio e della sua partenza, mi sono permesso di portarle un omaggio per il viaggio- gli porse due bottiglie di liquido giallo.

-È quello che credo io?-

Gennaro annuì vistosamente. -Lo beva alla nostra salute. E faccia buon viaggio.-

Henri ripose le bottiglie nello zaino, il Capitano ordinò "In marcia" e la colonna di cavalieri partì al galoppo.

Mentre il cavallo sfrecciava impetuoso per le strade, Henri guardava quei luoghi meravigliosi scorrere davanti ai suoi occhi.

Quei luoghi che avevano lasciato un segno così profondo nel suo cuore e avevano cambiato la sua vita in modo così radicale.

Henri scoppiò a piangere mentre cavalcava, ma nessuno se ne accorse.

Capitolo 24
Morte di un innocente

La società era ormai cresciuta, vantava varie navi che arrivavano nei punti più disparati del mediterraneo.

Philip Morgan era riuscito, con l'aiuto di Bernard, a fare un paio di mosse giuste che gli avevano permesso una ricapitalizzazione della società, facendola diventare un vero colosso. Adesso anche Bernard era un socio, con una piccola quota certo, ma il riconoscimento da parte di Philip verso di lui lo aveva reso qualcosa di più che un amico. Quei due uomini, uniti dal caso, si erano legati con un affetto degno di due fratelli. Certo non erano due stinchi di santo, ma sugli affari si muovevano come fossero stati una persona sola.

Era Novembre inoltrato e faceva freddo. Meno di un mese prima si era tenuta la battaglia di Trafalgar dalla quale i francesi erano usciti proprio malmessi. La loro flotta aveva ricevuto una brutta batosta, sia materiale che nell'orgoglio, e i francesi erano molto arrabbiati verso gli inglesi. Le navi inglesi si tenevano sempre lontane dalle rotte delle loro navi da guerra. Ripicche da parte loro verso le navi da carico inglesi erano abbastanza frequenti in quel periodo.

Anthony e Jacob si arrampicavano insieme sotto gli occhi vigili di Philip e Bernard sulle griselle della *Sunrise*, chiamata così in onore della Goletta che accolse la prima volta Anthony in fuga da Tolone e che ormai era solo un ricordo. Una cima si era incastrata ed una vela non veniva giù. I due ragazzi, ormai grandi, erano come fratelli e si muovevano sempre insieme. Dove c'era uno eri sempre sicuro di trovare l'altro.

Entrambi erano andati a studiare per entrare nella marina mercantile e per lavorare poi a bordo delle navi di Philip. Entrambi ovviamente spesati da Philip, che aveva capito la grande medicina che Jacob era per Anthony. Con il tempo, infatti, Philip e Bernard avevano compreso Anthony ed il suo disagio e avevano imparato a gestirlo. La prima decisione che fu presa fu di allontanare Anthony dalla società, l'unica cosa che si poteva fare era metterlo a bordo di una nave. Un piccolo guscio protetto da regole precise e fissate in modo che nessuno avesse potuto uscire dai ranghi. Ma farlo entrare come marinaio non sarebbe stata una scelta saggia. Optarono quindi per il college, che lo avrebbe avviato alla carriera di Capitano della marina mercantile, ma gli misero sempre Jacob alle costole per difenderlo e calmarlo. Certo ci furono momenti difficili, ma Jacob riusciva sempre a gestirlo senza far intervenire Philip e di questo Philip ne era felice, ricambiando la cosa pagandogli la retta.

Quell'anno anticiparono di molto le vacanze natalizie, dato che c'erano degli importanti lavori di ristrutturazione per il College, e per questo motivo i ragazzi furono mandati a bordo delle unità navali di quegli armatori che avevano dato disponibilità all'imbarco. "Così si faranno un po' le ossa" aveva detto il Preside della scuola. E Philip aveva dato piena disponibilità per l'accoglienza dei suoi due pupilli.

Quel giorno il vento era molto sostenuto e la nave sarebbe potuta andare più veloce se non ci fosse stato l'inghippo di quella vela. Anthony saliva sulle griselle con Jacob alle costole, arrivarono all'altezza del trevo di maestra e passarono senza alcun problema sul marciapiedi, muovendosi con velocità, ma sempre in sicurezza fino ad arrivare in varea.

Il mare era molto agitato, il vento forte lo faceva assomigliare ad una superficie fatta tutta di vetri. Era pieno di spigoli dai quali il vento portava via spruzzi di schiuma argentea.

-Anthony, lo vedi?- fece Jacob con i capelli biondi al vento.

-No- fece lui. -Aspetta che mi abbasso.-

Si sporse verso il basso e vide una carrucola con la cima che faceva un occhiello prima di infilarcisi dentro.

-L'ho vista- fece Anthony urlando per farsi sentire. -La cima ha fatto una volta prima di entrare nella carrucola e si è bloccata. Quei debosciati hanno risistemato le cime senza stenderle bene e adesso stiamo rischiando l'osso del collo perché non sanno fare il loro lavoro.-

-Stai calmo e concentrati, Anthony. Adesso abbassati che io ti reggo dalla cintura.-

Anthony si abbassò e tutto il marciapiedi, sul quale strisciavano i piedi, si spostò in avanti. Sia Jacob che Anthony rimasero appesi all'indietro reggendosi solo con braccia e piedi e perdendo l'appoggio del pennone sul ventre. Ma questa era una manovra che a scuola avevano già fatto varie volte.

Il vento soffiava forte e fastidioso e la vela, ancora issata ma libera dai legacci, sbatteva da tutte le parti come un panno al vento. La nave ondeggiava e i ragazzi si tenevano al pennone con tutte le loro forze.

-Non è come a scuola, eh Anthony?- urlò Jacob.

-No- fece ridendo Anthony. -Adoro questa vita.-

Anthony si calò un altro po' e allungò il piede, sorretto da Jacob. Diede un paio di calci alla volta che si era formata sulla cima e questa si liberò, cominciando a scorrere libera nella carrucola.

Anthony si raddrizzò e fece cenno sulla coperta a suo zio di alare la cima, ruotando il dito indice nell'aria.

La cima scorse veloce tirata dal ponte e la vela cominciò ad aprirsi, ma, un attimo prima che fosse tesa, quasi a voler punire Anthony della sua intraprendenza, un lembo della vela si alzò e, come una asciugamano bagnato, schioccò nell'aria sul volto di Anthony che di istinto portò una mano al volto per il dolore. Jacob, che aveva visto tutto, subito prese Anthony e lo accostò al pennone cingendolo alla vita e ridandogli l'equilibrio.

Dal ponte Philip e Bernard fecero un salto per poi rincuorarsi della mossa di Jacob.

-Non finirò mai di benedire quei soldi che ho investito su quel ragazzo.-

-Parole sante- fece Bernard, appoggiando la sua mano sulla spalla di Philip.

I due ragazzi scesero sul ponte della nave. Anthony aveva una specie di taglio sulla fronte che sanguinava copiosamente. Mentre Philip lo guardava, Jacob andò dal marinaio che aveva rassettato le cime e, con fermezza, ma senza esagerare, lo richiamò.

-Il mio amico avrebbe potuto farsi molto male oggi. Avrebbe potuto perdere un occhio o la vita. Quando sistemi queste maledette cime le devi prima stendere o si formeranno le volte come quella che hai appunto visto.-

Il marinaio, un ragazzo giovane ed evidentemente con poca esperienza, per non ammettere le sue colpe, se ne uscì con un semplice -Quante storie. Ci starò più attento.-

Anthony si liberò dalle cure dello zio e gli andò vicino -Se non fosse stato che lassù mi sono divertito ti avrei già preso a pugni.-

-Ci vuoi provare?- fece inalberato il marinaio.

Anthony cambiò espressione e si avviò verso il marinaio. Fu un attimo. Jacob e Bernard fermarono Anthony, e altri marinai più anziani si tirarono via il marinaio giovane, che non aveva capito in che guaio si stava cacciando.

-Lo scusi, signore- fece un marinaio anziano. -Non sa come regolarsi bene. È nuovo del lavoro. Lo istruiremo noi.-

La cosa finì lì, mentre gli altri marinai facevano un capannello attorno al ragazzo, parlottando a bassa voce.

La nave adesso, con tutte le vele spiegate, andava che era una favola: tutta inclinata su un fianco e gli spruzzi d'acqua portati dal vento che la attraversavano da un lato all'altro.

Bernard si portò i ragazzi sotto coperta con la scusa di farli riscaldare un po' con del cognac. Gli servì il cognac e chiamò il marinaio che si occupava di punti e medicazioni a bordo per far vedere il taglio. Nel frattempo gli aveva dato un panno per fermare il sangue.

-Allora?- fece Bernard -Ti è piaciuto?-

-È stato esaltante. Sfidare la tempesta per sistemare la vela ti da una scarica dentro. Ti fa sentire più vivo- fece Anthony.

-Ricordo ancora quando toccò a me e tuo zio- fece Bernard, mentre Philip entrava nella cabina.

-Di che parli, Bernard?- fece Philip.

-Di quando andammo noi a fare la stessa operazione.-

-Ah sì. Ma non era sul trevo, ma sulla gabbia volante.-

-Giusto, mi ero dimenticato di dirlo. Un occhiello anche in quell'occasione.-

-Una volta, Bernard.- disse ridendo Anthony.

-Una volta- ripeté Bernard alzando gli occhi al cielo. -Vagli a toccare i termini a questi marinai e vedrai che ti succede.-

Anthony rise e gli chiese -Ma perché, tu non sei un marinaio?-

-Come no- fece lui -d'acqua dolce però.-

-Zio, dove siamo diretti per questo viaggio?-

-Andiamo in Sicilia a prendere olio d'oliva e poi ci allunghiamo in Africa del nord per raccogliere un po' di spezie da uno che conosciamo e che ci garantisce la qualità. Poi spero che non ci sarà più posto sulla nave e torneremo a casa per fare tanti bei soldini.-

-Però- fece Anthony -bel programma. Ci piace, vero Jacob?-

-Se piace a te Anthony siamo tutti contenti. A me piace andar per mare. Io sono già a posto così.-

Philip fissò il ragazzo con approvazione e poi rivolto verso

Anthony - E tu?-

-No zio, Jacob è diverso, Lui starebbe sempre per mare. Io di tanto in tanto voglio scendere per cercarmi una bella pollastrella.-

-Sì bravo, e prenderti le migliori malattie del mondo- fece Bernard. -Le pollastrelle devi cercartele nella tua città o sviluppare l'occhio critico di cui io e tuo zio siamo ben dotati, per evitare le prostitute piene di malattie.-

-E dovrei aspettare fino al ritorno a casa?-

-Proprio così- fece Bernard.

Anthony guardò Jacob per cercare manforte.

-Ah non guardare me- fece Jacob. -Lo sai che non mi metto mai contro Bernard.-

-Traditore- fece Anthony, ridendo e dandogli un pugno amichevole.

-Ragazzo furbo- fece Philip ridendo anch'egli.

In quel momento bussarono alla porta. Era il marinaio che doveva ricucire Anthony.

-Prego William- fece Philip. -Volete che ce ne andiamo?-

-No, mister Morgan, non c'è problema.-

Il marinaio era abbastanza vecchio: si capiva dalla faccia che aveva passato più tempo in mare che a terra. Il volto, cotto dal sole e dalla salsedine, era molto bruno nonostante fosse inverno. Aveva una folta e lunga barba bianca ed aveva ancora i capelli in testa, bianchi anch'essi.

Anthony vedeva da parte di Bernard e dello zio una sorta di rispetto verso quel marinaio.

Si entrò in una sorta di silenzio reverenziale, l'anziano marinaio prese un fagotto in pelle e lo srotolò, ne uscirono una serie di attrezzi, metà dei quali ad Anthony fecero gelare il sangue. Prese un ago e lo mostrò.

-Tranquillo ragazzo, oggi ti tocca solo questo.-

Anthony stava quasi per fare un sospiro di sollievo quando il marinaio continuò -Ma muoio dalla voglia di usare su di te anche quelli.- E indicò gli altri ferri.

Anthony raggelò mentre Bernard, ridendo, dava uno spintone all'uomo massiccio che abbassò lo sguardo per nascondere il sorriso.

-Andiamo- fece Bernard ridendo -è solo un ragazzo.-

-E va bene- fece forzatamente il marinaio ridendo -è il nipote del principale. Gli eviteremo lo scherzo che facemmo a te.-

-Quale scherzo?- fece Anthony ravvivandosi.

-Andiamo- fece Bernard -ancora quella storia?-

Philip cominciò a ridere come un matto.

-Dai zio, racconta.- fece Anthony.

Lo zio si riprese e cominciò a raccontare.

-Eravamo in bonaccia e il veliero sembrava adagiato su di uno specchio. Le provviste erano verso la fine e noi, per evitare di soffrire dopo, ci mettemmo a pescare per vedere di prendere qualcosa. Passò un banco di tonni e noi cambiammo subito gli ami, nella speranza di prenderli, e stranamente questi cominciarono ad abboccare. Tirammo su tra mille difficoltà i tonni, e i marinai furono presi da una foga incontrollata per cercare di prenderne il più possibile. Uno di questi ami si agganciò alla gamba di Bernard che cominciò ad urlare come un forsennato. L'amo da tonno è grande ed era entrato per bene nella coscia. Si avvicinò questo filibustiere- Philip indicò ridendo il marinaio anziano che, ridendo sotto i baffi, si stava godendo il racconto - disse "Fermi tutti, non lo muovete. Potrebbe perdere la gamba". Bernard, che fino a quel momento se ne stava dolorante a terra con la gamba stretta tra le mani, alzò la testa e disse "Cosa?!". Io capii subito tutto, ma non me la sentivo di rincarare la dose. Lo portammo nel quadrato ufficiali e cominciò ad estrarre l'amo. Quello fu doloroso.-

-Usai proprio questo ferro- disse il marinaio mostrando il ferro a tutti.

-Ancora me lo ricordo- fece Bernard. - Quel maledetto amo si era agganciato a tutto quello a cui si poteva agganciare nella coscia. Quando cambia il tempo la ferita fa ancora male.-

-Passò il momento- continuò Philip -e capii che lo scherzo stava per scattare. William si avvicinò alla ferita e la annusò. "Accidenti" fece "già puzza"- Philip disse la frase con le lacrime agli occhi.

-Poi prese da sotto il tavolo una sega che noi usiamo per la carpenteria della nave e che era stata portata di nascosto nella stanza. Era quasi più grande del tavolo- Philip non tratteneva più le risate.

-"Tenetelo che dobbiamo amputare" e tutti afferrarono un arto. Bernard cominciò ad agitarsi come una testuggine sul dorso. Questo maledetto- fece Philip indicando William -afferrò la sega e la poggiò sulla gamba, mentre Bernard urlava come un pazzo "Non puzza, non puzza". Non so come fece, ma diede un colpo in avanti e, mentre Bernard si aspettava schizzi di sangue da tutte le parti, si sentì solo il suo urlo e subito dopo le risate incontrollate dei marinai che sapevano dello scherzo.-

Stavano ridendo tutti, stesi per terra con le lacrime agli occhi.

-Non ho mai capito come hai fatto con la sega- fece Bernard.

-L'avevo girata mentre tu non guardavi- fece il marinaio ridendo.

-Che meraviglia di scherzo- fece Jacob asciugandosi le lacrime.

-Aspetta di capitarci tu sotto e poi me lo racconti- fece Bernard.

Il marinaio, mentre tutti ridevano, aveva già sterilizzato l'ago passandolo sulla fiamma di una candela.

Infilò il filo prendendolo da un rocchetto e disse -Allora giovanotto, un po' di pazienza e mi guadagnerò anche io il mio bicchiere di cognac.-

Alzò il panno per guardarci sotto -Niente di che. Queste ferite sulla testa sanguinano tanto, ma alla fine sono semplici da sistemare. Ma se non la chiudiamo continuerà ad allargarsi.

Chiese a Jacob di accostare i lembi della ferita e lui avvicinò l'ago alla fronte.

-AHI AHIAHI- fece Anthony mentre il marinaio allontanava l'ago dalla ferita mostrandolo a tutti per far capire che non lo aveva nemmeno toccato.

-Andiamo- fece Bernard. -Fai l'uomo.-

Il marinaio ci riprovò e riuscì ad entrare con l'ago nel primo lembo di pelle e ad uscire dall'altro, mentre Anthony si mordeva il labbro e cercava di non muoversi.

-Tu non mollare la ferita- fece William a Jacob.

Fissò i punti e passò oltre, facendo nuovi fori.

Uno, due, tre e quattro. Quattro bei punti messi a regola d'arte.

-Ecco qua, ragazzo. Tornerai bello come prima e potrai vantarti nuovamente con le ragazze del tuo bel faccino. Dov'è il mio cognac?- fece secco il marinaio.

-Eccolo- fece Philip porgendogli un bel bicchiere stracolmo.

-Raccontaci qualcos'altro- fece Anthony.

-Potrei raccontare di quello scherzo- fece il marinaio guardando Philip, ma dopo aver visto la sua espressione continuò -ma tengo troppo al mio lavoro.-

-Chissà quante avventure hai passato in mare- fece Jacob. -Raccontaci qualcosa.-

-Sai- fece il marinaio - potrei raccontarti di tutto, da quella volta che scampammo ai pirati a quell'altra volta che venimmo urtati da un mostro marino che nessuno riuscì a vedere. Con i miei occhi ho visto onde così alte da non capire come sia ancora vivo qui a raccontarlo. Tramonti che non dimenticherò mai. Momenti indimenticabili, sia belli che brutti, e sono tanti, sai. Ma la verità è che, sebbene io sia vecchio ormai e quasi in età di pensione, questo mare continua giorno dopo giorno a lasciarmi senza fiato. Il mare non è tuo amico e, prima lo capisci e lo temi, più a lungo vivrai. Se farai il temerario il mare saprà punirti prima o poi. Quindi ho un solo consiglio per te, *umiltà*. Sei al cospetto di un vero e proprio Dio e se non gli darai i dovuti onori, sei già un uomo morto.-

Ci fu un momento di silenzio profondo che sottolineò la solennità delle parole del marinaio.

-Come scampaste ai pirati?- fece Anthony -Hanno navi più veloci delle nostre.-

-Beh, era molto tempo fa ed eravamo nei mari del sud. Fu tuo zio a salvarci: armò in un attimo il cannone da caccia a poppavia con delle palle incatenate, li fece avvicinare un po' e mirò personalmente agli alberi. Il cannoncino non era potente, ma le palle presero in pieno il trevo di maestra e lo fecero in due. La vela più grande della nave si abbatté sul ponte ed in parte in acqua e la nave si fermò quasi dopo poco. Fu un gran bel tiro anche perché se avesse preso l'albero anziché il pennone non sarebbe riuscito a tranciarlo. Troppo spesso per il nostro cannone.-

Quel giorno Nettuno era dalla nostra. Scampammo per un pelo, lasciandoli con un palmo di naso.-

Il marinaio tracannò l'ultimo sorso di liquore dal bicchiere e si alzò -Beh, io vado. Se ha di nuovo bisogno di me, mister Morgan, sa dove trovarmi.-

-Grazie- fece Philip, dandogli una pacca sulla spalla e aprendogli la porta.

Anthony si toccava i punti sulla fronte. -È stato bravo. Guarda, è tutto allineato. Quando si sarà chiuso non si vedrà quasi più nulla.-

-È bravo, sì- fece Bernard. -Ha operato tutti a bordo. È veramente in gamba.-

-Ma perché è ancora marinaio? In tutti questi anni non lo hai mai fatto salire di grado. Ha fatto qualche cosa?-

-No- fece lo zio - semplicemente ha sempre rifiutato le promozioni. Dice che non vuole responsabilità. Ma ti assicuro che quando si mette male pendiamo tutti dalle sue labbra.-

-E va bene, giovanotti- fece Bernard. - Adesso andate. Avete una guardia da espletare. Riposatevi che tra un'ora montate.-

-Ma come? Con tutto il taglio Bernard?-

-Andiamo, un taglietto in fronte. Non farti sentire dagli altri che ti prenderanno in giro per tutto il viaggio- fece Philip.

-Ayeaye, Sir- rispose Anthony, mentre i due ragazzi si guardavano sogghignando. Il tentativo di marinare la guardia era andato a vuoto.

-Allora noi andiamo- fece Jacob salutando con rispetto e tirandosi dietro anche Anthony.

Quando furono usciti, Bernard si avvicinò a Philip porgendogli un bicchiere con del cognac -Malandrini, ci provano sempre.-

-Anche a me davano fastidio le guardie- rispose Philip sorridendo.

-Tu come lo vedi? Ti sembra stia bene?- fece Bernard.

-Quando è a bordo riesce a smaltire la rabbia nella fatica per la nave. Ma come si ferma, diventa pericoloso. Vedi come è disteso adesso? E probabilmente non ci darà problemi neanche nei porti. Ma come si ferma per più di una settimana…-

Entrambi avevano compreso a pieno il problema di Anthony e cercavano di condurlo per acque calme per tenerlo tranquillo e distratto. Ma sapevano che non erano eterni e dovevano trovare una sistemazione velocemente.

La sera, il vento calò e la nave assunse un'andatura più tranquilla. Si dormì bene, quella notte. Anche i ragazzi, dopo aver passato il turno notturno di guardia, se ne andarono a dormire sulle loro amache quasi all'alba.

Quella mattina Philip si era alzato abbastanza presto, seguito da Bernard. Si ritrovarono nella sala da pranzo, dove normalmente mangiavano per fare colazione. Si parlava del più e del meno quando un urlo dalla coperta li fece trasalire -Vela a tribordo!-

Philip si gelò all'istante. Buttò il tovagliolo sul tavolo e si fiondò all'esterno.

-Dove?- l'unica cosa che chiese.

-Ad un quarto del mascone di dritta, signore- disse il marinaio cedendogli il cannocchiale.

-Merda!- fece lui -Mi sembra proprio Francese. Ma che cazzo ci fa da queste parti?-

-Cercano mercantili con cui bisticciare?- Era la voce di William.

-Scappiamo?- fece Bernard a William.

-A gambe levate, signore, così almeno sapremo le sue esatte intenzioni.-

-Quanto dista Gibilterra?-

-Qualche ora con questo vento. In quella direzione.- Fece il marinaio indicando un punto sulla sinistra della nave.

-E noi perché andavamo in questa direzione?-

-Solo per prendere meglio il vento, signore. Stavamo per virare.-

-Bene, facciamolo subito allora. Una bella virata stretta e andiamo velocemente verso Gibilterra. Ah, e svegliate gli smontanti dalla guardia. Serviranno tutti.-

-William- fece Philip -la nave è tutta tua. Tiraci fuori da questo guaio.-

-Aye aye, Sir- disse secco William.

-Ehi tu- disse vicino ad un ragazzo -vai alla campana e suona l'allarme generale.-

Il ragazzo scattò vicino alla campana e cominciò a sbattere il batacchio da tutte le parti.

-Allora- urlò William -voglio che montiate le vele esterne in meno di cinque minuti o coleremo a picco. Prendete i coltellacci e gli scopamare, le relative aste e tutto quel che serve. Forza, DI CORSA!-

-Tu- fece ad un marinaio di poco più giovane di lui -va con loro e aiutali.-

-Prepararsi ad una virata a babordo! Pronti alle cime. Timoniere, pronto a virare al mio comando. Scattare o siamo fritti.-

La nave si agitò all'improvviso e tutti cominciarono a correre a destra e a manca sul ponte della nave in un apparente disordine.

-Timoniere, la vedi la costa?-

-No, signore.-

-Anche cieco- mormorò tra sé e sé William. - Va bene, allora mira a dieci gradi a sinistra del sole e va' dritto.-

-Ayeaye, Sir- urlò il timoniere e cominciò a far ruotare la doppia ruota del timone ai marinai che la manovravano .

La nave cambiò assetto all'improvviso.

Sottocoperta Anthony e Jacob dormivano ancora sulle loro amache quando l'improvviso cambiamento di rotta ed il relativo sussulto fecero svegliare Jacob che, come sentì la campanella, diede con il piede uno scossone ad Anthony che dormiva ancora profondamente.

-Anthony, sveglia. Qualcosa non va. Presto, saliamo.-

Mentre i ragazzi scendevano dall'amaca, un uomo scese dalle scale nel locale dove dormivano ed urlò -Sveglia! Tutti in coperta! Emergenza!-

La camerata stracolma di amache si animò, come un animale che prende vita all'improvviso perché preso alla sprovvista. Tutti salirono in coperta come stavano, senza neanche cambiarsi.

-Che succede zio?- fece Anthony una volta in coperta.

-Una Fregata Francese. Stiamo cercando di scappare ed arrivare a Gibilterra prima che ci prendano.-

-Ma ha intenzioni ostili?- fece Jacob.

-Lo sapremo subito, ragazzi- disse Bernard.-Adesso andate ad aiutare.-

I due ragazzi si fiondarono, mischiandosi alle file di uomini che si erano formate vicino alle manovre, mentre gli uomini più esperti scioglievano le cime dai ganci sospesi che le tenevano in ordine per poterle manovrare.

-Forza, ragazzi, forza. Spostate l'assetto delle vele!- urlava William.

In effetti le vele quadre cominciavano a sbattere, segno che non prendevano più il vento bene e la nave cominciava a rallentare.

Gli uomini esperti prendevano le cime che uscivano dai bozzelli e le porgevano agli uomini, pronti a tirarle.

-Ala al mio segnale- fece un uomo con i gradi da sottufficiale, estraendo dalla tasca il fischietto per dare l'ordine.

Cominciò a fischiare e ad ogni fischio gli uomini tiravano la cima, calandosi e spingendo con le gambe e urlando "Ala". E ad ogni tiro il pennone più grande, il trevo di maestra, cambiava angolazione e la vela si gonfiava.

-Ok- fece l'uomo- dai volta.- E i marinai fissarono la cima con delle volte sulla cavigliera.

-E il trevo è sistemato- così dicendo prese un'altra cima e la passò ai marinai. -Adesso sistemiamo la gabbia- e ripeté l'operazione.

Nel frattempo gli uomini avevano portato sul ponte le vele che William aveva chiesto.

-William, ecco i coltellacci e le scopamare- disse un uomo.

-E che stai aspettando, un invito? Salta su e montamele. Dai, forza.-

-Johnson- urlò William.

-Dimmi, William- rispose un uomo a metà del cassero.

-Corri a proravia e mettimi in tiro tutti i fiocchi e se hai il tuo fazzoletto in tasca issa a riva anche quello. Porta qualcuno con te.-

-Subito.-

-Forza ragazzi, sistemate anche gli alberi di trinchetto e mezzana. Lo avete capito o no che siamo nella merda? Forza.-

William urlava e comandava tutto come un forsennato. Anthony, mentre continuava ad alare le cime, lo fissava. Ammirava la sicurezza con la quale impartiva ordini e capì perché lo zio gli aveva ceduto il comando. Era in piedi sul castello di poppa della nave e guardava tutto. Doveva aver passato più tempo in acqua che sulla terra ferma. Quell'uomo non stava comandando un veliero. Lui "era" il veliero.

I pennoni, man mano che andavano in posizione, facevano gonfiare le vele e la nave acquistava velocità. Le cime, gli alberi, tutto andava in tensione sotto l'azione delle vele che si gonfiavano e la nave scricchiolava e si lamentava, come una bestia ferita.

-Forza ragazzi, un altro po' con quella gabbia, non è ancora in linea con le altre.

La nave, che aveva cominciato a prendere vento, filava tra le onde.

-William, i coltellacci sono pronti per essere issati.-

-Forza ragazzi, issatemi quelle vele.- fece William.

-Ala a camminare!- Ordinò uno degli uomini e cominciò a fischiare. Una fila di uomini afferrò la cima sul ponte, se la mise sulla spalla mettendosi a correre lungo il ponte. Quando arrivavano al termine dello spazio a disposizione mollavano la cima e correvano per rimettersi in fila all'inizio della cima da alare per ricominciare l'operazione.

Le vele esterne si issarono e si gonfiarono, sia da un lato che dall'altro. La velatura della nave adesso era di molto superiore alla norma e il veliero solcava le onde come non mai. Spruzzi di acqua lo attraversavano, bagnando il ponte.

-Ben fatto William- fece Philip.

-Solo fortuna signore, avevamo il vento giusto ed il giusto tempo per montarle. Ma quella è una fregata, signore, e ha tutta l'aria di essere veloce.

-Tenetela d'occhio- urlò Philip e subito un marinaio aprì il cannocchiale e si mise a guardare.

Passarono dei minuti, durante i quali tutto tacque a bordo, poi il marinaio con il cannocchiale urlò -Signore, la Fregata Francese sta virando. Ci stanno seguendo.-

-Merda!- esclamò William -Timoniere, stringi che prenderemo meglio il vento.-

-Ayeaye, Sir.-

-Johnson, risistemami le vele quadre-

-Ayeaye, Sir- E la catena di movimenti ed ordini per l'allineamento dei pennoni ricominciò.

La nave solcava i mari come mai aveva fatto in tutta la sua vita. Nessuno la aveva mai vista così veloce. Tra i marinai c'era un misto di paura, ammirazione ed adrenalina che li rendeva una macchina perfetta ed oliata. Ognuno era al posto giusto e faceva le manovre giuste. Merito del continuo addestramento a cui i marinai erano sottoposti.

-Signore, si avvicinano- urlò il marinaio con il cannocchiale.

Philip guardò William per chiedere con lo sguardo che altro si poteva fare e William scosse la testa.

-Quanto tempo?- disse Philip.

-Due o tre ore al massimo, signore.-

Non arriveremo mai in tempo a Gibilterra...- fece Philip.

-No, mister Morgan.- fece secco William.

-Preparate i pezzi, montate gli archibugioni. Tiratori scelti in coffa. Prepararsi all'abbordaggio- urlò Philip.

Gli uomini per un attimo si bloccarono.

-Avanti, maledetti- urlò William. -Avete sentito il capo. Tirate fuori tutto quel che può sparare. Aprite la Santa Barbara e distribuite le armi. -

-William- urlò Philip -carica a mitraglia.-

-Sissignore- fece William e poi fece solo un cenno col capo a Johnson, che rispose con un altro cenno.

La nave aveva pochi pezzi ed anche leggeri. Johnson si avvicinò ai cannoni, gli diede un lieve sguardo e poi, cominciandosi a legare la lunga e folta chioma in una coda di cavallo per non aver fastidi, si rivolse ai mozzi che erano con lui -Prendete i cartocci e le palle, sia le normali che le cariche a mitraglia. Avete sentito il capo?-

I ragazzi si fiondarono giù, sottocoperta, e dopo alcuni minuti tornarono, chi con le palle e chi con i secchielli con i cartocci. I cannoni non erano certo i 18 o 24 libra delle navi da guerra, ma comunque erano qualcosa. Non potevano certo mirare allo scafo, ma con un po' di fortuna qualche albero lo avrebbero beccato. Gli serviva poco per scappare.

Johnson prese il cartoccio e lo infilò nel cannone, spingendolo fino in fondo con l'apposito bastone, poi afferrò una palla e la mise dentro, spingendo in fondo. Prese lo stoppaccio e lo infilò per tenere fermo il tutto. Guardò dal focone ed intravide la carta bruna del cartoccio, si sfilò dal fodero lo sfondatoio, una specie di lungo punteruolo che portava sempre con sé anche per difesa personale quando sbarcava in porti malfamati, e lo infilò nel focone, forando il cartoccio. Versò quindi nel focone la polvere da sparo più fine e coprì con la mano il tutto per non far volare via la polvere. Si girò verso gli altri cannoni e vide che tutti avevano finito ed erano pronti.

-Continuate a portare le palle ed i cartocci, ragazzi- disse ai mozzi, poi si girò verso William e fece un cenno con la testa restando in attesa.

Nel frattempo gli altri marinai stavano sistemando gli archibugioni sui masconi per rispondere a mitraglia all'abbordaggio della fregata francese.

Le due navi andavano entrambe veloci e parallele, inclinate entrambe su di un fianco. La distanza tra le due andava gradatamente diminuendo.

-Che facciamo?- disse Bernard a Philip- Per come si stanno mettendo le cose non arriveremo mai a Gibilterra e, se ci raggiungono e ci affiancano, saremo spacciati.-

-Bernard, quante volte ce ne siamo usciti da situazioni da dove francamente non sapevo proprio come fare? Ci siamo sempre sporcati le mani da soli e siamo andati avanti. Ma qua- Philip si guardò attorno indicando i marinai al lavoro- non decidiamo più solo per noi. Siamo responsabili anche di loro. Io non voglio andare davanti a Dio e rispondere *anche* di questo. Ci stiamo scontrando con qualcosa di più grande di noi. Se adesso reagiamo non ne usciamo vivi.-

-Ti vuoi arrendere?-

-Bernard, vogliono carico e nave. Il carico non lo abbiamo ancora, ma siamo abbastanza ricchi da poterci permettere la perdita di una nave. Sono stanco di essere destino di morte per gli uomini. Voglio potermi vantare una volta tanto di aver salvato qualcuno.-

-Come desideri, Philip. In effetti, piace anche a me.-

-Questo però non vuol dire che non si debba giocare di azzardo per ottenere una resa onorevole. Continuiamo a scappare. E vediamo che fa la fregata- disse Philip, guardando nel cannocchiale.

Le due navi si rincorrevano nel silenzio assoluto del personale. Solo gli ordini impartiti dal William per gestire l'assetto della nave si sentivano di tanto in tanto, misto al frastuono delle onde sulla carena del veliero e il vento tra le vele e le cime della nave.

Con molta difficoltà la fregata si avvicinò a tiro e, quando fu sicura, diede il primo colpo di avvertimento che arrivò a dritta della nave, più o meno a proravia.

William si girò verso Philip e lo guardò per un attimo.

-Va bene così, William. Ci hanno preso.-

-Ma signore…- fece sinceramente William -possiamo ancora combattere.-

-No William, sono addestrati alla guerra e noi no. E poi non voglio rischiare la vostra vita per dei soldi. Voglio portarvi solo in salvo.-

-Sissignore- fece mesto William, che si girò verso la truppa e stava quasi per parlare quando Philip lo richiamò.

-William, questo però non vuol dire che non si debba giocare d'azzardo per cercare di ottenere quanto più è possibile.-

-Signore?- fece interdetto William.

-Organizza in modo che tutti gli uomini siano o "sembrino" impugnare un fucile e lo puntino verso la fregata. Devono stare bassi e si devono appena intravedere. Io cercherò di ottenere il massimo che posso affiancando la nave.-

-Aye aye, Sir. Bella idea.-

-Johnson- urlò William dal cassero verso il ponte di coperta.

-Eccomi William- rispose l'uomo uscendo dal gruppo.

-Voglio che tutti, ma dico tutti, abbiano in mano un fucile e quando saranno finiti i fucili devi distribuire manici di scopa e bastoni che sembrino dei fucili. Lo devi fare adesso!-

-Subito- fece Jhonson e rivolgendosi a dei marinai -tu, prendi qualcuno e vai nella Santa Barbara a prendere tutti i fucili e le spingarde che puoi. Tu, vai a prendere tutte le ramazze che puoi e fa in modo che la parte del manico assomigli a dei fucili.-

-E come vuoi che lo faccia, Johnson?-

-Vedi tu, ragazzo. Fai quel che puoi. Da questo dipenderà la nostra vita.-

Tutti partirono e andarono verso le proprie destinazioni.

-William- fece Bernard - immagino che si affiancheranno a tribordo per toglierci il vento. Sposta gli archibugioni da babordo a tribordo. Raddoppieremo la potenza di fuoco. Di sicuro farà paura. Pensa se fossero veramente tutti caricati a mitraglia.-

-Diamine, questa si che è una bella idea. Come mai non è venuta a me?-

-Johnson- fece subito William - predisponi nuovi fori a tribordo e sposta tutti gli archibugioni di babordo a tribordo. Presto!-

Johnson si girò con l'aria di chi aveva appena scoperto qualcosa.

-Subito William. Voi due, andate a prendere due trapani dalla falegnameria. Presto.-

Nel giro di dieci minuti arrivarono da sotto coperta i fucili dalla Santa Barbara. I trapani si misero all'opera, mossi dai marinai, e fecero i nuovi buchi a tribordo sul mascone. Nonostante non ci fosse tempo per renderli sicuri, si sapeva che i cannoncini non avrebbero di certo sparato e quindi dei semplici buchi andavano più che bene.

Dopo un po' cominciarono ad arrivare i primi fucili-scope dalla falegnameria.

Johnson chiamò a sé un marinaio e prese quella mazza da scopa modificata. La punta era stata segata per farla apparire piatta e non arrotondata. Un chiodo faceva da mirino e un misto di pezze scure, avvolte con sapienza e ben stese, faceva la parte del legno sulla canna.

-Accidenti, ragazzi, è fatto proprio bene.- Lo prese e si mise dietro un barile che era lì sul ponte.

-Ehi, William- disse Johnson, mirandolo con la scopa.

-Ehi- fece William visibilmente alterato - ma sei scemo?-

Johnson si alzò e mostrò la scopa modificata -Se ho fregato te che eri così vicino allora andrà bene anche per quei mangiarane.-

-Accidenti, ragazzi. Gran bel lavoro.-

Il lato di tribordo era più armato di un castello medievale. Ogni uomo con fucile, sia vero che finto, si era trovato un angolo dietro il quale nascondersi, per far spuntare l'arma mentre faceva finta di mirare. Sul lato di tribordo alle due coppie di archibugioni a prua e a poppa si erano aggiunte le altre due del lato opposto.

Non era una nave da guerra, certo, ma chiunque avesse voluto abbordare quella nave ci avrebbe certamente pensato su prima.

Quando fu certo di essere visto dall'altra nave Philip mandò in coffa altri uomini con dei veri fucili, per far capire all'altra nave che avevano brutte intenzioni. Certo erano solo dei semplici marinai senza esperienza, ma questo sull'altra nave non lo sapevano di certo.

Nel frattempo sulla Fregata un ufficiale osservava con il cannocchiale la nave che volevano abbordare.

-Signore- fece l'Ufficiale al Comandante -ha dato un occhio all'altra nave? Sono un po' preoccupato. Non ha per niente l'aria del mercantile.-

-Dia qua- fece il Comandante prendendosi il cannocchiale.

-Misericordia. Ma quanti fucili hanno…- alzò lo sguardo verso la coffa -…diamine! La coffa è così piena di fucili che sembra un puntaspilli. E si sono anche protetti, vedo qualcosa che li nasconde.-

-Ha contato i cannoni mobili sul mascone, signore?-

-Sì sì. Ma non sono un po' troppi? Non ne ho mai visti tanti.-

-Forse hanno avuto brutte esperienze nei mari del Sud, signore.- Fece l'ufficiale.

-Io cercherei di parlare, prima di fare qualsiasi cosa, signore.-

-Questo è fuori dubbio- fece il Comandante, continuando a fissare la nave preoccupato.

La nave francese, come aveva pronosticato Philip, accostò proprio a tribordo e, quando la *Sunrise* entrò nella scia del vento della Fregata Francese, le vele persero la portanza e cominciarono a sbattere, facendo visibilmente rallentare il veliero.

Il Comandante della Fregata Francese afferrò il megafono e cominciò la trattativa in un inglese un po' stentato.

-Uomini della *Sunrise*, arrendetevi vogliamo solo la nave. Non vi sarà torto un solo capello.-

Philip aveva a sua volta preparato il suo megafono, lo portò alla bocca e rispose, mentre Anthony e Jacob si facevano spazio tra i marinai per avvicinarsi a lui.

-Comandante della Fregata Francese, siamo della marina mercantile Inglese, ma siamo tutti ex della Reale Marina Militare Inglese. Siamo già stati accostati da navi pirata e ce la siamo sempre cavata. Cosa ci impedirebbe di fare lo stesso con lei?-

I sabordi della nave francese si aprirono, mostrando una fila di cannoni pronti a sparare.

-Comandante della *Sunrise*, non ho interesse per gli uomini ma per la nave ed il carico. Non ne vale la pena. Non tentate la sorte.-

Poi il Comandante a bassa voce verso l'ufficiale disse -Adesso mi quadrano tutte queste armi. Sono tutti ex militari. Se abbordiamo ci facciamo male. Cerchiamo di mandare avanti la trattativa.-

Bernard era al fianco di Philip. Gli uomini erano visibilmente scossi. A dispetto di quel che diceva Philip, in realtà era la prima volta che venivano abbordati.

-Comandante- fece Philip -voglio la vostra garanzia che non sarà fatto del male al mio equipaggio e che li lascerete tornare in patria.-

-Ha la mia parola d'onore, Comandante. Vi prometto davanti a tutti che non torcerò un capello a nessuno e nessuno verrà messo ai ferri. Tutti potranno tornare a casa.-

Sulla coffa del *Sunrise*, intanto, un ragazzo carico di rancore mirava il Comandante della fregata.

-Bang - faceva il ragazzo mimando il colpo del fucile -se solo potessi, un colpo in fronte non glielo toglierebbe nessuno.-

-Ehi- fece il più anziano del gruppo -stai attento o ci farai ammazzare tutti. E togli quel dito dal grilletto che è pericoloso.-

-Ma se sono scarichi. Non sono stati caricati. Bang.- Continuò a mimare il ragazzo.

Philip sentiva che quella vittoria sarebbe stato per lui un riscatto e ci teneva nella riuscita dell'operazione. Per dare maggiore enfasi salì sul mascone, reggendosi alle sartie da dove partivano le griselle. Non si accorse del secchio di legno con le palle di cannone che era stato messo accanto al cannone appena spostato per dargli più credibilità ed infilò il piede proprio al centro della cima arrotolata a lui legata.

-Comandante- fece Philip con enfasi -sotto la copertura della sua parola d'onore l'equipaggio della *Sunrise* si arrende.-

Il Capitano, non volendo essere da meno, salì anche lui sul mascone e avvicinò il megafono alla bocca per dire qualcosa quando si sentì un colpo partire dalla coffa del *Sunrise*. La giacca del Comandante francese si macchiò di sangue. Cadde all'indietro, preso al volo dai suoi uomini.

-Ma che hai fatto, deficiente?- disse il marinaio anziano sulla coffa.

-Ma era scarico...- rispose il marinaio, che ancora rimirava il fucile.

Seguì un attimo di silenzio, nel quale solo lo sciabordio delle navi si sentì, poi all'unisono tutti i fucili francesi spararono.

Due colpi presero Philip, uno alla spalla ed uno al ventre. Philip si piegò in avanti per il dolore e perse subito l'equilibrio, cadendo in acqua e trascinando con sé il secchio di palle da cannone. Bernard di getto urlò -Philip, NOOOO- e si buttò a mare per aiutarlo. Ebbe appena il tempo di raggiungerlo e prenderlo per mano quando, con un tonfo secco, Philip fu risucchiato giù dalle palle di cannone, trascinando anche lui sott'acqua.

Bernard guardava Philip tenerlo con una mano e cercare di liberarsi con l'altra, ma il nodo che si era fatto era troppo stretto. Sicuramente il suo coltello avrebbe potuto tagliare le cime, ma Bernard già sentiva la morsa della mancanza di aria, dato che non aveva avuto il tempo di respirare prima dello strappo verso il basso.

Philip capì tutto e cercò di liberarsi la mano per far tornare su almeno Bernard, ma questi, invece di assecondare il desiderio di Philip, lo afferrò con l'altra mano. Allora Philip strinse la sua su quella di Bernard. La strinse come se fosse stata la mano di quel fratello che lui aveva sempre desiderato e mai avuto. Se ne andarono così... Nel blu cobalto del mare profondo, guardandosi negli occhi.

I colpi, tutti partiti dalla fregata francese, finirono e le prime teste spuntarono dal mascone e fissarono l'acqua.

Il Comandante in seconda ordinava ai suoi di non sparare e William faceva lo stesso con i suoi, alzando un cencio bianco per far capire che era stato un errore.

Anthony spuntò fuori dal mascone, guardò il mare e urlò -NOOOOO, ZIO PHILIP.... BERNARD.-

Scavalcò il mascone per buttarsi, ma Jacob lo prese al volo e lo ritirò dentro.

-Anthony no, non ti buttare, guarda. Non riemerge nessuno. Mi dispiace, ma non c'è più niente da fare...-

-Ma loro sono lì- fece Anthony con gli occhi inondati di lacrime.

-Lì dove?- fece Jacob, alzando e trascinando il suo amico vicino al mascone -Dove, Anthony? Lo vedi che non c'è più nessuno in acqua. E io non ti lascerò andare. L'ho promesso a tuo zio di vegliare sempre su di te.-

Anthony rimase a guardare il mare con gli occhi ancora carichi di lacrime, mentre tutti lo fissavano, condividendo il suo dolore.

All'improvviso l'espressione di Anthony cambiò e, fissando la fregata francese, disse a denti stretti -*Fils de pute*!- Si precipitò verso un marinaio, strappandogli il fucile dalle mani.

William lo immobilizzò e insieme agli altri, con molte difficoltà, gli tolse il fucile dalle mani.

-Mi dispiace Anthony, ma non posso sacrificare le vite di tutti solo per te. Sono molto spiacente, ma questo era il volere di tuo zio, mister Morgan.-

Anthony guardò fisso negli occhi William e poi gli ringhiò in faccia -Anthony? *Je suis dèsolé. Anthony est mort. Je suis Antoine.*-

William rimase a fissare quel ragazzo a lungo. Non sembrava più l'allievo che conosceva. Era profondamente diverso. Non intuì a pieno cosa ribolliva sotto la superficie.

-Tenetelo- si limitò a dire William fissandolo a disagio. -Portiamo avanti questa operazione per come la aveva immaginata mister Morgan.-

-Anthony- fece Jacob avvicinandosi a lui -calmati. So che deve essere un momento duro, ma devi reagire.-

Antoine si girò verso di lui con un'aria diabolica, mentre quattro persone lo trattenevano.

-Anthony? Qui non c'è nessun Anthony. È affogato con suo zio. Io sono Antoine. Ed ho un solo pensiero adesso: uccidere tutti i francesi.-

Jacob lo fissò a lungo, poi si sedette a terra, sconvolto. In un solo giorno aveva perso i suoi futuri datori di lavoro ed il suo amico.

Da buon amico, Jacob andò giù e prese tutto quel che avevano di valore e potevano mettere in tasca per affrontare il viaggio. Jacob andò a rovistare anche nella cabina di Bernard e Philip e tutto quel che trovò lo conservò per darlo al suo amico quando sarebbe rinsavito.

Quando arrivarono a terra, i francesi furono di parola e li lasciarono andare come da accordo con Philip Morgan. Tutti tranne il marinaio che aveva sparato al Comandante che fu trattenuto per il relativo processo.

Furono date delle lettere a tutti che permettevano la circolazione fino al porto più vicino per un imbarco di ritorno in Inghilterra. Ognuno prese la sua strada e si avviò alla ricerca di un imbarco per tornare a casa.

Anthony era ormai sparito. Antoine parlava con uno spiccato accento francese e odiava e guardava in cagnesco tutti. Più di una volta Jacob dovette intervenire per sedare risse che Antoine aveva avviato prima che arrivasse qualche gendarme per arrestarli.

Quando Jacob fece vedere ad Antoine cosa aveva preso nelle

cabine dello zio e di Bernard, Antoine lo abbracciò. C'era abbastanza per farsi un abito nuovo ed un biglietto di ritorno verso casa senza doversi per forza imbarcare come mozzo.

Capitolo 25
La consapevolezza dell'abisso

La vita da quel momento si complicò e non di poco. I ragazzi non tornarono a scuola per il completamento dell'anno scolastico. L'azienda di famiglia aveva bisogno di essere gestita, ma Antoine era perennemente ubriaco.

Jacob si rimboccò le maniche ed andò in ufficio al posto di Philip e di Bernard e cercò di imparare il mestiere. Qualcuno tentò di mettergli i bastoni tra le ruote per tentare di rubare l'azienda ai ragazzi, ma ogni volta che questo accadeva Antoine passava per l'ufficio e chiariva in malo modo che lì comandavano loro. Dopo qualche settimana la persona che si era permessa il colpo gobbo o spariva senza ritirare l'ultimo stipendio o si licenziava con il terrore dipinto sul volto.

Antoine non andava mai sull'ufficio, non voleva vederlo. Diceva che si aspettava di vedere lo zio o Bernard uscire da dietro un angolo, e una volta gli successe veramente. Jacob pensava a tutto. Con il tempo aveva imparato a gestire i clienti e quei dipendenti rimasti che, pur di non fare una brutta fine o di perdere il lavoro, lo avevano aiutato a capire meglio la materia, assicurandosi così un futuro.

Antoine stava tutto il tempo a casa. A volte usciva, ma era solo per andare a comprarsi da bere e da fumare.

Lorene continuava a cucinare e Josephine si occupava della casa, ma entrambe erano molto preoccupate per la salute mentale del ragazzo, ormai adulto.

Jacob aveva ancora i genitori, ma di tanto in tanto andava a dormire da Antoine. Così lo teneva calmo. Quando Jacob andava da lui Antoine veniva come sedato dalla sua presenza. Lorene preparava sempre qualcosa di buono e poi tutti insieme si sedevano nella sala da pranzo e mangiavano con tanta allegria. Ma quando poi Jacob se ne andava Antoine tornava ad essere cupo. La sera se ne usciva e passava tutta la notte a bere o nei peggiori bordelli della città.

Una mattina tornò a casa completamente sporco di sangue e quando Josephine gli chiese chi gli avesse fatto male lui rispose che non se ne doveva preoccupare. Tanto non poteva più fargli niente.

Il baratro si apriva sotto Antoine e lui sprofondava sempre più.

Jacob aveva in mente sempre la promessa che, all'insaputa di Anthony, gli aveva fatto Philip Morgan "Promettimi che ti prenderai cura di Anthony e io ti prometto che mi prenderò cura di te".

Dopo vari anni e anche con il sotterraneo aiuto di Antoine, Jacob era diventato il riferimento della ditta e questo per lui era come se mister Morgan avesse mantenuto la parola. Si sentiva responsabile e si impegnava sempre per tirare Antoine fuori dai guai, andarlo a ripescare nelle bettole più sporche e maleodoranti della città. Ma ormai lo conoscevano tutti e nessuno più voleva averci a che fare. Jacob aveva un giro fisso quando la sera doveva cercarlo. Faceva il giro dei locali e, in uno o nell'altro, generalmente lo trovava.

Solo una sera non lo trovò. Cominciò a girare, ma in ogni locale gli rispondevano che non lo avevano visto quella sera. Tornò a casa all'alba distrutto dalla fatica e lo trovò lì, seduto davanti al camino, come era uso fare mister Morgan. Aveva perfino il bicchiere in mano con il liquore dentro. Jacob strizzò gli occhi per vedere meglio e si accorse che il bicchiere era tutto macchiato. Si avvicinò e si accorse che era sporco di sangue. Quando guardò Antoine si rese conto che aveva la camicia sporca di sangue rappreso.

Jacob non fece domande, lo prese e se lo portò in camera sua, in modo che nessuno potesse vederlo. Gli preparò un bagno caldo e lo mise dentro a spugnare per togliergli tutto il sangue da dosso. Prese tutti i vestiti e li mise nel camino a bruciare.

Quando tornò sopra, Anthony gli prese la mano e gli disse - Grazie- non aveva più l'accento francese, era calmo e rilassato. -Ti prendi cura di me come un fratello, anche se non lo sei. Devo essere veramente un peso per te. Perché fai tutto questo?-

-Quando ci incontrammo all'orfanotrofio- fece Jacob, sedendosi su una sedia accanto alla tinozza dove il ragazzo era in ammollo nell'acqua - vidi solo una opportunità da sfruttare. Tuo zio mi parlò chiaro ed io accettai. Ma con il tempo capii cosa ti lacerava. Tuo zio e Bernard si aprirono con me e mi dissero tutto. Non ho mai capito perché lo fecero, ma da quel momento io compresi il tuo dolore e ho sempre cercato di rendermi utile ed aiutarti.-

-Sai- fece Anthony - non so che diamine ha combinato ieri notte quel pazzo, ma mi sa che stavolta l'ha fatta davvero grossa.-

-Ma perché parli di te in terza persona? Sei sempre tu. Reagisci a questa situazione.-

-No, non sono io. Non ho nemmeno il ricordo di quel che è accaduto ieri. L'unica cosa che ricordo è uno strano sapore lievemente metallico in bocca. Qualcosa di caldo. Un urlo di un uomo. Ma non saprei dirti che ha combinato. Quando c'è lui, io è come se fossi chiuso in una stanza da dove non posso più uscire.-

-Ma non può essere che io non possa fare niente... Ci deve essere qualcosa che possa ancora fare.-

-Amico mio- fece Anthony - credo che questa sia l'ultima volta che ci incontriamo. Adesso che sono ancora io ci tengo a dirti grazie. Nel tempo ho imparato a volerti bene come un vero fratello. Il fratello che mi tolsero, portandomelo via con i miei genitori.- Anthony gli prese la mano e se la portò sul suo cuore- Io ti sciolgo dalla promessa che hai fatto a mio zio.-

Jacob lo fissò per un lungo attimo e i loro visi riluccicarono fra i bagliori delle candele.

-Vorrei fare di più, amico mio- disse Jacob. Ma Anthony aveva già chiuso gli occhi ed appoggiato la testa alla vasca per riposare.

Il giorno dopo si sparse la notizia che un mercante francese era stato aggredito la sera in un quartiere malfamato ed era morto. Si ipotizzava una bestia feroce, dato che la gola era stata strappata a morsi e l'uomo era quindi morto. Si cercavano cani idrofobi e lupi avventuratisi al centro della città, ma i dubbi erano tanti.

Passò una settimana, Jacob venne convocato da Anthony per un affare urgente.

Entrò dalla porta principale, salutò come sempre le due donne che erano ormai l'anima di quella casa e, entrando nella camera da pranzo, trovò Anthony ed il loro notaio di fiducia che lo attendevano.

-Che succede?- fece lui secco.

-Niente di importante- fece Anthony.- Sto semplicemente tenendo fede alle volontà di mio zio.

-Che vuol dire?- fece Jacob.

-Mi permetta- fece il notaio con educazione e tatto - è stato stilato l'atto per il passaggio di metà delle quote della società a suo nome.-

-No- disse secco Jacob. -Non è giusto.-

-Sono le volontà di mio zio- disse calmo e sorridente Anthony.

-Ma se non ho versato nemmeno una sterlina per le quote.-

-Questa società avrebbe chiuso senza di te, o peggio ce l'avrebbero rubata. Tolta per interessi. Sei stato tu a farla sopravvivere.-

-Ha ragione- fece il notaio -non darei questo consiglio ad un mio cliente, ma, come accadde per Bernard, anche in questo caso devo dire che questo è il giusto riconoscimento per un uomo che si è impegnato tanto per mandare avanti la società, che di fatto stava per essere preda del vostro bieco segretario. A proposito si sa nulla della sua fine?-

Jacob fissò Anthony.

-No- fece Anthony con una strana luce di soddisfazione negli occhi.

"Antoine" pensò tra sé e sé Jacob, senza tradire alcuna emozione. Ormai aveva imparato a distinguere i suoi "due" amici.

Il notaio cacciò dalla sua cartellina le pratiche da firmare - Leggete e firmate- disse semplicemente.

Jacob si lesse l'atto e poi disse -Notaio, ma qui leggo che in caso di morte le quote verranno ereditate dall'altro socio rimanente.-

-Né lei né il suo futuro socio, se firmerà ovviamente, avete eredi. Per evitare fastidi burocratici si è pensato di ovviare così, al momento. Quando avrete famiglia si potrà modificare la cosa, estendendo l'ereditarietà delle quote verso la famiglia.-

A Jacob parve strana la cosa, ma non riuscì a vederci nulla di strano dietro. Alla fin fine era una pratica adottata.

Tutti firmarono e Anthony chiamò Lorene per far portare champagne e bicchieri per festeggiare.

Tutti bevvero e Anthony fu il primo a gioire, nonostante a Jacob sembrasse strano. Il suo amico non aveva mai mostrato interesse per la società dopo la morte dello zio.

Quando il notaio se ne andò dopo essersi congratulato e le donne sparirono dietro le faccende della casa, Jacob prese i bicchieri e versò altro champagne, lo porse ad Anthony e alzò il bicchiere verso il suo amico. Anthony fece lo stesso e quando Jacob gli porse la mano lui la afferrò pensando ad una semplice stretta di mano. Jacob tirò a se Anthony ad un palmo dal suo naso.

-Dove hai messo il mio Anthony?-

-Però!- fece l'altro ridendo in modo inquietante. -Ti avevo sottovalutato.-

-Ormai ho imparato a distinguervi, Antoine. Ti prego rispondi, dove hai messo Anthony? Ci devo parlare.-

-Stai tranquillo, è al sicuro. Senza di me sarebbe perso. Me ne devo occupare.-

-No- fece Jacob -ci sono già io ad occuparmene. Fammici parlare, ti prego.-

-Sciocchezze, e poi non devi preoccuparti, quello che abbiamo firmato oggi è una sua volontà. Quindi, come vedi, io lo ascolto e ci confrontiamo costantemente.-

-Perfetto, allora fammici parlare per favore, Antoine.-

-Adesso devo proprio scappare, socio- disse Antoine sottolineando l'ultima parola. Prese al volo il soprabito e si avviò verso l'uscita. Si fermò e si girò con aria pensierosa.

-A proposito- fece Antoine- ricorda che Anthony non vuole che questa casa venga venduta o ceduta e che Lorene e Josephine dovranno sempre essere mantenute.-

-Ma certo- fece Jacob stranito -come sempre. Ma è casa tua. Perché lo dici a me? Ci penserai tu.-

Antoine non rispose, gli sorrise, si girò ed uscì di casa.

Passò una settimana senza che nulla accadesse. Antoine sembrava calmo. Ogni volta che Jacob andava a trovarlo, quasi ogni giorno dopo quell'incontro con il notaio, lo trovava sempre lì. Seduto vicino al camino a leggere il giornale. Una strana immagine, dato che non aveva mai letto il giornale. Nonostante la calma serafica ed apparente, a Jacob dava tanto l'idea di magma che ribolle sotto terra.

Una mattina Jacob arrivò in ufficio. Era passata una settimana e mezza dalla firma col notaio. La voce si era sparsa in ufficio e tutti lo salutavano con un aria nuova. C'era un'aria di stabilità e rinnovata fiducia nel futuro. Jacob piaceva a tutti, proprio come Philip Morgan. Un suo quadro era stato appeso all'ingresso dell'ufficio. Lo aveva fatto fare Jacob. C'erano mister Morgan e Bernard dietro di lui che sorridevano. L'idea era piaciuta a tutti.

Jacob entrò e si trovò di fronte quel quadro, che gli raddrizzava sempre la giornata. Malumore, nervosismo, passava tutto al cospetto di quel quadro. Andò verso il suo studio, salutato da tutti con rispetto e sorrisi. Quando arrivò alla sua scrivania trovò una lettera ceralaccata sulla scrivania. Si girò verso i dipendenti -Ma quella lettera di chi è?-

-Mi scusi, l'ho presa io stamane- disse un ragazzo dietro una scrivania. -L'ha portata un messo stamane presto-

Jacob chiuse la porta, posò tutto quel che aveva in mano e prese la lettera. Il timbro in ceralacca era quello della sua società e, quando lo ruppe e lo aprì, capì tutto.

"Caro Jacob" diceva la lettera. Era il suo amico. "ti scrivo una lettera perché so che se te lo avessi detto di persona non me lo avresti permesso. Ho pensato a lungo alla nostra amicizia e non ho trovato altro modo di ringraziarti se non quello che ho scelto alla fine. Hai diritto ad una tua vita ed Antoine ti porterebbe giù con lui in uno dei suoi tanti guai, quando si trasforma in una bestia ringhiante e brutale. Non si può ragionare con lui. Quindi ho deciso di portartelo lontano per permetterti di vivere una vita normale e felice. L'ho ingannato dicendogli che sarebbe una bella idea arruolarsi nell'esercito di sua Maestà. Li i francesi, che lui tanto odia, li uccidono tutti i giorni. Siamo diventati un ufficiale del reggimento di sua Maestà. È costato un po', ma ne è valsa la pena. Vedessi l'uniforme. Sono riuscito a trovare un momento di sua assenza per scriverti questa lettera, prima di scappare. Ricorda la promessa: tieni la casa, anzi vacci a vivere tu con la tua famiglia, mantieni Josephine e Lorene finché vivranno. Sono state la parvenza di famiglia che ha lenito le mie ferite, mai guarite. Mio zio e Bernard ci avevano visto giusto con te. Sei una grande persona ed è il momento di lasciarti volare libero. Sii felice, sposati e fai tanti figli, ma non dare il mio nome a nessuno di loro.

Ti voglio tanto bene fratello mio.

Addio.

Anthony Morgan"

Jacob si appoggiò alla spalliera della sedia. Aveva due grosse lacrime che gli scorrevano sulle guance. Adesso capiva tutto. La clausola, le raccomandazioni per la casa e le donne. Non avrebbe mai più rivisto il suo amico Anthony.

Si asciugò le lacrime, prese la lettera ed uscì dal suo studio incamminandosi verso la porta di uscita.

-Signore, per oggi devo fare qualcosa?- fece uno dei ragazzi.

-No, ragazzi. Oggi mancherò per tutta la giornata.-

-Dove va, signore? Solo in caso ci sia da consegnarle qualcosa.-

-Ad ubriacarmi amico mio- disse Jacob ed uscì dall'ufficio.

Capitolo 26
Waterloo, 18 Giugno 1815

Henri si svegliò di soprassalto. Un brutto sogno lo aveva soprafatto. Era senza fiato. Si mise a sedere stropicciandosi la faccia per svegliarsi. Il suo pensiero volò verso Napoli. Rivide la sua Sofia, aveva in braccio il loro bambino. Erano sulla terrazza del palazzo Reale che da sul porto. La Regina lo aveva salutato, dandogli la garanzia che si sarebbe sempre portata al seguito Sofia per tenerla protetta insieme al bambino. Lui su quello ci sperava tanto. Adesso che aveva famiglia questa vita gli pesava. Ogni giorno passato lontano da loro gli pesava. Non appena fosse finita quella battaglia, aveva pensato di mollare tutto e tornarsene a Napoli. Non gli interessava l'ira dell'Imperatore. Adesso doveva pensare a sé ed alla sua famiglia. Avrebbe comprato un gozzo a vela ed una rete, e si sarebbe messo a pescare per diletto in quel mare splendido, insieme a Sofia ed il figlio. Gli avrebbe insegnato tutto e gli avrebbe mostrato i posti di Napoli che lui aveva imparato ad amare.

Quell'immagine lo aveva riscaldato, ma una folata gelida di vento lo riportò subito alla realtà. I fuochi nella stanza erano molto bassi e la gente nella fattoria dormicchiava. Henri si alzò e andò a vedere il giaciglio di Napoleone. Il lettino da campo era vuoto. Si sporse nella stanza, ma di Napoleone nessuna traccia.

-Ehi- disse Henri girandosi verso la guardia che armeggiava col fuoco -ma dov'è l'Imperatore?-

-È uscito, signore, più o meno una mezzora fa.-

-Ma che ore sono?- fece Henri.

-Saranno le due passate più o meno, signore.-

Henri uscì dalla fattoria e si portò su di una altura lì vicino. I bagliori dei fuochi inglesi illuminavano il cielo da dietro una collina poco distante. Erano maledettamente vicini.

Henri studiava la distanza dei bivacchi inglesi quando sentì qualcuno venire dalla sua sinistra. Si girò e vide Napoleone arrivare con un manipolo di uomini al suo seguito.

-Sire- salutò Henri -passeggiatina notturna?-

-Sì *Henri*, volevo rendermi conto della cosa di persona.-

-Poteva chiamarmi, Sire. L'avrei accompagnata con piacere.-

-Dormivi così bene che mi è sembrato un delitto- disse l'Imperatore ridendo. -Allora? Che te ne pare, *Henri*?-

-Non so, Sire. Dobbiamo vedere come si mette la cosa domani.-

Napoleone stava per rispondere quando delle gocce gli caddero sul volto. Napoleone sporse la mano, guardando verso l'alto. Le gocce cominciarono a cadere più copiose ed in un attimo venne giù un vero e proprio acquazzone.

Napoleone sbatté la mano sulla gamba con stizza, esclamando -*Merd*! Adesso si che siamo messi bene. Piove di nuovo.-

Nel frattempo, nell'accampamento inglese i soldati si riposavano accanto ai fuochi. Erano tutti più o meno bagnati per le piogge precedenti e si riscaldavano accanto ai vari focolari accesi qua e là.

Un gruppetto che non riusciva a dormire si era acceso un fuocherello un po' in disparte e, per tenersi all'asciutto, aveva steso un telo sulle loro teste, tendendolo tra degli alberi con delle cime.

I ragazzi parlottavano tra di loro in silenzio per non essere sentiti.

-Sergente, ma ha visto cosa ha fatto ieri al primo assalto?-

-No ragazzo, ero troppo impegnato a salvarmi il culo.-

-Ha tirato giù un cavaliere e lo ha ammazzato a mani nude.-

-No, questa me la ero persa. In compenso, però, l'ho visto ammazzare con la spada, a metà della collina, uno della Guardia Imperiale.-

-Quello l'ho visto anche io- fece un altro. -Raccapricciante.-

-Perché raccapricciante?- chiese il primo soldato.

-Perché se tiri giù un uomo da cavallo poi lo infilzi semplicemente con la spada e passi avanti. Quello, invece, ha cominciato a prenderlo a colpi d'elsa in faccia e si è fermato quando non aveva più una faccia con cui prendersela. Se guardi la spada ha ancora il cervello attaccato sull'elsa.-

-Ma che schifo!- fece il Sergente -A questo non ci arrivo neanche io. Eh sì che i francesi li odio.-

Si avvicinò uno da fuori il gruppo. Era di un'altra compagnia. Si sedette a fianco a loro vicino al fuoco e allungò le mani per riscaldarle vicino al fuoco -State parlando di Morgan, vero? Il Diavolo.-

-Zitto- fece il Sergente -non farti sentire, per carità.-

-Non ti preoccupare, è lontano- fece l'uomo. -L'ho visto nella tenda degli ufficiali, passandoci davanti. Vi racconterò io una cosa che non avete mai visto su di un campo di battaglia. Eravamo ai margini del combattimento e i francesi ci stavano respingendo, ma noi riuscivamo ancora a resistere. Nessuno notò la cosa perché accadde proprio al margine dello scontro. Un soldato francese ne stava uccidendo proprio tanti dei nostri, era maledettamente bravo e si avvicinava a me. All'improvviso sentii qualcosa correre di lato e letteralmente travolgere quel soldato che cominciava ad avvicinarsi a me per farmi fuori. Questi cadono a terra ed io riconosco nel soldato inglese il Diavolo, Antoine la Furia. Ha vari soprannomi, uno più orribile dell'altro. Antoine gli si butta addosso e lo tramortisce di pugni poi, quando questi è esanime per terra e non parla più, lo afferra alla gola con la bocca e gli strappa a morsi la trachea.-

Tutti tacquero, nessuno riconosceva in quel gesto l'onore di un militare.

-Non ho mai sentito delle urla così disumane. Non lo dimenticherò mai. Vi do un consiglio, amici miei. Quando domani sarete in battaglia guardatevi intorno e, se lo vedete, evitatelo. C'è qualcosa di demoniaco in lui. Un soldato non dovrebbe compiere questi gesti. Ha perfino un neo a forma di stella al contrario: chiaro simbolo demoniaco.-

Come finì di parlare una pioggia cominciò a cadere incalzante.

-Ecco qua- fece il Sergente -un'altra notte all'addiaccio.-

-Sergente, ma perché lo chiamano Antoine se è inglese?-

-Non lo sa nessuno, amico mio, ed io di certo non glielo andrò a chiedere.-

-Quando combatte però parla in francese. L'ho sentito io- disse l'uomo alzandosi ed allontanandosi sotto alla pioggia. -Buonanotte a tutti.-

Capitolo 27
Waterloo, 18 Giugno1815
ore 15:00

La battaglia impazzava, vi erano stati ripetuti attacchi alle fattorie che erano in mano inglese e tanti morti giacevano lungo i campi verdi. Henri guardava da lontano la battaglia. Ormai aveva smesso di chiedere all'Imperatore di mandarlo nella mischia con gli altri. Guardava dal cannocchiale i suoi amici e commilitoni morire. Di tanto in tanto faceva qualche commento all'Imperatore, che annuiva e subito dopo passava l'informazione ai suoi comandanti. Era nervoso quella mattina. C'era qualcosa che lo agitava, che non gli piaceva. Riprese a fissare con il cannocchiale e vide nella mischia Marie tete de bois vicino ad un ferito, quasi in mezzo al conflitto.

-Maledizione- fece istintivamente Henri -vai via di lì.-

-Di chi parli, *Henri*?- fece un comandante accanto a lui.

-Marie. È lì in mezzo alle pallottole ad aiutare un ferito. Così la prenderanno.-

-Allora- fece il Comandante -adesso hai capito perché la chiamiamo Maria testa di legno? Non sta mai a sentire a nessuno. Sempre prodiga al prossimo.-

-Vorrei che se ne andasse da lì, ma non posso muovermi- fece Henri.

-Confermo che non ti puoi muovere, *Henri*. L'Imperatore non vuole.-

Henri fece un verso di assenso e riprese a guardare nel cannocchiale. Marie cacciò da sotto la mantella la botte e cominciò a riempire una tazza di metallo.

-Marie, vai via di là.- Si ripeteva Henri.

Marie prese la tazza e la porse al ferito quando all'improvviso dalla botte cominciò ad uscire uno zampillo di acquavite. Marie fece una faccia strana, spostò la botte e da sotto si vide la veste con una macchia scura che si allargava.

Henri tolse il cannocchiale, esclamando -No, Marieee-. Riprese a guardare la scena e si spostò con il cannocchiale in direzione opposta allo zampillo. Scorse un ufficiale inglese che si rilassava dalla posa di tiro. Guardava compiaciuto il dolore che aveva dispensato. Si vedeva ancora la nuvoletta di fumo allontanarsi placida nell'aria. L'ufficiale si guardò intorno quasi come se una forza invisibile lo stesse attirando. Il volto ruotò fino a disporsi frontalmente. Lo sguardo vagava come se stesse cercando una voce nel marasma che lo chiamava. Poi, finalmente, lo sguardo si alzò ed incrociò il suo. Era un ufficiale giovane, ma grosso e nerboruto come lui. Aveva sotto l'occhio sinistro un neo che assomigliava ad una stella rovesciata, i capelli neri e raccolti dietro. L'ufficiale lo guardò intensamente. Una scarica attraversò la schiena di Henri. Quel volto gli ricordava qualcuno ma non riusciva a rammentare chi. L'ufficiale inglese guardò prima Marie e poi Henri, e sorrise diabolicamente. Poi estrasse la carica dalla giubba e cominciò a ricaricare l'arma.

-No- fece Henri -No, no, no- e continuando a ripetersi "no" corse via.

-*Henri*, dove vai? Non ti è permesso allontanarti da qui. Devi restare al quartier generale- disse il Comandante, ma Henri non lo ascoltava più. Era già balzato su di un cavallo e galoppava come il vento verso la sua Marie. Nessun colpo lo toccò. Henri arrivò da Marie e si buttò letteralmente giù da cavallo, accostandosi a Marie e, mentre le stava per parlare, un altro colpo la colpì sul volto, deturpandolo e facendo così schizzare sangue ovunque.

-Marie…- fece Henri, stravolto dal dolore -…la tua faccia. Che ti hanno fatto? Ti hanno deturpata. Marie...-

Marie, ormai tra le braccia di Henri, lo carezzò con l'affetto di una madre, nonostante avessero quasi la stessa età -Non preoccuparti, caro il mio *Henri*. Posso vantarmi di essere stata una figlia, una moglie, una madre. Ho avuto tutto. -

Morì così, tra le braccia di Henri, mentre guardandolo sorrideva ancora.

Henri alzò lo sguardo e vide quell'ufficiale che, in mezzo al caos della battaglia, aveva appoggiato il fucile per terra e ci si appoggiava sopra per stare più comodo. Sogghignava fissandoli, soddisfatto del male che era stato capace di creare con due sole pallottole.

Henri lo fissò torvo per ricordarsi quel volto ed imprimerselo in mente.

Con l'aiuto di altri soldati, tutti in lacrime per la perdita, portarono via il corpo di Marie. Nessuno si sentiva di abbandonarlo in mezzo alla battaglia.

Dopo aver sistemato Marie ed averla salutata per l'ultima volta,

Henri tornò al comando generale e si sorbì tutta la ramanzina dell'Imperatore, prima, e del Comandante, subito dopo. Il concetto era "Non ti devi muovere da qui".

Henri faticò nel mantenere la calma, riprese il cannocchiale e si rimise a guardare come fosse un naturalista che guarda gli uccelli in uno stagno.

Passò del tempo lungo il quale si sentiva Henri grugnire e fare commenti sull'operato dei vari generali e comandanti, tanto che il Comandante accanto a lui disse ad un certo punto -*Bertoldì,* sono sicuro che farà una grande carriera dati i commenti che fa. Lei è sicuramente un ufficiale capace, ma adesso si calmi o per stasera si sarà fatto troppi nemici per proseguire la carriera nella *Grand Armée.*-

-Sì, signore- fece Henri e ripuntò il cannocchiale. Stava fissando gli inglesi e vedeva sulla collina che l'esercito veniva richiamato per riorganizzarsi e ricompattarsi. Abbassò il cannocchiale e guardò verso le sue fila, vedendo che il Maresciallo Ney agitava la spada in aria e aizzava i suoi che si preparavano ad una carica.

-Ma che fa?- disse Henri chiamando l'attenzione del Comandante accanto a sé. -Caricano senza l'appoggio della fanteria.-

-Chi è questo folle?- fece il Comandante, avvicinandosi ad Henri.

-Il Maresciallo- fece Henri indicandogli la direzione e porgendogli il cannocchiale.

-E perché mai vorrebbe caricare?-

-Guardi lì- fece Henri indicando i soldati inglesi.

-Ha frainteso il gesto- fece il Comandante. -Non si stanno ritirando, si stanno riorganizzando. Dobbiamo fare qualcosa.-

-Non c'è più tempo, signore. Adesso possiamo solo pregare che tutto vada bene.-

-Ma che fa quel cretino?- Un urlo si levò poco distante da loro. Napoleone aveva visto la scena.

-La carica cominciò ed Henri, e tutto il comando, vide subito che gli inglesi si richiusero nei quadrati. Una selva di lunghe e pericolose baionette ne fuoriusciva. Solo un pazzo si sarebbe accostato e lo avrebbe dovuto fare a piedi perché i cavalli, intuendone il pericolo, istintivamente frenavano, accostandosi a quella selva di lame. Gli inglesi, per difendersi dalla carica, abbandonarono i loro cannoni, lasciandoli incustoditi, per poi chiudersi nei quadrati. I cavalieri ruotavano attorno ai quadrati senza smuoverli di un millimetro. I soldati inglesi, dal canto loro, sapevano che nessuno doveva muoversi. Il loro grande addestramento li rendeva impareggiabili in questa manovra.

-I chiodi maledizione- fece Henri guardando la scena col cannocchiale. - Dove sono i chiodatori?-

-Prego?- fece il Comandante ad Henri.

-I Chiodi, Comandante. Perché non chiodano i cannoni inglesi? Li potremmo privare dei loro cannoni in un attimo. DOVE SONO I CHIODI?- urlò Henri.

L'intero comando lo guardò e poi tutti cominciarono a guardarsi l'un l'altro, ignari.

Henri fissò in direzione del posto dove erano stati sistemati i cavalli per la notte. Si ricordava di averli visti lì la sera prima. Poi guardò attraverso il cannocchiale e li vide. Sia i martelli che i sacchi di chiodi, appoggiati su di una balla di fieno.

-Non li hanno presi- fece Henri con un filo di voce. -Una opportunità unica che andrà sprecata.-

"Non andare" una voce tuonò al suo orecchio. Henri agitò la testa come se qualcosa gli avesse dato fastidio.

-Che c'è?- fece il Comandante -Un insetto?-

-Sì- fece non curante Henri.

Fissò un'altra volta i cannoni incustoditi e si girò verso il Comandante - Devo andare. Non ci vorrà molto. Porto i chiodi a qualcuno e rientro.-

-No- disse secco il Comandante, ma Henri era già schizzato via.

Saltò al volo su di un cavallo e si mise al galoppo verso il posto dove aveva visto i chiodi nel loro accampamento. Prese al volo due martelli e due sacchi di chiodi e sfrecciò verso i cannoni. Lungo il percorso si fermò e prese con sé un militare francese, facendolo salire con lui sul cavallo.

-Dobbiamo chiodare i cannoni- disse solamente Henri. E si rimise a cavalcare verso i cannoni.

Quando arrivarono, i quadrati erano non molto distanti da loro e i cannoni giacevano sulla collinetta, completamente abbandonati. Henri gettò un sacchetto all'altro uomo con uno dei due martelli e si misero insieme a chiodare i cannoni. Henri pescava un chiodo spinato dalla sacchetta e lo metteva nel focone del cannone per poi picchiarci sopra con il martello. Un colpo secco ed il chiodo entrava completamente nel focone, rendendolo inutilizzabile. L'intera operazione durava due secondi. Forse tre. Ma di fatto rendeva il cannone un pezzo di metallo inutile.

-Dai- fece Henri all'altro soldato -diamoci da fare.-

Il soldato cominciò anche lui a chiodare di gran lena i cannoni.

-Lo sapevo- fece Napoleone dalla postazione del comando generale, mentre col cannocchiale guardava l'azione. -Non è capace di demandare. Lo deve fare di persona. A rischio di rimetterci le penne.-

Henri aveva preso il ritmo e andava veloce quando all'improvviso sentì un urlo. Alzò gli occhi e vide il soldato che era con lui con lo sguardo sbarrato ed una spada che gli usciva dalla pancia. Cadde a terra e da dietro sbucò l'ufficiale inglese che aveva ucciso Marie.

-Tu!- disse solamente Henri prendendo la sciabola e sguainandola.

"Vattene di lì" disse una voce nella sua testa.

-Molto lieto- fece l'ufficiale in perfetto francese. -Io sono Antoine.- E lo salutò militarmente con la sciabola.

Henri rispose al saluto -Ma sei francese?- chiese incuriosito.

-No- fece Antoine -ma mi piace molto uccidervi- e si scagliò contro di lui, come una furia.

Cominciò un disordinato scambio di colpi senza tanta tecnica. Antoine non aveva avuto tempo di affinare la sua scherma e confidava molto sulla potenza dei suoi colpi.

Di contro, Henri aveva molta tecnica e riusciva ad intercettare quei colpi, che però gli davano un po' di problemi per la loro irruenza.

Antoine diede un fendente dall'alto che Henri parò tenendo la spada a due mani, poi diede un forte colpo laterale con l'elsa della sua spada e la spada di Antoine scivolò di lato, quel tanto che serviva a dare un mezzano alla pancia. Antoine fece un salto all'indietro, ma il mezzano lo prese lo stesso. Giacca e camicia si aprirono sotto il taglio della spada e del sangue fuoriuscì dal taglio leggero.

Antoine aveva capito con chi aveva a che fare e adesso era più guardingo, mentre Henri aveva capito che la voce nella testa lo stava avvertendo. Quell'uomo era pericoloso ed Henri aveva ancora in mente il déjà-vu di averlo già visto da qualche parte.

Antoine attaccò nuovamente con prevedibili fendenti, che puntualmente Henri parava, finché per una parata i due si ritrovarono a stretta misura. Quasi a contatto. Antoine, ruotando sul piede destro, si trovò ad avere sul suo fianco destro Henri, mentre con la sciabola bloccava quella dell'avversario. Fu un attimo. Antoine fece scivolare la sua sciabola verso l'alto dando con l'elsa un pugno sotto il mento di Henri, che per un attimo perse l'equilibrio indietreggiando. Antoine colse l'occasione dandogli un fendente al fianco.

Henri urlò per la sorpresa più che per il dolore. Come aveva potuto quell'inetto colpirlo. Lui, Henri Bertoldì, che aveva partecipato a tutte quelle battaglie.

Henri si passò la mano sul fianco, guardandoselo. Non era una ferita superficiale, ma poteva ancora farcela.

Cominciò a sferrare colpi con una rabbia disumana, l'unica lingua che l'avversario conosceva. Antoine cominciò ad indietreggiare avendo paura di aver scatenato l'inferno. Di tanto in tanto rispondeva ma Henri era ormai incontenibile. Si trovarono così in mezzo alla tempesta della carica di Ney, tra i quadrati dell'esercito inglese con la cavalleria francese che girava senza meta tra di loro. I soldati inglesi si erano asserragliati nei quadrati per difendersi dalla carica francese. Gli uomini si erano disposti su varie file, quelli in ginocchio avevano il fucile poggiato a terra ed inclinato in avanti, quelli in piedi lo reggevano a braccio. Il risultato era una selva di baionette lunghe cinquanta centimetri dalla quale il cavallo si teneva ben lontano nonostante i cavalieri li spronassero ad avvicinarsi. Questo infatti era uno dei problemi di un attacco senza la fanteria in appoggio. Se nessuno scompaginava le file inglesi la situazione era in stallo e prima o poi la cavalleria si sarebbe dovuta ritirare per non essere decimata dai colpi di fucile degli inglesi. In tutto questo Henri ed Antoine si combattevano scansando sia i quadrati inglesi che i cavalieri francesi.

Il duello continuava ignorato da tutti. Ad un certo punto Antoine, la cui scherma non era raffinata come quella di Henri, parò un colpo e rispose con un fendente alla testa perfettamente verticale. Henri con un solo movimento fluido e veloce parò il fendente ponendo la spada orizzontale e parallela al terre fermando così il colpo ma invece di fermarsi, avendo capito il suo avversario, proseguì la rotazione della sciabola sferrando un colpo al fianco e rientrando immediatamente in guardia per fermare un eventuale contrattacco.

Antoine si ritrasse ponendo la mano sul fianco. Faceva male ad ogni passo. Fissava il francese in cagnesco perché era più bravo degli altri che fino a quel momento aveva combattuto e lui invece avrebbe tanto voluto ucciderlo e passare al prossimo.

-Questo è un colpo da novellino- fece Henri canzonandolo e vedendo in lui la rabbia montare.

-Nessuno con un minimo di esperienza darebbe quel fendente. I militari di professione sanno che è facilmente intercettabile e quindi ti espone alla parata avversaria. Ma tu non sei un militare vero? Lo vedo dal tuo senso dell'onore sul campo di battaglia. Tu sei solo un assassino. E così morirai. Da assassino.-

Antoine ringhiava a denti stretti ritraendosi e mantenendosi il fianco che cominciava ad imbrattare tutta la divisa di sangue.

-Maledetto cane francese. Morirai come tutti gli altri. Ti aprirò la gola con le mie mani.-

-Marie non c'entrava niente con la battaglia, era li per aiutare i feriti.-

-Era francese come te bastardo. Meritava di morire.-

Henri diede un fendente nell'aria per stizza -Ahhh. Tempo perso discutere con te. Vieni a morire cane- e così dicendo si scagliò con rabbia verso l'inglese che parlava la sua lingua così bene.

Una grandinata di colpi si abbatté su di Antoine il quale tentava adesso solo la difesa senza neanche riuscirci mentre dolorante si teneva il fianco.

Henri avvezzo al dolore ignorava la sua ferita ma il sangue che ne fuoriusciva lo stava indebolendo e lui cominciava a sentire la stanchezza. "Questa storia deve finire qui ed adesso" pensò Henri esausto.

I due duellanti si erano di nuovo spinti verso il campo più libero dove si trovavano i cannoni e dove il duello era cominciato.

Henri allora guardò l'inglese con una ferocia disumana e si lanciò verso di lui, dando un fendente da destra molto largo che Antoine ebbe tutto il tempo di vedere, intercettare e parare. Ma quando questi ormai si sentiva al sicuro e nella sua mente c'era solo la risposta da dare a quello scambio di colpi, Henri ruotò il pugno della sua sciabola ricurva da cavaliere e la punta, da che era all'esterno del bersaglio si ritrovò all'interno. Henri dovette solo effettuare un affondo verso Antoine per entrargli nella gola con il suo filo.

Antoine si portò istintivamente la mano alla gola, strabuzzando gli occhi.

Henri, non pago, colse il momento per dare un colpo di punta al ventre di Antoine, trapassandolo da parte a parte. Si avvicinò all'inglese mentre ancora con gli occhi sgranati si reggeva la gola e gli sussurrò a denti stretti -la vostra lezione di scherma monssieur è finita- e così dicendo estrasse la sciabola dalla pancia di Antoine che cadde steso a terra ancora incredulo dell'accaduto. Vicino a lui un soldato con il suo cavallo. Era un lanciere.

Henri era furibondo ed ancora carico di rabbia e rancore, si rigirava fissando il campo di battaglia e reggendosi il fianco che adesso si faceva sentire.

-Maledetto- disse tra se e se rigirandosi nuovamente e fissando quell'assassino steso a terra. Quella scena gli richiamava alla mente la sua visione mentre combatteva con un altro cavaliere. Prese la sciabola e la rigirò nel pugno afferrandola a due mani come un coltellaccio. Voleva dargli un ultimo colpo per la sua Marie. Gli si avventò contro senza accorgersi che mentre era distratto Antoine aveva afferrato la lancia del Lanciere tirandola a se. Henri con la spada stretta in entrambe le mani alzò le braccia per colpire un ultima volta quell'assassino e senza riflettere gli si scagliò addosso. Ad Antoine bastò alzare da terra la lancia. Henri fece tutto da solo conficcandosi la lancia acuminata in pieno petto.

Antoine sogghignò sputando copiosamente sangue. Sembrava voler dire "Ed anche la tua lezione di vita è finita".

Henri rimase ad occhi sgranati più per la sorpresa che per il dolore. Come era potuto accadere. Quell'inetto lo aveva ammazzato.

Si sfilò la lancia dal petto capendo dopo che era un errore. La testa cominciò a girargli per tutto il sangue che stava uscendo dalla ferita lasciata vuota e senza più la lancia a tenerla chiusa a mo' di tappo. Ma cosa importava ormai. Sarebbe comunque morto. Tanto valeva accelerarne il processo.

Cadde sulle ginocchia reggendosi il petto mentre una voce all'orecchio gli sussurrava "la rabbia. Una pessima consigliera amico mio".

Napoleone Bonaparte, che fino a quel momento aveva seguito da lontano la scena, abbassò il cannocchiale e ricadde seduto sulla sedia dietro di lui.

Antoine ansimava come una belva ferita, mentre il sangue gli usciva copiosamente dalla bocca.

Henri non sentiva più il dolore. Davanti a lui ripassarono le immagini di Sofia e suo figlio. Di tutti quei momenti felici trascorsi a Caserta, con il Re di Napoli e la Regina. La sua Napoli, quella città che gli era entrata nel sangue. Indugiò su quei ricordi ed un improvviso calore lo rapì. Immaginò di essere sulla collina al centro della città, dalla quale si ammira tutta Napoli. Il sole splendeva ma il caldo era piacevole, non soffocante.

-Allora? Ti stai gustando il panorama?-

Henri si girò di colpo per guardare chi era.

-Bruno, amico mio. Ma dov'eri finito?- fece Henri.

Bruno era poco distante e si incamminò verso di lui a braccia aperte. Non sembrava più cieco, ma mentre camminava i suoi contorni divennero più incerti. Quasi fumosi. Quando gli fu accanto Bruno non c'era più, ma al suo posto apparve il cavaliere che lui aveva sognato e che lo aveva guidato nella scoperta della sua interiorità. Il Cavaliere lo abbracciò ed Henri ne percepì chiaramente la stretta, chiedendosi se fosse un sogno o realtà.

-Tu- disse semplicemente Henri. -Allora eri tu.-

-Sì- fece il cavaliere - e no-

-Che intendi dire?-

-Io sono un tuo ricordo ancestrale. Sono il tuo punto di partenza. I tuoi ricordi antichi passano sempre per il mio volto. Là dove ho potuto, ho aiutato lo scatenarsi di queste reminiscenze.-

-Perché mi sei vicino?-

-Tu sei il mio allievo, *Henri*. Ti ho formato tanto tempo fa. Era il periodo delle Crociate. Ero un giovane irrequieto ed irruento, ma poi mi capitò qualcosa che mi cambiò la vita grazie ad un percorso spirituale pregresso. Quella vita fu la mia ultima nel mondo sotto forma di uomo, ma prima della mia fine mi fu chiaramente indicato di scegliere un allievo.

I due cominciarono a passeggiare in quel campo in altura, ammirando la città sottostante.

-Ne scelsi due- continuò il cavaliere -di cui uno eri tu. Nel mio intimo sbagliai preferendo te al tuo compagno e questo si rifletté anche nelle mie azioni inconsapevolmente. Ma mai avrei voluto ostacolare uno a discapito dell'altro. Semplicemente tu eri molto più veloce nel capirmi ed apprendere. Non vi era una disparità di trattamento. Il tuo compagno non lo comprese e mi accusò di preferirti. Gli animi si scaldarono e voi passaste alla spada. Vi uccideste reciprocamente costringendovi a nuove vite e costringendo me sulla terra per guidarvi.-

-Che vuol dire "costringendovi a nuove vite"?-

-Vuol dire che adesso, per la violenza perpetrata, sarai costretto a bilanciare il tutto con tanto lavoro in altre vite.-

-Non capisco- fece Henri. -Ma cosa c'è alla fine? A cosa dobbiamo arrivare?- Henri tentennò un momento e poi proseguì. - Non so come devo chiamarti. Bruno?-

-No- rise il cavaliere -io sono Galgano. Il tuo maestro.-

-E chi era il mio compagno che uccisi? Lo conosco?-

-Sì, che lo conosci. Lo hai appena ucciso di nuovo nel duello.-

Henri si fermò, attonito. -Ecco perché quella sensazione di déjàvu, allora ho sommato al mio Fato già negativo di suo altra negatività?-

-Ahimè sì, amico mio. Ci vorrà tanto lavoro per sistemare il tutto.-

-Ma adesso di Sofia e mio figlio cosa accadrà?- chiese Henri.

-Sono altre storie non legate del tutto a te. Sofia era la tua anima gemella in questa vita. Vi ho fatto incontrare per accelerare il tuo cammino. Ma adesso seguiranno un loro percorso diverso dal tuo. Forse, in una vita futura, li rincontrerai.-

-Ecco perché ero a Napoli, per Sofia?-

-Si- rispose Galgano -e no. Eri li perché la tua storia passava da li.-

-Che succederà adesso?- chiese Henri.

-Adesso saprai la verità. Vedrai il disegno Divino e lo comprenderai. Allora capirai il perché di tanta violenza, il perché eravamo costretti in queste forme terrene quando invece siamo esseri di luce. Capirai in che direzione si muove l'universo intero e tutte le altre vite in esso. Sentirai l'universo e ne farai parte, percependolo in te. Ma poi, dato che non hai completato il tuo percorso, sarai costretto a rinascere poiché possiamo compiere un tratto del nostro percorso di luce solo passando per le tenebre presenti sulla terra. Attraverserai quello che qualcuno chiamò "il fiume Lete", che altro non è che le acque del ventre materno, e lì perderai il ricordo di te e delle tue precedenti vite. Solo quando potrai attraversare la soglia della morte mantenendo la tua consapevolezza ricorderai tutte le tue vite pregresse e potrai proseguire oltre.-

-Sono pronto- disse semplicemente Henri.

Il Cavaliere gli diede la mano, che Henri strinse, ed in quel momento la luce del sole diventò incredibilmente forte. Avvolse tutto. Non dava fastidio, la si poteva guardare. Era ovunque. La collina, la città, il mare, tutto era svanito. Solo luce. Anche i corpi erano svaniti.

-Vieni- disse la voce di Galgano -seguimi.-

-Sì, Maestro-

Antoine affannava a respirare steso a terra, mentre stringeva la spada che gli attraversava il ventre. Il sangue gli inondava la gola e lui cercava di sputarlo fuori, ma si sentiva soffocare.

-Antoine- fece una voce femminile.

Antoine si girò cercando la voce.

-Antoine - fece la voce più insistente -piccolo mio-

Antoine si girò alla sua sinistra e vide una donna che lo fissava, sorridendo.

-Mamma?- disse Antoine, ma la sua voce non era la solita. Era una voce da bambino.

Antoine si guardò e vide che era tornato un bambino di sei anni. Il campo di battaglia intorno era svanito.

La donna lo fissava sorridendo e poi allungò le mani verso di lui, inginocchiandosi.

Antoine corse verso di lei urlando -Mamma, mamma.-

La madre lo abbracciò e lui, dopo tanto tempo, si sentì nuovamente protetto. Scoppiò in un pianto a dirotto come solo i bambini possono.

-Bambino mio, ma che hai combinato?-

-Mamma, mi dispiace. Non volevo. Ma il dolore di avervi perso è troppo grande.-

-Lo so bambino mio, ma adesso dovrai scontare tutto il dolore che hai provocato.-

-Andrò all'Inferno, mamma?-

La madre scoppiò in una risata cristallina per stemperare la tensione del bambino.

-Sì, amore mio. Ci ritornerai.-

-Come ci ritornerò, mamma?- disse Antoine impaurito.

-È da lì che vieni. La terra. Un luogo lontano da Dio e nel quale devi ritrovarlo. Il concetto di Inferno, amore mio, è stato alterato dalla mente umana, rendendolo un luogo immaginario. In realtà, era proprio dove ti trovavi e dove dovevi dare prova di te.-

-Mi dispiace- fece Antoine, cacciando il labbro inferiore verso

l'esterno come fanno i bambini e ricominciando a piangere.

-Ooooh, su su. Il mio piccolo bambino con quella splendida stellina sotto l'occhio- fece la mamma asciugandogli gli occhi. -Tutto si aggiusta. Ci vorrà del tempo. Ma sistemeremo tutto.-

-Sì, mamma- fece lui stropicciandosi gli occhi e notando, per la prima volta, che era nella sua vecchia casa di Tolone che lui amava tanto e che gli dava un senso di protezione. Il camino era acceso e riscaldava l'ambiente.

-Mamma, la nostra casa. Che bella.-

-Ti piace, eh?- fece la mamma -Dovrai ripartire da qui. Poiché tutto quel che hai fatto dopo era dettato dalla rabbia e, per questo motivo, sbagliato. Ci vorrà molto più tempo adesso, ma vedrai che ci riuscirai piccolo mio.-

-Adesso- fece la mamma sorridente, abbassandosi e tendendogli la mano -vieni con me. Abbiamo tante cose da fare. C'è un signore che ti sta aspettando, è il tuo maestro. Ti aiuterà lui.-

-Sì, mamma- disse Antoine rincuorato, stringendo la mano della madre.

Il camino si illuminò di una luce stupenda. Tutto scomparve avvolto da quella luce calda, splendente e accogliente.

-Seguimi, piccolo mio.-

-Sì, mamma.-

Capitolo 28
Londra, 1 Luglio 1815

È sera. Nell'ufficio un uomo d'affari si trattiene in attesa di una visita. Il lume acceso spande la sua fioca luce per l'ambiente. L'uomo sta tenendo una contabilità quando sente bussare alla sua porta. Il maggiordomo va verso la porta, la apre e saluta qualcuno. Poi si sente la porta richiudersi e i passi nel corridoio. Bussa alla porta dello studio e la apre.

-Sir, una visita per lei.-

-Entra Adam- fece l'uomo d'affari, riprendendo vita all'improvviso -accomodati pure. Come va?-

-Va tutto bene- fece Adam sedendosi cautamente sulla poltroncina che dava segni di insofferenza verso la sua mole. -Sono stato in borsa questa mattina.-

-Ah sì? E che ci sei andato a fare? Lo sai che ormai decido io quel che si farà nella borsa di Londra.-

-Verissimo, ma volevo vedere che aria circolava. Cosa facevano gli altri. Come procedeva la vita dopo questa tempesta.-

-Ah sì?- fece l'uomo d'affari -E che hai visto, amico mio?-

-È strano. Non vedere più quegli uomini potenti ed arroganti fa un certo effetto. Chi è morto di infarto, chi si è ucciso. La fame ed il fallimento deve avergli fatto una gran paura- fece Adam.

-Eh beh, se non sai combattere per sopravvivere allora è giusto e naturale che tu soccomba- disse l'uomo d'affari alzandosi e prendendo la bottiglia di cognac e due bicchieri.

-Ma tu ai morti di Waterloo ci pensi mai?- fece Adam.

-No- fece secco l'uomo, porgendo uno dei bicchieri ad Adam e riempiendoglielo di cognac. -Perché dovrei?-

-Ma è stato grazie a noi che la battaglia è stata resa possibile.-

-Non ti sopravvalutare, mio caro amico. È stato grazie a me. Tu hai solo aiutato.-

-La sostanza non cambia- disse Adam.

-Si sarebbero affrontati comunque, Adam. Io ero solo lì, pronto ad abbreviare i tempi. Era da troppo che volevano ammazzarsi l'un l'altro.-

-E tutti quei morti che abbiamo creato noi nella borsa allora?

Stamane ho trovato solo i tirapiedi delle grandi società che hai distrutto. Ho scoperto che si erano fatti un loro piccolo capitale ed è con loro che ci dovremo confrontare d'ora in poi. Che farai? Distruggerai anche loro?-

-Sciocchezze. Se non hai il cuore forte non ti incamminare per queste terre. Non è mica colpa mia se quegli uomini non hanno saputo reggere alla tempesta. E, per quanto riguarda i tuoi tirapiedi, ti farà piacere sapere che sono io a far loro da garante per le operazioni più grandi. Ci siamo accordati una settimana fa.-

-Ma come?- fece Adam -Ti accordi con il nemico? Non capisco.-

-Mio tenero e sprovveduto amico, come possiamo affermare che non c'è un monopolio se di fatto non ci sono più concorrenti? Quei tirapiedi, che da ora in poi saranno rispettabilissimi uomini d'affari, saranno i nostri stimati e temibili concorrenti.-

-Ma chi?- disse Adam ridendo - Johnny il guercio? Jack la volpe?-

-Quello era prima. Adesso si sono ripuliti e sono rispettabili avversari.-

-Da te pagati- fece Adam.

-Dettagli, amico mio- fece l'uomo, ridendo insieme ad Adam e porgendogli la pipa ed il tabacco.

-Ieri mio fratello a Parigi è stato avvicinato da un uomo del governo, sembra che serva una bella somma per pagare i danni di guerra e nessuna banca abbia voglia o fondi per aiutare la Francia.-

-Mio Dio, come avevi detto tu. Proprio come avevi previsto.-

-Non serviva certo la palla di cristallo sai, Adam? Adesso oltre al primo prestito mi dovranno ridare anche questo.-

-Ma non ce la faranno mai. Perderai i soldi- fece Adam.

-Mio povero amico- fece con pazienza l'uomo d'affari -i soldi adesso non hanno più alcun significato per me. Io adesso miro al potere. E adesso chi mi deve dei soldi non si potrà più permettere di non ascoltare le mie richieste.-

Si caricarono le pipe in silenzio e se le accesero.

-Sai- fece Adam, dopo aver fatto un lungo tiro alla pipa -proprio Johnny il guercio mi ha detto che sta avviando un affare che riguarda i campi di battaglia di Waterloo. Sembra ci sia un gran commercio delle ossa dei morti, dopo queste grandi battaglie. Triturate sembra siano un ottimo fertilizzante. A me ha fatto girare lo stomaco pensare che quando mangio qualcosa in realtà sto mangiando qualcosa tirata su con le ossa di un mio connazionale morto.-

-Sciocchezze- fece l'uomo tirando su con la pipa -sei troppo delicato. In realtà, è un ottimo affare. Pagano bene.-

-Mi sento disgustato- fece Adam. -Questa Waterloo mi sta facendo scoprire i lati più orrendi dell'uomo.-

-La mia Waterloo- fece l'uomo d'affari sottolineando queste parole -ci ha resi delle persone ricchissime. So che stai costruendo una casa nuova, Adam. Non credi che dovresti essere un po' più riconoscente?-

-Ah certo, amico mio- disse Adam alzandosi e dando un ultimo sorso al cognac. -Sono solo preoccupato per quanto ci costerà tutto questo quando saremo dall'altra parte.-

-Ci penseremo quando saremo lì- fece l'uomo con un sorrisetto, porgendo la mano ad Adam.

Adam uscì dalla stanza e se ne andò. L'uomo rimase solo. Si alzò ed andò a servirsi un altro bicchiere di cognac, si allungò al mappamondo e lo fece girare. Il globo ruotava, illuminato dalla lampada ad olio. Sembrava proprio il mondo illuminato dal sole. Bloccò all'improvviso la rotazione al comparire dell'Europa.

"Il mio prossimo obiettivo" pensò l'uomo "e perché no?" facendolo girare nuovamente e fermandosi sulle Americhe. Contemplò per un attimo il continente e poi si riportò sull'Europa "ma prima qui" si ripeté.

"Qual è il punto più ricco?" si chiese, facendo scorrere il dito lungo l'Europa. Il dito corse lungo tutte le terre. Arrivò sulla penisola Italica e continuò a scendere. Arrivò su Napoli e si fermò.

"Il Regno di Napoli. Devo andare a trovare mio fratello a Napoli. Ma di inverno.

Troppo sole in estate. Troppa luce."

The New Annual Register, or General Repository of History, Politics, Arts, Sciences and Literature for the Year 1822 ,Londra, 1823, p. 132

Si stima che più di un milione di bushel di ossa umane e no siano state trasportate l'anno scorso dall'Europa continentale al porto di Hull. I dintorni di Lipsia, Austerlitz, Waterloo e tutti gli altri luoghi dove, durante la recente sanguinosa guerra, vennero combattute le principali battaglie, sono stati spazzati allo stesso modo delle ossa dell'Eroe e del cavallo che montava. Raccolte da ogni angolo, sono state spedite al porto di Hull, e quindi inoltrate nello Yorkshire dove le società che macinano ossa si sono dotate di motori a vapore e potenti macchinari, con lo scopo di ridurle in piccoli grani. In questo formato vengono inviate principalmente a Doncaster, uno dei più grandi mercati agricoli di quella parte del paese, dove vengono vendute ai contadini per concimare i campi. Le sostanze oleose, decomponendosi gradualmente, insieme con il calcio delle ossa creano un concime più efficace di qualsiasi altra sostanza, e ciò è particolarmente vero per le ossa umane. È ormai provato oltre ogni dubbio, attraverso esperimenti su larga scala, che un soldato morto è un articolo di commercio particolarmente prezioso; al contrario, è giusto far sapere come i bravi agricoltori dello Yorkshire, per il loro pane quotidiano, siano in larga misura in debito con le ossa dei loro stessi figli. È evidente infatti che la Gran Bretagna abbia inviato una moltitudine di soldati a combattere le battaglie del paese sul continente europeo: essa ha quindi il diritto di importare le loro ossa come risorsa economica con cui ingrassare il proprio suolo!

Epilogo
Come un serpente che si morde la coda

Il palazzo era alto e molto bello, un antico palazzo principesco. Il cliente era al primo piano, il piano nobile. Quello con i balconi più belli.

Enrico saliva le scale con la borsa in pelle dei ferri nella mano destra.

Volto di pietra e due lame al posto degli occhi aveva un'aria da dottore rispettabile nel suo completo scuro e gli occhiali da lettura poggiati sul naso. Era relativamente giovane ma come tutti i suoi coetanei si portava sulle spalle l'esperienza della grande guerra del quindici diciotto. Il combattimento, a volte corpo a corpo, e la vita di trincea avevano aggiunto al suo aspetto un'età che, pur non appartenendogli, ormai era il suo vestito.

Alla terza rampa di scale si fermò e guardò le tre porte che si affacciavano sull'ampio pianerottolo che lasciava intendere appartamenti larghi e spaziosi. Le due porte laterali non avevano neanche il campanello, quella centrale invece si. L'intero piano era quindi un'unica proprietà. Una bellissima testa di leone in ottone lucido su una base in legno era il campanello. "Mogano" pensò subito Enrico allungando il dito per premere il pulsante in bachelite.

Un suono lontano. Passi veloci si affrettarono alla porta.

"Tacchi di donna" pensò Enrico. "Fanno un rumore diverso" rifletté ricordando il rumore delle lunghe marce che a volte ancora gli rimbombavano in mente.

La porta si aprì e una domestica apparve. Era vestita di scuro, capelli raccolti ed un'espressione molto compita. Quando si affacciò sul pianerottolo la donna rimase per un attimo gelata da quell'omone serioso con due grossi baffi che la guardava come fosse sotto esame.

-Sono Enrico- disse soltanto. Poi vedendo che la donna non batteva ciglio proseguì -il restauratore-

Un respiro uscì dalla donna, quasi un sollievo a voler confermare la miriade di pensieri passati per la sua mente in quella frazione di secondo.

-Si, prego, la Principessa la sta aspettando. Faccio strada-

Enrico entrò e si mise al passo con la domestica che lo precedeva percorrendo il lungo corridoio.

"Ma che ci faranno con tutte queste stanze" pensò Enrico fissando tutto con la coda degli occhi.

La donna arrivò davanti ad una porta e bussò. Dall'altra parte si sentì un semplice "Avanti". Fermo e categorico, di chi non è abituato ad attendere.

La donna aprì la porta e si affacciò -è arrivato il restauratore signora- e così dicendo si spostò di lato per far intravedere Enrico dietro di sé.

Seduta su di una poltrona una donna di una certa età, con capelli vaporosi e raccolti in una bella acconciatura che sicuramente avrebbe richiesto molto tempo ogni mattina e con uno splendido colore di grigio che Enrico sospettò non naturale. La donna quasi trasalì -Ah, Enrico suppongo, la stavo aspettando. Prego-

Enrico entrò accennando ad un sorriso pur non essendo avvezzo a galanterie ossequiose verso la nobiltà di cui aveva imparato a misurarne lo spessore umano e caratteriale in guerra nelle trincee.

Entrando si accorse che la stanza doveva essere una volta una terrazza coperta e aperta sull'interno del palazzo, pieno di alberi sempreverdi e di luce. Adesso invece era stata trasformata in una bella veranda chiusa da splendide vetrate in stile art nouveau.

La Principessa si alzò mostrando tutta la sua altezza, pari quasi a quella di Enrico. Fisico slanciato e snello sfoderò un sorriso che subito pose un muro tra i due. Cose che solo un nobile sa fare.

-Prego disse lei. Vi mostro il pezzo- e così dicendo si avviò verso un lato della veranda.

In un angolo vi era uno scrittoio con ribalta. Il posto non gli si addiceva e non lo valorizzava. Era chiaro che vi era stato messo da poco e in via del tutto momentanea.

-Posso? - fece Enrico indicando il mobile.

La Principessa non rispose, fece semplicemente un gesto con la mano ed un educato cenno con il capo per invitarlo ad aprire e guardare il tutto.

Enrico si avvicinò e passò la sua mano ruvida sul legno. Le venature erano splendide e nonostante il legno avesse bisogno di essere rimesso a nuovo si vedeva subito che era un mobile speciale.

Estrasse il cassetto grande centrale di quel tanto che serviva ad abbassare la ribalta e con delicatezza mosse la ribalta. Si fermò a metà e cominciò ad andare avanti ed indietro sentendone l'attrito ed il rumore.

-Si lo so- fece la Principessa - una cerniera è un po' disastrata. Magari me la cambia -

Enrico si girò come se avesse sentito scoppiare un colpo di cannone -Principessa. Per carità. Va restaurata ma non sostituita - e tornando a guardare il mobile non vide il sorriso della Principessa, molto diverso dal primo. Era un tranello per saggiare la sua abilità.

Enrico posò la ribalta sul cassetto semiaperto ed il mobile si trasformò in un attimo in uno scrittoio mostrando il suo interno ricco di cassetti, cassettini e colonne decorative con inserti in ottone tipici di quel periodo.

Enrico cominciò a muoverli tutti per verificare se scorrevano, poi li estraeva e se li rigirava in mano.

-Lei mi è stato raccomandato dal mio restauratore di fiducia che non può più lavorare per l'età- fece seriosa la Principessa -ma come faccio a capire se è un bravo restauratore? Sa, il rischio è di rovinare per sempre un mobile -

Enrico richiuse per un momento la ribalta e ci passò sopra la mano. Sentiva qualcosa al centro del mobile ma non ne era sicuro e preferiva tacere. Cosa che gli riusciva sempre molto bene. Tacere ed ascoltare.

Enrico si girò con un sorriso molto soddisfatto e indicò un mobile alle spalle della principessa. Un tavolino basso intarsiato.

-Stia tranquilla Principessa, io ho già restaurato i suoi mobili. Quello l'ho fatto io. Il suo restauratore già da tempo non riusciva più a lavorare -

La Principessa si ricordò del lavoro commissionato e, dapprima con sgomento e poi con un sorriso, mostrò la sua approvazione per il restauro che adesso ricordava. E ricordava anche di essere rimasta ammirata dal risultato inaspettatamente superiore al solito standard.

Stava per dire qualcosa quando fu interrotta dalla domestica.

-Principessa ho un problema e non so come risolverlo -

-Torno subito- disse secca la donna fiondandosi fuori dalla stanza.

Enrico approfittò della sua assenza per verificare un suo sospetto. Si avvicinò al mobile e lo aprì nuovamente, prese una delle due colonnine stile dorico che svettavano tra i cassetti come abbellimento e la tirò a se. Niente. Allora sfilò il cassetto accanto e vide nello spazio lasciato vuoto che sulla parete accanto alla colonna vi era un minuscolo forellino. Era in un posto difficile da vedere ed era anche pieno di polvere che lo nascondeva.

Enrico sogghignò -eccoti qui-.

Estrasse dalla tasca uno stuzzicadenti e lo inserì nel foro premendo e sentendo che qualcosa dall'altra parte cedeva elasticamente. Premette e contemporaneamente tirò la colonna e questa si estrasse come fosse stato un libro estratto da una libreria.

Enrico lo tirò a se soddisfatto, aveva scoperto un *segreto* di cui i mobili di una volta erano molto ricchi. Si faceva a gara una volta per costruirne di sempre più articolati ma i migliori erano sempre quelli. Una lamina metallica che faceva da meccanismo di scatto.

Lo guardò ed al suo interno vide un fagotto. Lo estrasse con cautela e notò che all'interno di un panno di protezione vi era un libricino. Al suo esterno, fatto in pelle e con un laccio che lo teneva chiuso avvolgendosi attorno ad esso, un simbolo quasi cancellato dal tempo, ma lui lo riconobbe subito. Lo stemma Borbonico. Lo aprì con molta cautela e quasi trasalì. Cercò la sedia dietro di lui e si sedette per paura di cadere. Poche erano le cose che lo avevano fatto tentennare, come quella trincea che gli regalò la medaglia nella prima guerra mondiale, e questa evidentemente era una di quelle.

-Tu- mormorò semplicemente con un filo di voce.

La testa gli girava, sulla prima pagina del libricino vi era un disegno, un ufficiale Napoleonico in alta uniforme ed una donna splendida in abito da sposa posavano vicino ad un muretto basso. Il disegno era semplice, quasi infantile ma restituiva le sensazioni con molta fedeltà. Lei aveva il capo poggiato sulla sua spalla con affianco un glicine in fiore mentre sullo sfondo si intravedeva la costa napoletana. Lui era fiero nella sua alta uniforme e la giacca poggiata sulla spalla.

Enrico rifletté che un soldato come quello non avrebbe mai desiderato incontrarlo come nemico.

Una sensazione gli passò per la testa ma lui la affogò nel profondo del suo animo. Quasi come a rifiutarla. Forse non si sentiva pronto?

La testa gli girava ancora quando sentì in lontananza i passi della Principessa che tornava.

In fretta e furia rimise il libretto nel panno e poi nel cassetto a scomparsa per poi inserirlo nuovamente al suo posto. La molla di chiusura scattò e lui ripose il cassettino nell'alloggiamento che nascondeva il foro per far scattare la molla.

-Allora- fece la Principessa entrando per poi bloccarsi subito.

-Enrico, tutto bene? Siete bianco come un lenzuolo. Avete visto un fantasma?-

-No Principessa, mi ero abbassato per vedere il fondo del mobile e mi sono rialzato troppo in fretta. Mi è solo girata la testa -

-Menomale- fece lei -mi avete preoccupata -

-Allora - riprese lei lesta -cosa ne pensate?

-Principessa il mobile è molto bello ed anche in discrete condizioni. Ho bisogno di portarlo con me in bottega per capire meglio come affrontare il restauro e farvi sapere quindi il relativo prezzo -

-Perfetto- fece lei -attenderò vostre notizie allora. Quando tornate a prendervelo?

-Se lei è d'accordo me lo porto via subito. Prevedendo un trasporto sono venuto con il camioncino -

-Ottimo- fece la Principessa.

-Ha da togliere qualcosa di suo dal suo interno fece Enrico -

-No no. Lo abbiamo lasciato vuoto pensando che se lo sarebbe portato con se -

"Ottimo" pensò Enrico.

-Sa dirmi la provenienza- fece con noncuranza Enrico.

-Oh è di Napoli, me lo ha venduto una mia amica che non sapeva più che farne. L'ho trovato francamente irresistibile e l'ho comprato subito. Non so perché. Lei dice che era della Reggia di Caserta, ma io non ci credo. E comunque era un affare. Non capisco perché se ne sia sbarazzata -

Enrico sorrise accarezzando con la mano il centro della ribalta dove si sentiva qualcosa nascosto sotto, "Un simbolo, Un disegno forse? No, una lettera pensò Enrico toccando.

-Va bene Principessa, allora col suo permesso me lo porto via -

Mentre la donna dava il suo benestare Enrico continuò ad esplorare l'intarsio nascosto. Ci correva sopra con le dita. Un profano non ci sarebbe mai arrivato ma lui ormai era quasi un maestro.

Una curva, poi un pezzo dritto, un'altra curva. Non è un disegno, è una "C". poi continuò verso il basso e trovò dell'altro. Per poi finire.

Un tonfo al cuore.

-Enrico sta bene? fece la Principessa -la vedo pallido -

-È tutto a posto, grazie- mentì Enrico.

-Ha bisogno di una mano per portarlo giù?- fece la Principessa in apprensione.

-Non si preoccupi. Lo lego in modo che non si possa aprire mentre lo trasporto e lo carico sulla spalla. È abbastanza leggero.-

-È sicuro?- fece la Principessa.

-Guardi. Glielo mostro- Enrico prese dalla borsa una fettuccia di stoffa. Ripose la sua borsa all'interno dello scrittoio e ne chiuse a chiave la ribalta,si mise poi la chiave in tasca. Prese la fettuccia e fece dei giri attorno al mobile nel mezzo in modo da tenere cassetto e ribalta chiusi. Una ulteriore sicurezza. La fettuccia, a differenza della corda non avrebbe rovinato il legno.

Alzò lo scrittoio dal centro e se lo mise sulla spalla destra come fosse stato un fuscello. Si girò verso la Principessa e disse -Allora io vado Principessa.-

La Principessa lo guardò ammirata e lo precedette per aprirgli le porte.

Sul pianerottolo Enrico si girò verso la nobildonna -Tornerò per farle il punto della situazione e quantificare il restauro.-

-Buon lavoro- disse semplicemente la Principessa e chiuse la porta.

Enrico arrivò al suo furgone che lo aspettava nell'androne del palazzo, poggiò il mobile sul ripiano posteriore e lo fissò dopo averlo coperto con delle coperte di lana in modo che non andasse a sbattere da tutte le parti. Si mise al posto di guida, accese il motore e partì.

Mentre guidava la sua mente cominciò a vagare.

"A Caserta c'è una stanza da letto con due poltrone siglate con quella lettera. Possibile che appartenga a quella camera? Un pezzo smarrito o sottratto della sua camera?"

Enrico si arrovellava per cercare di ricordare quella camera da letto che lui una volta aveva visto e che adesso non riusciva a visualizzare.

E poi c'era quel libricino che aveva trovato nel segreto dello scrittoio. Di chi era? E quel soldato Napoleonico di nuovo. Lo aveva già visto, ma era in sogno.

Il camioncino vecchio ma ancora in gran forma rombava tra le strade di Napoli per dirigersi verso la bottega di Mastro Enrico, o "Enrico rò Nord" come a volte lo chiamavano li. Lui infatti, adottato dalla città di Napoli come figlio suo, in realtà era del Nord. Un paesino tra le montagne vicino a Milano. La storia lo aveva portato li a Napoli. Anzi quasi risucchiato. Come se li avesse qualcosa da fare. O forse, da finire.

Ringraziamenti

Ringrazio il mio amico e coautore Ivan Bossi senza il quale questo libro non sarebbe mai nato.

Ringrazio mia figlia Martina che ha verificato e corretto le bozze del libro leggendolo più volte ed apportando le giuste modifiche.

Ringraziamo la dottoressa Valentina Carnevale che ci ha aiutato a verificare il profilo del nostro Anthony/Antoine a livello psicologico.

Ringraziamo il Maestro Marco Amato, esperto forgiatore ed appassionato Storico, che ci ha aiutato nei passaggi storici di quel periodo complicato e negli usi e costumi dell'epoca.

Ringraziamo l'amico Rosario Lubrano che ci ha consigliato e supportato fino alla fine.

Ringrazio l'associazione "Il Cervo Bianco" perché a lei devo questa sete di verità e il seme della ricerca.

Ringrazio Antonella Ciliento, scrittrice e fondatrice della scuola di scrittura "La linea scritta". Senza di lei, tutto questo non sarebbe stato possibile.

"Last, but not least", ultimo ma non meno importante si ringrazia il caro amico della associazione "Il Cervo Bianco" Antonio Lombardi soprannominato "Tonino Cassazione" dato che dopo che ha parlato lui....... null'altro v'è d'aggiungere, ma...... lo ritroveremo nel terzo libro.

Sommario Capitoli

Printed in Great Britain
by Amazon

74205764R10193